SPEAK NOT

EMPIRE, IDENTITY AND THE POLITICS OF LANGUAGE

請說國語

看語言的瀕危與復興，如何左右身分認同、文化與強權的「統一」敘事

JAMES GRIFFITHS

詹姆斯・格里菲斯——著
王翎——譯

臉譜書房　FS0170

請說「國語」

看語言的瀕危與復興，如何左右身分認同、文化與強權的「統一」敘事

Speak Not: Empire, Identity and the Politics of Language

作　　者　詹姆斯·格里菲斯（James Griffiths）
譯　　者　王翎
編輯總監　劉麗真
總 編 輯　謝至平
責任編輯　許舒涵
行銷企畫　陳彩玉、林詩玟

發 行 人　凃玉雲
出　　版　臉譜出版
城邦文化事業股份有限公司
台北市民生東路二段141號5樓
電話：886-2-25007696　傳真：886-2-25001952
發　　行　英屬蓋曼群島商家庭傳媒股份有限公司城邦分公司
台北市中山區民生東路二段141號11樓
讀者服務專線：02-250077一八；25007719
24小時傳真專線：02-25001990；25001991
服務時間：週一至週五09:30-12:00；13:30-17:00
劃撥帳號：19863813　戶名：書虫股份有限公司
讀者服務信箱：service@readingclub.com.tw
城邦網址：http://www.cite.com.tw
香港發行所　城邦（香港）出版集團有限公司
香港灣仔駱克道193號東超商業中心1樓
電話：852-25086231或25086217　傳真：852-25789337
馬新發行所　城邦（馬新）出版集團
Cite（M）Sdn. Bhd.（458372U）
41-1, Jalan Radin Anum, Bandar Baru Sri Petaling,
57000 Kuala Lumpur, Malaysia.
電話：+6(03)-90563833　傳真：+6(03)-90576622
讀者服務信箱：services@cite.my

一版一刷　2023年9月

城邦讀書花園
www.cite.com.tw

ISBN 978-626-315-360-8

售價：NT$ 480
（本書如有缺頁、破損、倒裝，請寄回更換）

目次

第三部　廣東話

美國許多社會賢達皆希望各州孩童應該用同一部教材學習語言，才有可能達到書同文、語同音，讓大眾知悉此點或許會有幫助。

——出自諾亞・韋伯斯特致出版商的書信，一七八八年①

上學唸書
讓我逐步失去母語
接受教育
從此改講撒克遜語

——伊德里斯・戴維斯，一九二七年②

說普通話，寫規範字，用文明語，做文明人。

——中國政府宣傳標語，二〇〇九年

---

①譯注：諾亞・韋伯斯特（Noah Webster，1758-1843）：美國權威詞典《韋氏字典》創始人。

②譯注：伊德里斯・戴維斯（Idris Davies，1905-1953）：威爾斯詩人，年輕時曾在礦坑工作，後來至中小學任教，其詩作〈里姆尼的鐘聲〉（The Bells of Rhymney）靈感來自南威爾斯礦災及一九二六年英國大罷工，由美國民謠歌手皮特・西格（Pete Seeger）改編為民謠而聞名於世。

前言

一名少女在課堂上結結巴巴說著自己不熟悉的語言，無法順暢表達自己的想法，教師挫敗地皺起眉頭。

一位備受敬重的長者，用他的家人都已難以理解的語言，講述關於一個現今幾乎不復存在的民族的故事；全世界只剩他一個人知道這些故事，一旦他離世，所有故事也將隨著消亡。

一位母親要為孩子的教育下決定，她回想起自己唸書時是如何因為說平常家裡說的語言而遭到處罰和排擠；她不會讓孩子重蹈覆轍，孩子以後要講的是代表大好未來和權力的語言。

三名遭拐賣的男子被運送到遠離家鄉的陌生異地，他們還能用共同的語言相互溝通而感到安心；但一到目的地，三個人就被刻意分開，因為他們的新主人擔心他們會互相串通密謀反抗。

學生在繁忙的市中心遊行抗議，他們使用的語言是摻雜另一種語言字詞的混合語，彰顯了他們的身分認同；他們之所以走上街頭，原因之一正是即將失去所用的語言。

公車上一名年長男子皺著眉頭聽著周遭乘客的談話聲，聽不懂談話內容的他愈來愈氣憤：這些人既然來到這個國家，為什麼不能講這個國家的語言？

一名青少年在手機螢幕上打字，雙手拇指靈巧自如；輸入的文字下方出現紅色波浪底線，手機的拼字檢查和自動更正功能無法辨認他輸入時使用的語言，試圖將輸入內容更改為某種陌異的文字。

酷寒之中，兩個年輕人一起蹲坐在泥濘不堪的壕溝裡，無視上級禁令用母語輕聲交談；壕溝內不遠處響起一聲哨音，是發動攻擊的指令，其中一個年輕人吟誦起自幼就耳熟能詳的主禱文：「我們在天上的父……」

語言令人著迷，也令人挫敗。這個人類「最偉大的發明」[1]，是我們與其他動物之間最重大的差異，可能正是因為有了語言，人類得以踏上主宰地球之路，形塑所處的環境甚至地質構造，以至於我們現今都活在所謂的「人類世」。其他物種確實會相互溝通，有些物種溝通方式之複雜令人嘆為觀止[2]，但沒有任何其他物種的溝通方式如同人類的語言，兼具精巧繁複和靈活變通的特質[3]，能夠傳達抽象及具體的概念，也能討論過去、現在和未來。語言的起源至今仍未有定論，加上無法在大自然或化石中找到等同語言起源或原始語言的紀錄，語言因此帶有一種神性，是一種「上天賜予」的能力，而其來源似乎無從解釋。[4]目前已有學者努力建立語言演化的理論[5]，但我們不太可能得知人類所使用的第一個字詞或語言為何[6]，也不太可能確知最先發展出語言的，究竟是智人（*Homo sapiens*）或是其他更古老的人種。

正因為如此，語言令人著迷，但也令人挫敗。綜觀人類歷史，語言造成的隔閡比種族、信仰或文化更甚。許多族群基本上就是不同的語言群體，而語言的歧異多樣，也引起分歧、誤會和敵意，甚至引發戰爭和種族滅絕。語言引發紛爭，和語言是上天所賜予禮物的概念相互衝突，因此出現了許多試圖解釋為什麼世界上會有這麼多語言的神話故事。在《希伯來聖經》中，所有人原本都講相同語言，神認為人類太過傲慢，在巴別（Babel）將所有人分散成數千個語言各異無法相通的部族。在希臘神話中，荷米斯（Hermes）擾亂了人類的語言，讓宙斯從此難以和凡間子民溝通，是後來凡間出現第一位國王的契機。[7]班圖人（Bantu）的古老神話講述老祖先遇到嚴重饑荒，四散流落各地，他們口裡胡言亂語，講話顛三倒四，最後發展成不同的語言。[8]分布於今加拿大西北部的卡斯卡族（Kaska）曾流傳與大洪水有關的神話，述說先民因洪水而分散到世界各地，等洪水退去後再次相遇，各自所講的語言都變得不同，從此難以互相理解。[9]在諸多神話故事中，這一則也許最貼近真實；人類從來不曾因為遭遇大洪水而四散各地，如今我們也知道，即使是在不長的一段時間，語言也可能歷經漂移（drift）和演變，因此即使曾經有一種共通的語言，在我們的老祖先四散到非洲各處，甚至遷往世界各地之後，這個語言也歷經曲折演變，而改變的過程一直延續到今時今日。[10]即使是你現在閱讀的這本書所用的語言也持續在改變，在一百年後將和現在不同，就如同這個語言現今也和一百年前不同。

語言的漂移不只會催生新的語言，也會帶來毀滅，有些語言會消亡或是與其他語言融合。有時候，兩種語言碰撞之下，結果可能是產生一種全新的語言。一世紀晚期，不列顛島（Britain）遭到丹麥和斯堪的那維亞半島（Scandinavia）的維京人劫掠。一〇六六年，諾曼人（Normans，為維京人後裔）入侵不列顛島。在不列顛島上不同文化交會的地區，曾有一段時間，古英語（Old English）、維京人說的古北歐語（Old Norse）及諾曼人說的諾曼法語（Norman French）三語並存，但古英語與另外兩種語言逐漸混合交融，再加上其他因素影響，形成與我們現今所知的英語類似的語言，混雜了日耳曼語、古北歐語、拉丁語和布立吞語的元素。[11,12]現今雖然沒有人講古英語，但它其實並未消亡，只是演變成我們難以辨認的樣貌。我們如今能夠讀懂《貝奧武夫》（*Bēowulf*）和其他古老文本，是因為我們能夠回溯古英語是如何演變並進而翻譯，而不是因為古英語跟現在的英語一樣，它們其實是不同的語言。確實，英語世界的孩童或許沒有意識到，當他們讀莎士比亞或喬叟（Chaucer）的作品，並學著適應多種陌生版本的英語，其實就是在進行某種語言考古。

語言一旦消亡或通常是遭到扼殺，演變發展的鏈結就斷了。並沒有所謂最後一個說古英語的人，因為古英語是逐漸演變為中古英語（Middle English），再演變為現代英語（modern English），但在南美洲就有最後一個說加卡語（Kakan）的人，而加卡語是在十七世紀滅絕。[13]從一些遇見加卡語使用者的人留下的文字紀錄，我們得知曾有加卡語這個語言，但是沒有任何加卡語字詞的相關紀錄留下來，遑論文法或字母表，因此語言學家甚至難以將加卡語歸類。據說耶穌會士阿隆索・巴賽納（Alonso de Barcena）編寫了加卡語及其他數種現已滅絕的南美洲語言的文法，但他的手稿佚失，世界上已經沒有會說加卡語的人，也沒有任何加卡語相關紀錄留存。[14]在歐洲人入侵美洲之後的數個世紀，有數百種語言消亡[15]，很多語言並沒有書寫系統，也沒有外人留下紀錄，這些語言及其使用者的神話、詩歌和歷史也就不復存在。即使是存留至今的斷簡殘篇，我們也可能無從解讀，但羅塞塔石碑（Rosetta Stone）例外，由於埃及象形文字專家破譯了石碑上的文字，我們得以更了解石碑背後的文化。

二〇一九年七月一個悶熱潮溼的日子，我前往紐約西十八街上一棟宏偉樓房，白色門面的磚造建築物共有七層樓。如果對照紐約市官方地圖，我所在的位置屬於聯合廣場（Union Square）北邊的熨斗區（Flatiron District）。我站在瀕危語言聯盟（Endangered Language Alliance；ELA）辦公室所在的樓房前；根據聯盟製作的紐約地圖，我正處在曼哈頓島的印地語、卡斯提亞語（Castellano；即西班牙語）、加利西亞語（Galego）、馬拉提語（Marathi）和藏語等多個語區連成的軸線上。瀕危語言聯盟製作的地圖將所有在紐約有人使用的語言和方言分類，舉凡洛克威半島（Rockaway Peninsula）的愛爾蘭英語、布朗克斯（Bronx）以北靠近康乃狄克州（Connecticut）方向的原住民族莫西干語（Mohegan），以及皇后區（Queens）中錯落混雜的東歐諸語、華語和南亞諸語區，統統都納入地圖中。在全世界各個大都市的市中心，以紐約的語言最為豐富多樣，市民使用的語言約有八百種之多。也因此，學者得以在紐約進行從前咸認必須遠赴國外進行的重要研究。

撰寫本書是一趟長達數年的旅程，而我試圖透過本書回答一個問題：為什麼有些語言成功地發揚光大，有些卻淪為弱勢語言甚至步上滅絕。旅程其中一站是拜訪瀕危語言聯盟辦公室，該聯盟支持的多種語言都瀕臨滅絕，但我想要探究這個課題的初衷，卻是為了一種表面上看來蓬勃發展的語言。我住在香港，這裡的主要語言是粵語。全球的粵語使用者約有七千三百五十萬人，其中大多數住在中國大陸，在香港則有超過六百萬人的母語是粵語。[16]但當我在香港待得愈久，和愈多粵語人士交談，此外自己也學習粵語，我開始發現粵語和我家鄉的威爾斯語之間有許多共通點。

我在北威爾斯（North Wales）的安格雷斯島（Ynys Môn；英語：Isle of Anglesey）長大，從小講英語跟威爾斯語。威爾斯語在過去一世紀逐漸式微，甚至曾瀕臨滅絕，但在語言復振計畫數十年推動之下，終於力挽狂瀾，成功在政治和教育上為威爾斯語奠定全新基礎，我這一代就是接受以威爾斯語為主教育的第一個世代。

還有很多其他語言就沒那麼幸運了。我在中國和香港從事新聞工作，看到北京當局施行的語言政策，完全是從前幾乎消滅威爾斯語那些政策的翻版。中華人民共和國政府於一九五五年將「普通話」列為官方語言，國民的識字率因此大幅提高，也促進了廣大國土上文化各異的族群融合。北京當局強勢施行的單語政策（monolingualism），對大英帝國官員來說想必也很熟悉，代價卻是犧牲許多其他語言和方言。最近數十年，中國各地的學校逐漸改為只教普通話，校方採取積極手段阻止學生講其他語言或方言，因此這個世代的一些人可能難以和祖父母輩，或其他在普通話興盛之前受教育的親戚溝通。這樣的柔性帝國主義，以及其他不怎麼柔性的帝國主義做法，在中國政府控制之下較邊陲的地區如西藏（圖博）、新疆和香港遭遇人民反抗。當局壓制當地語言與發揚漢人至上的措施齊頭並進，企圖讓全國人口邁向同質一體，以撲滅任何可能引燃分離主義的火苗，完全揚棄最初要建立一個多元族群、多元文化國家的承諾。

在關於語言瀕危的論述中，有一個很普遍的想法，即語言之所以消逝，是因為逐漸過時或愈來愈少人使用，就自然而然消亡了。從這個觀點來看，語言似乎就像時尚潮流，在一段時間之後會退流行，或像科技日新月異，舊的會被更先進的取代。死命守護古老語言的人在其他人眼中，說好聽一點是古雅，或被當成保守派，最糟的是被視為食古不化的盧德分子。①但這種觀念是錯的。這樣的看法有利於強勢者，犧牲了弱勢者，更讓殖民者可以安心卸責。語言不是單純失落不存，而是遭到移除。語言之所以消逝，是因為在惡意或忽視之下被連根拔起，語言使用者則在遭到同化之下改講新的語言，或者被夾在消逝中的舊語言和難以企及的新語言之間苦苦掙扎。

在民族國家和中央集權政府興起之後，加上印刷機和大眾傳媒的問世，造成數種「超級語言」橫掃全世界，其他語言望風披靡，語言瀕危的速度也不斷加快。目前現存的語言約有七千種，但其中二十三種語言的使用者多達全球人口的一半，這個比例仍在逐年升高。[17]筆者撰寫本書時，根據聯合國教科文組織（UNESCO）的統計，約有兩千四百種語言處於易危（vulnerable）或瀕危狀態，還有將近六百種語言瀕臨滅絕。[18]

威爾斯有一句諺語是這麼說的：「語言是一個民族的心，沒有語言的民族等同沒有心」（cenedl heb iaith, cenedl heb galon）。語言與文化息息相關、密不可分，語言將人與祖先連結在一起，有助維繫各種傳統、口傳歷史及世界觀。語言多樣性的喪失，不只是學術智識上的悲劇，更是殖民主義和帝國主義持續造成的後果，一個又一個群體被迫同化，繽紛多樣的歷

①譯注：盧德分子（Luddite）：十九世紀初反對以機械取代人力、群起破壞紡織機的英國工人，後用以指稱任何反對新科技的人。

史、文化和語言遭到抹除。語言的存亡可能真的是攸關生死的大事：澳洲和加拿大的研究指出，如與被迫完全改用英語、傳統文化斷裂的原住民族相比，持續使用族語的原住民族生態比較健康，也比較具有凝聚力，族人的失業、酗酒和自殺問題較少，教育程度則較高。[19, 20] 語言多樣性也有助於激發新的思維想法，讓我們更能面對和處理殖民主義和工業化釀成的許多不公義和災難。法國與西班牙邊境的庇里牛斯山區（Pyrenees）西部是講巴斯克語（Basque）的區域，在此區發跡的蒙德拉貢勞動合作社（Mondragon worker's cooperative）的宗旨是找出資本主義之外的另一條路，這個團體獲致驚人成就也歸功於巴斯克語復興運動。[21] 在巴勒斯坦地區（Palestine），推動復興希伯來文的成員也在基布茲（kibbutz；即以色列的集體農場）試行類似的做法，另一種猶太語言意第緒語（Yiddish）現已瀕危，但過去曾在二十世紀初的勞工運動中扮演要角，有許多激進的意第緒語文學創作和刊物。[22] 無論在環境、經濟或文化層面，許多問題往往是少數幾種語言稱霸全球所致，而促進語言多樣性有可能帶來新的解方。聯合國宣布二〇一九年為「國際原住民族語言年」，肯定原住民族的語言「為良好治理、建構和平、和解，以及永續發展提供了資源」。[23]

本書奠基於數百小時的採訪、文獻考查及報導撰寫，探討威爾斯、夏威夷和香港三個地方使用的語言及語言群體，這三個地方既是將其兼併的帝國的一部分，也與帝國分離，並對帝國懷抱憎恨之情；它們既以所屬的國家及其功業為傲，同時也渴望獨立或自治。在上述三地，語言是將當地人與母國分隔開來的關鍵。威爾斯是英格蘭（後來的大英帝國）的第一個殖民地，兩者交融已經到了威爾斯不再被當成殖民地的程度，其身分認同更與母國緊密交織，英格蘭吸納或收編了原屬威爾斯文化的元素，例如亞瑟王傳說和龍，甚至於「不列顛」（Britain或Prydain）這個名字。夏威夷曾是個獨立王國，最先是成為美國的殖民地，後來列為領土（territory），最後成為美國的一州。香港曾是英國殖民地，後回歸中華人民共和國，中國政府繼承了清朝疆域並加以鞏固，強力推行過去歷代統治者夢寐以求的語言同化政策。

藉由探究這三個文化各異但處境又可類比的地方，以及稍稍岔出去檢視世界上另外兩處，我們可以看到語言對全球政治和歷史的形塑力道之強、影響之深遠，其實遠遠超過一般人的認知。書中探討的每種語言都為我們上了一課，告訴我們被迫淪為弱勢的語言使用者是如何努力實踐自決，如何捍衛本土文化和生活方式，以及可以如何仿效師法。過程並不總是純淨美好，而保存固有語言文化的想望，往往可能演變成對過去的醜惡執著，或是故步自封、拒絕接受任何外來事物。本書中記述的故事往往殘暴混亂，涉及恐怖主義手段、凶殺、放炸彈、縱火、暴動和示威抗議，全是以保護語言之名所行之事。對於努力保存或振興本土語言的民眾，政府往往會強力打壓，或藉由政治宣傳指控他們是分離主義分子。

關於語言的復興，我相信威爾斯語的例子指點了一條明路。與威爾斯語復興相呼應的，是威爾斯的組織團體在政治上爭取更多自治權甚至可能推動獨立，以及威爾斯文化的蓬勃發展，在傳統文藝音樂活動「威爾斯藝術節」（Eisteddfodau）帶動之下，威爾斯語電視節目、電影和文學創作蔚為風行。現今威爾斯的小朋友在英語和威爾斯語雙語環境中長大，即使科技讓威爾斯和其他國家一樣全球化程度日增且受到外來文化影響，但若與四十年前長大的父母親那一輩相比，他們與過去歷史和本土文化的連結更加緊密。威爾斯的例子向世人展現，擁抱瀕危語言不表示要守舊仇外，而是可以歡迎新成員融入，例如很多在威爾斯落腳的敘利亞難民家庭中的小孩，是先學威爾斯語再學英語。威爾斯語的復興證明了，語言的式微並非無可避免，還有機會逆轉挽救。威爾斯語近年的發展歷史為復興瀕危語言提供了重要指引，也成為全世界效法的模範。但威爾斯語的故事也是給其他語言的一則警訊：唯有不斷奮鬥拚搏，才能免於衰弱和失去強勢地位。威爾斯或許未曾失去它的語言，但威爾斯語提供的藍圖卻只適合破釜沉舟的最後一搏，只有竭盡全力奮戰到底，才可能免於滅絕。世界上已有許多語言處境堪憂，威爾斯語的歷程對這些語言來說值得借鑑，而且切身相關，但並不是唯一的他山之石。威爾斯屬於大英帝國，必須努力捍衛自己的語言以對抗英語的入侵。但威爾斯的菁英階級反而加速摧毀本土文化，讓威爾斯與英格蘭的關係變得更加緊密。時至今日，威爾斯的雙語仍主要是英語優先的雙語，土生土長的威爾斯人會講兩種語言，而只說英語的人絕大多數都懶得學威爾斯語，深信法律會保障他們使用任一語言的權利，而無可避免地，這表示他們只會用英語。雙語是很值得欽佩的目標，但必須是名實相符、兩種語言平起平坐的雙語，而不是將其中一種語言降級到「陪榜」的地位。威爾斯語的命運翻轉值得稱道，但爭取威爾斯語光明未來的這一仗絕對稱不上勝利，如果威爾斯語無法真正達到與英語同樣的地位，最終還是有可能步向衰亡。

在本書討論的語言中，以夏威夷語為母語的人口少，加上長期遭到邊緣化，易危情況或許最為嚴峻，但夏威夷語的存活延續卻同樣重要可觀。歷經數十年的殖民壓迫，並遭到政府漠視，社運人士和教師孜孜矻矻，努力維繫夏威夷語的存續，本書中記述了多則他們的故事。他們的勤奮耕耘為現今夏威夷語的復興鋪路，讓學校重新開授起本土語課程，讓新一代的夏威夷人能夠在母語環境中長大。許多夏威夷語的新使用者積極推動夏威夷民族自決，在政治上為夏威夷語族群爭取權力，也致力於保護島上的自然資源免遭剝削。如今他們蓄勢待發，準備推動夏威夷州成為全美第一個正式的雙語州，讓夏威夷語成為群島上所有族群共同的語言，以確保這個語言未來能夠發展蓬勃、不再式微，同時也在夏威夷語母語人口及非母語人口與夏威夷的歷史文化之間建立連結。

本書中也論及粵語，全球的粵語人口高達數千萬，在一本關於瀕危語言的書中討論粵語乍看可能很荒謬，但粵語的易危程度遠比書面資料中呈現的還高。粵語在中國大陸已經遭到邊緣化，雖然香港有很多人表示希望保護粵語，但有些香港父母鼓勵孩子優先學好英文和普通話，而非學好粵語，卻可能被動地促進粵語的侵蝕弱化。對其他民族來說，語言復興和民族自決攜手並進，但粵語的情況卻相反，粵語的使用如果和港獨運動有所牽連，事實上可能只會讓粵語加速衰亡，而北京當局對於「撐粵語」人士確實日益猜疑，將他們視為隱性的分離主義者。粵語使用者可能也會落入與威爾斯語使用者相同的處境，被迫最後奮力一搏。目前仍無法確知粵語究竟能不能撐過接下來黯淡的數年，在未來再度茁壯興盛。在撰寫本書期間，香港發生數次大規模的反政府示威行動，再次顯示了粵語是如何將香港這個城市和從另一邊駕臨的統治者之間分隔開來。二〇二〇年，示威者被迫屈服，香港政府公布並開始實施新通過的《港區國安法》，香港的政治和法律體系從此大幅改變，香港與中國的關係也比從前更加密不可分。《港區國安法》似乎預示了中國將採取整體而言趨向同化的治港政策，本書中所記述與粵語有關的變化趨勢都可能因此加劇。

威爾斯語、夏威夷語和粵語的命運，以及使用和努力保存這三種語言的人的故事，關乎我們每個人。有些語言的存續現今正受到威脅，有些語言未來有一天可能瀕危，如果沒有語言復振（language revival）的楷模供我們師法，語言多樣性流失的情況可能會愈來愈嚴重，此外還有其他的風險：這些語言承載的想法、概念、發明、藝術、詩歌和音樂可能都將失落不存。

第一部

威爾斯語

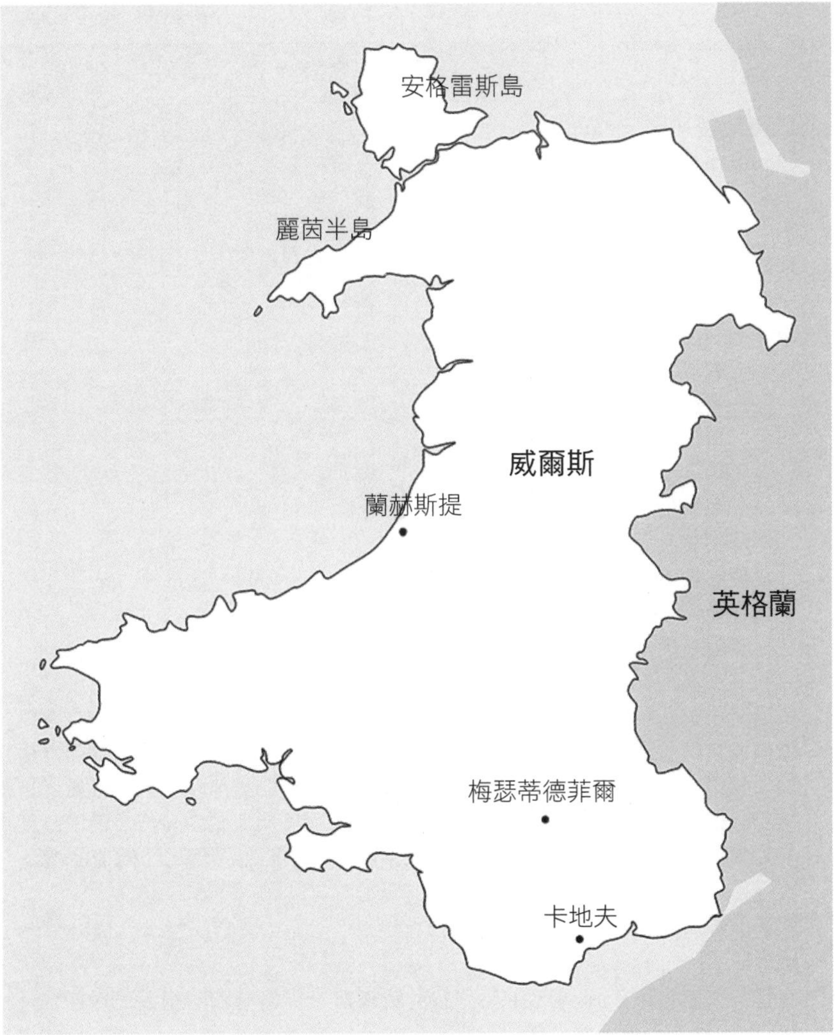
安格雷斯島
麗茵半島
威爾斯
蘭赫斯提
英格蘭
梅瑟蒂德菲爾
卡地夫

威爾斯語（Cymraeg）
（kəmˈraːɨg）

◆ **語系**

印歐語系
－海島凱爾特語支（Insular Celtic）
　－布立吞語（Brythonic）
　　－威爾斯語
　　－康瓦爾語（Cornish）
　　－布列塔尼語（Breton）
－蓋爾語（Goidelic）
　－愛爾蘭語（Irish Gaelic）
　－蘇格蘭蓋爾語（Scottish Gaelic）
　－曼島語（Manx）
－日耳曼語（Germanic）
　－英語

威爾斯語是凱爾特語的一個分支，演變自曾在不列顛島各地通用的布立吞語。威爾斯語與康瓦爾語、布列塔尼語的關係相近，與愛爾蘭語、蘇格蘭蓋爾語的關係較遠，不過蓋爾語和布立吞語發音迥異，兩種語言無法互通。威爾斯語和英語同樣源自印歐語系，但關係並不親近，不過威爾斯語中有許多借用自英語的外來字（英語中也有一些字借自威爾斯語），兩種語言都深受拉丁語影響。

◆ **使用者數量**

威爾斯：約八十萬人
全世界：約八十五萬人（主要分布於威爾斯、英格蘭和阿根廷的歐拉法〔Y Wladfa；意為「殖民地」〕）

◆書寫系統

共有二十九個拉丁字母：a, b, c, ch, d, dd, e, f, ff, g, ng, h, i, j, l, ll, m, n, o, p, ph, r, rh, s, t, th, u, w, y

◆語言特色

威爾斯語中有一些英語中沒有的音素，在歐洲語言中也很罕見，多半以雙輔音（雙子音）如ll（/ɬ/）、ch（/χ/）或ng（/ŋ/）呈現。威爾斯語的輔音會根據前後文發生變化：例如「gan」（意為「有」）可依據前後文變成「gen」、「ganddo」或「gennych chi」。「Cath」（意為「貓」）加上所有格之後會跟著變化，可能變成「fy nghath」（我的貓）、「ei gath」（他的貓）或「ei chath」（她的貓）。威爾斯語的句子結構與英語的「主詞＋動詞＋受詞」不同，是採用「動詞＋主詞＋受詞」的順序，名詞分為陰性和陽性。

◆例句

- 我是威爾斯人，我講威爾斯語。
  Rwy’n Gymro, dwi’n siarad Cymraeg.

- 洗手間在哪裡？
  Lle mae’r toiled?

- 哪一條路通往蘭韋爾普爾古因吉爾戈格里惠爾恩德羅布爾蘭蒂西利奧戈戈戈赫？
  Pa ffordd sy’n mynd i Llanfairpwllgwyngyllgogerychwyrndrobwllllantysiliogogogoch?

第一章 《藍皮書》

在威爾斯兩大城市卡地夫和斯萬西（Swansea）之間橫亙著布雷肯比肯斯山脈（Bannau Brycheiniog），小小的集市城鎮蘭多弗（Llandovery）就位在山脈西北方。一八四六年十月的蘭多弗寒冷潮溼。[1]城鎮中心附近坐落著蘭多弗濟貧院（Llandovery Union Workhouse），原本就低矮的灰色石灰岩建築上有傾斜的板岩屋頂，看起來更顯低矮。未加裝玻璃的窗口呈細十字形，室內難以通風，採光也不佳。這間濟貧院是依據一八三四年《濟貧法》（Poor Laws）所設立，《濟貧法》斷絕了其他濟弱扶貧的方法管道，連被其取代的都鐸王朝時期少得可憐的社會福利相比之下都顯得慷慨大方。[2,3]濟貧院的設計具有懲罰性質，環境惡劣苛刻，是那些無法維持生計的人最後的去處。[4]及至一八三九年，英格蘭和威爾斯濟貧院的收容人幾乎半數是孩童，有些是孤兒，有些是棄兒，也有些是成年收容人的子女。而在三百多年前即遭英格蘭正式兼併的威爾斯，濟貧院也具備同化那些頑強「威獨」分子的功能。在濟貧院附設學校裡，威爾斯孩童除了上宗教課接受英國國教的教誨，每天還要上三小時的閱讀、寫作和算術課，所有課程皆用英語教學。

至少理論上是如此。拉爾夫・林根（Ralph Lingen）於一八四六年十月十九日到蘭多弗訪查，看到在四面刷白石牆光禿的學校教室裡，一群共十六名、年紀有大有小的孩子圍坐在一張桌子旁，他們邊在石板上寫字，邊輪流用呆板語調唸誦英文《聖經》。所有的孩子看起來都「面無表情、死氣沉沉」，在林根和男老師談話時，一個打瞌睡的女孩不小心從長凳上跌下來，立刻遭到老師厲聲訓斥。[5]幾乎沒幾個孩子能夠回答老師的問題，而老師本人對於自己應該講授的課程主題也一知半解。儘管孩童大多不會英文，老師還是必須使用以英文寫成的課本，而老師自己除了照本宣科，也沒辦法解釋加減乘除的原理，結果就是每堂課下來，師生都一無所獲。[6]

然而，與林根在蘭多弗訪查的另一所學校相比，上述這間濟貧院學校算得上是天堂了。林根出生於赫特福德郡（Hertfordshire）的富裕家庭，於牛津大學貝利奧爾學院（Balliol College）任教，後來承襲貴族爵位。蘭多弗另一所學校的汙穢不堪，是林根這樣的人生平從未見過、也無法想像的程度。[7]村莊中一間矮小建築物充當學校，在林根打開門時，撲面而來的惡臭讓他不禁畏縮卻步。室內悶熱潮溼、令人作嘔，讓他想起已有乘客開始暈船嘔吐的輪船引擎室。內部空間低矮陰暗、無比擁擠，大約有五十名孩童伸長手腳懶洋洋癱坐在長凳和課桌上。[8]

但這所學校還不是林根巡查卡馬森郡（Carmarthenshire）學校所見到情況最糟的；這個

威爾斯西南部的大郡以農業為主，相當貧困。蘭多弗的數間學校至少還有像樣的屋頂。另一個村莊裡的孩子只能在一間小屋裡上課，當地時常下雨，但小屋的茅草屋頂幾乎無法擋雨，學校只能發給學生很多乾草，讓學生在上課時自己想辦法用乾草擋雨。[9] 林根記述另一所學校「只是一間簡陋欲墜的屋舍，環境極為汙穢不堪」，他還注意到地板是泥土地而且遍布深洞。孩童上課時只能跪著寫字，有一張課桌的桌面還是用老舊門板製成的。地板正中央燃燒的零散煤塊和垃圾散發些微熱氣和大量濃煙，林根吸到濃煙不停嗆咳，但擠在教室裡的數十名學生或老師似乎不以為意。[10]

林根被派往卡馬森郡和鄰近數個郡區訪查各地教育情況，而當地並未留給他太好的印象。在十月到威爾斯南部最窮困的幾個區域蹓躂不是什麼愉快的經歷，而在林根後來交出的報告裡，他面對當下處境逐漸加深的挫折感和驚慌失措可說是歷歷如繪。其中有一點特別令他難以忍受，在他於該區域訪查的將近七百所學校中，超過半數「完全不提供如廁之處」，學校鼓勵孩童到附近田野或特別挖好的洞方便。[11] 現今閱讀林根的報告，可以看到發自肺腑闡述他訪查的這些地區有多麼貧苦、發展窒礙，以及校舍環境欠佳加上缺乏合格師資造成的困窘情況。除了林根，另有兩位專員分別訪查北威爾斯和威爾斯東南部的學校，但他們三人報告所下的結論令人驚詫；他們指出威爾斯教育體系根深柢固的問題不在於貧窮、生活水準低落或教師訓練不足，而是出在威爾斯語。

「與聯合王國其他地區相比，教育在威爾斯受到忽略的情況特別嚴重，」威廉．威廉斯（William Williams）站在下議院中央的議事桌前方以拖長的音調匯報，「威爾斯人的處境之所以困苦艱辛，是因為古老的威爾斯語還存在。」[12]

威廉斯於一七八八年出生在卡馬森郡小村莊蘭伍聖（Llanpumsaint）裡的一座農場。[13]他曾短暫進入當地教區學校就讀，後來到卡馬森城鎮一家店鋪擔任學徒，後來經營棉花和亞麻批發生意十分成功。他在一八三五年首次獲選成為議員，後來成為下議院領頭的激進議員之一，提倡擴大特許權範圍和推動政教分離。威廉斯於一八四六年三月於下議院報告威爾斯教育問題時五十八歲，圓臉兩側的鬍鬚與鬢角相連，高高豎起的衣領繫著領結。[14]威廉斯本人就來自威爾斯各區中最多人講威爾斯語的地區，或許正是因為如此，他堅信威爾斯人的母語是阻礙未來發展的先天劣勢。

「仕紳和受過教育的階級一律說英語，城鎮居民平常也說英語；至於農民、勞工及其他鄉村和採礦區的居民則說威爾斯語，」他說，「威爾斯語是較貧困階級的語言，已經很久不曾出現任何以威爾斯語創作的重要文學作品；即使是關於文學、藝術和科學的其他語言作品，也很少威爾斯語譯本。」[15]

基於這個緣故，「雖然威爾斯人和他們的英格蘭鄰居同樣勤奮，但在聰明才智、舒適的生活享受，以及設法改善生活條件等方面，卻落後一大截。」

威廉斯高談闊論如何改善威爾斯的教育水準，而他和其他議員最關心的，其實主要是威爾斯部分地區日益紛擾不安的情況。一八三〇年代，一群勞工帶頭起事，短暫控制了梅瑟蒂德菲爾和紐波特（Newport）兩個城鎮，他們要求政府改善生活條件、給予更多政治代表權，而在一八四二年整年則發生所謂「利百加暴動」（Rebecca Riots），起事的群眾主要攻擊濟貧院、收費站，和其他在威爾斯農村象徵英格蘭財富權勢及經濟壓迫的場所。

威廉斯要求籌組監察委員會對威爾斯各地學校進行訪查，他成功說服下議院通過提案。於是在一八四六年冬季，拉爾夫·林根和另外兩名訪查委員耶林傑·賽蒙斯（Jelinger Symons）和亨利·沃恩·強森（Henry Vaughan Johnson）徒步拜訪威爾斯各個教區。林根的同事和他一樣都出身富裕的英國仕紳地主家庭。賽蒙斯於劍橋大學基督聖體學院（Corpus Christi）就學，父親是教區牧師[16]；強森則於劍橋大學三一學院（Trinity College）任教，後來與一位男爵的女兒結婚。[17,18]雖然有「熟稔威爾斯語」的助理陪同，但他們三人都不懂威爾斯語，對威爾斯也不怎麼熟悉。[19]委員們查核後提出《監察委員會訪查威爾斯教育現況報告》（Reports of the Commissioners of Inquiry into the State of Education in Wales），並附上冗長拖沓的副標題：「〔調查〕威爾斯公國教育現況，特別是可供勞工階級習知英語的方式管道」。委員們在報告中指證歷歷，所有發現都對威爾斯語極為不利。賽蒙斯寫下的一個段落尤其令人難忘，其中一句是：「威爾斯語對威爾斯而言是極大的劣勢，對於威爾斯人民的道德和商貿發展構成多重阻礙。」[20]

它的邪惡後果再怎麼強調也不為過。它是威爾斯人的語言，年代比古代不列顛人的語言更早。它讓威爾斯人無法進行有助於推進文明發展的話語交流，阻斷了他們滋養心智、增進知識的管道。證據之一：沒有任何作品稱得上是威爾斯文學。

林根的用字遣詞較為含蓄，但他的評估同樣帶著強烈批判。

無論在鄉村或工廠，威爾斯元素從未見於上流社會階層，構成威爾斯的階層顯得單一、缺乏變化。在鄉村，農民持有的土地面積極小，智識和資本發展與勞工並無二致。在工廠，威爾斯工人永遠無法擔任辦公室的行政職，無法成為辦事員或代理商。他可能成為監工或小包商，但無法因此不做粗工、晉升管理階級。無論在他的新家或老家，他的語言讓他一直處於困境難以自拔，阻礙他取得和傳遞必要的資訊。他用的語言老氣過時，是屬於農耕、神學和簡樸鄉下生活的語言，而周圍所有人使用的是英語。[21]

依據委員所言，威爾斯人骯髒懶惰、教育程度低落、容易酗酒，而且男女關係混亂。儘管威爾斯各地教會數量極多，但大多數教會並未嚴格遵守安息日，對神聖經典的了解很粗淺，雪上加霜的是大多數宗教機構並不隸屬英國國教會（Church of England），而是由非英國國教（nonconformist）的教派如衛理公會（Methodists）或浸信會（Baptists）主持。三位委員是在當地的英國國教神職人員的證詞引導下提出評判，這些神職人員大多是來自英格蘭的移民，他們不懂威爾斯語，特別看不起在宗教上屬於異端的威爾斯人。

「窮人對於大多數議題似乎完全無知，只知道撒謊騙人跟講別人的壞話。」賽蒙斯引用布雷肯（Brecon）聖母教堂（St Mary's Church）的詹姆斯・鄧寧牧師（James Denning）的話。

> 他們完全不知道何謂愜意的人生享受。城鎮中至少有兩千人的生活環境極度髒亂不堪，而他們看起來似乎完全沉浸其中，因為他們一點都沒有想努力擺脫骯髒汙穢和游手好閒生活的意思。從我自己在愛爾蘭的經驗，我想威爾斯和愛爾蘭的低下階層有非常相似的地方——兩群人都骯髒懶散、頑固偏執，而且不思進取。[22]

賽蒙斯和其他委員主張，這些缺點的源頭可以歸結為威爾斯人普遍缺乏教育，而這一點本身的肇因就是壞處多多的威爾斯語。威爾斯語不只阻礙道德提升和知識吸收，甚至減低了司法體系的效率，這一點又回歸到最初威廉斯為何要在議會發言，以及三位委員為何要前往威爾斯訪查：勞務糾紛和利百加暴動。

「在一場審判一名威爾斯罪犯的英格蘭官司中，陪審團由威爾斯人組成，而律師和法官都對陪審團講英語，其荒唐可笑和令人驚愕的程度毋需贅言，」賽蒙斯指出，「如此情況固然荒唐可笑，但會一直持續下去，除非威爾斯人民都學英語；但唯有設立足夠教英語的學校，才有可能做到。」[23]

政府於是開始推行各種以英語取代威爾語的措施，而三名委員認為應推行教英語取代威爾斯語的主張也獲得不少人支持，其中甚至包括威爾斯語使用者。強森發現北威爾斯當地有著「希望提升英語能力的習俗」。[24]

一名男孩掛在脖子上的木頭牌子吸引了我的注意，牌子上寫著：「我不說威爾斯語」。他們告訴我，這塊牌子是用來處罰講威爾斯語的人。但事實上，男孩只有講威爾斯語跟閉嘴不講話兩條路可選。他不會英語，也沒有系統化的口譯練習。

學生在學校裡講威爾斯語被聽到，會被罰掛上「我不說威爾斯語」（Welsh Not）牌子或「威爾斯語吊牌」（Welsh stick），他如果聽到哪個同學也講了威爾斯語，就可以把牌子傳給跟他犯下同樣錯誤的同學。於是牌子就在學生之間傳來傳去，直到當週最後一天上課，身上掛著木牌的學生就會遭到鞭笞的懲罰。這種習俗除了可能造成傷害，後來也有人發現，學生會偷偷跑去同學家查探有誰在家跟父母親講威爾斯語，只要將木牌傳給同學，自己就能免受處罰。

儘管出現了處罰學生掛上「我不說威爾斯語」狗牌這類嚴厲的手段，林根表示很多家長都支持改用英語，他寫道：「即使在全都是威爾斯人的地區，無論階層高低，沒有一位家長不贊成自己的孩子在學校裡只學英語」，而賽蒙斯則引述黎施．普萊斯（Rees Price）牧師的話，牧師表示自己雖然身為威爾斯人，但樂見古老的威爾斯語式微。

「英語終將取代威爾斯語，我也毫不懷疑，現在的威爾斯人似乎從當地語言吸收的許多偏見，屆時也會隨之消弭，」牧師如此說道，但他也指出，「自認真正威爾斯人的那群人會很堅持使用母語，任何消滅威爾斯語的做法都會引發他們不滿。」[25]

三名委員於一八四七年向議會呈交《藍皮書》報告，議會將三卷報告出版供大眾閱覽後，威爾斯社會上爆發對三名委員的不滿情緒，後世稱為「藍皮書的背叛」（Brad y Llyfrau Gleision）。事件名稱是浸信會（Baptist）教徒暨詩人羅伯特．瓊斯（Robert Jones）所取，指涉「長刀的背叛」這個虛構的歷史事件，該事件係關於五世紀侵略不列顛島的撒克遜人在一場和談中殺害了不列顛各部族的首領。[26]《藍皮書》給人同樣陰險惡毒的印象，尤其因為三名委員攻訐威爾斯婦女不貞和威爾斯人不信奉英國國教而大受抨擊。報告最後的總結和意見是極力批評威爾斯語，並提議將之消滅，但在當時並未引起太大的注意。這份報告激勵了原本相互競爭的不同教派團結起來，對抗共同的敵人英國國教會，[27]比較少人發聲捍衛威爾斯語，很多人或許對《藍皮書》部分內容義憤填膺，但可能會贊同其中改用英語的建議。[28]

一八四七年《藍皮書》發表之後，威爾斯各地開始設立英國國教會學校。[29]許多威爾斯的英國國教神職人員和非英國國教的神職人員對《藍皮書》一樣很有意見，其中一人對於三名委員的描述令人印象深刻：「誹謗中傷、造謠生事的外國人」。儘管如此，英國國教信仰還是成為推動大英帝國在世界各地霸業的驅力，而在英格蘭的第一個殖民地威爾斯也不例外。英國國教發源自英格蘭，也使用英語；相較之下，威爾斯特質則成了非英國國教派的特色，以至於非英國國教派吸納了威爾斯特質，類似當時天主教的中央集權特質吸納了愛爾蘭身分認同。[30]從此之後，威爾斯語成為專屬教堂和主日學校的語言，雖然在部分地區有助於縮減威爾斯語的使用，但日後將帶來惡果，因為保護威爾斯語和獨特本土文化的訴求此後就與宗教脫不了關係，不會再有世俗化的威爾斯身分認同。數十年後，當新的世代試圖擺脫浸信會或衛理公會信仰的桎梏，他們自然也會想擺脫威爾斯語，因為對他們來說，威爾斯語不是承載《馬比諾吉昂》（*Mabinogion*）故事集或亞瑟王傳奇等輝煌凱爾特歷史的語言，而是古板維多利亞時代（Victorian）基督新教信仰的語言。

《藍皮書》是由威廉．威廉斯在議會的發言所促成，而報告中的發現坐實了他先前的猜疑和偏見，令他大喜過望。他三番兩次寫信給首相約翰．羅素爵士（Lord John Russell），希望首相採納報告中的建議。

由於欠缺英語教育，威爾斯的平民百姓處於種種劣勢和困境——或許說他們過著貧困匱乏的生活也不為過——比英國其他地區人民過得更加艱苦，而追根究柢，原因就在於他們仍然使用古老的語言。

……我相信大權在握的閣下將很樂意發揮關鍵作用，送給威爾斯人民良好的教育這份大禮，畢竟教育是為他們提供優良教養，讓他們脫離訪查委員所述悲慘境遇的唯一方法，而教育的功效（如我先前所指出）也有來自社會各階層的一致意見可以為證。閣下若能這麼做，將能為皇室王冠再添一顆寶石，並為此深感自豪滿足，它的超凡光輝將勝過現今妝點女王陛下王冠上的其他寶石；而未來的世世代代都將由衷感激，奉閣下為他們最重要的貴人。[31]

直到將近二十二年後，即《初等教育法》（Elementary Education Act）於一八七〇年通過後，威廉斯的目標才算是完全實現。在這段期間，英語的地位在威爾斯各地大大提升，而有了《藍皮書》結論和政府的支持，反對威爾斯語教育那一方的氣焰更為囂張。隨著工業革命的發展於十九世紀中葉達到極盛，數千名講英語的勞工湧入南威爾斯（South Wales）的礦場和煉鐵廠，以至於礦坑中使用的語言逐漸改以英語為主，而新近加入的工人不再需要學習威爾斯語。威爾斯長期貧窮匱乏，加上英格蘭化的浪潮襲來，有些威爾斯人於是移居海外，到美國、加拿大等地建立聚落，持續以威爾斯語為「居家生活、教會禮拜和親友交流使用的語言」。[32]對於英格蘭的帝國主義，有些人的回應之道是自己也成了殖民者。在邁克．瓊斯（Michael D. Jones）的號召下，一群威爾斯人前往巴塔哥尼亞（Patagonia），他們向阿根廷政府租借土地，建立了「歐拉法」（Y Wladfa Gymreig，意即「威爾斯殖民地」）。在北美洲的威爾斯移民社群改為講英語之後，阿根廷的威爾斯人社群許久以來仍然講威爾斯語，許多愛國的威爾斯人深深以此為傲，有些人更奉瓊斯為「十九世紀最重要的威爾斯人」。[33]

在瓊斯的語言國族主義啟發之下，歐拉法的威爾斯文學和教育傳統十分深厚，雖然歐拉法社群仍以西語為主要語言，但整個社群直到現今皆通曉威爾斯語。[34]歐拉法是威爾斯以外唯一一個通行威爾斯語的地方，很容易被賦予過度浪漫的想像，尤其早期很多作家無視移民與原住民之間的互動其實很偽善，畢竟威爾斯移民社群之所以茁壯繁榮，部分原因在於西班牙和阿根廷殖民者壓迫和遷離當地原住民德衛契族（Tehuelche people）。瓊斯的雙眼炯炯有神，蓄著濃密的落腮鬍，習慣像阿根廷高喬人（gaucho）一樣披著傳統斗篷。他留在威爾斯遊說愛國的同胞前往巴塔哥尼亞，而在威爾斯當地，威爾斯語的處境卻如他所預期的持續惡化。及至一八五〇年代，講威爾斯語的人口比例已經從十八、十九世紀之交的近十成下降到五成左右，同時由於工業革命和移民湧入，威爾斯的人口呈爆炸性成長。[35]儘管威爾斯語明顯式微，只有少數人認為能夠扭轉情勢。社會達爾文主義在當時蔚為風行，大眾認為出現一種優勢語言是自然而然的事，如果一個民族想要變得強壯興盛，就應該接受這樣的發展。一八六五年威爾斯藝術節活動中，後來成為自由黨（Liberal）下議院議員的實業家大衛・戴維斯（David Davies）告訴民眾：「我從過往的經歷見聞學到的是，如果想賺錢，英語是最棒的工具。」[36]

「我想要建議每一位威爾斯同胞將英語練到純熟完美；如果你啃全麥麵包就很滿足，當然沒問題，你可以待在老家。」他接著說：「如果你想開始改吃白麵包，過著舒適奢華的人生，唯一的方法就是學好英語。」

無論在威爾斯或其他地區，威爾斯語成為眾矢之的，社會輿論就如同戴維斯的發言，對威爾斯語文化傳承沒有絲毫敬意和尊重。一八六七年《泰晤士報》（*The Times*）的一篇報導甚至警告：「威爾斯語是威爾斯的詛咒。」[37]

由於威爾斯人普遍使用威爾斯語，以致英語一直遭到漠視，如今甚至將威爾斯人隔

> 絕於英格蘭鄰居的英語文明之外。舉辦威爾斯藝術節可說是有史以來最為自私有害的濫情行為，只是在文明發展和繁榮興盛的自然進程中的愚蠢干擾。如果威爾斯人講英語是有益的，那麼鼓勵他們眷戀以前的語言就是一件天大的蠢事。歐洲的衝勁和力量、智慧和音樂，主要皆源自日耳曼文化，任何對凱爾特文化相關事物的頌揚若非賣弄學問，就是純粹的無知。凡與威爾斯語有關的地方特色，愈快消失在地球表面愈好。

就連文人也不願挺身為威爾斯語辯護。牛津大學特聘詩學教授馬修・阿諾德（Matthew Arnold）論及不列顛各地凱爾特諸語言的式微時指出，「當一個人聽到最後一位講古老康瓦爾語的康瓦爾農民的死訊，心中或許會感到片刻的哀傷，但是對康瓦爾來說，改說英語無疑是比較好的發展，如此就能與國內其他地區更徹底合而為一。」[38]

> 不列顛群島上所有居民全都融合為一個講英語的同質整體，破除橫亙在彼此之間的藩籬，抹滅各地不同民族之間的差異，天下事物臻於完善的自然發展是大勢所趨、無可抵擋；此為所謂現代文明之必須，而現代文明是真實正統的力量；改變必須發生，而且終將實現，只是時間早晚的問題。威爾斯人民愈早停止以威爾斯語作為日常生活、政治、社會交際的語言愈好；對英格蘭會更好，對威爾斯本身也會更好。生意人和觀光客

一步步將英語帶入威爾斯公國的核心，可說厥功甚偉；歷任教育大臣力推的政策讓英語教育在小學課堂中逐步扎穩根基，也功不可沒。

於是「不說威爾斯語」的風潮襲捲整個威爾斯。為了方便觀光客和新移民理解，各地紛紛豎起英語招牌，而為了文明的未來發展著想，各地的威爾斯語招牌陸續拆下。現代性——屬於英格蘭、英國國教、帝國主義的進展——滲透全國幾乎所有地區，只會威爾斯語的人民則被迫退到最偏遠的窮鄉僻壤。一九一一年人口普查結果顯示，威爾斯語首度成為威爾斯的少數語言，所有人口中通曉威爾斯語者僅占百分之四十三，分布區域集中在較落後的威爾斯中部和西北部地區。[39]《藍皮書》加速了威爾斯語式微，但也促成某種反抗意識的凝聚，這股意識醞釀近百年之後終於付諸實現，威爾斯和英格蘭的民眾忽然認知到威爾斯語面臨凋亡，開始有人力挽狂瀾，試圖挽救威爾斯語這個古老的語言。

第二章　熊熊怒火

麗茵半島宛如伸出的臂膀，自威爾斯北部陸塊突伸進寒冷的愛爾蘭海（Irish Sea），半島尖端逐漸收窄，彷彿伸出一根手指指著巴德西島（Ynys Enlli；英語：Bardsey Island），這座島有時會因為狂風吹襲，加上周圍海流詭譎多變，以致往來交通中斷。從巴德西島再往外，麗茵半島尖端如手指指點的軌跡不斷延伸，越過大海就是濱臨聖喬治海峽（St George's Channel）的愛爾蘭東南隅。著名博物學家暨古物學家湯瑪斯・裴南（Thomas Pennant）於一七七〇年代造訪麗茵半島，他發現半島「地勢普遍平坦，但有好些區域零星散布著獨特兀立的丘陵或岩石群」。[1] 從其中一座突出兀立處放眼望去，「也許可以將南威爾斯一覽無遺，天氣晴朗時也許可以眺望愛爾蘭；前方廣大的史諾多尼亞（Snowdonia）形成的巨大屏障令人大為驚奇。」[2]

對於想要抵禦外敵的人來說，這道屏障極具吸引力。在「有著黃金之手的麗茵王子」[3] 國王歐萬之子伊尼恩（Einion ap Owain）邀請之下，後來獲封聖人的聖加芬（Saint Cadfan）於五三〇年左右在巴德西島建立一座教堂[4]，據說「不列顛島各地的聖人前來」以逃離「異教徒撒克遜人」的進逼，有一種說法是來到島上者的數量多達「兩萬」。[5]巴德西島後來成為一處重要的朝聖地，翻越威爾斯的崎嶇山嶺並冒險橫渡大海到巴德西島朝聖三趟的效力，一度可比擬去羅馬朝聖一趟。

裴南本人也曾翻山渡海到訪巴德西島，他記述當地「平原土壤肥沃，農耕發達，生產一切大陸能夠購買的農產」。[6]巴德西島曾被譽為「諸聖之島」（Insula Sanctorum），裴南記述此島早已不復往日榮景，如今黯然失色；島上居民的宗教信仰和精神需求「如今僅由一名鄉下人照料」。

「不列顛人稱這座島為『伊尼斯恩利』（Ynys Enlli），意為『海流中的島嶼』，由來是島嶼和大陸之間的海流特別洶湧奔騰，」裴南寫道，「撒克遜人將島嶼稱為『巴德西』（Bardseye），很可能是因為眾多吟遊詩人（bard）為了避開入侵的異族，來到島上過著離群索居的退隱生活。」

到了十九世紀，巴德西島及整座麗茵半島成了躲避撒克遜人進逼的另一種安身之處。威爾斯南部遍布煉鐵廠和礦場，有大批外來勞工移入，北威爾斯則是板岩採石場林立，英格蘭人雇主必須靠著口譯員協助才能跟當地勞工溝通。[7]麗茵半島與威爾斯南部相距遙遠，甚至和北威爾斯交通往來也不便利，遂於一戰期間成為保存威爾斯語和傳統文化的堡壘。然而，到了一九三六年，英格蘭統治者看著遠方連綿起伏的綠地，決定把炸彈送往麗茵半島的部分地區。

一九三二年二月初，剛成立不久的國際聯盟（League of Nations）會員國代表和堅持不加入的美國代表齊聚日內瓦（Geneva）。國際聯盟其實已經緩緩步上分裂和彼此敵對之途，無可避免將引發二戰，但代表們仍來到瑞士討論裁軍議題，這是避免各國再次大動干戈、數百萬條人命平白犧牲的最後機會。當時日軍已占領滿洲（Manchuria），義大利覬覦衣索比亞（Ethiopia）已久，而英國殖民政府忙於將印度革命分子處以絞刑。讓全世界永絕戰火的概念或許顯得荒謬，但國際聯盟最擅長的，莫過於各種荒腔走板之舉。

《凡爾賽條約》要求所有簽署國朝裁減軍備的方向努力，但來到日內瓦開會的國家中，幾乎沒有國家預期將確實履行。誠然，希特勒派出的代表團來到日內瓦，就是打算要求容許德國擴軍，達到與法國和英國同樣的規模。[8]因此當美國總統赫伯特・胡佛（Herbert Hoover）依據德國於一戰後兵員劇減的比例，提議各國陸軍裁軍三分之一，並提出裁撤所有轟炸機、戰車、化學武器和重型機動火炮等軍備，以及由英國帶頭大幅縮減海軍規模，各國代表皆大吃一驚。[9]蘇聯在日內瓦的會議召開之前就提出過類似建議，和其他大多數於一戰中損失慘重的國家皆支持胡佛的提議。英國代表立刻提出異議，英國政府尤其想要確保於邊疆採用空襲的權利，特別是在帝國威權面臨挑戰的地區。「比起加入文明世界其他國家的行列，務實地試圖減少轟炸機的威脅……其實我們這樣是把能夠在一些伊拉克人和普希圖人（Pathan）村莊實施空襲的便利措施看得更為重要。」根據當時的文獻，於會議中擔任英國軍事顧問的亞瑟．譚波里少將（Major General A. C. Temperley）如此表示。由於英國反對禁止空襲，胡佛的提議終究不了了之，也為德國於次年退出以至國際聯盟完全瓦解埋下伏筆。[10]既然要面對的已經不是呼籲裁軍，而是軍備競賽，英國政府於是開始擴張空軍規模，並且著手尋找設立新轟炸機學校的地點。一九三五年五月，空軍大臣查爾斯．凡恩－坦佩斯特－史都華（Charles Vane-Tempest-Stewart）在上議院發言，提議將皇家空軍擴張為原本的三倍、添購數百架新飛機，並在全國各地增設數十座空軍基地。他在提到自己代表英國前往日內瓦開會的經驗時曾大發牢騷，稱自己「當時獨排眾議，費盡千辛萬苦爭取讓英國能繼續在中東和印度前線使用轟炸機，我國政府正因為能藉由空軍戰力控制住這些領土，就不用像從前一般必須付出人命和財務的沉重代價」，他在任時的表現和主張引發爭議，最後黯然卸下空軍大臣一職。[11,12]英國政府考慮在威爾斯西北方的地點設立轟炸機學校的消息不脛而走，當地政治人物和宗教領袖得知後群起反對，最初的理由是和平反戰。[13]奉行威爾斯民族主義的威爾斯黨（Plaid Cymru）於一九三五年八月十三日召開會議，黨代表決議：「對於英格蘭政府及當地主管機關想在威爾斯任何地區建置戰爭軍武之既得利益集團的企圖，本黨表示反對。」當時的威爾斯黨已成立十年，主要將心力放在捍衛和推廣威爾斯語，不過性質仍比較偏向倡議團體，要到多年之後才發展成具有影響力的政黨。及至一九三六年，戰鼓聲愈加響亮，威爾斯黨黨內刊物《紅龍月刊》（*Y Ddraig Goch*）中一篇社論提問：「要讓麗茵半島上的威爾斯社區淪為供英格蘭人殘忍轟炸的練習場嗎？在我們堅持此舉將鑄下大錯，對威爾斯的生活方式和傳統文化造成重創時，要容許白廳（Whitehall）官員報以輕蔑冷笑嗎？」[14]

反對聲浪逐漸擴大，起初只是反對強迫設立轟炸機學校，由於此舉也將導致英格蘭及其文化入侵威爾斯文化氣息最為濃厚的地區，讓威爾斯人更加反彈。[15]麗茵半島是「幾乎沒有任何現代建築物、幾乎完全不受觀光客和英格蘭文化影響的處女地，」一名駐地記者投書威爾斯鄉村保護協會（Council for the Preservation of Rural Wales），要求協會採取行動保護該地區。[16]麗茵半島不僅是優美純淨、未受破壞的鄉村地區，這裡有著更濃厚的「純正語言傳統」，當地人的語言「還未遭到大量借自英語的字詞所汙染」。另一位論者則指出，轟炸機學校將對「碩果僅存的威爾斯民族文化原鄉」造成威脅。[17, 18]曾有人提案將轟炸機學校設於早期盎格魯–撒克遜（Anglo-Saxon）基督教文化重要遺址「聖島」林迪斯法恩（Lindisfarne），提案因當地政要反對而胎死腹中，反而讓反對設置轟炸機學校的威爾斯民族主義情緒更為高漲。[19]「對我們來說，麗茵半島、巴德西島和朝聖之路（Pilgrims' Way）純淨無垢的海灘，就如同聖島之於諾桑比亞（Northumbria）的英格蘭人一樣神聖。」威爾斯黨創黨人暨領袖桑德斯·路易士（Saunders Lewis）於一九三六年二月二十九日在卡納芬

（Caernarfon）對黨員發表演講時說道。「這些地方的祥和平靜是祖先留給我們的遺產。麗茵半島如此優美恬靜絕非偶然，在我們威爾斯的歷史裡，這裡數百年來皆是神聖的土地。」

我們也要考慮麗茵半島在威爾斯文學中的角色。威爾斯文學中的《馬比諾吉昂》故事集來自麗茵半島，而從《馬比諾吉昂》所屬的中世紀一直到艾本・法德（Eben Fardd）和羅伯特・葛威廉狄（Robert ap Gwilym Ddu）的年代，麗茵半島的鄉村生活、威爾斯社區鄰里的純粹本質及此地豐富的文學傳統，一直是格溫內斯（Gwynedd）的力量來源之一，也是威爾斯語的力量來源之一。在那個地方，威爾斯語能夠保持純淨，不受外來教育體系的汙染，至少直到最近我們都是這麼相信。只要麗茵半島的人仍然講威爾斯語，威爾斯就不會滅亡。

而〔麗茵半島的〕奈格灣（Porth Neigwl）和聖島之間的差異令人憂慮。當英格蘭的牧師、主教、學者和文人群起發聲，拯救聖島免於成為空軍投彈練習場地，他們並未預見英格蘭文化將遭到致命打擊。他們希望保存的，只是一塊優美純淨、具有重要宗教意義的古老鄉村土地。麗茵半島和奈格灣有著對威爾斯人來說神聖珍貴的遺跡，它們的地位就等同聖島之於英格蘭人。但是對我們來說，麗茵半島的重要性無可比擬。在這裡設置空軍營地，對於我們的語言、我們的文學、我們的文化，甚至對於我們威爾斯民族存在的核心以及存續直接構成威脅。

自從卡瓦隆．勞希爾（Cadwallon Lawhir）戰勝愛爾蘭人取得麗茵半島和安格雷斯島到現今，從來不曾發生威爾斯語可能在麗茵半島上消失的危機。假如現在於該地設置轟炸機營地，而且營地如軍事專家所說必然將持續擴大，那無疑是帶給威爾斯語以及我們威爾斯民族致命的打擊。

即使湧現反對聲浪，英國政府仍持續進行設置轟炸機學校的計畫，到了一九三六年九月初，大約兩百名工人抵達麗茵半島南岸的潘伊泊斯（Pen-y-berth）。他們拆除了施工場址上一棟已屹立數百年之久的古老農舍，然後開始修築通往主要幹道的道路以便運送更多物資。木造棚舍、辦公室和工作坊陸續建立，場址內處處可見一堆堆的木材和其他建材。儘管威爾斯各地都有人發聲反對該項計畫，工人們漠不關心，施工現場只有一名保全人員，是在一戰中傷殘的老兵。

在遠離市中心和隨之而生出光害的地方，黑夜顯得獨特而且深邃。麗茵半島上房屋稀疏零落，居民更是寥寥可數，入夜後就會陷入如此的深邃黑暗。九月八日清晨，這片黑暗被一場熊熊大火點亮，半完工的轟炸機學校遭到火舌吞噬，強風將陣陣濃煙吹入群丘之間。在附近的山丘上，火光照耀下勾勒出三道人影，他們正準備沿著海岸徒步四十分鐘走到普爾赫利（Pwllheli）。「燒得燦亮的一場大火，」其中一個人稍後說道，「我們不需要燈光了。」[20]

焚燬轟炸機學校的三名縱火犯是令人意想不到的組合。其中一人是威爾斯黨創黨人暨斯萬西大學（University of Swansea）威爾斯語系教授桑德斯．路易士，另外兩名同夥是附近蘭迪德諾（Llandudno）的路易斯．瓦倫廷牧師（Reverend Lewis Valentine），以及在威爾斯西南部濱海城鎮亞伯旺（Abergwaun）擔任學校教師的大衛．約翰．威廉斯（David John 'D.J.' Williams）。

三個人在剛過凌晨兩點半時抵達普爾赫利，他們直接走進當地警察局表示想見局長。[21]值勤警員向三人提出的問題相當合理，他問說發生了什麼天大的事，需要三更半夜吵醒主管，瓦倫廷回答：「潘伊泊斯失火了。」[22]他們向警員出示一封致卡納芬警察局長的書信，信中寫著：

> 先生，我們於此信署名，承認自己要為今晚對轟炸機營地建築物造成的損害負責。自從政府宣布預備在麗茵半島建造轟炸機營地之後，我們和威爾斯多位群眾領袖想方設法、盡己所能，希望英格蘭政府能夠收回成命，不要在麗茵半島這個威爾斯特質最為濃厚的地區設置可能危害在地文化和傳統的機構。

信中還提到，焚燬轟炸機學校「是我們面對侮辱威爾斯民族的政府，走投無路之下最後的手段。」

同時，當地消防隊正在努力控制火勢。場址上大部分建築物皆為木造，附近堆放的建材也大多是木頭，而縱火三人組在放火前預先在木料堆上澆滿汽油。消防隊能做的很有限，基本上只能眼睜睜看著火焰燃盡；潘伊泊斯最初即因為與世隔絕，適合設立轟炸機學校才被選中，因此無需擔心延燒到遠處。[23]儘管火勢並未蔓延，依照政府估算，這場火災造成的建築物、木料和「其他國王陛下所有的財物」損失仍高達約兩千五百英鎊（約等於今十七萬五千或二十三萬英磅）。[24, 25]三人之中最年輕的四十二歲，當晚遭拘留於普爾赫利警察局，他們為了打發時間，談論起威爾斯文學和背誦十四行詩。[26]隔天早上，三人遭控涉嫌違反一八六一年《蓄意毀損法》（Malicious Damage Act）第五十一節，該法針對在「晚上九點至翌日早上六點之間」的時段犯罪訂有特別條款，最重可判處苦役五年或十年有期徒刑。[27]法院批准三名被告以個人具結保釋，並裁定交保一百英鎊。

路易士、瓦倫廷和威廉斯於十月十三日出庭受審時，又多了一條縱火的罪名，而威爾斯黨開始替三人募款，威爾斯各地的支持者紛紛慷慨解囊。在卡納芬的法院外，群眾歡聲雷動，很多人為了坐進旁聽席，大清早就到門口排隊。擠不進去的民眾只能在外面等待消息，他們在審判進行時高聲唱起威爾斯國歌和其他愛國歌曲。[28]還有一些支持者傳來電報，電報由人親自遞送給法庭內的被告，其中一封來自當地採石場工人的電報寫著：「為了威爾斯和文明，願主賜給你們力量。」[29]

審判很快就淪為一場鬧劇，三名被告堅持自己有在威爾斯法庭上講威爾斯語的權利，讓講英語的法官威弗雷・陸易爵士（Sir Wilfred Lewis）驚惶失措。法官訊問是否認罪時，桑德斯・路易士用威爾斯語回答：「無罪。」法官問了他兩次：「你是在告訴我你聽不懂或不會講英語？」路易士兩次都有所回應，他先用威爾斯語回答，然後翻譯成英語讓法官能夠理解：「我聽得懂，也會講英語，但威爾斯語是我的母語。」[30]

法官仍堅持要路易士用英語回答是否認罪，最後由於法官威脅要判他藐視法庭，路易士在「持異議下」改說英語，而瓦倫廷和威廉斯最終也用英語回答。在法庭上使用何種語言的爭執並未停歇，三名被告的辯護律師屢次對選出的陪審員提出反對，理由是他們不會講威爾斯語，直到失去耐心的陸易法官發起脾氣，怒聲說如有需要將由通譯協助。

多名證人被傳上法庭，包括那名接受三人自首的警員，以及前往救火的消防隊員。潘伊泊斯的守夜人大衛・威廉・戴維斯（David William Davies）也出庭作證，他在一戰的伊珀爾戰役（Battle of Ypres）中失去一臂。這是官方紀錄中唯一與辯方說法不同之處：戴維斯說兩名身分不明的人士從他背後撲上來將他壓制，同時有人放火。

「我認為你那天晚上可能並未遭到任何人攻擊。」辯方律師反覆詰問戴維斯事情經過之後對他說。

「那我自己應該知道，不是嗎？」戴維斯回答。

「你身上沒有留下任何可以證明你遭到攻擊的痕跡？」

「沒有，先生。」

桑德斯・路易士稍晚提出證詞時，再次否定戴維斯的敘述：

我們開始在轟炸機營地其中一部分放火之前，我為了確認營地裡完全沒有人，親自搜查過營地每個角落。那裡一個人都沒有，守夜人不在營地。我們的主要目標就是要小心把守，防止有人因為我們的抗議行動而受傷。我相信這是我唯一有必要在這裡提出的證詞。

三個人都對陪審團發言，開庭過程中一直在和法官爭論辯方在合理範圍之內可以說什麼。身為浸信會牧師的瓦倫廷想提出一項由多個反戰的教會通過的動議，但被法官阻止：「你絕不能以任何人的決議引起陪審團的關注。」

瓦倫廷不久之後再次遭到阻撓，於是說：「懇求庭上理解我的難處。」

「我看不出有什麼難處。你自稱是浸信會的牧師，想來具備理性智識，」法官回答，「你應向陪審團陳述與被控罪名有關的事情。」

「你對威爾斯的牧師可能不太熟悉，但是這個起頭有說清楚的必要。」

「沒有必要，而且本庭不予准許。」

當瓦倫廷又想跟布道時一樣慷慨激昂地陳述時，法官再次打斷他：「如果你再跟陪審團講一些不相關的事，我就要請你坐下了。」

牧師照做了，並說道：「很抱歉，我得遵守庭上的裁決。」

桑德斯・路易士用英語對著陪審團供稱：「我們放火燒了轟炸機營地的建築物和建材堆……這一點毫無爭議。」

然而我們深信，無論在任何意義上，我們的行動絕非犯罪，而且我們是本於道德良知，被迫採取此種行動，我們的行動若造成任何損失，責任皆在英格蘭政府。

一旦英格蘭政府在麗茵半島設置轟炸機營地，將危及、甚至很可能摧毀威爾斯文化的焦點核心，以及威爾斯最尊貴的精神遺緒。這樣的噩耗讓我相信，為了防止如此令人髮指的災難發生，即使犧牲自己的事業甚至家人的安全，我也在所不惜。

他沒辦法再接著說下去，因為遭到法官打斷：「本庭為了你好才告訴你，那在法律上不是藉口，你愈是堅持要向陪審團宣揚你的威爾斯民族主義和威爾斯文化，你就愈沒有做出這種事的藉口。到目前為止你的辯詞與被控罪名完全無關。」

「我以為我講的一直都是這件事。我很抱歉。」路易士回答。

他轉回頭對著陪審團發言。「如果各位認為我們有罪，這個世界就會知道，在這裡，在威爾斯，英格蘭政府可以摧毀一個民族的道德良知——」路易士說。

「這句話絕非事實。」法官急忙開口打斷。

「——你們或許可以摧毀這個民族存活的精神根基——」

「絕非事實，」法官重複，「可以不要再說了嗎？本庭不會允許你提出並非事實且幾乎是大不敬的陳述。」

「——如果各位認為我們有罪——」

「不准重複那句話。」法官警告路易士。

「我沒有要這麼做，大人，」他回答之後才接著說，「如果各位覺得我們有罪，那就是在宣告英格蘭的法律凌駕基督教傳統的道德規範，而政府的意志不應該受到任何人挑戰。」

法官在總結時已經被徹底激怒，聽到路易士訴諸威爾斯民族主義並主張保護麗茵半島獨特的文化和語言傳統，他試圖反駁。在反駁過程中，他講到「英格蘭」或「英語」不下十數次，不自覺強調了辯方想傳達的論點，也就是外來權力無視威爾斯人民的感受或意願，強行加諸一己的意志。

「我在此是要盡我所能履行我發誓要做到的職責，也就是執行英格蘭的律法，」法官說，「而各位走上陪審團席時，也發誓要執行英格蘭的律法，你們也有責任接受我所說明的英格蘭的律法。」[31]

他補充說，假如說一個人因為誠心抱持強烈的主張，認為他的鄰居對他造成傷害，他就有權放火將鄰居的房子燒燬，那麼將是令人無比遺憾的一天。

「各位都聽到兩名被告親口所說，暗示全威爾斯人民都贊同他們的行為，」法官說，「有很多威爾斯人都很愛國，他們聽到這樣的暴力行為將會悚然一驚。但是無論他們的行為是否獲得全威爾斯的認同，一概與本庭無關，如果各位對這項行為感到滿意，那麼各位的責任就是評決被告有罪。」

他們沒有這麼做。陪審團在四十五分鐘的審慎討論後回到法庭，陪審團主席告訴法官，要他們得出全體一致的評決是「不可能的」。陪審團評決的消息走露，法院外的群眾得知後爆出歡呼聲並大聲唱起國歌，法官說將申請移轉管轄此案件，希望另一個陪審團會比較容易達成共識。路易士、瓦倫廷和威廉斯步出法院，接受群眾的熱烈喝采，接著人群抬起大獲全勝的三人過街，前往位於班戈（Bangor）的威爾斯黨總部，那裡的慶祝活動一直持續到晚上。

他們三人在卡納芬獲得的並非絕對勝利，陪審團內意見相左、僵持不下，但並未判決他們無罪。下一場法庭的陪審團也沒辦法評決無罪，當案件轉移到位於倫敦、俗稱「老貝利」（Old Bailey）的中央刑事法院，難以評決無罪的事實更是明擺在眼前。案件轉移管轄一事暗示了政府並不信任威爾斯的陪審團，不相信威爾斯的陪審團會提出對政府有利的評決，無論是否信奉民族主義，很多威爾斯人因此深感氣憤。通曉威爾斯語的大衛・勞合・喬治（David Lloyd George）曾任自由黨首相，也一度是全威爾斯民族主義者的希望，他在寫給擔任安格雷斯島議員的女兒梅根的信裡，形容當時的政府在衣索比亞面對墨索里尼就瑟縮不前，欺負起勇敢的小威爾斯倒是毅然決然。

「這是政府第一次在『老貝利』審判威爾斯的案件……無論如何，他們大可以重審，或者將案件轉移到威爾斯其他地區，但是將案件直接轉移到威爾斯以外，尤其是直接送到『老貝利』，實在令人憤怒，我的血液都因此沸騰。」他寫道，不過這位偉大的政治家只有私下表達自己的看法。[32]三個人出庭受審時斷然拒絕講英語，讓民族主義情感再次沸騰。路易士在庭上第一次答辯時，用威爾斯語對「審判轉移」到另一個國家表達抗議。[33]法官問他會不會講英語。

「我想要講威爾斯語。」路易士用威爾斯語回答。

「你必須講英語。」

「我不要這麼做。我講英語不如講威爾斯語來得流利。」

「你會不會英語？」

「我會，庭上。」路易士依舊用威爾斯語回答。

雖然法院傳召來數名證人，作證路易士和瓦倫廷都會英語，但沒有人能為威廉斯的英語能力作證，最後由一名通譯具結出庭。

然而當法官告訴他們三人，如果他們想說什麼，就必須講英語，三人都拒絕提出證詞。

「我不會向陪審團提出答辯，我絕無不敬之意，但我認為英格蘭的陪審員無法公正評決我們的案子，」威廉斯說，「除了從我們威爾斯同胞裡選出來的陪審員，沒有人能夠公正評判我們的案子。」

陪審團完全不需要離席就得出一致的評決；他們在席上交頭接耳輕聲討論一陣後，表示全體皆認為三名被告的縱火罪和蓄意毀損罪兩項罪名成立。

「你們三人皆是受過教育的人，為了引發大眾注意你們自以為適當的意見，採取了最為危險且邪惡的方法。」法官說。

我必須對你們三人判刑，假若讓大眾有一時半刻誤解，以為若基於嫌犯為自己的行為所提出某個不是理由的理由就不會適切執法，而所謂理由純然只是他做出違法犯紀之舉所奠基的個人主張，這個國家的司法史將陷入矛盾扞格。[34]

法官判三人九個月有期徒刑，瓦倫廷和路易士聽完後離開被告席。然而威廉斯仍然坐在被告席上，直到法官終於意識到還沒有人翻譯這段宣判，才開口要通譯替他翻譯。「謝謝您，大人。」威廉斯聽完翻譯之後用威爾斯語說道，然後跟著同伴一起進到樓下的拘留室。

一九三七年八月二十六日，桑德斯．路易士、路易斯．瓦倫廷和大衛．威廉斯服刑期滿，以英雄之姿步出沃烏苦叢監獄（Wormwood Scrubs）。兩週後，約有一萬五千人聚集在卡納芬熱烈歡迎他們，雖然路易士失去了斯萬西大學的教職，他個人和威爾斯黨的聲望都大為提振，他很快成為推行威爾斯民族主義的知識分子型領袖人物，也成為知名劇作家暨小說家。

縱火案促使威爾斯民族主義意識抬頭，但並未擋下潘伊泊斯的建設工程。潘羅斯皇家空軍基地（RAF Penhros）於一九三七年二月一日正式成立，主要用途為炮兵及轟炸機學校，一直到一九四六年十月才改成安置波蘭士兵的場所，他們因為自己的國家落入蘇聯控制而不願回去。[35]縱火的三個人顯然沒能達到目的，但這個案件確實對法律本身造成一些衝擊。法官在最初的審判中拒絕讓三名被告用威爾斯語陳述證詞一事引發眾怒，促使威爾斯議員推動相關立法，讓威爾斯語的使用在威爾斯的法庭合法化。[36]一九三七年二月，當時路易士三人仍在服刑，梅根・勞合・喬治在一場相關法案的辯論中向檢察總長發問：

> 假設一名威爾斯人聽得懂且會說英語，但他偏好用他自己的語言陳述證詞。在這個案例中，法官是否有權說：「你聽得懂英語，也很會說英語，因此本庭不准你講威爾斯語」？[37]

威爾斯議員努力推動立法但未能成功，要到五年後，即一九四二年，《威爾斯法院法》（Welsh Courts Act）通過，終於保障了「威爾斯語使用者於威爾斯法庭用威爾斯語陳述證詞的權利」。[38]這部法規雖然受到民族主義人士批評仍多所不足，卻是「繼〔一五三六年〕《合併法》（Act of Union）之後，邁向制定相關法律恢復威爾斯語於威爾斯法庭之合法地位的第一步。」[39]威爾斯民族主義的熱情重新燃起，在有志之士推動之下，這部法規也為日後保障範圍更為全面的法規鋪路。

在《威爾斯法院法》通過的二十年後，路易士又為威爾斯語的命運有第二度重大貢獻。此時的他基本上已經退出政壇，專心寫作和主持廣播節目。路易士生在最好的時代，卻不是左右逢源、處處討好的人，雖然他在威爾斯黨創黨時期大力協助，但他在黨內一直格格不入。他的政治立場並不像一些批評他的人所指的那麼右派，但他無疑也難以接受威爾斯黨基層及黨內其他多位領袖的社會主義思想。[40]路易士身為天主教徒，憧憬威爾斯貴族的榮光，希望時光倒流，回到工業革命以前的時代。他不僅與民族主義者和其他左派人士不同調，也不是大多數保守黨員和自由黨員的同道中人。一九六二年二月，距離他過七十歲生日還有數個月，他坐在卡地夫一間小小的廣播播音室裡。他身穿平時常穿的西裝和領帶，一頭濃密的黑髮中終於顯露幾絲灰白，髮線退得很高，讓他看起來好像被人抓住頭髮拎了起來似的。路易士臉上的皺紋溝壑縱橫，但他高聲朗讀起篇名為「威爾斯語的命運」（Tynged yr Iaith）的文章時咬字清楚、充滿自信。文章開頭討論即將公布的一項威爾斯語使用人口普查結果，表示這項結果預期會讓威爾斯語支持者「震驚且失望」，並補充說「如果現今的發展趨勢持續不變，到了差不多二十一世紀初，威爾斯語將不再是活的語言，前提是那時候還有人生活在不列顛島上。」

於是英格蘭政府以所謂一五三六年合併英格蘭與威爾斯的《合併法》為目標在威爾斯所實行的政策，終將大獲成功。持平而言，英格蘭政府統治威爾斯四百餘年來，儘管時局動盪多變，儘管立法及行政體制多所變動，儘管經歷一波波社會革命，在實行相關政策於行政和司法單位、法庭和法律用語上排除威爾斯語作為官方用語這方面，英格蘭政府未曾動搖絲毫。[41]

路易士提到《藍皮書》，以及各界在《藍皮書》發行後對威爾斯語的諸般壓迫，並表示雖然在教育界已經有一些進展，「但走出學校、脫離孩童的世界到了外頭，威爾斯所有工作和行政職都只要求英語能力。」

如果英格蘭和威爾斯是完全統一的王國……那麼歷史悠久的威爾斯語的存在，就是政治上的絆腳石，時時刻刻提醒我們，還有一種不同的情況，可能對聯合王國造成危害。《合併法》裡就是這麼說的，《藍皮書》裡也這麼說，同樣的說法在其他處重複了無數次。

「十九世紀下半葉，之所以燃起威爾斯民族主義之火，導火線就是《藍皮書》，」路易士指出，「但也必須承認，大獲全勝的終究是《藍皮書》。」

他哀嘆進入議會的威爾斯議員無力捍衛威爾斯語，即使威爾斯長久以來先是支持自由黨，後來又成為工黨（Labour）票倉，而無論自由黨或工黨，若是失去來自威爾斯的選票，選情都可能告急。「在政黨領袖和威爾斯當地政要之中，有些人對於威爾斯語深惡痛絕，」路易士說，「還有數以千計的鋼鐵、煤炭和尼龍產業及多種新興產業的勞工，甚至不知道威爾斯語還存在。」

現今處境是否無望？要是我們甘於放棄希望，當然是。世界上最輕鬆美妙的一件事就是放棄希望，因為如此一來，往後的日子就愜意多了。

最後他呼籲大眾採取行動：「我們不要再猶豫。嚴肅以對、身體力行，讓不講威爾斯語的在地商家和中央政府無以為繼。」

我們要堅持，不動產稅單應以威爾斯文書寫，或者威爾斯文及英文並列。讓我們向郵政大臣發出警告，除非提供威爾斯文的年度執照，否則我們將拒繳年度執照規費。我們要堅持，法院簽發的所有傳票都應該以威爾斯文書寫。這不是零星個人偶發採行的策略，而是需要群策群力，以有組織的方式逐步推進，給予足夠的預警時間，並且耐心等待改變成真。這個策略是要推行一項運動，要在日常口語使用威爾斯語的區域推行此運動。我們要一起要求，所有選舉告示文件以及與地方選舉或議員選舉有關的官方表格，都應該用威爾斯文。讓威爾斯語文的議題成為每一區、每一郡行政機關的重要課題。

除此之外，路易士也預言了威爾斯人民響應他的呼籲、採取公民不服從運動之後，外界將會有什麼樣的反應：

巨大風暴將從四面八方襲來。有人會說這樣的運動，是在扼殺吸引英格蘭工廠到講威爾斯語的鄉村地區設廠的機會，而這也是千真萬確的事實。很容易就能預料，那些英格蘭八卦小報的報導將會極盡挖苦嘲諷之能事，讓各位每日每夜不得安寧……法院將會處以大筆罰款，而拒絕繳納罰款者將付出昂貴的代價，但是投入毫無意義的議員選戰才是真正最昂貴的代價。

「我不否認，現今明顯相親相愛、一團和氣的威爾斯政壇，日後將會進入一段仇恨、迫害和爭議不休的時期，」他說，「只有採取革命手段，才有可能取得成功。」

路易士這段演說帶來的影響無比重大深遠。其影響力甚至超過他在一九三六年那個晚上的作為，這次他點起的一把火在威爾斯各地熊熊燃燒，激勵整個新世代投身社會運動，而他們的成就甚至遠遠超出他最大膽無邊的想像。即使沒有麗茵半島上那場大火，或許威爾斯語、也會有復興的一天，但要是沒有路易士那篇「威爾斯語的命運」演說，威爾斯語復興的時間點或方式必將有所不同。路易士於一九八五年逝世，享耆壽九十二歲，當時英國內閣已設有威爾斯國務大臣（Secretary of State for Wales）一職，威爾斯黨議員在議會中占了九席，威爾斯語獲得正式認可成為可在法庭上使用的語言，而各種相關運動和文化活動在威爾斯遍地開花，提供支持的協力單位包括獲得政府編列經費新設立的威爾斯語電視台和廣播頻道。然而，如此成就絕非唾手可得，而路易士、瓦倫廷和威廉斯也不會是最後一群為了守護自己的語言而入獄的人。

第三章　硝化甘油

在凱泰斯公園（Cathays Park）北邊一隅，與卡地夫城堡（Cardiff Castle）園區相距不遠處，矗立著威爾斯國立和康殿堂（Welsh National Temple of Peace and Health），這座龐大的灰色石灰石建築物建於一九三〇年代，共有三層樓，採豪華的裝飾藝術風格。和康殿堂的建築團隊抱持與建築物同樣宏大的理想，希望國與國之間的合作和理解能夠防止下一場毀天滅地的戰爭發生。在和康殿堂的開幕典禮上，一群母親上台致詞，她們的兒子在法國和比利時的壕溝中喪命，而殿堂其中一道側翼建築就是為了表彰國際聯盟的貢獻。建造和康殿堂的另一項宗旨則與在地較為相關，它和同樣坐落於凱泰斯公園的其他建築，例如有圓頂的巴洛克風格市政廳、卡地夫國家博物館（National Museum Cardiff）和戰爭紀念館，皆具備類似的功能。上述場館皆位於愛德華七世大道（King Edward VII Avenue）上，愛德華七世於一九〇五年首次稱卡地夫為城市，並且大談光輝燦爛的未來願景，說卡地夫雖然在文化和歷史傳承上與北方古城卡納芬和亞伯立斯威（Aberystwyth）相比都黯然失色，但他要讓這個曾經的運煤港口改頭換面，成為威爾斯第一大城以及未來的威爾斯首府。[1] 和康殿堂於一九三八年開幕後數十年來，無論是哪一個願景，距離實現的那一天仍遙不可及。卡地夫直到一九五五年才成為威爾斯首府[2]，但也只是儀式性質，因為要等到二十世紀與二十一世紀之交，威爾斯才達到真正的自治。而和康殿堂向大眾開放後不到一年，國際聯盟瓦解，世界也再次深陷戰火之中。

幾乎是在舉行開幕典禮二十九年後的同一天，在和康殿堂的門口發生了衝突。一九六七年十一月十七日清晨，城市內颳著刺骨寒風，地面上滿覆冰霜[3]，市民在爆炸聲中驚醒。[4,5]殿堂正面被炸出一個洞，大塊石頭噴到半空，高二點五公尺的金屬大門也被炸開。青銅窗框炸得四分五裂，玻璃完全粉碎，入口大廳裡許多家具擺飾都炸成難以辨識的碎片。和康殿堂對面隔一條街的威爾斯衛生局（Welsh Board of Health）的厚片窗玻璃全都被炸破，相距至少半公里遠的卡地夫國家博物館的窗玻璃也沒能倖免。爆炸聲響徹卡地夫市，居民從睡夢中驚醒，狗吠聲此起彼落，接著響起拉得長長的尖銳警報聲。

克林頓．傑弗瑞少校（Major Clinton Jefferies）抵達事發現場時天還未亮。傑弗瑞當時三十六歲，在英國皇家陸軍軍械部隊（Royal Army Ordnance Corps）已服役十年，是英國首屈一指的拆彈專家。隔年他會在積滿水的溝渠裡花費五小時，徒手拆除裝有六磅炸藥的爆炸物，解除發電廠的炸彈危機，並因此獲授大英帝國勳章（Most Excellent Order of the British Empire）。[6]傑弗瑞走進僅剩斷垣殘壁的建築物入口，審視破壞的情況。門口的台階和走道上遍地盡是碎玻璃和金屬碎屑。沙塵從有造型的灰泥天花板傾瀉而下，天花板有好幾個區塊都被炸破。牆上壁磚搖晃欲落，地板上覆滿碎屑，家具擺飾的殘骸在爆炸中被震飛，或遭飛散各處的青銅碎塊和碎石砸毀。傑弗瑞開始一點一滴拼湊爆炸事件的全貌，同時警方在市內各處設置路障想要攔截炸彈客，但最後徒勞無功。[7]根據現場發現的殘片碎屑，他最後推斷爆炸物是約九公斤的硝化甘油，而炸彈客是將一個裝了這種挖礦常用炸藥的帆布袋放在大門上方。袋子裡配置了裝電池的電子引爆裝置，以及一種常裝設於路燈上的計時器，引爆時間設定為凌晨四點。[8]從爆炸物的角度來看，這個炸彈的設計並不複雜，但傑弗瑞日後將對它的構造設計無比熟悉。

在一九六〇年代的威爾斯，民族主義情緒日漸高漲，經濟也逐漸動盪不安。由於礦場一間接一間關閉，數以千計甚至萬計的勞工失業，失業率居高不下，到了一九七〇年，在地上工作的勞工人數百餘年來首度超越在地下工作的勞工人數。[9]農民的日子也沒有比較好過，隨著農業機械化程度逐漸提高，威爾斯的務農人口也逐漸減少，在一九六〇年代中葉，畜牧業更因為爆發大規模口蹄疫疫情而遭受重創。[10]一九六〇年代大部分時間，英國皆處於經濟停滯甚至瀕臨衰退，先前的保守黨政府由於遭逢數起不幸的國際事件，雪上加霜導致任內出現貿易赤字，當時的首相哈羅德．威爾森（Harold Wilson）與工黨政府為了因應，被迫讓英鎊貶值。[11]威爾斯人民堅定支持工黨，南部奉行社會主義的礦業城鎮尤然，但大眾對統治階層的不滿情緒也愈來愈高漲。

現代威爾斯民族主義運動是於一九五七年發起，當時英國國會表決通過一項興建水庫為英格蘭城市利物浦（Liverpool）供應用水的提案，而威爾斯的特韋林（Tryweryn）河谷以及歷史悠久的卡佩凱林村（Capel Celyn）皆位在水庫淹沒區。[12]即使是對保守的威爾斯民眾來說，為了另一國某個城市市民的福利，要遷走村民並摧毀整個威爾斯語區村莊的做法實在欺人太甚，報刊、政治人物和教會皆發聲反對這項提案，但是無法造成任何影響。儘管威爾斯出身的議員全都投下反對票，該案依舊在國會通過。威爾斯人民為了阻擋水庫興建案仍奮力一搏，包括由卡佩凱林村村民前往利物浦遊行抗議，以及向女王上書請願——但終究徒勞無功。[13,14]反對者也四度採取破壞行動，其中一次是放炸彈炸掉工地的變壓器，但頂多讓施工進度變慢一些，水庫最終在一九六五年十月二十一日落成啟用。水庫啟用當日，包括市長在內的利物浦政要人士到現場致詞，抗議群眾的呼喊將他們的聲音完全掩蓋，群眾不僅丟石頭，還和警察扭打起來。[15]帶頭使用暴力的是數名男子，他們穿戴綠色制服和有白色鷹形徽飾的帽子，他們自稱代表威爾斯自由軍（Free Wales Army）。[16]有些抗議人士高舉的標語寫著：「FWA，不空談，要行動。」

然而，威爾斯自由軍最擅長的就是空談。創立者朱利安・凱約・伊凡斯（Julian Cayo

Evans）在蘭佩特（Lampeter）經營馬匹育種，這個「自由軍」組織的成員一直只有寥寥數人，大部分時間都花在搏取媒體注意，而非挑戰英國政府。伊凡斯是宣傳高手，他在自家牧場周圍山坡地安排了浮誇的操演活動供記者當成報導素材，吹噓已擬定各種游擊戰計畫，以及打算前往都柏林（Dublin）參加紀念復活節起義（Easter Rising）五十週年的遊行活動。[17]雖然伊凡斯聲名遠播，但是當局並未把他當一回事，而是容許伊凡斯和追隨者相對不受干擾地運作，威爾斯自由軍於是成了一支沒有敵方的軍隊。

然而，在政府宣布女王將於一九六九年七月一日冊封長子查爾斯（Charles）為威爾斯親王，並將於卡納芬城堡（Caernarfon Castle）舉行盛大的王儲冊封典禮時，這種曖昧不明的情況開始有所改變。對首相威爾森當政的英國政府而言，由電視台現場轉播的冊封典禮提供了大好機會，能夠吸引全世界關注新近現代化、邁入後工業社會的英國。[18]而在舉行典禮之前，政府預備投入一年時間和心力，一方面提升威爾斯對王室的向心力，另一方面則強力鎮壓日益增長的民族主義。籌備事宜中包括將查爾斯送到亞伯立斯威的威爾斯大學（University of Wales）就讀，讓王子在那裡學習威爾斯語和威爾斯歷史。

許多民族主義擁護者大為憤怒。最後一位出身威爾斯本土的統治者「末代盧埃林」（Llywelyn Ein Llyw Olaf）逝於一二八二年，當時威爾斯遭到英格蘭征服，而英王愛德華一世（Edward I）不久之後就封其子為威爾斯親王。對很多愛國的威爾斯人來說，威爾斯親王之位代表威爾斯從此臣服於英格蘭，而舉行盛大典禮強調查爾斯的爵位頭銜更是罔顧威爾斯社會輿論和歷史。年輕的王子也沒能幫上什麼忙，他抵達亞伯立斯威時，問一名抗議人士手上拿的標語寫的「盧埃林」是什麼人。冊封典禮的每次籌備作業，抗議人士都緊咬不放，帶頭示威者除了威爾斯黨，還有矢志要讓典禮停辦的威爾斯語協會（Cymdeithas yr Iaith Gymraeg）。

一九六七年十一月，籌備典禮的委員會預計於和康殿堂召開第一次會議，委員會主席安東尼・阿姆斯壯－瓊斯（Anthony Armstrong-Jones）是瑪格麗特公主（Princess Margaret）的夫婿，他與公主成婚後就獲封史諾登伯爵（earl of Snowdon）。史諾登伯爵在爆炸案案發不久就抵達和康殿堂，當時威爾斯語協會的抗議人士已經聚集在現場，他們高舉著「不要親王」、「要共和國，不要王室」等標語。群眾試圖阻撓史諾登伯爵和其他達官顯貴進入殿堂，但只是白費工夫，十四人因為和警察扭打而遭逮捕。[19]傑弗瑞和警方的犯罪現場調查小組在斷垣殘壁中仔細蒐查，而籌備委員會則在遠離爆炸現場的地方召開會議，卡地夫市長艾瑞克・杜爾曼（Eric Dolman）於會議後發言，譴責爆炸案是「瘋狂邊緣分子」的「幼稚行為」。[20]大眾的注意力很快投向凱約・伊凡斯和威爾斯自由軍，但他們否認與爆炸案有任何關聯。確實，在這段時期，威爾斯自由軍只當過一次炸彈客，他們想炸燬蘭德林多威爾斯（Llandrindod Wells）附近的輸水管線，但並未成功。[21]但他們渾然不知，提供該次行動所用炸藥給他們的，正是幕後策畫和康殿堂爆炸案的真凶。這個組織行事隱祕，只有極少數人知道他們的存在，組織名稱縮寫是MAC，全名為「捍衛威爾斯運動」（Mudiad Amddiffyn Cymru）。

MAC組織和威爾斯自由軍相同，最初成立是因為對於特韋林河谷遭水庫淹沒感到憤怒。水庫施工場址於一九六三年遭人破壞，當時變壓器被炸燬，出手的就是後來創立MAC組織的艾彌．盧埃林．瓊斯（Emyr Llywelyn Jones）、歐文．威廉斯（Owen Williams）和約翰．亞伯特．瓊斯（John Albert Jones）。只不過，三人並非心思縝密的恐怖分子，艾彌．盧埃林．瓊斯在現場遺落一條繡有字母E的手帕，由於罪證確鑿，三人很快遭到逮捕。[22]瓊斯將桑德斯．路易士和到轟炸機營地縱火的另外兩人視為偶像，很多評論者懷疑他是刻意被捕，希望藉此親自上法庭公開發聲捍衛民族主義。[23]如果瓊斯的目標確實是這樣，那麼他終究未能攔阻水庫啟用，而當時其他示威活動同樣宣告失敗。

MAC組織的創立者入獄後，約翰．巴納德．詹金斯（John Barnard Jenkins）接手領導，他是英國皇家陸軍醫務部隊的上士。詹金斯身高和身材皆屬中等，有一張溫和的長臉，整個人平凡無奇，全身上下唯一特出之處，就是雙耳比一般人略大。不會有人特別注意到他，對於MAC組織來說再好不過。詹金斯認為威爾斯自由軍刻意引人注目的舉止怪異可笑且令人困窘，他則低調隱身幕後，將MAC打造成真正具有戰鬥力的組織，在威爾斯各地皆有分支，而且全體成員絕對保持隱祕。[24]和康殿堂爆炸案發生時，檢警單位很清楚，有一個更像回事的組織浮上檯面。[25]威爾斯最高階公職人員戈倫韋・丹尼爾（Goronwy Daniel）在給威爾森內閣成員的機密訊息中說，若「炸彈的計時裝置延遲數小時才啟動，有可能造成非常嚴重的傷亡。」[26]

「再者，抗議人士以放炸彈的手法，試圖阻止冊封威爾斯親王典禮的籌備會議進行，表示他們為了阻撓冊封典禮的各項籌備工作，也可能再度採取同樣的威脅手段，如此一來的確有非常大的風險，可能會造成非常嚴重的後果。」丹尼爾寫道，並補充說這些罪犯：「疑似是由具備爆炸物相關知識且可取得炸藥的專家（或許是退伍軍人）領導的小團體。他們可能講威爾斯語，而且與極端民族主義運動和威爾斯語言運動有關聯。」

事實上，詹金斯的威爾斯語能力充其量只能算是普普通通。他在英語化的威爾斯南部長大，青壯年時光大多都在國外度過，曾駐紮於賽普勒斯（Cyprus）和英格蘭，在外地幾乎沒有機會講威爾斯語。但他以滿腔熱情支持使用威爾斯語，而之所以拿起武器對抗英國政府，其中一個主要動機就是無法看著威爾斯語衰亡。

冊封典禮的日子逐漸逼近，警方和MAC組織雙方都將行動升級。MAC組織從雷克瑟姆（Wrexham）一處礦場偷走炸藥作為原料，在威爾斯各地放置炸彈，選定目標包括數個地方的輸水管線、一座稅務局所在建築，以及與凱泰斯公園的和康殿堂相距不過咫尺之遙的威爾斯辦公室（Welsh Office）。[27]檢警單位也展開行動，一方面加強跟監威爾斯語言協會和威爾斯黨成員，另一方面也起訴伊凡斯和威爾斯自由軍其他成員，不過檢方頂多只能以穿著類似軍服的衣物、觸犯妨害公共秩序的罪名將他們起訴，這是常用來對付愛爾蘭共和軍（IRA）的手法。然而，要等到好幾年之後，英國政府才能追查到他們真正要找的人。「他們只是在浪費時間。」詹金斯後來說。

> 政府想要證明〔武裝抗議〕全是由威爾斯自由軍和威爾斯語言協會發起，都是他們很容易就能對付的組織。他們沒辦法處理的，是低調隱祕的我們，其實他們根本不知道我們是誰、我們在哪裡，也不知道我們下一個目標會是什麼。[28]

儘管組織成功隱於幕後，未曾有人遭到逮捕，但詹金斯私底下對於放炸彈能造成的影響大感挫折。政府似乎只是迫於輿論壓力而勉強應付，而非真心擔憂冊封典禮能否順利舉行，籌備作業仍然如火如荼進行。MAC組織每次放炸彈都會確保不造成任何人員傷亡，但是組織內部開始出現呼聲，希望詹金斯採取更激烈的手段，包括趁查爾斯來到亞伯立斯威時，或在典禮前巡視威爾斯期間進行暗殺。即使冊封典禮一天天接近，大眾對爆炸案新聞逐漸麻痺無感，警方似乎也不怎麼認真看待抗議行動。為了讓大眾接收到他們想傳達的訊息，詹金斯和MAC組織決定要首度在檯面上現身。[29]一九六八年五月二日，在靠近英格蘭與威爾斯邊界的切斯特（Chester）郊區，伊安・史基摩（Ian Skidmore）駕車拐進一條狹窄的鄉間小道，輪胎輾過鋪著礫石的車道，沿路吱嘎作響。[30]史基摩是獨立記者，與反對冊封典禮並策畫炸彈案的幕後主使者約好要見面。與史基摩同行的還有常跟他買線報和新聞的哈洛・彭貝里（Harold Pendlebury），他是來自曼徹斯特（Manchester）的《每日郵報》記者。車子沿著車道開向偌大的白色房屋時，史基摩聽到匆忙的腳步聲，從車子兩側忽然各冒出一條人影。當時將近晚上十點，戶外一片漆黑，但他看得出來車子外的兩個男人很年輕，才二十出頭，穿著綠色的野戰夾克。其中一個男人打開駕駛座的門，要兩名記者下車，然後拿走史基摩的車鑰匙。

史基摩和彭貝里被帶到屋內，裡頭伸手不見五指。其中一個男人吩咐另一個男人去客廳點亮檯燈，接著轉向兩名記者：「抱歉，不准開其他的燈。」[31]

客廳裡一片漆黑，男人跌跌撞撞，不小心撞翻一張矮桌，然後才找到那盞燈點亮，室內終於有些微光線。

兩名記者遵從命令將口袋裡的物品都掏出來，然後接受搜身，此時還傳來其他人在屋內其他房間翻箱倒櫃搜查的聲響。最後，其中一個男人走到餐廳裡一張很大的書桌旁，拿起電話對著話筒說：「好，『Mac』，進來吧。」

數分鐘後，屋外傳來一輛車駛近的聲音，接著一條深暗的人影走進客廳。「不准開燈。」他輕斥，立刻有人關掉檯燈。進來的男人開始自我介紹，說自己擔任MAC組織的行動總指揮，並表示願意接受訪問，談談MAC組織和他們的目標。

彭貝里表示他沒辦法摸黑寫筆記，其中一個人掏出小手電筒照亮他的記事本頁面，而周圍的空間連同受訪者仍舊被黑暗籠罩。彭貝里問男人MAC組織的概況，男人告訴他組織的最高委員會由五人組成，另外還有由三人組成的執行委員會。當然都是胡說八道。自稱擔任行動總指揮的人是詹金斯，他的說詞暗示組織另有高層，但他實際上就是MAC組織的領袖以及策畫放炸彈行動的首腦。[32]「我們的目標是藉由放炸彈的行動向大眾宣傳，希望重新喚起威爾斯人民的民族意識。」詹金斯說，夾著香菸的手邊揮動比畫，燒紅的菸頭是室內除了那支小手電筒以外唯一的光源。「我們做好奪走人命的準備，我們不制定遊戲規則，我們面對的是一個顯然罔顧邏輯理性的政府，我們的目標是讓他們正襟危坐並且採取行動。要讓政府明白我們是玩真的，唯一的方法就是採取極端的暴力手段。」

詹金斯告訴兩名記者說MAC組織擬定了「戰鬥計畫」，而且自認是「威爾斯的良心和民族主義靈魂」。

他舉出數起爆炸案，表示皆由MAC組織策畫，並且提供一些警方從未對外公開的資訊作為證據，例如和康殿堂爆炸案中的炸彈採用路燈計時器當成計時裝置，這種做法並不常見。

「很多報導寫說，史諾登伯爵和其他委員為了籌備冊封典禮承受莫大風險，全都是廢話。我們要是真的想要傷害他們，大可在會議召開的時候，把那個地方連同史諾登伯爵一起炸了，」詹金斯說，「不是我們在挑戰政府，是政府在挑戰我們。這些人把和康殿堂這座建築當成英格蘭延續對威爾斯統治的政治論壇，是他們先對我們下戰帖。」

詹金斯炫耀起他們如何偷襲雷克瑟姆附近的哈福德礦場（Hafod Colliery），盜走將近一百公斤的炸藥。

「我們的彈藥存量充裕，」他說，「我們的組織是由訓練有素的破壞分子組成，還有其他稱得上是暗殺小隊的成員。我們並不打算採取大規模武裝叛亂，只是想引起大眾注意威爾斯所處的困境，並且激勵人民的精神。之後就會由人民接手，人民會支持我們的訴求。」

他語帶不屑地稱威爾斯自由軍「最會胡搞瞎搞」，並形容威爾斯黨「清高聖潔到無法認清社會現實」。

彭貝里問到冊封典禮時，詹金斯回答的語氣帶著恫嚇意味。他說MAC組織決心要讓冊封典禮停辦，表示雖然他們並未將矛頭對準查爾斯，但警告說：「我們有一些極端狂熱的成員。」

「或許會有那麼一天，某個滿懷愛國情操的人士會開槍，當一回『李・奧斯華』。誰知道呢。如果我是女王，我會開始以身為人母的角度設想。我們對查爾斯本人沒有意見，但是我們厭惡且痛恨威爾斯親王。他不是以朋友的姿態前來，他是以有權繼承遭征服土地的領主姿態前來。」詹金斯說。①

彭貝里振筆疾書的同時，詹金斯接著說：「我們已經下了結論，在接下來五到七年如果不做點什麼，威爾斯將會走到無可挽回的臨界點。語言也好，經濟也好，十年後就什麼都不剩了。」

他滔滔不絕講出一串統計數據，在在顯示威爾斯各地的威爾斯語使用人數日益稀少。「有兩個原因，一是當地人找不到工作，二是英格蘭人大舉搬來威爾斯生活，也扼殺了威爾斯語。」詹金斯說。

「我們並不是對英格蘭人有什麼意見，但事實是英格蘭人為了去法國、義大利或西班牙度假，願意一年花五十週的時間學法文、義文或西文，但是他連花一秒鐘練習一個地名的威爾斯語發音都不願意。我們認為威爾斯應該從正常政治管道獨立出來，但是等到那個時候，能夠慶祝的也只剩下利物浦人了。」

訪問將近尾聲，史基摩問如果他跟彭貝里去報警會怎麼樣。

「將會有很嚴重的後果。」詹金斯說話時帶著輕軟的威爾斯口音，他的臉孔依舊隱沒在黑暗之中。

兩名記者請他解釋。

「你要是敢吱聲，被我們發現，你們都別想活了。」

無論MAC組織內比較激進的成員怎麼想，詹金斯本人並不打算殺害查爾斯，其實他不打算傷害任何人的性命。威爾斯並非北愛爾蘭，北愛爾蘭在政治上更加邊緣化，當地天主教徒受到打壓的情況也更嚴重，因此北愛爾蘭人民願意支持愛爾蘭共和軍採取暴力。而在威爾斯，在這段時期有威爾斯黨的國會議員，關注民族主義議題的人屬於少數，大多數威爾斯選民都對支持統一的工黨忠心耿耿。如果殺死英國王室的成員，可能釀成MAC組織的公關災難。但是詹金斯想要撼動英國的當權派，在他和兩名記者會面之後，並沒有任何相關報導刊出，他認為自己成功了。詹金斯深信像彭貝里和史基摩這樣的八卦小報記者，絕不會放過有人威脅要暗殺王儲這種等級的獨家新聞，尤其先前媒體還很熱衷於配合威爾斯自由軍發新聞，所以說肯定是有關當局將消息封鎖。[33]在倫敦，政府內部開始擔心冊封典禮能否順利舉行，一眾官員的腦海中，忽然浮現王室成員在國際媒體前被炸得粉身碎骨的場景。工黨政治家、內政大臣詹姆斯・卡拉漢（James Callaghan）曾是海軍軍官，作風頑強務實，他下令在

---

① 譯注：李・奧斯華（Lee Oswald；1939-1963）：美國前海軍陸戰隊成員，刺殺美國總統甘迺迪的凶嫌。

靠近威爾斯的士魯斯柏立（Shrewsbury）設立專案小組，由倫敦警察局（Metropolitan Police）反恐部門的警官負責領導。[34] MAC組織於一九六八年策畫了多起爆炸案，由於查爾斯王子預備在隔年到亞伯立斯威唸書，倫敦方面益發擔憂。在切斯特的稅務機關發生爆炸案後，卡拉漢於一九六九年四月初寫給首相威爾森的私人信件中坦承，他認為暴力升級「令人不安」。[35]「我先前提及於亞伯立斯威保護王子安全的計畫，目前皆在進行中，」卡拉漢寫道，「英國安全局（Security Service）和士魯斯柏立的政治保安處（Special Branch Unit）人員都認為，目前王子頂多只有面子掃地的風險，人身安全還不至於受到傷害，不過也不能排除狂熱分子堅決採取行動的可能性。」

他告訴首相，國安單位已經獲知在冊封典禮當天，也就是查爾斯王子預備從亞伯立斯威搭火車前往卡地夫的那一天，有人預謀於鐵軌放置炸彈讓火車出軌。國安單位也相信，還有其他極端分子將攻擊輸水管線和橋梁，甚至策畫要綁架預備出席典禮的達官顯貴。

卡拉漢寫這封信的一個月後，安格雷斯島西北角、通往愛爾蘭的主要港口霍利希德（Caergybi）警方接獲線報，在麥肯錫碼頭（McKenzie Pier）有一個可疑的提包。[36] 提包裡是牛皮紙包住的十六根硝化甘油炸藥，炸藥連接著電池和發出滴答聲的塑膠製白色鬧鐘。這顆炸彈被放在一座牌匾的底座旁邊，牌匾是為了紀念查爾斯王子獲女王指定繼承威爾斯親王的頭銜之後，於一九五八年八月搭乘皇家遊艇「不列顛尼亞號」（Britannia）在此靠岸，並首次踏上威爾斯的土地。

拆彈專家傑弗瑞接獲通知，再次前往事發現場。警方在該區拉起封鎖線的同時，他小心打開提包朝內窺看。鬧鐘的分針已遭人拆除，鐘面上鑽了一個小孔，裡頭冒出一條黃色電線。金屬時針走到六的時候會接觸外露的電線，就會接通電路並引爆炸彈。

在MAC組織放置的所有炸彈中，霍利希德這顆也許最有可能傷及無辜。最初負責放炸彈任務的是戈登．瓊斯（Gordon Jones），他看到該區熙來攘往之後，擔心可能危及公眾安全而退縮。[37]瓊斯後來告訴警方，他將拿到的炸彈材料藏在一座荒廢的農場裡，趁著某次煙火秀時引爆炸彈以掩人耳目。直到今日，沒有任何人自承是霍利希德炸彈案主謀，也沒有任何人因此遭到起訴。

霍利希德的炸彈後來順利拆除，但MAC組織的其他行動仍然造成人員傷亡。冊封典禮前夕，艾溫．瓊斯（Alwyn Jones）和喬治．泰勒（George Taylor）在北威爾斯濱海小城亞伯格（Abergele）的社會安全機關（Social Security）辦公室外面放置炸彈，但兩人不慎將炸彈引爆而身亡。MAC組織預備在冊封典禮進行當下引爆三顆炸彈，亞伯格的炸彈是其中之一，另一顆預計在冊封典禮隔天引爆的炸彈則放置在蘭迪德諾的一處碼頭，目的是阻止王子搭乘的皇家遊艇在巡視威爾斯的行程途中靠岸。預備在典禮當天引爆的三顆炸彈中，只有一顆的引爆時間是按照原本的規畫，也就是在二十一響禮炮鳴放歡迎王室成員抵達卡納芬的時候引爆。另一顆炸彈則藏在城堡附近，組織原本打算在典禮進行時將炸彈引爆，只為了阻撓典禮進行，讓王子顏面無光，並不打算傷害任何人。但是炸彈的計時器故障，炸彈並未引爆，直到四天後，來自英格蘭的十歲男童伊安・考克斯（Ian Cox）看到炸彈，覺得很像足球就用腳踢它，結果右腿遭炸斷。[38]詹金斯後來表示，他發現兩顆炸彈並未順利引爆後曾打電話報警，但是警方在那一週接到約一萬六千通惡作劇電話，想採取行動時已經來不及。[39]冊封典禮如期順利舉行。查爾斯受封威爾斯親王，他在典禮上致詞時有幾段改說威爾斯語，但口音很重且說得結結巴巴：

我懷著榮耀及情感獲授此爵位封號，今日置身這座宏偉的要塞，相信所有人必定會被它的古老氛圍和輝煌歷史所感動，而我置身其中，不可能不意識到威爾斯在漫長的時光中，維持其個別地位以及守護其獨特文化傳統的決心。[40]

MAC組織未能成功阻止典禮舉行，其行動導致一名男童傷殘以及兩名組織成員喪命，而警方步步進逼。一九六九年十一月二日早上，警方突襲搜索詹金斯家及MAC組織另一名領袖人物爾尼・艾德斯（Ernie Alders）的家。檢方以十九項罪名起訴兩人，包括持有炸藥、竊盜、共謀及和康殿堂爆炸案從犯。[41]艾德斯是在陸軍預備役部隊（Territorial Army）服役期間參加鼓號樂團結識詹金斯，在大多數炸彈案中皆有涉入，他很快轉為汙點證人。他承認八項罪名，並指認詹金斯是MAC組織的主使者。[42]其他多名MAC組織成員，包括艾德斯的前未婚妻安．伍蓋特（Ann Woodgate）和在霍利希德撤回炸彈的戈登．瓊斯，皆提出對詹金斯不利的證詞。眼看已不可能全身而退，加上擔心審判時間拖長將造成更多組織成員身分曝光，詹金斯決定認罪。在法庭上，檢方譴責「名為『捍衛威爾斯運動』的邪惡組織」，稱他們「堅持使用暴力」，並指出組織成員皆是「蔑視平常達到政治目標所用和平方法之徒」。詹金斯最後被判十年有期徒刑，艾德斯被判六年。[43]在MAC組織展開抗爭行動期間，威爾斯語協會則持續進行公民不服從運動，藉此對冊封典禮和政府失職未能保護威爾斯語表達抗議。[44]桑德斯．路易士於一九六二年呼籲大眾以直接行動保護威爾斯語，協會成員則從中獲得啟發，他們只有在收到威爾斯文通知單時才繳稅或繳納其他政府規費，對法院寄發的英文傳票相應不理，並破壞只寫英文的路標。無論威爾斯語協會成員，或於一九六六年已將首位議員送入國會的威爾斯黨，都很小心地與MAC組織保持距離，但有一些成員確實表態支持MAC組織，或至少私下表示認同MAC組織。進行非暴力抗議的民權運動人士，以及採取暴力手段的激進分子這兩方，某方面來說算是相互串聯起來施加壓力，逼迫政府對威爾斯民族主義運動讓步。[45]即使在警方未能成功追緝詹金斯的時期，有愈來愈多威爾斯語協會成員官司纏身，許多知名成員入監服刑，也激發大眾對協會理念產生同感。[46]威爾斯黨的政黨支持度在此時期也逐漸上升，而且不只是在西北部的威爾斯語區域，在南部以講英語為主流的工黨票倉地區也獲得更多選民支持。一切都要歸功於益發洶湧的民族主義浪潮，而炸彈案就是推動這股浪潮的要角。

英格蘭與威爾斯之間的裂痕並未因為冊封典禮而獲得彌補，反而更形擴大，英國政府面對莫大壓力，勢必要對威爾斯民族主義運動作出某種讓步。而這次讓步就是國會於一九六七年通過《威爾斯語言法》（Welsh Language Act），其中明定「在威爾斯的法庭上有意使用威爾斯語者應可自由使用威爾斯語，且此舉正當合宜」，以及某些司法文件應有威爾斯文版本。[47]然而《威爾斯語言法》並未賦予威爾斯語官方語言的地位，威爾斯民眾大多並不滿意，而威爾斯語言協會則抱持完全敵視的態度。[48]威爾斯固然有些地方公家機關把握機會，在官方文件及司法文件中大量使用威爾斯語，但威爾斯大部分地區仍舊跟先前一樣主要使用英語。工黨內部對於是否保護威爾斯語的議題則看法分歧，有一些工黨議員雖然兼具英格蘭和威爾斯背景，但未必支持保護威爾斯語，而保守黨和自由黨則看準了這個鬆動工黨票倉的機會，紛紛承諾要採取更多行動以守護「威爾斯文化」。[49]工黨面對這樣的壓力，以及威爾斯黨持續分走選票的危機，時任首相的詹姆斯・卡拉漢提出兩項重大讓步：第一，同意編列預算成立威爾斯語公共電視頻道，這是威爾斯語運動主要爭取的目標之一；第二，允諾舉行公民投票以表決是否建立威爾斯議會（Welsh Assembly），即作為威爾斯最高立法機關的委任分權議會。[50]公投於一九七九年三月一日聖大衛日（St. David's Day）舉行，但投票結果讓威爾斯民族主義者既失望又悲憤：反對票是同意票的四倍之多。威爾斯每個郡都反對成立分權議會，包括西北部講威爾斯語的地區。[51]公投結果主要受到選民的恐懼心理影響，英格蘭移民及具有英格蘭和威爾斯雙重背景（Anglo-Welsh）的群體擔心威爾斯若獲得自治權，自己未來在威爾斯的生活堪慮，再加上尼爾．金諾克（Neil Kinnock）等反對分權的工黨議員極力主張：「我們不需要設立議會來證明我們是一個民族或維護我們的自尊。這關係到的不是蓋議會、組委員會和政府官員，而是民心和民智。」[52]同樣反對分權的工黨議員里歐．艾布西（Leo Abse）則認為，設置分權議會代表了「排外情結和十九世紀民族主義」。他還比喻在卡地夫設置議會，就像來了一列開往卡地夫的列車，車上的座位都標著「肥缺」，而且「頭等艙上標註『限威爾斯語人士』」。[53]詹金斯當時已服刑期滿，於一九七六年七月十五日出獄。他戴著方框墨鏡，拎著監獄發放的綠色大手提袋，前去搭乘駛往威爾斯的火車，被記者問到他對於過去採取的行動有沒有任何悔意時，他反問：「為自己國家奮鬥的人需要道歉嗎？」[54]

MAC組織在詹金斯入獄後完全停止活動，但是威爾斯的暴力示威行動從未停歇。一九七九年，除了設置分權議會的公投未通過，保守黨政府上台，保守黨黨魁、堅定支持統一主義的柴契爾夫人（Margaret Thatcher）出任首相。另一個作風激進的新組織也在大約同一時間登場。他們自稱「格林杜爾之子」（Meibion Glynd r），「格林杜爾」之名來自一四〇〇年起義反抗英格蘭統治的威爾斯親王歐文．格林杜爾（Owain Glynd r）[55]，這個組織低調隱祕，嚴格保密的程度會讓MAC組織自嘆弗如，他們在威爾斯各地投放炸彈炸燬英格蘭人的度假小屋。[56]總共有兩百棟小屋遭燒燬，大多數在威爾斯北部，在英格蘭人大批移入後，這個威爾斯語的最後堡壘也逐漸瓦解。[57]警方展開大規模行動拘捕、搜索或跟監威爾斯重要政治人物和社運人士，但完全查不出幕後主使者，而燒燬度假小屋的行動則獲得在地民眾普遍認同，尤其警方更抱怨問案時威爾斯北部居民配合度低、有意包庇。詹金斯接受英國廣播公司（BBC）記者訪問時，否認自己和縱火攻擊案有任何關聯，但表示這場行動是「人民堅決反抗任何滲透，反抗這種在他們看來等同文化上的種族滅絕，退無可退之下的最後一搏。」[58]至於最近的公投中威爾斯人民一面倒反對設置分權議會，所以採取這種行動已經失去正當理由的說法，他拒絕接受。「威爾斯人民已經被洗腦洗了將近八百年，」他說，「如果一個人從來就不曾完全掌控自己身處的環境，或者掌控任何與自己身處環境有關的任何決定，你幾乎不可能期待他某一天會忽然覺醒，像這場公投原本可能展現的那樣，向前邁開一大步。」

到了一九八〇年三月，二十多棟私人房產遭人縱火，其中多棟位於麗茵半島，也就是先前威爾斯民族主義者縱火焚燒的轟炸機營地所在地。柴契爾政府也面臨另一方面的壓力，由於政府先前承諾設立威爾斯語公共電視頻道卻出爾反爾，以威爾斯黨黨主席葛溫佛・伊凡斯（Gwynfor Evans）為首的非暴力保護威爾斯語運動人士打算發起絕食抗議。隔年即一九八一年，在藪澤監獄（Long Kesh prison）也發生了一場絕食抗議，當時柴契爾夫人任憑十名愛爾蘭共和黨員餓死，但柴契爾夫人在這次面對威爾斯的絕食抗議時，她相信若有人餓死將釀成政治災難。西北部城市阿豐（Arfon）的威爾斯黨籍議員達費・衛格里（Dafydd Wigley）寫信給柴契爾夫人，「強調如果讓伊凡斯為了保護威爾斯語犧牲生命，威爾斯的事態將會變得非常嚴重。」[59]內閣成員則向首相示警，若讓伊凡斯貫徹執行絕食抗議，「保守黨隔年在威爾斯的選情將會相當緊繃且左支右絀……另一個風險則是威爾斯黨可能落入極左分子的掌握。」[60]

「政府絕不會想看到民族主義死灰復燃。」柴契爾夫人在一場會議中說道。[61]她先前雖然否絕設立威爾斯語公共電視頻道的提案，並揚言絕不會改變心意，但終究首肯，不過保守黨其實最早在一九七九年國會改選時曾支持過這個提案。「威爾斯第四台」（Sianel Pedwar Cymru，簡稱S4C）於一九八二年十一月一日開播，英國其他地區觀眾則從翌日開始多了第四個電視頻道可看。[62]這對保護威爾斯語運動的人士而言是一大勝利，也驗證了桑德斯・路易士的強力倡議，如果要讓威爾斯語免於衰亡，必須保留可以支持和推廣威爾斯語文化的空間。

除了設立威爾斯語公共電視頻道，保守黨後續還有其他重大的讓步。[63] 一九八八年，柴契爾政府推行多項教育改革措施，威爾斯語成為威爾斯所有十四歲以下學生的必修科目，確保威爾斯的孩子至少能有十年的時間學習威爾斯語，以期有效提升下一代的威爾斯語能力。五年後，在柴契爾夫人之後繼任首相的約翰・梅傑（John Major）任內，英國政府通過一項規範應將威爾斯語和英語「視為具有平等地位」的法案，保護威爾斯語的人士渴盼追求許久的目標終於實現。[64] 該部法規中也規定應設立威爾斯語言委員會（Welsh Language Board），授權委員會要求各公共機構（public bodies）推廣威爾斯語並提供相關協助。[65] 保護威爾斯語運動看似在短時間內接連取得重大勝利，背後其實是相關團體投入數十年的心血努力，在國會以及透過媒體向歷任政府遊說爭取，另外也藉由更多具體直接的行動保護和推廣使用威爾斯語。至於保守黨方面的反應，伊凡斯威脅要絕食至死似乎真的撼動了柴契爾政府，可能也考慮到對此有所讓步，畢竟是能夠鬆動工黨票倉、在威爾斯贏得民心的方法。在一場內閣會議中，柴契爾夫人向威爾斯辦公室的國務大臣溫恩・羅伯茲（Wyn Roberts）抱怨：「在威爾斯會支持保守黨的，就只有搬去那裡的英格蘭人。」[66]

雖然以威爾斯黨和威爾斯語協會為首的威爾斯民族主義團體，向來與手段暴力激進的暴力分子保持距離，但不可否認，保護威爾斯語運動之所以能有所成就，不能忽略有多個團體採取放炸彈、縱火等暴力行動的背景脈絡。歷任英國政府都擔憂威爾斯恐將成為第二個北愛爾蘭，該地從一九六〇年代晚期到一九九八年間發生嚴重暴動，約三千五百人因此喪命。[67]MAC組織在想法最極端的時期，也數度考慮要刺激英國政府派軍隊進駐威爾斯以引發戰端，希望威爾斯民眾看到戰爭暴行後憤而起義。[68]所幸事態從未演變到這個地步，而放炸彈和縱火行動也在一九九三年終止，《威爾斯語言法》即是在這一年通過。

威爾斯並未發生如同北愛爾蘭那麼激烈對峙的情勢，威爾斯的社運人士態度也沒有那麼強硬不容妥協。威爾斯黨爭取自治，但不要求一定要從英國完全獨立出來，而保護威爾斯語運動人士提出的要求則合情合理，儘管在公投期間有金諾克等人刻意散播恐懼，但對講英語的大多數人來說其實並不構成威脅。政府要讓步並不難，由於也有運動人士是以和平方式爭取，政府的讓步就可以像是順應民意，不會看起來像是屈服於恐怖分子的威脅。每一部法案的通過都催生了下一部法案，威爾斯語的使用率和能見度也隨之逐漸提升，無論是電視廣播、路牌告示、官方文書或學校課程，都有助於支持和保障威爾斯語，甚至讓英語使用者也能接觸威爾斯語。

威爾斯語的地位在柴契爾政府時代相對較高，但是威爾斯在此時期的整體境況慘淡，尤其南威爾斯更在政府與礦工的強硬對峙中吃盡苦頭。[69]威爾斯承受了保守黨經濟政策所致大批礦工失業及外移的苦果，無論曾經對保守黨懷有什麼好感，也都消磨得一乾二淨了。[70]有些人以「威爾斯的問題由威爾斯想辦法解決」為號召，再次倡議建立分權議會，此外也多少照顧到語言和文化議題，此項倡議逐漸獲得大眾支持。一九九二年，蘇格蘭議員約翰・史密斯（John Smith）成為工黨黨魁，他曾在一九七九年帶頭倡議設立分權議會[71]，雖然史密斯於一九九四年因心臟病發猝逝，工黨之後仍持續推動設立分權議會。東尼・布萊爾（Tony Blair）於一九九七年繼任首相，工黨政府通過相關法令，著手舉辦成立威爾斯議會的公投，並大力鼓吹選民投下贊成票。這次沒有任何國會議員有異議，至少沒有人公開表示反對[72]，而威爾斯黨和自由民主黨（Liberal Democrats）也與工黨站在同一陣線。只有保守黨站在相反的立場，自從他們在一九九七年選舉潰敗後，在威爾斯就沒有任何議員席次。一九九七年九月十二日公投的結果，正反方票數比一九七九年的公投結果更為接近。最後「一地定江山」的是卡馬森郡。當地官員用威爾斯語唸出計票結果，同意票四萬九千一百一十五票，不同意票兩萬六千九百一十一票，不過官員講起威爾斯語生硬結巴，幾乎無助於向全英國收看BBC的觀眾推廣活潑生動的威爾斯語。各區票數加總之後，同意票比反對票多出六千七百二十一票，正方陣營贏得公投。[73]「簡直不可思議，真是高潮迭起宛如戲劇的一夜。」主播休・愛德華茲（Huw Edwards）直播當下得知公投結果時說道，本身是威爾斯人的他努力不讓興奮之情溢於言表。「反方陣營整晚都預期將會險勝，眼看要到手的勝利卻在最後一分鐘落空。」

一九九七年的公投結果較諸一九七九年可說是大逆轉，工黨政府依據民意很快啟動立法程序。《威爾斯政府法》（Government of Wales Act）於一九九八年通過，威爾斯國民議會（National Assembly for Wales）於翌年設立。威爾斯及威爾斯語在邁入新世紀的同時，也迎來一個矢志守護威爾斯語的全新政府。

第四章　雙語國家

家父最近在重新學習威爾斯語。

「會威爾斯語的各位，『fasai i ddim hoffi'r noson carioci o gwbl』這句話有什麼問題嗎？」

他在家族聊天群組裡發問。數個月前，他開始在「多鄰國」（Duolingo）學習威爾斯語，這個應用程式會顯示字卡幫助使用者像玩遊戲一樣學習語言，偶爾會冒出一些令人困惑的字句。在我看來，家父翻譯的威爾斯文句子「我一點都不想晚上去唱卡拉ＯＫ」似乎沒問題。

「正確答案是？」我回了訊息。

「Liciwn i mo'r noson carioci o gwbl.」（「我不介意晚上去唱卡拉ＯＫ。」）

我一個同輩的男性姻親出聲了，威爾斯語是他的第一語言：「南威人就是這麼說！」

威爾斯語大致分成南方方言和北方方言，地域上大致以史諾多尼亞山脈到亞伯立斯威一帶的威爾斯中部平坦牧地為界。「北方方言中，稱南方方言為「亨圖」（hwntw），由來是「tu hwnt」（「那邊來的」之意），意指越過山那邊的人講的語言。南方方言中則稱北方人和北方方言為「高格」（gogs），取自「gogledd」（「北方」之意）一詞。南方方言和北方方言基本上互通，但文法重點和詞彙有一些不同，兩者的差異比北英格蘭英語和南英格蘭英語的差異更大。威爾斯語與其他語言一樣，也有次方言（sub-dialect）和地區腔調，讓威爾斯語學習者更是暈頭轉向。例如威爾斯西北部的人稱牛奶為「llefrith」，但威爾斯其他地區的人會說「llaeth」。「多鄰國」的課程設計希望將威爾斯語當成一個整體連貫的語言，兼採威爾斯語南方和北方方言，有時還會專門講解南北方言差異。但是對於習慣聽北方方言的人來說，南方方言有時可能很刺耳，尤其是對於像家父這樣的學習者來說，他們接觸威爾斯語不是透過看電視或閱讀，而是直接聽親朋好友講威爾斯語，因此只會聽到自己所在地區的方言。

儘管偶有不順，家父在「多鄰國」如魚得水。我在二〇一九年六月向他推薦這個應用程式，沒多久他就傳訊息跟我說他「玩上癮了」。

「忙著學威爾斯語。」數天後他又傳訊息給我，之後不久又傳來一句：「我的威爾斯語到十七級了。」

七月時，他告訴我他以達到我在「多鄰國」的一半積分為目標（我用來學中文），剛剛達標。數個月後，他的積分就超過我。在我寫作本書時，家父的經驗值達到三萬六千分，而我的八千分相較之下真是微不足道，他的威爾斯語課程完成不只一次，常常重開複習詞彙以溫故知新。

家父可說是嫻熟各種威爾斯語學習技巧的大師。在老家的一座書架上，有一張由靈格風外語學習機構（Linguaphone Institute）發行的舊唱片，封套插圖裡身穿吊帶皮短褲的人物彈著曼陀林琴，兩種特色明顯與威爾斯毫無關聯。唱片標籤上寫著「邊聽邊學威爾斯語」，還有一行比較小的字：「英格蘭製造」。

「我懷疑這些七十八轉唱片裡錄的威爾斯語跟街上的人講的威爾斯語已經很不一樣了，所以這些唱片教材對威爾斯語復興說不上有什麼貢獻，」家父說，「不過我還是記得唱片裡那句：『cnoc, cnoc, yr postman wrth y drws』。」

家父使用「密集式威爾斯語課程」（Wlpan）教材的學習效果就好多了，這種教材的設計是仿效密集式希伯來文課程（Hebrew Ulpan）教學方法，目的是讓學習者同時學習語言和文化。他寄了某一堂課的教材給我看，裡頭對於後工業時代威爾斯生活的描繪相當真切，包括我的家鄉杜伊蘭（Dwyran）在內的許多村莊百業蕭條，沒有任何店鋪，也沒有郵局或其他社區機構，村裡只剩下一些在地居民。

在密集式威爾斯語課程教材中，一名造訪不知名村莊的男子向一名女子詢問：「這裡有公車嗎？」

「半小時前有一班公車可以去班戈，接下來就要等到明天才會有車。」女子回答。

「有火車可以搭嗎？」

「火車？這裡從一九九六年開始就沒有火車站了。」

「附近有計程車行嗎？」

「鎮上有一家計程車行。」

「這裡有電話亭嗎？」

「有，但是裡面沒有電話機，這裡一直有人故意破壞公物。」

「你家有電話嗎？」

「有，但是暴風雨之後就故障了。上週六有一場暴風雨，造成很嚴重的災情。」

「這裡有旅館嗎？」

「以前有……生意不好，關門了。昨天關的。」

「我該怎麼辦？」

「你要不要買一輛腳踏車？算便宜一點，一百英鎊就好。」

「這樣啊，好吧，可以刷信用卡嗎？」

「不行。」

「用支票付款呢？」

「不行，只收現金。」

「這附近有銀行嗎？」

「沒有。」

家父是在英格蘭南部靠近倫敦的吉令罕（Gillingham）出生。然而我們家的根源在威爾斯，家族歷史的發展軌跡與威爾斯語盛行時期大致相同。

根據一九〇一年的人口普查資料，格里菲斯家族居住在蘭赫斯提（Llanrhystud），這個務農為主的小村位在威爾斯中部沿海，過去曾經熱鬧繁榮。威爾斯中部面海倚山，一側濱臨卡迪根灣（Ceredigion Bay）和愛爾蘭海，另一側則是數百年來保護威爾斯免於遭受侵略的群山，曾是單一語言區的心臟地帶，在這裡幾乎聽不見英語。但到了十九、二十世紀之交，就連蘭赫斯提也逐漸改變，原本自給自足式的農業逐漸被機械化農業取代，愈來愈多人向外尋求工作機會。在進行人口普查的時間點，格里菲斯家族裡所有成員都登記為會說英語和威爾斯語，只有年紀最小的成員例外，名字很豪氣的瑞佛斯．屋大維．普萊士．格里菲斯（Redvers Octavius Price Griffiths）[2]當時還是小嬰兒。格里菲斯家於一九〇四年遷居到倫敦郊區，而瑞佛斯從小到大只講英語，他是我的曾祖父。瑞佛斯小時候，家裡可能會使用兩種語言，他的父母親私底下可能只講威爾斯語，瑞佛斯自己則從沒學過威爾斯語，一戰時他在具有強烈英格蘭特質的英國陸軍服役過一段時間，任何殘存的威爾斯特質從此煙消雲散。家祖父如此回憶他的父親：「雖然他很有學威爾斯語的天賦，但他長大以後對這個語言的印象已經零碎不全。」對於當時經濟情況比較差的移民來說，即使和威爾斯傳統最深厚的地區有很深的淵源，但搬到英格蘭之後也不會想辦法傳承母語；這種狀況很常見，因為除了努力融入英格蘭，移民不會有心力再做其他的事。有些來自更遙遠地區的移民也會碰到類似的情況，他們面對的是一群對外來者和多元文化主義懷有敵意的原本居民──例如倫敦東區的居民來自四面八方，但在二戰前是不列顛法西斯聯盟（British Union of Fascists）時常出沒的地盤。

瑞佛斯並未教子女講威爾斯語，而家祖父和家父從小到大幾乎完全不會威爾斯語，也從不預設自己應該要會這個語言。但我們家族與威爾斯當地仍舊有聯繫。祖父母在史諾多尼亞南邊的科里斯（Corris）買了一棟度假小屋，家父夏天大多在那裡度過，跟當地小孩一起玩耍時學了幾句威爾斯語。老家之所以會出現那些靈格風唱片，是因為祖父想聽唱片教材自學威爾斯語。不過聽這些唱片學到的，會是古老過時的威爾斯語南方方言，講出來大概沒人聽得懂，比較有可能引發笑聲連連。

家父除了偶爾到科里斯度假，人生中大部分時間都在英格蘭度過，他到英格蘭西北部的蘭卡斯特（Lancaster）唸大學，在那裡認識了家母。我在一九八八年出生，父母親是在我出生不久之前搬到安格雷斯島，就在格里菲斯家族農場往北大約一百六十公里的地方。我成了近百年來第一個在威爾斯出生的瑞佛斯．格里菲斯直系後代。我也是家族四個世代之中第一個在威爾斯語環境中長大的孩子，我唸的是威爾斯語小學。對威爾斯語的重視在二十世紀最後十年達到空前盛況，全威爾斯已經有愈來愈多的威爾斯語小學。

邁入二十一世紀之後，長久以來式微的威爾斯語終於絕處逢生，由衰轉盛。二〇〇一到二〇一八年之間，威爾斯語使用者人數從大約五十萬增長至超過八十萬，主要集中在西北部的安格雷斯島和格溫內斯。[3, 4] 威爾斯選民自一九九七年開始即堅定支持工黨，不像英國政府時常換黨執政，威爾斯政府的目標是讓威爾斯語使用人數於二〇五〇年達到百萬。「我們要努力做到讓威爾斯語成為日常生活各個層面中不可或缺的要素。」各部大臣在宣導政策時指出。「如果我們想要達成這個目標，整個國家必須同心協力——無論是威爾斯語講得很流利的人，會威爾斯語但不想開口講的人，剛開始學威爾斯語的人，或是不認為自己是威爾斯語使用者的人，所有人都要一起投入。」[5]

社會風氣之所以能成功轉變，主要並不是依靠上一代講威爾斯語的家族，雖然這些家族早就不會為講威爾斯語感到困窘或拒絕教下一代講威爾斯語，而是依靠英格蘭和威爾斯雙重背景的家庭及講英語的移民。威爾斯已然成為語言復振（language revitalization）的榜樣，但如今面對能否回復成真正講威爾斯語的國家，情勢卻岌岌可危。時候未到。雖然推廣威爾斯文化有助於提升威爾斯語的地位，但在威爾斯大部分地區，英語仍舊是主流語言，很多人除了偶爾看到路標上的威爾斯文，平常並不會接觸到威爾斯語。確實有一些移民學了威爾斯語，但不學的移民占多數，英國媒體仍然常用一些老套比喻來呈現敵視外來者的威爾斯語人士形象（例如「他們一看到我進酒吧就不再講英語」）。政府支持之下雙語並行往往導致威爾斯語邊緣化，即作家賽門．布魯克斯（Simon Brooks）所稱的「單向雙語主義」（one-directional bilingualism），也就是說政府會把重點放在確保不是用英文寫成的一切都有雙語版本，而非致力於在英語環境中引入威爾斯語。[6]布魯克斯嚴厲批判對雙語主義的「拜物化」，認為在英語的聲望地位遠勝威爾斯語以及地理分布的現實情況下，現今的做法終將導致威爾斯語成為英語的輔助語言。他將威爾斯與巴斯克地區（Basque Country）和魁北克（Quebec）相互比較，認為威爾斯的情況較為不利，反觀巴斯克和魁北克的少數語言社群，從以前到現在都得以將自己的語言提升為該地區的主要語言。結果就是這兩個地區至今仍實行雙語主義，而且他們的雙語主義能夠進一步推廣巴斯克語和魁北克法語（Québécois），而非讓這兩種語言降級為輔助用的次要語言。

然而，威爾斯語支持者仍有理由保持樂觀。

「大家原本真心以為威爾斯語如今已經滅亡，我們已經成功改變大家的想法。」威爾斯語協會資深成員東尼．夏沃內（Toni Schiavone）說，協會長年致力於保護威爾斯語，終於在二十世紀看到成果。六十九歲的夏沃內在保護威爾斯語這場仗裡是身經百戰的老將，見證了曾經很邊緣的議題成為主流意見。

夏沃內的出生地卡馬森郡就在離我家祖輩生活的村莊不遠處，他從小在英語環境中長大。他的父親是義大利人，母親是威爾斯人，兩人都不會另一半的母語，便決定在家都講英語。夏沃內大學畢業之後，到「倫敦一個非常貧困的地區」教書。他看到亞裔和非裔加勒比（Afro-Caribbean）移民的處境，覺得心有戚戚，他因此記起長久以來對於自身文化傳統遺緒的感想。

「我看得出社會以哪些細微隱晦的方式壓迫他們，將他們當成二等公民來對待。」他說。最後夏沃內搬回威爾斯，加入威爾斯語協會，開始參與抗議英語路標等公民不服從行動。如今他是威爾斯語協會的教育議題發言人，致力於敦促威爾斯政府採取實際行動以達到所設定的遠大目標。威爾斯語協會也譴責威爾斯的議會只因部分英格蘭人家長強烈反對自家孩子在學校聽老師用威爾斯語授課之後就卻步，並未立法規範所有學校改採威爾斯語教學。[7]雖然威爾斯政府設定目標，希望能在二〇五〇年將全國以威爾斯語教學的學校比例提高至四成，但即使達標，仍然有數萬名學童充其量只有一些零星機會能接觸到威爾斯語。

「現行的教育體制沒有提供讓大部分的孩子和年輕人講威爾斯語的機會，」夏沃內說，「政府運作的體制只會讓講威爾斯語的人愈來愈少，要讓所有學生在學校就練到能操流利的威爾斯語，就需要徹底改變體制。如果威爾斯政府想要達到百萬威爾斯語人口的目標，就需要這麼做。」

從我個人的求學經驗來看，剛好能夠回答二〇〇〇年以後教育體制分別有哪些成功與失敗之處。我從四歲到十一歲唸的是採威爾斯語教學的小學，中學是唸三軌制的大衛休斯中學（Ysgol David Hughes），學生可以唸威爾斯語組、英語組或雙語組。威爾斯語組或英語組的課程全以威爾斯語或英語授課；雙語組的課程則有些採威爾斯語授課、有些採英語授課（例如地理課為威爾斯語授課，歷史課則為英語授課）。課程設計是基於很崇高的理念，讓我這樣具有英威雙重背景的學生（我的父母親都學過威爾斯語，但沒辦法講得很流利，我們家平常講英語）能夠視個人能力盡量多上以威爾斯語講授的課程，但又不至於在全威爾斯語環境中自生自滅，或是處在全英語環境中與威爾斯語完全脫節。然而無可避免地，由於校內其他學生（包括雙語組）幾乎一面倒都講英語，講威爾斯語的學生和其他學生之間就會出現隔閡。結果我的威爾斯語不但沒有變好，反而嚴重退化，快畢業之前我上的唯一一門威爾斯語教學課程就是威爾斯語言與文化課。

「在學校裡大家肯定會覺得有所謂『所有人』，然後還有一群『威爾斯人』。」艾利斯·佛恩（Ellis Vaughan）表示，他也唸大衛休斯中學，是小我幾屆的學弟，現在在班戈大學（Bangor University）主修威爾斯語。「有一些家裡講威爾斯語的學生在學校會講威爾斯語，但有很多人絕對是盡量避免和威爾斯人身分扯上關係。」

我自己的經驗也是如此。我不確定自己當時是否有所察覺，但如今回顧，我可以看出威爾斯語組學生和其他所有學生之間的隔閡，於是我刻意淡化自己的威爾斯人身分，一直到去英格蘭唸大學時，我才真正擁抱自己的威爾斯人身分。即使是雙語組的學生，又分成像我這樣以威爾斯語為「第一語言」的一群，和以威爾斯語為「第二語言」的一群，而雙語組的課程架構更類似外語教學課程，預設學生在上中學之前並未接觸過威爾斯語。

「我一點都不喜歡稱威爾斯語為『第二語言』，那會讓很多學生打退堂鼓。」我的威爾斯語言和文化課老師艾玟・德彼夏（Alwen Derbyshire）這麼說。德彼夏老師個子嬌小、一頭短髮，總是笑容滿面，說話時帶著濃濃的悅耳威爾斯腔，威爾斯語言和文化課是我表現最差的科目之一，但她是我遇過最棒的老師。我們在課堂上讀詩時，她會播放搭配詩作的音樂。她熱愛威爾斯文化，直到現在還有大衛休斯中學學生會搬演她編寫的幾齣音樂劇作品。她已在數年前辭去教職，轉往陶斯芬尼（Trawsfynydd）工作，那裡是一戰時傑出威爾斯詩人赫德・溫恩（Hedd Wyn）的出生地。

德彼夏老師跟我聊天時仍舊慷慨激昂，她指出區分第一或第二語言及其他政策搞錯方向，白白喪失吸引更多人學習威爾斯語的機會，而許多威爾斯語人士看待自己語言的態度，造成他們對威爾斯語學習者懷有敵意，且對待威爾斯語不流利的人很不友善。

「我原本不想講的！」她大喊，因為我問起社會上一些比較保守的人士對於「完美威爾斯語」的執著。

「這種威爾斯語講得流利完美的人才有資格開口，還有輔音變化一定要完全正確才能講威爾斯語的心態，在我看來是大錯特錯，」她說，「要讓這個語言活下來，唯一的方法就是要有人開口講。該做的不只是鼓勵家長教小孩講威爾斯語，還有讓社會大眾一起使用這個語言。威爾斯語是活的，愈常看到、聽到它愈好。」

一九六〇年代開始的保護威爾斯語運動之所以大獲成功，就是因為順利提升了這個語言的能見度（和能聽度）。任何人造訪威爾斯，在邊境第一眼看到的就是寫著「Croeso i Gymru」（「歡迎來到威爾斯」）的牌子。威爾斯全國各地的路標都採取威爾斯語和英語並列，此外所有公家文書、表格、新聞稿也同樣採用雙語。在大家還是打開電視機或收音機，播放什麼就聽或看什麼的年代，很容易就能收看威爾斯第四台播出的威爾斯語肥皂劇（《車輪轉呀轉》〔*Rownd a Rownd*〕就是在我唸的小學附近那條路上拍攝的），或收聽英國廣播公司威爾斯電台（Radio Cymru）播放的威爾斯語節目。而與二十世紀任何時候相比，現今講威爾斯語的人只要願意，就能沉浸在無論學校、工作場所、私人生活到接觸的流行文化統統使用威爾斯語的環境裡。

威爾斯語成功復興，以及保障語言相關的推動立法過程和教育政策，為其他少數群體語言提供了模範。康瓦爾的人民數百年來講的康瓦爾語，和威爾斯語同樣源自布立吞語，但在十八世紀也快速凋零，到了幾乎滅亡的地步。[8]然而最近幾十年，當地人以威爾斯語為楷模大力推動康瓦爾語復興，舉辦「康瓦爾藝術節」（Esedhvos），借用威爾斯國歌《父輩土地》（*Hen Wlad Fy Nhadau*）的旋律編寫康瓦爾語版《父輩土地》（*Bro Goth agan Tasow*），同樣源自布立吞語的布列塔尼語也有了布列塔尼語版的《父輩土地》（*Bro Gozh ma Zadoù*）。[9]推動保護蘇格蘭蓋爾語的人士也以威爾斯語運動為榜樣。[10]威爾斯從歐盟獲得大筆推廣威爾斯語及其他相關計畫所需的經費。[11]但二〇一六年的脫歐公投卻可能不利於威爾斯持續獲得金援。很多人指出其中的諷刺之處，在脫歐陣營裡，以威爾斯部分地區獲得的經費最多，但威爾斯地區的投票結果卻是百分之五十二支持脫歐、百分之四十八支持留歐。[12]威爾斯語選民和英語選民分裂為留歐和脫歐兩派，大部分人講威爾斯語的地區傾向留歐，而有大批英格蘭移民的地區則選擇脫歐。[13]但並非所有脫歐支持者都來自英格蘭，也不是所有選擇留歐的人都講威爾斯語，而對倡議留歐的所有大黨來說，脫歐公投的結果是一記沉重的打擊（支持脫歐的保守黨在威爾斯國內政壇的勢力一直不大）。

英國本土除蘇格蘭以外的地區全都支持脫歐，各界普遍認為此後蘇格蘭民意將會大幅轉向，獨立呼聲將會愈來愈高。出人意料的是，威爾斯民意也發生類似的轉向，少數獨立派人士的支持者逐漸增加，影響力不容小覷。[14]肆虐全球的新冠肺炎疫情更是推波助瀾。威爾斯政府制定了自己的公衛政策，實行比英格蘭更為嚴格的防疫措施，在控制疫情上比英國政府更為成功，進一步凸顯威爾斯有別於英格蘭。威爾斯黨與支持獨立的團體「贊成威獨」（YesCymru）很快就善加利用思變的民心，以新冠肺炎疫情為例說明威爾斯若獨立，就能有效處理本國事務，不需要英國國會干預或提供支援。威爾斯黨年輕領袖亞當・普萊斯（Adam Price）深孚眾望，他在二〇二〇年中撰文寫道：「已有六十二個國家脫離聯合王國獨立，沒有一個國家眷戀過去。愛爾蘭曾經是全歐洲最窮困的地區之一，在脫離聯合王國獨立之後，如今已躋身歐洲最繁榮地區的行列。」[15]

普萊斯很成功的一點，在於將威爾斯的處境以及關於威爾斯獨立、保障威爾斯語的爭議，與其他國家的情況相互連結。長久以來，其中一項對保護威爾斯語運動以及更廣泛的民族主義運動最強烈的批判，就是過於狹隘，只是在哀嘆失落的過去，並本能地想回到從前。即使其他少數語言群體希望從威爾斯的經驗獲得啟發，威爾斯語群體卻可能無知無覺，不知道還可以和其他群體團結起來。我在青少年時期只知道布列塔尼語和威爾斯語有淵源，還是因為學校有一位老師剛好來自布列塔尼（Brittany），我完全不知道康瓦爾語或愛爾蘭語的情況，也渾然不知這些語言的歷史脈絡，不知道它們是如何遭受壓迫，或有什麼人曾努力復興這些語言。

跟我一樣畢業自大衛休斯中學的佛恩說，長大以後「常聽到有人強調威爾斯語很獨特、與眾不同。」這樣的說法雖然意在讚頌這個古老語言，卻反而讓威爾斯的年輕人難以將自身處境，與在歐洲甚至全球遍地開花的保護原住民族權利和少數語言運動相互連結。

「剛開始學習其他凱爾特語言時，我幾乎覺得氣惱。不用捨近求遠就能發現滿坑滿谷的例子，這些少數語言在過去和威爾斯語一樣遭到扼殺，如今也要面對類似的奮鬥歷程，」佛恩說，「我記得自己心想，要是有人教過我們不是唯一這麼做的人就好了，這樣我們就不用孤軍奮鬥。」

插曲／阿非利卡語的是與非

在將全國劃分成不同種族之前，南非白人自己先分成了講不同語言的群體。直到一九一〇年，在荷蘭最早建立的「蓄奴地區」開普殖民地（Cape Colony）建立將近三百年後，南非白人所謂的「種族問題」，指的是在一八二〇年以後陸續抵達的大批講英語的英國殖民者與較早期抵達的荷蘭殖民者後代之間的齟齬。[1]這群人自稱阿非利卡人（Afrikaner），在南非白人裡占大多數，但幾乎沒有任何政治權力，南非主要由英國殖民者控制，過去兩次血腥戰爭都是由於英國人為了讓阿非利卡人俯首稱臣而爆發。兩場戰爭的肇因主要與錢有關，屬於阿非利卡人勢力範圍的地方發現了鑽石和黃金，但英國卻假借種族問題挑起戰火。如南非史學者雷歐納．湯普森（Leonard Thompson）所言，英裔南非人「疏遠阿非利卡人，瞧不起他們的語言和文化，並低估他們的成就。」與許多其他在非洲的白人相較，阿非利卡人與非洲黑人的互動較頻繁，居住地區也和他們較接近，因此在部分殖民政府官員眼中，是帶著無法抹消的汙點。這種心態以阿弗雷德．米爾納爵士（Sir Alfred Milner）的態度為典型，他在一八九七年獲派擔任駐南非高級專員（high commissioner），相信「『大不列顛種族』具有統治亞洲人、非洲人、阿非利卡人等其他民族的道德權。」[2]

英國人與阿非利卡人在第一次波耳戰爭（First Boer War）中不分勝負，及至一八九九年戰火再起，大英帝國卯足全力要打垮阿非利卡人的反抗勢力——「波耳」（boer）是荷蘭文「農夫」之意，大多數阿非利卡人都居住在南非靠內陸的農村和鄉間。大英帝國調兵遣將，從英國、加拿大、澳洲和紐西蘭調來的近五十萬部隊湧入南非，英軍更採取焦土政策，四處焚燬農場，並將阿非利卡平民送入集中營，約有兩萬八千人在集中營內死於痢疾、麻疹或其他疾病。將近十萬名非洲原住民也被送往集中營，至少一萬四千人在集中營內死去[3]，英國國內為了波耳人受虐待一事湧現憂慮不安和譴責聲浪，但輿論對於非洲原住民受苦一事則輕輕放過。[4]面對壓境而來的帝國軍隊，阿非利卡人無力抵抗，最後與英國簽訂《弗里尼辛和約》（Peace of Vereeniging），戰事畫下句點，然而他們在談判中讓英國在幾個關鍵事項妥協，從而為之後反抗勢力的再度崛起埋下伏筆。其中一項是英國保證，在原波耳人所建共和國（Boer Republics）地區可以繼續推行荷蘭文教育，且法庭上也可使用荷蘭文。[5]和約中也載明：「賦予原住民公民權之議題，須待自治政府成立方始決定」。英國政府廢除了南非的奴隸制度，且時常以保護原住民權利為名，行占領波耳人土地之實。但是等到真的有機會讓黑人公民與白人平起平坐時，英國人又藉故拖延，且基於日後南非建國的人口組成特性，英國政府將賦予原住民公民權的相關決定權交給阿非利卡人，以致在其他大多數英國前殖民地皆獨立建國許久之後，南非卻仍是由少數白人統治占大多數的黑人。第二次波耳戰爭也催生了更為統合的阿非利卡人身分認同，讓阿非利卡人共享強大的創設神話，而且能正正當當批判殖民者虐待他們的行徑，並藉由歷數過去曾遭受的苦難，號召所有同胞響應民族主義運動。

原英國殖民地於一九一〇年取得「自治領」（self-governing dominion）地位後成立南非聯邦（Union of South Africa）。此後，阿非利卡人組成的政治團體很快就在原波耳人所建共和國地區贏得政權，而親英國的政黨只在講英語為主的納塔爾（Natal）保住多數黨地位。[6] 一九一〇年五月三十一日，曾在兩次波耳戰爭中統率阿非利卡部隊的路易斯．博塔（Louis Botha）成為首相，而這個新誕生國家的憲法中規定，荷語和英語（且僅限這兩種語言）為南非聯邦的官方語言。阿非利卡語（Afrikaans；或譯「南非荷蘭語」）於一九二五年取代荷語成為官方語言，反映了曾被視為混合語（creole）的阿非利卡語與其源頭荷語已經截然不同。

有些說法認為阿非利卡語與白人優越主義以及對傳統波耳拓荒者身分的物化有關，但它的根源是早期開普殖民地多種族、多語言的大熔爐，當時的開普殖民地聚集了三教九流的歐洲人、來自亞非兩洲各地的奴隸，以及當地原住民族科伊桑人（Khoisan；荷文稱為霍騰托人〔Hottentots〕），這些人會互相交流、貿易和通婚。[7] 由於英國統治者對殖民地的掌控和欺壓日甚，數以萬計講荷語的殖民拓荒者為了擺脫英國人，於是向內陸展開「大遷徙」（Great Trek），他們使用的荷語深受科伊桑人和其他非本地奴隸所使用的混合語或皮欽語（pidgin tongue）影響。有些荷蘭商人仍然留在受英國人控制的沿海城市，保持與歐洲的聯繫，且仍然講傳統的荷語。遷徙的波耳人（Trekboer）移往內陸後與外界隔絕，這個包括白人、黑人和亞洲人的群體持續發展自己的語言，所用語言在十八世紀末演變為後人所知的阿非利卡語。[8]在內陸發展出的新語言保留了不同種族及原住民語言的影響，生活在沿海地區的英國和荷蘭菁英階層則對這種語言大為鄙視，認為它證明了內陸波耳人的墮落和退化。開普敦（Cape Town）一家報紙形容它是「沒人聽得懂的可悲雜種語」，根本稱不上是一種語言，並呼籲要消滅這種「令人髮指的土話」。[9]荷蘭作者的批評同樣尖刻，認為阿非利卡語只是「霍騰托語」或科伊桑人的語言，絕不適合白人。[10]在荷蘭菁英階層中，長久以來皆有類似的顧慮。早在一六八五年，荷蘭東印度公司（Dutch East India Company）總專員亨德里克·梵·瑞德（Hendrik van Rheede）就在日記中寫道：

> 此地的荷蘭人同胞有一種習慣，就是在當地人學了荷蘭語、照他們自己的方式講出很差勁難懂的荷蘭語之後，我們荷蘭人會開始模仿他們講話，連我們的孩子也跟著養成這種習慣，於是一個壞掉的語言就此落地生根，再也無法改正。[11]

歷經大遷徙和兩次波耳戰爭的嚴峻考驗，存活下來的阿非利卡人非常珍視自己的語言以及嚴格的長老宗（Presbyterian）信仰。對他們來說，南非聯邦憲法於一九二五年改列阿非利卡語為官方語言，借用學者湯普森的話，是「實現阿非利卡文化的重大目標」。[12]這個目標更在一九三〇年代「兄弟會」（Broederbond）崛起時進一步實現，這個祕密社團吸引了許多阿非利卡菁英人士入會。就在一九三〇年代，阿非利卡人鞏固了自己的優越地位，無論說英語的白人或南非其他非白人族群，全都比他們矮了一截。

南非雖然在運作上獨立，但依舊是大英帝國的一部分，在二戰期間為了與英國站在同一陣線而捲入戰火，進一步造成許多阿非利卡人和英國政府之間的嫌隙。很多阿非利卡人在文化上比較親德，對種族議題的看法與納粹分子一致，覺得政府需要採取更多作為維持白人的優越地位和血統上的「純粹」。地位顯赫的兄弟會成員提出的解決方案，是施行在經濟和文化上將不同種族完全隔離的制度。一九四五年，納粹主義在歐洲潰敗，多國代表起草《聯合國憲章》（Charter of the United Nations），阿非利卡學者傑夫·克隆耶（Geoff Cronjé）於同年發表〈後代子孫的家園〉（A Home for Posterity），這份宣言帶有強烈的種族主義色彩，要求建立阿非利卡人的「民族之家」。如果不做到完全隔離，他如此寫道，將無法阻擋「異族通婚和種族衝突」，而這正是「南非種族問題的核心所在」。[13]克隆耶和他的支持者的主張不只是白人至上，而是企圖在非洲南部闢出一塊專屬白人的家園，要原住民族遷移到他們自己的自治領土。這項計畫中也安排了過渡期，期間將必須依賴黑人移民提供勞力，但終極目標是希望白人國家達到自給自足。

一九四八年的大選中，國民黨（National Party）採納兄弟會知識分子提出的構想，即現今普遍所稱的「種族隔離」（apartheid）制度。[14]南非國民黨宣稱要實行種族隔離，並消弭英語白人群體和阿非利卡語白人群體在經濟狀況上的落差，以此贏得大選。丹尼爾・馬蘭（D.F. Malan）於一九四八年六月一日抵達普里托利亞（Pretoria）準備就職成為首相時表示：「以前，我們身在自己的國家，卻覺得自己像陌生人，但是今天，南非終於再次屬於我們。自聯邦成立以來，南非終於第一次成為我們的南非。願上帝讓南非一直是我們的。」[15]阿非利卡人從此主宰一切。

一九七六年六月十六日，第一批人喪命，其中一人是哈斯汀・恩德洛夫（Hastings Ndolvu），年僅十七歲。[16,17]殺死他的那顆子彈是從一把警用左輪手槍擊發的，厲聲反駁般的槍響蓋過群眾的喧鬧聲，子彈直直穿過他的頭顱從另一側飛出去，鮮血和大腦灰質噴濺在他周圍的人群身上。片刻之前還在尖聲抗議的人群一下子鳥獸散，在子彈的呼嘯回敬中四散奔逃。上街抗議的人群裡有很多學生的年紀比哈斯汀還小，他們身上穿著制服，看起來是出來校外教學。他們驚慌逃命，拋下手上舉著的精心繪製的牌子和抗議標語。其中一句標語是：「阿非利卡人去死」。[18]那天有大約一萬名學生走上索威多（Soweto）的街頭抗議，索威多是南非第一大城約翰尼斯堡（Johannesburg）外圍的窮困「隔離鎮區」（township），在南非施行種族隔離政策達鼎盛時期，也是黑人和白人對立最嚴重的地區之一。這些孩子之所以出來抗議，是因為政府頒布新政令：規定全國所有黑人學校除了英語之外，也要將阿非利卡語列為教學語言。這是政府所推行一連串政策中的最後一步，主政者認為學校教育不該是以培育下一代黑人領袖為目標，例如教會學校培養出納爾遜．曼德拉（Nelson Mandela）、奧利佛．坦博（Oliver Tambo）和塔博．姆貝基（Thabo Mbeki）等人，在當時就被視為鑄下大錯——學校教育應該是要訓練出新的一批勞工和僕役。政府並不在意大多數黑人學校經費不足、經營困難，而且許多教師的能力根本不足以用英語教學，遑論再用第三種語言教學；阿非利卡語是白人雇主使用的語言，因此以後的勞工有必要聽懂「老闆」（baas）講的話，這樣雇主就不用改講英語，甚至自貶身分去講某種原住民語言。[19]南非黑人對這項政策深恨痛絕，生活在都市裡、平常幾乎不需用到阿非利卡語的黑人尤然。他們將阿非利卡語視為殖民者的語言，如果下一代的教育因為政府打著保護阿非利卡語的大旗而荒腔走板，他們從此也註定沉淪。

英語當然也是殖民者的語言，但是英語挾帶過往帝國殖民的遺緒，已經一躍成為世界語言，良好的英語能力不只有助於在南非找工作和功成名就，去任何有人嚮往的地方想來也無往不利。無論如何，將英語強行帶入南非的英國人早已離去，說英語的白人群體儘管坐擁財富且享盡特權，卻是少數。相較之下，阿非利卡語雖曾是南非多個族群共存交流之下產生的混合語，但它不只演變成與白人至上主義和波耳往昔暴行掛勾的語言，更成為專屬阿非利卡人的語言。[20]對於這樣的發展，許多左派阿非利卡語人士有所體認也感到遺憾，但就如同進步派南非白人基本上無法反抗種族隔離政策，他們對於阿非利卡語的發展同樣無可奈何。「令人遺憾的是，阿非利卡語到了十九世紀末已經成為一小撮白人的政治工具，被他們用來挑戰英語和荷語在開普的主流勢力。」已故阿非利卡知識分子暨異議人士安德烈·布林克（André Brink）如此寫道。「在歷經諸般令人髮指的羞辱和苦難之後，阿非利卡人終於掌握權力，但阿非利卡語本身卻也成為代表壓迫和威權的語言、代表種族隔離的語言。」[21]

推動種族隔離政策的主事者冷酷無情，但絕不愚蠢。他們明白白人與黑人的人口組成比例懸殊，無論對白人在南非的統治權或阿非利卡語的延續都有所不利，而要維繫下去，就必須以激烈手段行使國家權力。他們從過去經驗中已經得知，如果黑人學校要選擇另一種非本土語言作為教學語言，必定會優先選擇英語，而非由荷語演變成的阿非利卡語，而就如阿非利卡語先前在原開普殖民地，從奴隸和僕役的語言轉變為白人主人的語言，如今又遭到國際化程度日增的英語霸權，以及與黑人勞工或僕役溝通須使用英語的需求的兩面夾擊，阿非利卡語在南非勢必會逐漸沒落。無論如何，如一名督學在為新語言政策辯護的文章中所寫：「都市地區黑人小孩的教育經費是由白人出錢，出錢的人講的是英語和阿非利卡語。」因此學校「有責任滿足英語和阿非利卡語群體的需求」，培養出和他們語言相通的勞工。[22]最初在索威多上街抗議的群眾大多是青少年，他們預見新政策正在扼殺他們的未來。對於年紀較大的學生來說，六月適逢期末考季，他們很確定如果期末考只能用阿非利卡語答題，他們根本不可能及格。傳統的反對勢力並未介入，許多異議人士早已被迫流亡海外，反對新語言政策的學生自行組織起來，準備展開抗議行動。六月十六日早上九點，學生排成十一排，從索威多市區另一頭朝奧蘭多體育館（Orlando Stadium）前進，希望以大規模示威向強制學習阿非利卡語的法令表達抗議。

遊行隊伍逐漸接近體育館，起初歡欣熱鬧的氣氛驟然緊繃，其中一名帶頭的學生提艾濟．馬許尼尼（Tietsi Mashinini）警告大家有大批警力朝他們接近，要大家保持「冷靜鎮定」。「不要激怒他們，不要做任何動作，」他站在一台拖拉機上大喊，「我們不是來打架的。」

警方並沒有任何要自我約束的意思，他們朝群眾發射催淚瓦斯，透過擴音器喊話要求人群撤退。眼看人群不為所動，警方擊發第一輪子彈，場面接著陷入恐慌混亂。至少有五百七十五人在接下來的暴力相向中喪生，另有兩千三百人受傷。傷亡者大多不到二十五歲，其中很多是學生。[23]在警方開槍後數小時，索威多大多數區域混亂失序，群眾對於政府草菅人命的做法大感憤怒，將怒氣發洩在公家機關建築及其他代表種族隔離政權的場所，例如國營酒類專賣店和啤酒館皆被視為政府讓黑人族群乖乖當順民的手段。警方針對隔離鎮區展開大規模鎮壓行動，但為時已晚。

南非各界領袖發聲為新的語言政策辯護，當時他們不會知道，自己欺人太甚的做法竟會引發漣漪效應，最終導致少數白人統治黑人的政權終結。索威多的抗爭潮蔓延至南非各地，超過兩百座城鎮陸續爆發抗議行動，壓抑過久的怒氣和受挫情緒一下子爆發開來。[24]如首相約翰．沃斯特（John Vorster）所說：「政府不會接受恐嚇」，對於各地同聲共氣的抗議行動，南非政府採取與在索威多同樣強硬的鎮壓手段。政府以「不惜任何代價維持秩序」的名義，下令禁止民眾在戶外公共場合集會，而對黑人社群的控管原本就已經相當嚴格窒人，此時更是變本加厲。主政者強推新的語言政策，對於和平抗議者進行血腥鎮壓，加上事後為了阻絕後患不得不採行的強力打壓，在在促使整個世代的年輕人走向激進極端。在索威多起義（Soweto uprising）之前，非洲民族議會（African National Congress；ANC）等組織團體也曾推行黑人反抗運動，但遭到邊緣化，難以吸引新成員加入。全國湧現抗議聲浪之後，有數千名青年加入非洲民族議會，還有許多年輕人越過邊界前往安哥拉（Angola）和坦尚尼亞（Tanzania）的軍事訓練營接受培訓，開始謀畫推翻白人政權。[25]索威多事件也讓南非的種族隔離政策成為國際焦點，尤其許多穿著學校制服的孩子遭白人警察射殺的畫面，引發各國對南非政府的嚴詞譴責。

「索威多起義不只是南非政治上的轉捩點，也是南非語言上的轉捩點。」作家奎西．普拉（Kwesi Kwaa Prah）寫道。

阿非利卡語霸權自一九四八年即不斷擴張，而這次事件是它邁向終結的開始。在政治上，在一九七六到一九九四年的這段路途中，阿非利卡人牢牢掌控南非的勢力慢慢鬆動瓦解，社會開始討論起更民主開放的國家秩序應該建立在什麼樣的基礎之上。起頭反抗的社運團體大多將焦點放在政治權力上的征服，而非文化議題。而關注文化議題的團體的做法中，隱含著要以英語取代阿非利卡語霸權的務實導向。[26]

★

青銅雕像歷經滄桑已多處磨損，金屬在經年日曬雨淋之下變成藍綠色，銅綠的斑駁紋路在偶爾落下的一灘灘鳥屎掩蓋下，更顯得暗淡無華。儘管如此，這尊坐姿人像依舊散發清冷莊嚴的氣息——一隻手肘擱在膝頭，手掌托腮，蓄著八字鬍的臉上毫無表情地凝望遠方，予人崇高靜定之感。二〇一五年三月九日早上，豔陽高照，萬里無雲，警告天氣到了中午將炎熱窒人，陽光下的這尊雕像八十多年以來，都朝同樣的方向凝望。即使混凝土基座和雕像遭人潑灑褐色的惡臭糞水，雕像依舊凝望遠方。[27]在這個以分隔著稱且奠基於分隔之上的國家裡，雕像將在下個月成為最能展現敵我分明的議題主角，而它依舊靜定凝望。[28]在雕像基座正面，也就是與遭人提來鄰近貧困社區所用塑膠水肥桶潑糞那一面相對的一面[29]，銘刻著一段文字：

身畔有岩石、石楠和松樹，
我夢想著朝北方擴展的帝國。一片
自獅頭峰以迄極北疆界的國度！

詩文作者是魯德亞德．吉卜林（Rudyard Kipling），吉卜林的作品大多歌頌極端愛國主義和帝國主義，且從不感到羞恥汗顏，而雕像本尊正是為這個主題代言的不二人選：塞希爾．羅德斯（Cecil John Rhodes）——開普殖民地第七任首相，曾建立新國家並以自己姓氏命名為羅德西亞（Rhodesia），亦曾經是世界首富。

「要把當地人當成小孩子看待，不能給予他們公民權，」羅德斯於一八八七年如此告知其他白人議員，「在跟南非的野蠻人打交道時，我們必須採行專制統治的制度。」[30]假如羅德斯知道，他如此輕賤鄙視的這些人有一天不僅會獲得公民權，還能在種族隔離政策廢止後數十年襲捲南非的去殖民化浪潮中大獲成功，包括讓他贊助成立的大學將他的雕像從校區中移除，他一定會驚駭不已。

要求移除雕像的行動稱為「推倒羅德斯像」（Rhodes Must Fall）運動，只是去殖民化浪潮中一個小小的環節，抗議者真正的目標其實是教育制度，很多人認為整套教育體制維持了白人統治之下所施行的種種分隔政策，無法反映黑人學生的需求或想望。羅德斯其實某種程度算是特例，畢竟他最主要代表英國帝國主義；而去殖民化運動的主要目標，則是打倒南非獨立後掌權的白人統治者使用的阿非利卡語。

南非國民黨在一九四八年大選中獲勝後執政，當時他們喊出的競選口號是：「自己的人民，自己的語言，自己的土地。」[31]國民黨掌權四十五年來，阿非利卡語逐漸興盛，政府想方設法讓阿非利卡語在南非無論白人或黑人生活中各個層面穩穩扎根。一九七六年教育改革成了推行阿非利卡語的緊要關頭，太過火的一步激發出的反彈力道之強，最終造成施行種族隔離的政權倒台。然而獨尊阿非利卡語政策的失敗，背後的意義比索威多發生的事件更為重大。

繼索威多起義之後，全國各地的民眾基於同仇敵愾也紛紛發起抗議示威，迫使政府撤回新頒布的語言政策，再度開放讓黑人學校在一種「本土語言」之外，自行選擇英語或阿非利卡語為另一種教學語言。黑人學校幾乎一面倒全都選擇英語。一如恩孔寇．康萬伽瑪盧（Nkonko Kamwangamalu）所寫，對於南非黑人來說，「英語是解放的語言，雖然說在阿非利卡語興盛之前，波耳人和黑人都將英語視為支配者的語言。」[32]南非國民黨讓阿非利卡語從此永遠與種族隔離和白人至上政權相互連結，付出的代價即是阿非利卡語的未來。當白人政權於一九九四年結束、南非成為真正的民主國家後，阿非利卡語也無可避免面對人民的反撲。

納爾遜．曼德拉當選為南非首位黑人總統之後，花費相當大的心力安撫居於少數但擁有全國大部分財富的阿非利卡人群體，承諾他們在南非這個「彩虹國度」仍有需要扮演的角色。[33]曼德拉遭囚於羅本島（Robben Island）期間曾學習阿非利卡語，他在總統就職演說中朗讀了阿非利卡作家暨異議人士英格麗．容克（Ingrid Junker）的詩作（不過他唸的是英譯版）。他大力稱讚橄欖球，也頌揚數名曾經率軍對抗英國帝國主義的波耳將軍。解放運動陣營內部分人士希望讓過去受惠於種族隔離的族群付出慘痛代價，曼德拉此舉表明與他們分道揚鑣，但確保了白人沒有機會展開武裝反抗，也保護國家不至於如一些人所預期的，在種族隔離終結後陷入分裂。阿非利卡人發現自己在嶄新的南非不會遭受迫害固然又驚又喜，但也發現他們的角色變得與從前大不相同，不再享有多種特權，尤其阿非利卡語的地位更是今非昔比。「新政府公開表示，阿非利卡人日後必將為實行種族隔離付出代價，這個代價就是阿非利卡語。」阿非利卡作家暨記者安潔・克羅格（Antjie Krog）在討論一九九〇年代晚期後種族隔離時代種種真相和妥協讓步的書中寫道。「這難道不是羅本島上多年來辯論不休的議題：我們要怎麼處理波耳人的語言？」[34]

在一九九六年頒布的憲法中，明定共有十一種「共和國官方語言」：恩德貝萊語（Ndebele）、貝帝語（Sepedi，或稱「北索托語」）、塞索托語（Sesotho）、札那語（Setswana）、史瓦濟語（Swazi）、溫達語（Tshivenda）、尚加語（Xitsonga）、科薩語（Xhosa）、祖魯語（Zulu）、阿非利卡語和英語。這份立國文書也載明：「考量我國人民的本土語言長久以來地位愈漸低落，且使用者逐漸稀少，國家必須採行務實正向的措施，以提升各種本土語言的地位並推廣其運用。」[35]

憲法頒布一年之後，政府制定了新的教育政策，規定全國孩童皆須接受義務教育，並設立一個統一的教育體系來負責教育相關法規，取代種族隔離政權時期為不同種族和子群體個別設立的十九個教育部門。於是家長首度可以自由選擇要送子女去哪一間學校就讀，並讓子女接受母語教育，但愈來愈多家長選擇以英語為教學語言的學校，一方面出於望子成龍、望女成鳳的心願，冀望孩子在逐漸英語化的南非和全球化經濟中能夠功成名就，另一方面則由於對以本土語言教學的學校的偏見根深柢固，這些學校在種族隔離時期的經費嚴重不足。[36]南非的明星學校是以阿非利卡語教學的學校，尤其是那些以前只收白人學生、經費最多、師資最優秀的學校。但是當初黑人在索威多等地挺身反抗，絕不是為了讓自己的孩子以後上學講波耳人的語言，因此他們幾乎全都選擇英語學校，於是阿非利卡語學校的學生以白人或有色人種（colored）占多數。（依照南非種族隔離政策，所謂「有色人種」與黑人分開歸類，有色人種雖然在政治上的權力大於黑人，但在體制中依舊是受歧視的一群。「有色人種」一詞原本是指白人與黑人或亞洲人生下的混血兒，但逐漸演變成以社會階級為主而非種族的分類，這個群體之中有許多人至今的身分認同仍是「有色人種」，不是黑人、白人或混血族群。）

上述過程最初至少可視為自然地讓南非多種語言重新排序；阿非利卡語曾經是優越的特權階級語言，如今只是多種官方語言之一。由於南非先前實行種族隔離制度，大多數選擇以英語或阿非利卡語以外語言教學的學校都位在居民以黑人為主的地區，而位在阿非利卡人聚居區的學校即使收了一些黑人或混血兒學生，還是可以在大多數家長同意之下繼續以阿非利卡語教學。然而對非洲民族議會黨部分成員來說，只要阿非利卡語繼續享有顯赫地位，還有阿非利卡人繼續掌握財富和權力，就表示南非還未真正擺脫種族隔離。曼德拉擅長尋求折衷妥協之道，主政時還能居中協調，但他在一九九九年卸任總統之後，前述的主張逐漸抬頭。黑人政治家特別針對南非的高等教育，認為阿非利卡語會對黑人大學生「構成學習上的障礙」，反而進一步貫徹在後種族隔離時代已違憲的那種隔離原則。[37]政界人士的爭論日益激烈，就連支持非洲民族議會的阿非利卡人都為之震驚。安德烈．布林克是史上首位作品遭到種族隔離政權查禁的阿非利卡作家（不知算不算一種榮譽）[38]，他在回憶錄中寫著：

> 在種族隔離政權統治的漫長期間，阿非利卡語實質上成為壓迫者的語言，很高興看到在種族隔離終結之後，阿非利卡語遭削弱為十一種官方語言中的一種。但新的主政者慢慢高枕無憂，安於新獲得的威權地位而日益傲慢，他們對待阿非利卡語態度中隱藏的報復念頭令人心驚。[39]

左派白人有所警覺，而保守派阿非利卡人的反應是大為驚駭。二〇〇二年爆發了斯泰倫博斯大學是否要採行阿非利卡語教學的爭議，右派評論家丹．魯特（Dan Roodt）撰文痛批教育部長卡德．艾斯默（Kader Asmal）：「阿非利卡人如今最痛恨的人莫過於艾斯默，教育制度裡能保存阿非利卡人身分認同的只剩下語言，他卻處心積慮想掏空阿非利卡語。」[40]他警告：「目前阿非利卡人的危機感，加上犯罪行為、農場謀殺案和艾斯默的英語化政策，將為極端主義分子打造出吸收新成員的理想環境。」

無可否認，當時的南非語言風景發生了重大改變。一九九〇年代初期，採行阿非利卡語教學的學校約有兩千間，不到十年內就減至剩下三百間。這些學校的畢業生申請大學的時候，過去採行阿非利卡語教學的高等教育機構就面臨必須開設英語課程的龐大壓力。依照政府的新規定，學校不能只採用阿非利卡語教學，也不能比照對國際學生的要求，強制南非學生在申請入學時接受語言能力測驗。[41]對阿非利卡語的批判到此仍未停歇。二〇一五到二〇一六年在開普敦發起的「推倒羅德斯像」運動，針對的是英國帝國主義代表人物，從未經歷過種族隔離時期的「生而自由」（born free）世代學生很快又將目光投向一直以來皆採阿非利卡語授課的大學。帶頭抗議的「開放斯泰倫博斯行動團體」（Open Stellenbosch Collective；OSC）發表宣言，表明要挑戰「排擠黑人教職員工與學生的阿非利卡白人文化霸權。」[42]在種族隔離政策結束的二十年後，學生們的宣言中寫著：「我們學校裡名叫『約翰』的教授加起來比黑人教授還多。」開放斯泰倫博斯行動團體要求學校不得「強迫學生學習或用阿非利卡語溝通」，且所有課程都必須用英語授課。

斯泰倫博斯大學之名是為了紀念荷蘭開普殖民地總督斯泰倫博斯（Stellenbosch），同時也是種族隔離理念的發源地，在很多阿非利卡人心目中絕不是隨便一所阿非利卡語大學，而是獨一無二的阿非利卡語大學。如果阿非利卡語連在斯泰倫博斯大學都無法存活，那還有存續的可能嗎？在校方接受學生要求，同意「所有課程教學……都會以英語進行」[43]之後，知名阿非利卡作家暨知識分子赫曼．吉里歐密（Hermann Giliomee）撰文指出，校方的決定「就一所為擺脫英語文化霸權而於一九一八年成立的大學而言顯得殘酷且諷刺」。[44]面對這樣的挑戰，保守派的阿非利卡人絕不束手待斃。要是校方不願挺身而出，他們會把捍衛阿非利卡語當成自己的責任。普里托利亞大學、自由邦省大學（Free State）和斯泰倫博斯大學陸續將教學語言從阿非利卡語改為英語，而阿非利卡人於是向各校提起訴訟，展開法律戰。幾乎每場官司都上訴到最高層級的審判機關，即憲法法院，而原告多半是「阿非利卡論壇組織」（AfriForum），這個團體在阿非利卡語未來發展及相關議題的討論中，逐漸掌握了話語權。

阿非利卡論壇組織成立於二〇〇六年，名義上是以讓阿非利卡人重新回到公領域為組織宗旨，[45]是「團結工會」（Solidarity）的分支，工會成員幾乎全是白人，多年來致力於讓阿非利卡語重新成為南非公家機關使用的語言，但是無力回天。團結工會在南非一直是頗具爭議的組織，本身則源自「礦工工會」（Mineworkers' Union），礦工工會在種族隔離時期即公開擁抱種族主義，曾以舉著「全世界勞動者聯合起來支持白人的南非」標語遊行而惡名昭彰。[46]一九九四年以後的數十年間，團結工會採用的話術更加巧妙，呼籲要包容不同種族、達到多元共融，但是批評者則指出他們背後的動機始終不變，也有人形容團結工會是阿非利卡人掌控的「國中之國」。[47]阿非利卡論壇組織的政治手腕更為靈巧純熟，他們向政府機關遊說爭取少數群體（幾乎全是白人群體）的權利，在遊說失利時將機關部門或個人告上法院。他們自稱是南非最大的少數族群民權團體，聲稱挺身為「阿非利卡人的存續」奮鬥，努力爭取「打造讓阿非利卡人能獨立確保自己未來的永續架構」。[48]作家麥克斯·杜·皮爾茨（Max du Preez）指出：「他們在媒體上的聲量之大，沒有其他利益團體、非政府組織或政黨能夠與之匹敵。知名阿非利卡評論家在社論和專欄文章中對阿非利卡論壇組織好聲好氣、多所包容，更助長了他們的聲勢。」[49]阿非利卡論壇組織能夠茁壯，是因為他們就兩大議題強力且公開地向政府遊說；除阿非利卡語之外，另一個議題是農場凶殺案。

罪案盡皆駭人聽聞。男人遭人用烙鐵灼傷之後，壓進裝滿滾水的浴缸裡淹死。孩子的喉嚨被割破。女人遭到強暴殺害，屍體殘缺不全。農場禽畜遭到肢解，凶手用牠們的鮮血在牆上塗寫種族歧視的語句。[50]臉書（Facebook）和WhatsApp通訊軟體上，開始流傳謀殺案發生後親歷現場者以及設法逃走或擊退凶手的受害者第一手記述，長長的貼文和訊息串怵目驚心。有人將貼文和訊息匯集成似乎永無止盡、歷歷細數恐怖情境的禱文，要向警方和政府討個交代。

一些居住在鄉間的南非白人幾乎永遠被農場謀殺案的陰影所籠罩，凶殺案對他們來說，就代表了南非在黑人執政之後，陷入了何等無法無天、野蠻失序的境地。有些人倡議政府更加重視相關問題，指稱專挑白人農民行凶害命的罪案宛如傳染病一般擴散，政府卻粉飾太平甚至視而不見。他們也直指一些黑人政治家的言論明顯展露種族歧視甚至支持種族滅絕的意味，證明了多起謀殺案是由幕後集團操縱的行動，證據就是過去十年在南非鄉間發生的命案記錄在案的達到數百起之譜，有些受害者的死狀無比駭人；他們也提出警示，認為政府若是不迅速採取措施因應，情勢可能變得更為嚴重。[51]命案確有其事，但並沒有所謂的模式可言。根據南非農業協會（AgriSA）的統計數據，事實上農場凶殺案件數於二〇〇二年前後達到最高點，於二〇一八年則僅發生四十七起，是二十年來的新低點，並不像某些報導所指稱近年針對白人農民「湧現了一波暴力行動」。[52]即使某些阿非利卡人團體公開的較高案件數正確無誤，也必須將相關數據放在南非謀殺犯罪率高到令人震驚的脈絡之中來探討。官方數據顯示，南非二〇一八年記錄在案的謀殺罪行超過兩萬一千件[53]，而南非的蓄意殺人犯罪率每十萬人三十六件是全世界最高，相比美國則為每十萬人四點九六件。[54]法律上並未明確定義「農場謀殺案」確切由哪些要素構成，而阿非利卡人團體時常將動機為種族仇恨的罪案與明顯具有其他動機的罪案混為一談。[55]部分團體面對外界的懷疑，不僅堅持宣揚農場謀殺案有如傳染病，且確實可能因為大眾的質疑而受刺激，更強力主張媒體對白人受害者懷有偏見，還與政府合謀將類似事件淡化處理以息事寧人。這種敘事獲得英美右派小報相當程度的支持，他們以血腥照片和聳動文字報導南非農場襲擊案，並警告南非白人恐將落入和辛巴威（Zimbabwe）的白人一樣資產遭沒收充公的下場，讓讀者原先對黑人掌權那些最惡劣的偏見獲得證實。南非農場襲擊案在英美兩國的右派圈子裡成為熱門議題，川普總統（President

Donald Trump）於二〇一八年八月在推特上發了一則相關推文，許多南非白人和世界各地的極右派人士為此欣喜不已，他們聲稱「白人種族滅絕」的危機已迫在眉睫。[56]阿非利卡論壇組織就是在這樣的時空背景興起，成為阿非利卡語的首席捍衛者。他們主張阿非利卡語不再是種族隔離的語言，而是另一種本土語言，值得和其他本土語言一起受到同等保障，但是自身的阿非利卡民族主義（white Afrikanerdom）根源卻常常讓他們綁手綁腳、難以有所作為，可能是因為他們還是被外界視為白人至上主義意圖收復失土的代表，或者儘管他們表面上讚頌種族多元，但卻未能察覺南非在一九九四年後已經發生很大的轉變。在對阿非利卡論壇組織於二〇一七年向自由邦省大學提告的判決中，身為阿非利卡人暨斯泰倫博斯大學校友的大法官約翰．弗朗（Johan Froneman）相當尖銳地指責阿非利卡論壇組織，稱起訴人「完全忽視其他群體語言權利的複雜性，以及過往其他種族受到的不平等待遇，遑論阿非利卡語從以前到現在仍享有的特權。」[57]

> 就自由邦省大學在針對問題擴大研商對策的過程中，應如何滿足其他種族群體的需求，以及應如何促進語言教育，起訴人顯然並未提出任何務實建議。起訴人顯然未對現況提出任何真知灼見，對於自身作為帶給他人的觀感也完全無知無覺。上述種種未能做到的事，只是讓阿非利卡人對他人的需求無感且完全不願讓步的形象

更加根深柢固。起訴人需要捫心自問，他們企圖保護阿非利卡語權利的方式，究竟是有利於阿非利卡語的推廣，還是反而成了阻礙。

阿非利卡語的未來，掌握在年輕一輩的阿非利卡語使用者手裡。至於將來某一天，當阿非利卡語已經發展得具有包容性、剪除了種族偏見和其他偏見，到時候會不會有人替它發起「第三語言運動」（Derde Taalbeweging），等時間到了才會知道。

二〇一九年末，我訪問了艾拉娜．貝黎（Alana Bailey），她是阿非利卡論壇組織的文化事務主管及語言政策主要推手。

「我是在種族隔離非常黑暗的那段時期長大的，」她告訴我，「我想我們都覺得講阿非利卡語理所當然，無論任何服務，講阿非利卡語就能通，不管是在學校、去公家機關辦事或到各種店鋪消費，我們都覺得理所當然，因為阿非利卡語這麼強大，又獲得國家這麼強力的支持。」

五十四歲的貝黎蓄著一頭褐色短髮，愛穿藍色外套，她是作家和文化史學者，熟知阿非利卡語的過往歷史和現今面對的種種挑戰。她很理性務實，接受媒體採訪時相當優雅老練，不過她跟一些南非白人一樣有個習慣，就是述及種族隔離時的語氣像是提及遙遠過往，儘管種族隔離政策不過是不到三十年前的事。

貝黎很快就強調大部分阿非利卡語使用者並非白人，對於阿非利卡論壇組織這樣的白人團體主導阿非利卡語相關論辯，並且左右其他語言人士對阿非利卡語的觀點的說法，她表示不同意。我向她問起極右派人士將阿非利卡語納入議題一事，會不會對相關論辯造成負面影響，她承認確實造成影響，但是她舉的例子是一名阿非利卡人因為無法取得阿非利卡語服務而大為憤怒。

「我們努力想要將格局放得更大，不只是將阿非利卡語當成孤立隔絕的語言，而是檢視關於母語教育的整體論證，」貝黎說，「如此一來，社會大眾就會理解，推廣一種語言不只是一個社群得蒙其惠，而是整個國家都能因此受惠。」

阿非利卡論壇組織等團體提出的這一點主張相當強而有力，因為阿非利卡語若是在英語的強盛之下步入衰微，那麼其他本土語言持續凋亡的情況只會更加嚴重。由國家介入迫使學校採用英語以外的語言作為教學語言，有助於扶持阿非利卡語以外的語言，而阿非利卡論壇組織如果爭取成功，也可能成為其他少數群體爭取權利的榜樣。根據最近期的南非語言使用調查結果，阿非利卡語的使用普遍程度在全國排名第四，次於祖魯語、科薩語和英語。[58]其他弱勢語言，包括史瓦濟語、溫達語、尚加語、恩德貝萊語和科伊桑語系諸語言（Khoisan languages），幾乎僅限於在各族群的家鄉使用，而在教育場域中鮮少有人使用本土語言，仍以英語為最主要語言。[59]與貝黎的訪談結束後，我對她有一點同情：我們未必能自己選擇盟友，而考慮到資金和經驗，假如阿非利卡人團體選擇以對抗英語霸權、捍衛所有南非語言作為定位，即使有自肥之嫌，但那樣是否可能取得更多優勢？

彼得．杜．特華（Peter Du Toit）讓我面對現實。他是專跑政治線揭發弊案醜聞的阿非利卡記者，過去曾與阿非利卡論壇組織發生衝突，他說：「右派組織為了自己的政治目的綁架阿非利卡語議題，對阿非利卡語來說絕對是悲劇，阿非利卡語未來可能永無翻身之地。」

杜特華和貝黎同樣指出大部分阿非利卡語使用者並不是白人，但是杜特華與貝黎不同的是，對於由一個與阿非利卡人權利和白人民族主義人士有牽連的團體來代表阿非利卡語使用者發聲，他感到深切憂慮。他特別強調「欲聲明『阿非利卡語是屬於所有使用者的語言、不只屬於白皮膚阿非利卡人』的強烈動機。」阿非利卡語使用者之中以非白人占多數，他們努力讓自己成為舞台中心的要角，重新確立阿非利卡語的傳統遺緒屬於多元族群，已經達到些許成效。最早以阿非利卡語書寫的作品中，部分是由非白人作者所著，而在種族隔離時期，非白人阿非利卡語使用者在組織反壓迫運動並和左派阿非利卡人結盟時，也是使用阿非利卡語。早在一九八〇年代，這些阿非利卡語使用者就已經提出警告，將阿非利卡語呈現或視為專屬白人的語言，將來可能會對這個語言造成非常大的傷害。「必須滌除阿非利卡語的種族主義觀點和……種族偏見，讓它不再是利於白人的語言，」一場教師會議於一九八八年提醒，「阿非利卡語屬於所有使用者，沒有任何次群體能聲稱阿非利卡語專屬於他們。」[60]杜特華指出像阿非利卡語言及文化協會（Afrikaans Language and Culture Association）這樣的組織持續努力倡議，也確實向外推廣有成，尤其是可能最敵視阿非利卡語的南非黑人。但他也提醒，這樣的進展有可能因為白人阿非利卡團體的種種作為而化為烏有。「不幸的是，像阿非利卡論壇組織這樣的右派種族民族主義（ethnonationalist）團體，挾著金錢攻勢和巧妙策略發揮影響力，就能為自己的目的綁架阿非利卡語議題，還能綁架阿非利卡語和其他語言使用者，將自己塑造成唯一能夠捍衛阿非利卡語的組織。」杜特華說。

有一些人提出阿非利卡語將會衰亡的不祥警語，但也可能過度強調語言所處的險境，反而低估了它在許多層面大獲成功。前景或許並非全然樂觀正面，但是對於阿非利卡語的未來，尤其是對於阿非利卡語在文化場域的發展，還是有無需灰心喪志的理由。

「阿非利卡語是承載許多種藝術的語言，是文學的語言，是文化的語言，阿非利卡語如今可說處在有史以來條件最好的時空，」杜特華說，「阿非利卡語藝術節和文化節活動十分興盛，非白人阿非利卡語使用者也參與其中，這些活動發揮了很大的影響力。」

儘管阿非利卡語在政治和學術場域中扮演的角色明顯遭到削弱，但阿非利卡語書籍、電視節目、電影、音樂和新聞媒體的數量僅次於英語，有些情況下甚至不分軒輊。[61]在使用阿非利卡語的非白人作者、詩人和音樂家的引領之下，大法官約翰．弗朗希望看到的「第三語言運動」正緩緩起步。對於這些阿非利卡語使用者而言，他們的目標與其說是要重新定義阿非利卡語，不如說是重新尋回阿非利卡語雜糅外來和本土的多元根源，阿非利卡語從前是主要由非白人使用者發展出的語言，是在種族隔離主使者策畫之下，才被重新歸類為屬於特定種族的語言。

「阿非利卡民族主義霸權做得最成功的其中一點，無疑是創造出只有他們才能為所謂『阿非利卡人』發聲的迷思，」同為阿非利卡語使用者的黑人學者海因．威廉瑟（Hein Willemse）指出，「還有在所有以阿非利卡語陳述的話語中，只有他們的世界觀意義最為重大。這些民族主義文化掮客壓抑了阿非利卡人社群中反對他們的主張和與他們不同的想法，他們也極力限縮黑人阿非利卡語使用者在更廣大話語社群中的角色和地位。」[62]

阿非利卡語音樂家「黑真珠」（Blaq Pearl）曾說：「當我敞開胸懷接納阿非利卡語的根源，就開始覺得講這種語言是一種解放。」[63]面對那些企圖將阿非利卡語定義成專屬特定種族的語言的團體，非白人阿非利卡語使用者開始努力反制。在「非白思維」（Coloured Mentality）主持的系列線上節目「阿非利卡語是不是白人的語言」（is Afrikaans a white language）上，劇作家艾美．吉芙塔（Amy Jephta）表示：「有些人一輩子都講阿非利卡語，他們生活在阿非利卡語裡，呼吸都是阿非利卡語，你卻跟他們說，講阿非利卡語就是講殖民者的語言，或是和壓迫者講同一種語言，這種說法否認了他們了在自己的語言中找到的擁有感，或者我們整個阿非利卡語社群在語言中找到的擁有感。」[64]儘管阿非利卡論壇組織等團體大聲疾呼要挽救阿非利卡語，如果部分人士重蹈覆轍，依舊只將阿非利卡語視為白人的語言，那麼語言的前途仍將晦暗無光。阿非利卡語源自非白人的南非，只有非白人的南非能夠讓它在未來得以延續發展，不是以種族隔離主使者所熟悉的形式，而是脫胎換骨成為新國家的新語言。

第二部

夏威夷語

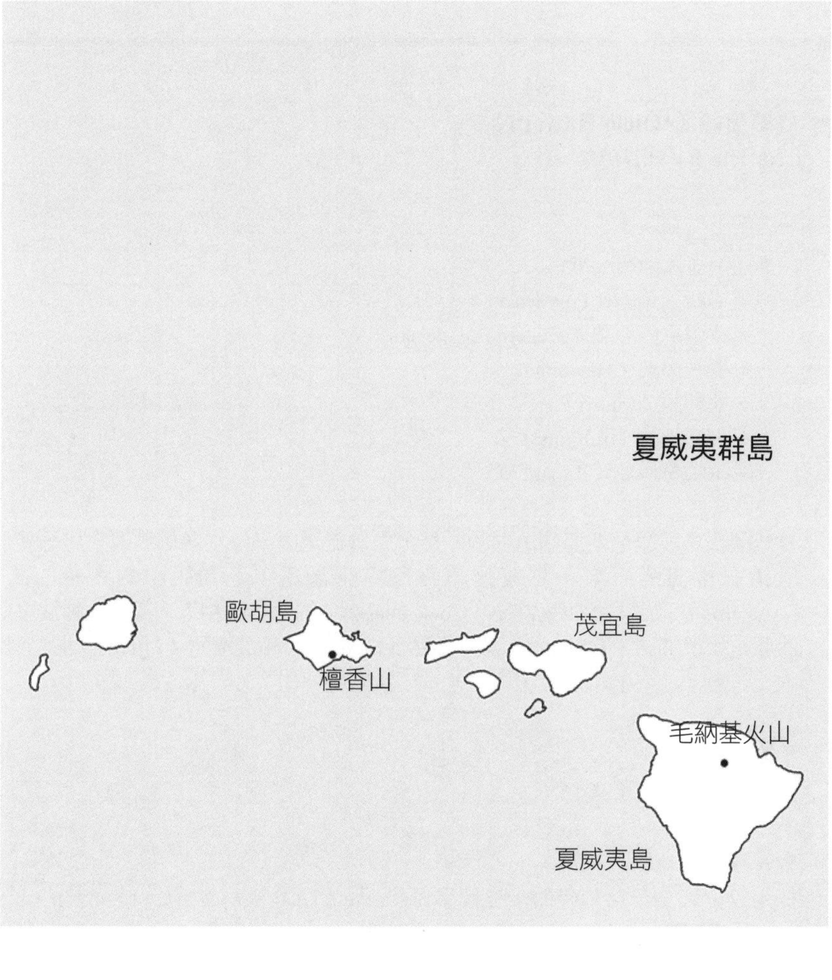

夏威夷語（‘Ōlelo Hawai‘i）
（ʔoːˈlɛlo həˈvɐjʔi）

◆ 語系

南島語系（Austronesian）
－波里尼西亞諸語（Polynesian）
　－東波里尼西亞語（Eastern Polynesian）
　　－夏威夷語（Hawaiian）
　　－毛利語（Māori）
　　－大溪地語（Tahitian）
　　－拉帕努伊語（Rapanui）

夏威夷語是波里尼西亞諸語中的一種，由遷徙至太平洋上各個島嶼定居的族群所講語言演變而來。夏威夷語與奧特亞羅瓦（毛利語中的「紐西蘭」〔Aotearoa〕音譯）和庫克群島（Cook Islands）的毛利語相近，與其他種波里尼西亞語如東加語（Tongan）、薩摩亞語（Samoan）和斐濟語（Fijian）的差異較大。

◆ 使用者數量

夏威夷島：約一萬八千人

◆ 書寫系統

採用以拉丁字母為基礎的十三個字母：a、e、i、o、u、h、k、l、m、n、p、w、‘（喉塞音）

◆ **語言特色**

夏威夷語是具有音段組合限制的語言，每個音節的結尾音都必須是母音。每個母音都有長母音和短母音，長母音通常是以字母上方加「長音符號」（kahak或macron）來表示。夏威夷語的基本句型是「動詞－主詞－受詞」，與英語的「主詞－動詞－受詞」較為不同。

◆ **例句**

- 我是夏威夷原住民，我講夏威夷語。
  He Kanaka Maoli au, ʻōlelo Hawaiʻi au.

- 洗手間在哪裡？
  Aia i hea i ka lua?

- 只會一種語言絕對是不夠的。
  ʻAʻole nō e lawa ka mākaukau ma hoʻokahi wale nō ʻōlelo.

第五章　婚約在身的公主

這一天是國王的生日，而他的生命正邁向終點。洛特．卡普埃瓦（Lot Kapuāiwa）於一八七二年十二月十一日剛滿四十二歲，還未入夜，他就與世長辭。

國王有一張圓臉，高額大鼻配上濃黑大鬍子的面相冷靜理智，與他勤勉認真的個性很相稱，他已經有好幾個月為「胸腔積水」所苦，這種胸膜炎讓他呼吸困難、不停乾咳且胸口劇痛。[1]他的龐大身軀更讓病況雪上加霜。國王從來沒有瘦過，他年輕時相當壯碩，但一身肌肉慢慢鬆垮變成渾身脂肪，過世時的體重將近一百七十公斤[2]，是當時中等身材夏威夷男子的兩倍有餘。[3]國王洛特的先人卡美哈美哈一世（Kamehameha I）一統八個島嶼並建立了夏威夷王國，卡美哈美哈一世及其繼承者主宰夏威夷群島的政治超過半世紀。洛特在位九年，未婚且無子嗣，他臨終前癱倒在床上，胸口感到劇痛，同時呼吸愈來愈急促，來不及指定王位繼承人。這對任何王國來說都會是棘手的狀況，但夏威夷王國當時承受來自多方面的壓力，可能因此爆發全面危機。自從英國的詹姆斯．庫克船長（Captain James Cook）於一七八八年造訪，並將歐洲的疾病傳到夏威夷群島，群島上原住民的人口就持續減少，但到了洛特的年代，原住民人數更是急劇下降。土生土長的夏威夷人人數逐漸不敵外來人口數量，外來人口包括來自歐美的「白人」（haole），以及到多半由白人擁有的製糖莊園工作的中國和日本勞工。

英國和法國皆曾威脅要併吞夏威夷群島，但洛特最不信任的是美國人。早在一八二〇年代，卡美哈美哈二世利霍利霍（Liholiho）在位並由太后卡阿胡曼努（Ka'ahumanu）攝政時期，王室歡迎基督新教傳教士的來到，將接受新教信仰視為邁向現代化之途，但洛特對這些傳教士的猜疑最深。傳教士來到群島發展的數十年間，勢力和影響力大幅提升，他們的後代成為群島上最富裕的一群人。雖然有許多人歸化成為夏威夷人，但是洛特知道他們畢竟心向祖國，也出言警告「這些可惡的同謀共犯」的行動將「導致王室遭到推翻、夏威夷群島遭到美國併吞，而整個夏威夷種族終將滅絕。」[4]

儘管多所擔憂，洛特並未指定繼任者人選以延續本土王朝統治權並抗衡王國內外的白人勢力，他的決定不僅將讓夏威夷王國發生重大分歧，更讓夏威夷語也產生重大分歧。洛特是卡美哈美哈王朝的第五任繼承者，他若不採取極端行動，王朝政權勢必在他這一任終結。最後，在嚥氣前數小時，洛特轉向坐在身旁淚流滿面、緊握住他的手的女子，要她即位成為女王。

「希望你能接班，繼承我的王位。」洛特告訴寶娃希公主（Princess Pauahi）。[5] 她的回答將永遠決定夏威夷王國及夏威夷語的命運。

寶娃希・帕奇（Pauahi Pākī）生於一八三一年十二月十九日，比洛特小一歲又一週。夏威夷王國與許多有君主制的社會相同，非常重視家族世系，王室子女必須對自家族譜瞭若指掌，唸誦得滾瓜爛熟。[6]慶祝寶娃希公主誕生的頌辭很長，讚頌多位家族先輩，包括征服者卡美哈美哈一世以及寶娃希的曾祖母卡內嘉波蕾（Kānekapōlei），兩人在庫克船長身亡當時都在現場。[7]寶娃希公主的誕生是吉兆，她家世高貴顯赫，但卻出生在充滿危機的時代。一八三〇年，檀香木生意榮景不再，夏威夷王室以這種具香氣的高價木材為抵押借了鉅款，財務狀況岌岌可危。[8,9]由於檀香木大幅貶值，國王利霍利霍最主要的債主美國人勢力於是坐大，而許多夏威夷平民百姓自從第一批歐洲人來到群島後一直為疾病所苦，在難以藉由販賣檀香木謀取利潤之後，生活更是苦不堪言。

在首次接觸後的數十年間，陸續有大批夏威夷人死於天花、梅毒和其他傳染病。新傳入的疾病除掉了許多夏威夷原住民，可說是在實質上和精神上替白人的入侵開疆拓土、「清除障礙」。美國傳教士在一八二〇年及其後抵達群島時，發現夏威夷社會在不久之前拋棄了傳統的「卡普」（kapu）體制規範。「卡普」是一套複雜的法則和儀式，決定了生活中各個層面應如何運作，但在大量人口死亡、外來思想衝擊，加上人民親眼看到外來者無視傳統禁令卻完全不會受到惡報，多方壓力使得「卡普」體制從內在崩壞。[10]傳教士見到此種情況，自然認為是主賜予的大禮。他們原本準備拯救的「異教徒」國度已經踏上自救之途，或者如傳教士露西・瑟斯頓（Lucy Thurston）所描述，這是一個徵兆，預示了「黑暗自夏威夷遁走，而我們這個傳教士家庭在倉促之中打點準備，即將帶著《聖經》前往沒有神的國度。」[11]

疾病之前不分貴賤，國王利霍利霍和王后於一八二四年造訪英國時，雙雙感染麻疹而病逝。直到二十世紀，麻疹疫情仍會多次爆發，帶走數以萬計的人命。[12]「這片土地在古時人口繁盛。從夏威夷島到考拉島（Ka'ula）之間，除了低矮珊瑚礁以外的各座島嶼全都有人居住。」歷史學者薩繆爾・卡馬考（Samuel Kamakau）於十九世紀晚期如此描述。「從群山峰巒到沿海土地，遍布人民翻土耕田和搭建屋舍的場址遺跡。如今有些地方的地面因遺骨曝露出來而一片森白，耕地荒廢無人整理，因為已經沒有人需要這些土地了。」[13]

利霍利霍病逝之後，其弟考伊柯奧烏利（Kauikeaouli）即位為卡美哈美哈三世，但仍由他們的母親卡阿胡曼努攝政。「紛擾不斷的一八三二年總算到了盡頭，而夏威夷人此時卻陷入沮喪陰鬱，」凱瑟琳・梅倫（Kathleen Mellen）在卡阿胡曼努的傳記中寫道，「夏威夷人像染病一般感染了絕望情緒，這種病隨著血液緩緩流貫全身，耗蝕人的全副精神。一股有毒的憂鬱之氣無精打采籠罩著整片土地。」[14]

卡阿胡曼努於六十歲時也追隨長子和女婿的腳步告別人世時，群島上的絕望之氣變得更為深重鬱結。[15]然而不再受到母親影響之後，考伊柯奧烏利展現了優秀的統治能力和前瞻遠見。他的母親改信之後成為狂熱的基督新教教徒，也是美國傳教士的有力盟友，攝政期間通過數項法規嚴格限制夏威夷傳統信仰和天主教信仰，考伊柯奧烏利則放寬了部分法規。[16]考伊柯奧烏利在位期間仿效一些歐洲國家，將夏威夷王國改制成為君主立憲國家，此外也讓殖民國家正式認可他的統治權，確保即使太平洋各個島嶼持續遭到帝國勢力蠶食鯨吞，夏威夷群島仍然能夠保持獨立地位。[17]他對天主教徒放寬限制的舉措固然激怒了新教傳教士，不過他也支持新教傳教士在夏威夷各地大舉興學，傳教士認為廣設學校不僅有助於提升識字率，更有助於推廣英語。[18]至少在一開始，傳教士的努力對夏威夷語是有利的。在傳教士到來之前，夏威夷語是沒有文字的語言，雖然傳教士做很多事的背後動機可能只是想傳教，但也確實讓夏威夷語發展出一套字母和書面語文法。無論由誰來進行，發展書寫系統和文法都是艱鉅驚人的任務，而傳教士之所以懷抱如此雄心壯志，可能是因為白人普遍認為夏威夷語是很「原始」或特別簡化的語言，要用文字拼寫出來不會像拼寫歐洲語言一樣艱難。最早關於夏威夷語的外文紀錄中包括庫克船長討論夏威夷語的文章，他很熱衷探究夏威夷語，且並未以高人一等的態度看待夏威夷語使用者，但後來撰文討論夏威夷語的傳教士則認為夏威夷語「粗陋」、「野蠻」，常常將夏威夷語和自己家鄉的語言互相比較，認為前者沒有那麼「精妙深奧」。[19]夏威夷語每個音節的結尾音都是母音，這種特別的模式常見於波里尼西亞諸語，但讓歐洲人格外困惑。若與英語相比，夏威夷語的子音非常少，因此早期很多撰文者聲稱夏威夷語的許多字詞完全由母音構成。（外人看待威爾斯語也有類似情況，至今仍有人聲稱威爾斯語的字詞幾乎完全由子音構成，忽略了威爾斯語中的「w」和「y」其實是母音。）在早期由基督教知識促進會（Society for Promoting Christian Knowledge）出版的一本英文夏威夷歷史書籍中，作者鄧恩（M.A. Donne）寫道：「夏威夷語聽在我們耳裡顯得虛弱模糊，很難讓人滿意；這也難怪，畢竟它只有十七個字母，而它沒有的字母中，有幾個甚至是我們的語言中最不可或缺的重要字母。」[20]

> 夏威夷人不需要用到c、f、g、j、q、s、x、y和z這幾個音。他們講話時的音節很短，音節通常僅由兩個字母構成，最多不超過三個字母，而且結尾音一定是母音。在夏威夷語中，無論如何絕不會出現兩個連續的子音，還有很多字詞全由母音構成，確實有可能造出一個不用任何子音、只有母音的完整句子。

另一位作者曼利．霍普金斯（Manley Hopkins）於十九世紀撰寫的歷史書籍中則提到：「夏威夷語非常柔和，應比擬為鳥禽鳴囀，而非凡人受折磨時的悄聲低語。一般認為夏威夷語只有十二個字母，即七個子音和五個母音。」[21]

與「字字鏗鏘的條頓語」和「洋溢陽剛之氣和優雅幻想」的希臘語相比，夏威夷語顯得遜色許多。

即使外國觀察者對夏威夷語的發音和結構並未明白表現出輕蔑不屑，他們畢竟還是認為夏威夷語無法在修辭學上與舊世界語言比肩。傳教士蘿拉．費許．賈德（Laura Fish Judd）的丈夫葛里特（Gerrit）後來代表夏威夷王室與華府交涉，她在一八八〇年如此記述：「如果說義大利語是眾神的語言，法語是外交的語言，而英語是生意人的語言，我們或許可以再加一句，波里尼西亞語是小孩子的方言。」[22]這些觀察者之中，即便本身能講一點夏威夷語，似乎極少有人意識到，他們之所以第一印象會是夏威夷語很簡單，部分原因在於夏威夷人和外國人對話時刻意簡化用語，讓他們比較容易聽懂。[23]如果是由夏威夷人來記錄他們最初聽到英語的感覺，看到最早來到群島的白人殖民者朝他們邊比手畫腳，邊吠叫般吼出一大堆名詞，大概也不會留下太好的印象。

姑且不論傳教士對夏威夷語的看法為何，他們很清楚善用當地語言之於傳福音的重要性。傳教士於一八二六年開始採用由十二個拉丁字母構成的字母表，共有五個母音和七個子音。印刷夏威夷文時會印出喉塞音，但喉塞音一直到很晚才正式列為字母之一。

傳教士的出版事業於一八二二年一月七日開張。最先印行的其中一種出版品，是八頁長的夏威夷語入門教材，內容涵括字母表、數字和一系列簡單的文章。[24]傳教士也開始印行宣揚基督教義的小冊和摘錄自《福音書》的段落[25]，他們接著出版了後來對群島政治影響甚鉅的夏威夷文和英文報紙，最後更在一八三九年出版了厚達兩千七百頁的《聖經》。[26]傳教士在這方面可說成就斐然。要以一種數年前連字母都沒有的語言來翻譯《聖經》已經艱鉅無比，但夏威夷傳教士非常虔誠，他們在翻譯時選用的原文並非現有的英文版，而是以希伯來文、亞蘭文（Aramaic）和古希臘文《聖經》為原文。[27]夏威夷書面語大獲成功。傳教士的勢力和影響力在此時期與日俱增，在他們的勤奮推廣及王室的支持之下，夏威夷很快就成為世界上識字率最高的社會之一。[28]如此劇烈的轉變，如果只靠建立了書寫系統的夏威夷語本身仍不足以成事，主要還是歸功於傳教士在夏威夷各地廣設學校，而且同樣獲得王室的大力支持。王室認為辦學不只有助於提升人民識字率，藉此也能從當時對夏威夷王國很感興趣的工業化歐美國家得到利益。[29]寶娃希公主在其中一間傳教士學校的求學生活，將會決定她的人生走向。[30]她在一八三九年六月十三日進入頭目子女學校（Chiefs' Children's School）就讀，這所新成立的學校專門為夏威夷菁英階級子女提供最優良的教育。與她同個世代的學生中有四人後來成為國王，即洛特・卡美哈美哈、利霍利霍、威廉・查爾斯・路納利羅（William Charles Lunalilo）和大衛・卡拉卡瓦（David Kalākaua）；還有一人成為女王，即莉莉烏卡拉尼（Lili'uokalani）。[31]扛起教育夏威夷貴族子女的重責大任是庫科夫婦艾莫斯和茱麗葉（Amos and Juliette Cooke），這兩位長老宗信徒（Presbyterian）來自新英格蘭（New

England），教學經驗不足，也不具授課科目的相關專業。

庫科夫婦於一八三六年十二月搭乘「瑪麗・弗雷澤號」（Mary Frazier）自波士頓（Boston）啟航，航行一百一十六天後，於一八三七年四月九日抵達檀香山。[32]他們是美國公理宗海外傳道部（American Board of Commissioners for Foreign Missions，簡稱「美部會」）派出的第八批傳教士，當初由海勒姆・賓漢（Hiram Bingham）率領來到夏威夷群島的第一批基督新教宣教者，就是由這個傳教機構所派出。庫科夫婦加入了夏威夷的美國人社群，這個社群當時逐漸壯大，與夏威夷的王公貴族和各界菁英分子來往密切。王室很快就邀請庫科夫婦負責七名貴族子女的教育（主要用英語教學），國王卡美哈美哈三世則於一八三九年六月三日致函傳教士團體，表達希望「庫科先生擔任王室孩子的教師」。[33]艾莫斯・庫科並未準備好要經營學校。他和資深傳教士兼國王顧問葛里特・賈德見面，聽賈德簡報相關工作內容，接著就走馬上任成了新校長，回家時發現已經有六個學生坐著等他。「我要人送來一張書桌……安置在我的書房裡，然後我要孩子們坐好。」庫科在日記中寫道。一小時後，他要六個孩子下課回家。[34]他並未提及確切的授課內容，對於第一天上課和當週其他幾堂一小時的課教了什麼都隻字未提，但很可能是教他們夫婦可說唯一擅長的《福音書》。

學生個個是嬌生慣養的金枝玉葉，頭目子女學校的課程安排對他們來說相當繁重。他們早上五點就要起床進行晨禱，吃完早餐之後，從九點到中午十二點要上三小時的課。下午還有三小時的課，他們要上英語、數學和宗教課，男生學木作、女生學縫紉，傍晚五點半吃晚餐，接著是晚禱，於晚上七點鐘就寢。學校每天為學生供應三餐，正餐之間的時間不提供點心，沒趕上吃晚餐就只能餓肚子。週日的規矩是要參加教堂的兩次禮拜，一聽到學校鐘聲就要立刻前往教堂。[35]校規十分繁瑣嚴格，以清教徒的道德規範為依歸，庫科夫婦會對青少年任何情竇初開的表現勃然大怒。艾莫斯．庫科可能是體罰過最多位未來夏威夷國王的老師，幾乎每個男生都挨過打，女生則被罰過在房間禁足或不准吃飯。[36]英語是宗教課之外最重要的科目，很快成為校園內的主要語言，學生無論在課堂上或私底下聊天都講英語。「從以前到現在，每一科都是用英語教學，」庫科於一八四三年寫給「美部會」的報告裡寫道，「如果到目前為止都用夏威夷語教學，他們可以學到更多，但具備良好的英語能力之後，從現在開始他們學習時的吸收速度會快很多。學生們現在即使平常私底下談話，也很少講夏威夷語了。」[37]

庫科夫婦都能講流利的夏威夷語，並未瞧不起這個本土語言。他們的學生跟自己的父母親及其他來訪的夏威夷人對話時仍然講夏威夷語，但此時就連年紀較長的夏威夷菁英分子也逐漸改以英語為主要語言。

「他們變得很黏我們，比較喜歡和我們待在一起，不像以前喜歡到處亂跑。」庫科在報告中如此描述他的學生。確實，雖然在學校偶爾會遭到體罰，還有嚴格的清教徒規範要遵守，但幾乎所有學生都很珍惜在學校唸書的時光，畢業之後和庫科夫婦仍然關係親近，而庫科夫婦和傳教士社群整體對夏威夷王室的影響力也跟著水漲船高。寶娃希和茱麗葉．庫科特別親近，當年少的公主面對人生的重大決定時，庫科太太將扮演舉足輕重的角色。

對於十九世紀來到夏威夷群島的訪客來說，檀香山的景象實在稱不上賞心悅目。傳教士大衛．貝爾登．萊曼（David Belden Lyman）在夏威夷島上設立了一間很大的夏威夷原住民子女學校[38]，其子亨利．萊曼（Henry Lyman）記述自己在一八四六年七月來到檀香山，描述這個夏威夷王國首都是「地表上最不討喜的地點之一」。[39]「城市街道沒有設路燈，沒有鋪設馬路或人行道；店鋪低矮陰暗，令人心生厭惡，」他寫道，「無論是吸引人的零售商店、旅館，或是比賣摻水烈酒給酒醉水手的店鋪好一點的餐飲店，連一間都找不到。」

當威廉．利托．李（William Little Lee）和查爾斯．黎德．畢夏普（Charles Reed Bishop）於一八四六年稍晚抵達檀香山，映入他們眼簾的大致就是同樣的景象。[40]兩人來自紐約，預計前住奧勒岡（Oregon），這塊土地的主權當時剛剛由英美兩國劃分，歸美國管轄的這塊領土日後將融入美國，最後成為一州。[41]李原本打算前往西北部海岸，希望那裡的清新空氣可以緩解病情，他罹患了俗稱「癆病」或「消耗症」（consumption）的肺結核，十九世紀的死亡人數中有三分之一到半數都是被結核病奪走性命[42]。夏威夷或許勉強可以說空氣清新，但是李和畢夏普並不打算造訪群島，遑論長期停留。[43]但他們搭乘的「亨利號」（Henry）駛離合恩角（Cape Horn）沿著南美洲西岸向北航行途中需要緊急維修，而船員也因為長達八個月困在船上，受盡前所未見惡劣天氣的折磨，迫不及待想要踏上乾燥的陸地。

「亨利號」於一八四六年十月十二日駛入檀香山港口，兩名美國青年受到傳教士社群的熱烈歡迎。夏威夷白人圈對李尤其青眼有加，他們絕不會想讓這麼寶貴的人才從指縫溜走。李自哈佛大學畢業後，回到他和畢夏普的家鄉沙迪丘（Sandy Hill）成為執業律師，在夏威夷是當時的檢察總長約翰・黎寇（John Ricord）以外唯一曾受過律師訓練的人，二十六歲的他不久後就獲黎寇招攬擔任其副手，後來則擔任上訴法院法官。[44]畢夏普也被眾人說服留下，到美國駐檀香山領事館受聘為職員。登陸夏威夷三個月後，畢夏普於一八四七年一月二十五日歡度二十五歲生日。

同年夏天，畢夏普第一次見到寶娃希。頭目子女學校自成立以來一直是歐胡島菁英階級的終極目標，教養良好、見多識廣的訪客到此得以拜會聰慧早熟的貴族少年少女，和這些夏威夷群島未來的統治者交談。萊曼在著作中曾記述某天晚上與庫科夫婦以及「年輕的王子和公主們」共度，他們「非常親切地招呼我」。[45]頭目子女學校的學生邁入適婚年齡之後，開始吸引異性訪客的關注。一八四七年年初，李和畢夏普首次到學校拜訪，遇見了寶娃希。[46]白人菁英圈最鍾愛的或許是李，但學校裡的少女們一致青睞的卻是畢夏普。畢夏普面容俊美、顴骨高聳、雙唇飽滿，眉形好看得像是在美容院修整過，少女們身邊只有家人親戚、幾乎打娘胎出生就認識的一群男生，以及蓄著大把鬍子的嚴肅傳教士，他的出現宛如一股清新脫俗氣息撲面而來。

在畢夏普眼裡，寶娃希同樣魅力十足。瓜子臉的她五官精緻秀麗，一雙大眼最為靈動迷人，披垂至頸背的深色鬈髮經過精心梳理，是群島上公認的美人。後來成為女王的莉莉烏卡拉尼記述求學時光時提及寶娃希，說她「是我見過最美麗的女孩；凡是見過她的美貌，必然銘記於心，難以抹滅；就好像看過一幅畫以後，記憶中從此永遠留著那個驚為天人的印象。」[47]寶娃希不僅容貌美麗，就如庫科夫婦的日記中時常述及，她的課業表現並非頂尖，但也十分聰慧優秀，雖然出身高貴，個性卻很善良樸實。

在一八四七年九月的一場婚禮中，伴郎畢夏普和伴娘寶娃希站在彼此身旁；有一些賓客交頭接耳議論起未來的幾場喜事，但他們期待的並不是寶娃希和畢夏普喜結良緣，而是寶娃希與洛特親上加親。依照夏威夷王室的慣例，寶娃希幼時就由洛特的父母親柯庫阿那歐阿（Kekūanāoʻa）和綺娜烏（Kinaʻu）收養，他們盼望寶娃希長大後和洛特成婚，這樣就能結合卡美哈美哈王室的兩個支系。[48]寶娃希明白自己身負重任，而養母綺娜烏於一八三九年逝世，讓她肩上的擔子變得更加沉重。

公主起初確實拒絕了畢夏普的追求，不過究竟是不願辜負養父母，或單純對畢夏普沒興趣，箇中詳情難以得知。根據庫科先生日記中記載，畢夏普在擔任伴郎一年後求見寶娃希，但只見到庫科太太，她「對他的詢問給予否定答覆」。[49]畢夏普在明確遭拒之後準備離開群島，他在《波里尼西亞週報》（*Polynesian*）上刊登啟事，聲明自己和另外八個人「即將離開夏威夷王國，如有任何清償債務的要求，請盡速提出」。[50]如果說這是以退為進的一著棋，那麼就是一著好棋，畢夏普在兩個月內打消去意。翌年二月，他歸化成為夏威夷公民，重新開始追求寶娃希。庫科先生於一八四九年八月的日記中寫著：「內人收到畢夏普先生送來的短信，內容有關寶娃希。寶娃希今日回覆並交還此信。兩人很可能因此共結連理。」[51]寶娃希在回信後不久與養父柯庫阿那歐阿見面。庫科的日記中也記述了此次會面：

> 她昨天與柯庫阿那歐阿總督見面，討論總督希望她嫁給洛特一事。她告知不喜歡洛特。她整天悶悶不樂，因為頭疼，很早就去睡了。[52]

寶娃希小心翼翼與養父商議，卻受到親生父母的一記重擊，他們登報宣布洛特即將和弟弟利霍利霍及葛里特．賈德一同前往舊金山，出發前將與寶娃希訂婚，待回來後完婚。寶娃希的雙親恪守夏威夷傳統，相信王室貴族的婚姻都是外交權謀，與浪漫情愛無關，他們認為女兒不會違抗父母之命，而寶娃希也不想讓已故的養母和在世的父母失望。

一八四九年九月七日，寶娃希與洛特見面，告訴他自己會遵照父母的意思和他結婚，但她將從此與幸福快樂無緣，因為洛特並不愛她，她也不愛洛特。她也寫了一封信給父母，信中展現了痴情少女的澎湃情緒：如果他們「要將她送進棺材裡活埋，她絕不敢違抗父母之命，而若要她答應嫁給洛特，她寧願父母早點將她活埋。」[53]

最後是洛特出面解圍，在這樁父母輩撮合的婚事中，他是最少被徵詢意見的一方。日後成為卡美哈美哈五世的洛特寫信給寶娃希的父母，宣示所有「在她幼時締結的婚約」作廢，還她自由之身，並表明「不願成為扼殺她或阻礙她獲得幸福之人，清楚自己配不上她，但知道已有配得上她而且她也深愛的人，希望她和這個人在一起能幸福快樂。」由於洛特和寶娃希都拒絕了這門婚事，柯庫阿那歐阿和寶娃希的父母兩方想讓子女結親的希望終歸落空，不過這件事也造成兩邊家長和庫科夫婦之間的齟齬，他們清楚庫科夫婦一直覺得畢夏普是更好的人選，還為他說了不少好話。[54] 一八五〇年六月四日，寶娃希與查爾斯・畢夏普的婚禮在皇家學校的大廳舉行。[①] 新娘身穿白色棉質禮服，頭戴茉莉花環。婚禮為時僅一個鐘頭。新娘的父母親和其他夏威夷王室成員都未出席，由庫科先生牽著新娘入場交給新郎。翌日，新婚夫婦前往位在群島西隅的考艾島（Kauai）度了很短的蜜月。

寶娃希於一八四九年拒絕嫁給洛特，從此改變的不只有她自己的未來，還有夏威夷群島的未來。洛特於一八七二年逝世，當時假如寶娃希是他的妻子，那麼毫無疑問會由她繼承王位，卡美哈美哈王朝也得以延續。但實際上，洛特終生未婚，他指定妹妹維多利亞・卡瑪瑪魯（Victoria Kamāmalu）為繼承人，但女王儲比他早了六年離世，得年二十七歲。[55]女王儲過世之後，洛特的親族和顧問屢次請求他冊立新王儲，但洛特不予理會。甚至到了洛特病危之際，檢察總長史蒂芬・菲利浦（Stephen Philips）試圖讓國王在新擬的遺詔上指定一位繼承人，卻被他一掌揮開。洛特說他需要一點餘裕來「考慮如此重大的課題」，聽到御醫稟告時間已經不多時，他驚訝不已。[56]最後，國王看向童年友伴寶娃希，雖然過去曾被她拒絕過，但國王相信，為了王室和夏威夷王國的未來著想，寶娃希絕不會再次拒絕他。

「希望你能接班，繼承我的王位。」洛特說話時連呼吸都很費勁，疾病已讓他氣力耗盡。

「不，不，我不行，」她回答，「別找我，我不需要王位。」

洛特意識到自己即將再次遭到拒絕，似乎也注意到周圍還有旁人，於是氣憤地揮手要眾人退下，只剩寶娃希和數名重臣留下來聆聽後續。

「希望你不要覺得我是出於友情才這麼做，我只是覺得這個決定對我的人民和國家最好。」他說。

寶娃希再次拒絕，說洛特的異母姊姊露絲・柯莉寇拉妮（Ruth Keʻelikōlani）「擁有王位

① 譯注：皇家學校（Royal School）的舊稱即頭目子女學校。

繼承權」，不過寶娃希自己其實同樣具有繼承權。

「她不適合繼任王位。」洛特說。

「我們都會幫她的忙，」寶娃希回答，「我和我丈夫，還有你的大臣，我們都會幫忙當她的顧問。」

「不行，她應付不來的。」

洛特不再言語，或許是打算省下力氣，待會再試著說服寶娃希，但他再也沒有機會開口。

和寶娃希的對話結束一小時後，洛特嚥下最後一口氣，檀香山市內原本布置得美侖美奐預備慶祝國王生辰，只能改為哀悼國王崩逝。

「噩耗傳遍全國，各地綿延數里長的歡慶活動一下子斂息噤聲，喪鐘響起，在山崖峭壁間聲聲迴盪，即使在島嶼最偏遠的角落，也能隱約感受到全國即將陷入危機。」傳教士桑福德・多爾（Sanford Dole）記載。

由於國王過世前未能指定繼承人，於是由立法機關負責選出首位非屬卡美哈美哈子孫的繼位者。立法機關最後選定威廉・路納利羅（William Lunalilo），他也是夏威夷貴族，少時與洛特、寶娃希是同班同學。路納利羅表示除非全國人民投票通過，否則他不會繼位，據報公投結果一致通過由路納利羅繼位，不過後來還有另一名擁有繼承權的頭目子女學校校友大衛・卡拉卡瓦出來爭取人民支持。[57]路納利羅深孚民心，有「人民的國王」之稱。在舉行紀念洛特的儀式中，一名觀察者記錄了當群眾在王室巡行隊伍中看見路納利羅時，「發自內心高聲歡呼起來——這股奇異的聲響蓋過了送葬哀樂和專業哭喪人員發出的哀悽哭喊。」[58]

「人民滿懷希望和期待，盼望新國王長命百歲，夏威夷國泰民安。」時政觀察者評道。然而人民的希望遭到無情打擊，路納利羅感染肺結核後不敵病魔，於一八七四年二月三日英年早逝，得年三十九歲，在位時間僅十三個月。[59]路納利羅和洛特一樣，生前並未指定繼承人，他告訴身邊顧問群，既然他自己是人民選出來的，那麼下一位君主也應該由人民選出。

最後共有兩名候選人出線，不過這次競爭比上一次激烈許多，而結果也引發更多爭議。卡美哈美哈四世利霍利霍的遺孀艾瑪王后（Queen Emma）以代表夏威夷原住民的候選人自居，而大衛・卡拉卡瓦則再次出面爭取王位，他的主要支持者是白人和混血菁英階層，尤其是那些勢力逐漸龐大的種植園園主。[60]但新任君主並不像路納利羅是由全民投票選出，而是由立法機關決定由大衛・卡拉卡瓦繼承王位。王位繼承人之爭引發暴動，最後是美國派遣軍艦將一支部隊從檀香山港口上岸，島上動亂才得以平息。[61]卡拉卡瓦在位期間，美軍將會再次介入夏威夷政治，但美國下次出兵時，不會再和卡拉卡瓦站在同一陣線。

第六章　三明治群島

伊奧拉尼宮（'Iolani Palace）的白色石柱和塗敷灰泥的珊瑚礁石牆在陽光照射下閃閃發光，宮內賓客冠蓋雲集，往來絡繹不絕。[1]這一天是一八八九年十一月十八日，國王卡拉卡瓦歡度五十三歲生日。[2]宮殿周圍環設鍛鐵柵欄，柵欄與宮殿階梯之間是長方形的大片草坪，廣闊齊整的草坪上點綴著幾棵高大的雨豆樹，向外伸展的繁茂枝葉彷彿母親護兒心切想圈圍住一群喧鬧孩童。

此處原有一棟簡樸的珊瑚礁石平房，自卡美哈美哈三世時代即為夏威夷王宮，卡拉卡瓦下令拆除舊王宮、在原址興建伊奧拉尼宮，從一八七九年開始進駐辦公。新宮殿由三位御用建築師合作設計，結合美國國會大廈（US Capitol）的偽古希臘羅馬宏偉風格和義大利文藝復興華美細緻的石雕裝飾，形成獨一無二的夏威夷風格。[3]宮殿四個角落分別豎立著四座塔樓，塔樓之間以長長的柱廊相連，支撐柱廊的列柱為石砌圓柱。聳立於宮殿中央的主塔樓高二十三公尺，共有三層樓，可居高臨下俯瞰周圍，樓頂上方飄揚著夏威夷國旗。（國旗設計出自卡美哈美哈一世之手，是聯合王國「米字旗」（Union Jack）和美利堅合眾國紅白相間條紋的怪異結合，他當時希望擴大與英美兩大強國的貿易而刻意迎合討好。）

訪客若站在伊奧拉尼宮高樓層，一側可以眺望檀香山港口和隔離島①，再放眼望去即是太平洋的無垠蔚藍，轉向另一側不僅可將檀香山市景盡收眼底，還能望見再遠一點突隆的龐奇鮑爾火山口（Punchbowl Crater）遍布灌木叢的斜坡，這座一百五十公尺高的丘坡是死火山的殘餘部分，曾經是舉行典禮儀式的場址。[4]

國王的賓客早上前往港口觀賞完賽船，此刻朝火山口的方向望去，嘴裡邊啃嚼著輕食點心。大家的目光都投向一個從火山口底部緩緩上升到半空中的大氣球，國王的妹妹暨女王儲莉莉烏卡拉尼（Lili uokalani）也加入圍觀。二十六歲的熱氣球駕駛員約瑟·凡帕索（Joseph Van Passell）過去數小時都忙著進行升空前的最後調校，他預備從城市上方高空一躍而下，拉開降落傘戲劇化降落在宮殿園區內，為聚在宮殿裡觀賞的嘉賓帶來一點娛樂。[5]火山口邊緣上空持續颳著強風，但凡帕索不以為意，告訴一名記者說影響不大。其中一名助手擔心他可能被風吹往海港，說服他穿上救生衣，但凡帕索嫌救生衣礙手礙腳，在登上熱氣球扣緊安全帶之前又把它脫掉了。

下午兩點十七分，凡帕索發出「放行」的訊號，熱氣球在鼓掌喝采聲中乘著強勁上升氣

①譯注：隔離島（Quarantine Island）為沙島（Sand Island）舊稱。

流快速飄升。熱氣球和載運物很快就飄到城市上空約一千公尺高的地方，凡帕索拉開降落傘，從掛在熱氣球下方的吊槓跳了下來。然而他並沒有以優美姿勢飄落在宮殿園區，而是在強風吹襲下朝大海飄去。底下的觀眾束手無策，在驚恐中眼睜睜看著他被風吹著，先是飄過港口上方，越過珊瑚礁上方，最後飄到太平洋深水區上方，這時他的降落傘開始向下墜落。港口裡的遊艇和其他船隻匆忙馳援之際，不幸的凡帕索終於落在珊瑚礁邊緣向外約五百公尺的海面上。民兵查爾斯·古利克（Charles Gulick）少校當時站在伊奧拉尼宮西方的卡利希（Kalihi）海岸，從望遠鏡看到在劫難逃的凡帕索把握浮出水面的數秒鐘奮力想要脫掉靴子，但接著又在四濺水花中沉了下去，他看到的可能是凡帕索生前的最後身影。古利克看見凡帕索掙扎著想要浮起，他的頭兩度冒出水面，但之後就失去蹤影。古利克猜想他可能溺水了，但任何人只要誤入安全港口區以外的海域，都可能面臨最悲慘的命運：海洋中的致命獵食者鼬鯊（tiger shark）身長可超過五公尺，體重可能與一台平台鋼琴的重量相當，在最致命的鯊魚排行榜中僅次於食人鯊。

莉莉烏卡拉尼和其他賓客驚駭不已，望著被派去救援的輪船和遊艇在海上搜尋凡帕索卻一無所獲。人和降落傘始終無法尋獲。「可憐人，」莉莉烏卡拉尼後來寫道，「很可能一掉進水裡就落入深海惡魔的血盆大口。」

卡拉卡瓦和莉莉烏卡拉尼雖然安全待在岸上，但他們身邊同樣環繞著一群飢渴嗜血的鯊魚。當時不會有人預知，這對兄妹將是主權獨立的夏威夷最後兩位君主，而夏威夷王國將於十九世紀結束前，在陰謀鬥爭和帝國貪欲之海中淪亡。

夏威夷曾三度遭到殖民者入侵，到了第三次終究難以抗衡殖民強權。

一八四三年，在史料紀錄中歐洲人與夏威夷群島的「首次接觸」，即庫克船長與「決心號」（HMS Resolution）船員來到群島的六十五年後，一艘英國巡防艦駛入檀香山港口。[7]喬治・波雷（George Paulet）上校聲稱夏威夷王國虐待英國公民且拒絕保障他們的人權，要求夏威夷歸順英國王室，並在檀香山升起英國國旗。卡美哈美哈三世自知勢單力薄，同意「讓出王國疆土」，表示相信「寬宏大量的英國政府將會撥亂反正，並恢復我應有的權利。」[8]

神奇的是，在其他地方恣意掠奪侵占的大英帝國竟然照做。在波雷的軍隊占領夏威夷五個月後，理察・湯瑪斯（Richard Thomas）上將搭乘旗艦抵達群島，與卡美哈美哈三世會面。與國王短暫會談之後，湯瑪斯撤銷下屬的占領行動，將政權歸還給夏威夷人。[9]卡美哈美哈三世在宣告重掌政權的演說中聲明「這塊土地的主權因正義伸張而長存」（Ua Mau ke Ea o ka ʻĀina i ka Pono’），日後成為美國一州的夏威夷和追求群島獨立的人都將這句話當成至理名言。[10]原住民族的主權或許是因正義伸張而長存，但是非常脆弱。繼英國人的到來，六年後換法國人攻占群島。[11]夏威夷王國政壇由基督新教傳教士把持，與卡美哈美哈三世共同理政的卡美哈美哈三世之母奇娜悟（Kīna'u）更是強烈反天主教。夏威夷的天主教徒飽受歧視，宗教行為受到各種限制，法國長期為了天主教徒的權利與夏威夷王國爭論不休。路易．德．托默朗（Louis de Tromelin）上將率軍登陸檀香山大肆劫掠，造成的損失折合約十萬美金。[12]德．托默朗在大約一個月之後撤軍，但面對英法兩國在短時間內接連侵門踏戶，卡美哈美哈三世大為驚駭，於是派遣外交使節至世界各地尋求其他強國的肯認和庇護，希望保住夏威夷王國的獨立主權。

當時的美國總統是扎卡里．泰勒（Zachary Taylor），曾為美國公民的葛里特．賈德擔任夏威夷國王的特使，與國務卿約翰．克雷頓（John Clayton）於華府會晤後寫下：美國允諾「並無占有群島之意，但也不容許其他國家占有群島。」

「我詢問美國會不會為夏威夷群島出兵，」賈德在日記中如此寫道，「對方的回答是肯定的——也就是說美國會派出軍隊替國王奪回掌控權，如果這麼做會引發戰爭，他們也會正面迎戰。」[13]

然而當美軍於一八九三年登陸檀香山，卻不是來支援夏威夷王室，而是支持由美國傳教士後代領導的軍政府，他們發動政變推翻於兩年前繼承其兄王位的莉莉烏卡拉尼女王。[14]軍政府宣布成立夏威夷共和國（Republic of Hawai'i），在四年後遭美國正式兼併，共和國總統桑福德．多爾成為美國新領土的第一任首長。[15]多爾領導的軍政府企圖阻止莉莉烏卡拉尼和原住民表態反對美國殖民，在發動政變前曾寫信敦促華府派兵攻占夏威夷群島，讓夏威夷成為「盎格魯撒克遜文明的西方前哨站，以及美國在太平洋商業貿易的優勢據點」。[16]由於夏威夷本土政權淪亡，夏威夷語的發展受到了沉重打擊。發動政變的人士推翻夏威夷王室並成立共和國之後，頒布新憲法以鞏固白人的統治權。制定憲法的真正目的在他們筆下展露無遺。帶頭發動政變的勞倫・瑟斯頓（Lorrin Thurston）表示：「我希望起草憲法的人不會讓精美的自由政府理論凌駕於當前的實際需求。」[17]

新憲法由總統桑福德・多爾於一八九六年六月十五日簽字生效，其中第七十七條對於新成立的夏威夷共和國的完整公民身分有所規範，限定申請成為公民的要件之一是具備「說讀寫英語文的能力」。不僅如此，申請成為公民者的要件還包括「能以英語用自己的話有條理地說明夏威夷共和國憲法任何條文的意義和內容。」[18]憲法中對於人民選舉資格也有類似限制，選民「讀寫本憲法任何條文章節須達到普通流暢的程度。」[19]

對待夏威夷原住民「寬容有禮就好比想用玫瑰花水治療痲瘋病」，瑟斯頓如此告訴多爾，並建議應對選舉權設限，嚴格規定只有「具備說讀寫英語文能力者」才能投票。雖然憲法中確實規定選民應具備夏威夷語能力，但關於能夠說明憲法的條文用語又在瑟斯頓建議之下，採用了密西西比州（Mississippi）於南北戰爭後重建時期（Reconstruction）之後為了剝奪黑人選舉權專門訂定的法規所用語言。「對於選民資格設下的限制，無疑會引發原住民族很大的反彈聲浪。」政變領導者指出。[20]新憲法不僅限縮夏威夷語使用者的投票權，對於夏威夷語在學校的使用也設下諸多限制。所有公立及私立學校皆由公共教育部（Department of Public Instruction）主管，且「應以英語為教學的媒介和基礎」。[21]學校可申請「在英語之外」採用另一種語言教學，但必須經由教育委員會（Board of Education）主席亨利・庫伯（Henry Cooper）核准，庫伯當時也擔任共和國的外交部長。[22]庫伯領導的教育委員會毫不同情夏威夷語的處境，不僅指示各校在校園內全面排除夏威夷語，甚至阻止學生在家講夏威夷語。共和國政府的做法引燃反對者的怒火，支持君主政體的的英語報紙《獨立報》（*Independent*）寫道：「據知公立學校的教師接到上級指示，於午休時間應留在校園，並應嚴懲所有講夏威夷語的學生。

> 我們仍然生活在夏威夷群島上嗎，或是我們生活在一個遭征服的省分？普魯士人（Prussians）禁止什列斯維格（Schleswig）的人民講丹麥語，禁止亞爾薩斯－洛林（Alsace-Lorraine）的人民講法語，文明世界大為驚駭，同聲譴責普魯士的行為。普魯士政府身為征服者，至少還有藉口。庫伯先生的教育委員會又有何藉口要想方設法滅絕夏威夷語？[23]

校方威脅開除拒絕配合新政策的教師，而在一些私立寄宿學校，校方甚至會將學生寫給家長的信件拆開檢查，以夏威夷文書寫的信件會遭到審查。[24]夏威夷文化仍有強韌不易根除的一面：在夏威夷遭兼併的數個月之後，《獨立報》刊登一篇報導，語帶嘲諷指出青少年開始表演傳教士和古板外國人眼中傷風敗俗、難登大雅之堂的草裙舞（hula），而且顯然是在教師同意之下進行。[25]

據稱教育委員會接到投訴，有公立學校的教師讓高年級女學生跳草裙舞，她們以不停轉圈擺動的優雅身姿演出這種飽受貶損的優良傳統民族舞蹈。教育委員會不希望公立學校繼續以夏威夷語教學，夏威夷草裙舞自然另當別論。嘿！庫伯老兄意下如何？

夏威夷語數百年以來皆是群島上的主要語言，在當權者的打壓之下受到重創。在實施新憲法數個月前，某位庫柏牧師（Reverend Dr Cooper）在傳教士刊物《友伴報》（*The Friend*）發表的社論清楚揭示立憲目的：

所有公立學校將以英語為教學語言。先前所用的傳教方法一度遭到擾亂，如今將因應新的情況有所調整……目前的世代將普遍能懂英語，下個世代將幾乎只懂英語。

很多層面都將受到一股莫大的力量影響。年輕一輩在學習英語的同時，也將一併吸收美利堅合眾國共和政治概念和基督教思想；隨著這樣的知識代代相傳，「卡胡納」崇拜（kahunaism；「卡胡納」為夏威夷傳統信仰中的巫醫）、拜物主義和異教偶像崇拜也將大致絕跡。[26] 誠然，在掌握群島大權的白人寡頭政府成員中，幾乎沒有人為夏威夷語式微感到惋惜。總督學阿拉套．艾金森（A. T. Atkinson）於一八九六年的報告中指出，「波里尼西亞土語逐漸步上衰亡或許令人遺憾感傷，但對夏威夷人來說無疑是有利的。」[27] 翌年，主管機關向全國公立小學頒布新的課程規範，要求教師指導「學童在教室、操場、上學途中和在家裡用英語表達自己心裡在想什麼和描述自己做了什麼。」[28]

一八八〇到一九〇二年之間，以夏威夷語教學的學校數量從多達一百五十間減至連一間都不剩。[29] 次年，《太平洋上的天堂》（*Paradise of the Pacific*）雜誌預言：

> 到了本世紀末，夏威夷語使用者將如同現今的蓋爾語（Gaelic）或愛爾蘭語使用者一樣稀少……就讀公立及私立學校的原住民孩童將會具備良好的英語能力，而剝奪他們接受英語教學的機會，對他們來說也確實不公平。[30]

要等到數十年之後，夏威夷語才有機會邁向復興，語言的衰亡命運終於得以翻轉。夏威夷語復興的幕後推手之一——也是語言復興的主要戰場——就是在寶娃希．畢夏普遺願下創立、以先人卡美哈美哈為名的多所學校。

第七章 「前進吧卡美哈美哈」（I Mua Kamehameha）

寶娃希．畢夏普的人生始於疾病和死亡，也終於疾病和死亡。在她年少時，她的無數族人死於可怕的流行病，倖存者終生都難以擺脫下一個倒下的就是自己或家人的恐懼。及至成年，她接連經歷親生父母和養父母過世，兩位國王兄長利霍利霍和洛特．卡美哈美哈也先後崩逝。拒絕繼承洛特王位的決定已經讓寶娃希很為難，而在洛特之後由人民推選的路納利羅即位一年多即離世，讓她更加為難。

寶娃希出生在一個講夏威夷語且由夏威夷人統治的王國，但她辭世時卻處在一個講英語且由白人統治的國家，這個國家將在她過世數年後成為共和國。現代夏威夷人講到與自己的語言和文化毫無連結，以及因此而生疏離隔絕和困惑迷惘的感受，無不萬分痛心。在有生之年，看著原本的文化、語言甚至可說整個社會劇烈改變以至不復存焉，會是什麼感覺？還要看著自己認識、將自己與過去牽繫在一起的每一個人日漸衰弱以至溘然長逝，如同鮮花凋萎枯謝，被根系更強壯的新入侵種取而代之，又是什麼感覺？

寶娃希在自己辭世前送走的最後一位親族，是她的堂親露絲．柯莉寇拉妮。柯莉寇拉妮年輕時和寶娃希一樣貌美，但許多白人菁英對她不屑一顧、態度冷酷，原因是她的身材高大（她過世時身高一百八十公分，體重超過一百八十公斤[1]），而且她的鼻子後來因動手術失敗而塌陷變形，彷彿參加太多比賽癱倒在地的職業拳擊手。此外，她雖然英語能力優良，但她堅持講自己的母語，加上膚色較深，以致有些人誤認她遲鈍蠢笨，對她輕蔑不屑，美國駐夏威夷公使亨利・皮爾斯（Henry Pierce）更形容她「既無智慧亦無才能的女人」。[2]即使對柯莉寇拉妮比較有好感的旁觀者都證稱她並不好相處，但柯莉寇拉妮絕不愚笨，而且深受夏威夷百姓愛戴。她人生最後幾場公開行程之中，其中一場是前往夏威夷島最東邊的希洛（Hilo）。由於當地恐將面臨火山噴發熔岩流的浩劫，而根據夏威夷傳統，王室成員有責任向火山女神佩蕾（Pele）祈求庇佑，希洛的百姓請求柯莉寇拉妮前去替他們祈福消災。[3]根據現場親歷者的記述，柯莉寇拉妮於一八八一年八月四日抵達希洛，開始進行向佩蕾女神祝禱及獻祭的傳統儀式。熔岩流動在五天後停止，未曾流到希洛。[4]締造這則神話奇譚之後不久，柯莉寇拉妮由於健康日益惡化，不再公開露面。一八八三年五月二十四日，柯莉寇拉妮於睡夢中過世，當時寶娃希和艾瑪王后都陪在她身旁。[5]「她是夏威夷族與古老傳統和記憶之間僅存不多的連結之一，她的離世相當於這道連結從此斷裂。」《每日公報》（*Daily Bulletin*）刊登的一則訃聞如此寫道，並補充說她的死訊將「令人無限惋惜遺憾，尤其對那些與她親近熟識之人。」

對寶娃希來說，失去柯莉寇拉妮尤其令她難以承受，因為卡美哈美哈家從此就只剩下她一人。[6]除了延續家族血脈，她還肩負更重大的責任。卡美哈美哈王室成員一個接一個離世，自封建時期累積的龐大地產也逐漸集中在僅存的成員手中。柯莉寇拉妮過世之後，幾乎所有土地皆由寶娃希繼承，於是她成為當時擁有夏威夷最多土地的大地主，資產價值換算成現今貨幣約為數十億美金。[7]寶娃希與丈夫查爾斯膝下無子，因此當她的人生逐漸邁向盡頭，如何處理龐大財產的課題也日益迫切。她在柯莉寇拉妮死後數個月立下遺囑，慷慨遺贈大筆財產給親屬和家臣[8]，但特別保留大部分財產和土地「作為在夏威夷群島成立兩所學校並維持營運的資金，兩所皆為日間和寄宿學校，分別為男校和女校，並以『卡美哈美哈學校』（Kamehameha School）為校名。」[9]

我指示受託人將我的剩餘遺產以他們認為最理想的方式投資，並將每年獲利用於維持前述學校的營運，意指用於支應教師薪酬、校舍維修費用及其他臨時開銷；並將每年獲利的一部分用於支付孤兒及其他家境清貧孩童的生活費及學費，受資助人選優先考慮具有純正或部分夏威夷原住民血統者；每年獲利應如何分配於前述諸般用途，則由前述受託人全權酌情決定。

我希望受託人斟酌經費運用時，首重一般英語相關能力的培養，同時兼顧品德教育的培養，以及培育出善良勤奮的男女所需實用知識的傳授；我希望能以前述基礎教育目標為主，以高等教育為輔。

寶娃希於一八八三年十月三十一日簽署遺囑，她的丈夫擔任見證人。數個月內，她的身體彷彿知道責任已了，開始出現一些症狀，預告了將奪去她性命的疾病。[10]一八八四年三月，她在醫師鼓勵下前往舊金山請一位專家看診，專家診斷她罹患乳癌，建議立刻開刀。畢夏普夫婦的朋友戴蒙夫婦薩繆和哈莉葉（Samuel and Harriet Damon）當時住在加州，他們到醫院探望寶娃希。哈莉葉後來寫道：「我對癌症手術一點信心都沒有。」當時癌症手術的侵入程度之高往往令人驚駭，醫師為了抑制腫瘤生長，借助突飛猛進的麻醉術盡可能切除腫瘤周圍的組織，但多半徒勞無功。[11]美國醫師尤其喜歡開刀，寶娃希順利撐過手術，起初看似成功打敗癌症，她甚至得以返回夏威夷。

然而數個月後，癌症捲土重來。茱麗葉．庫科於一八八四年十月前往拜訪昔日學生，見到她的病況大為驚恐。

她快不行了。腫瘤大約兩週前在舊病灶復發，成長的速度飛快。現在她身上有好幾處長了腫塊疼痛不已，有些腫塊長在手臂下方，連頸背都有！她的頭、四肢、脖子和心口都疼痛無比。即使每四小時服用半喱（grain）鴉片，她還是痛苦難當。她說吃藥也沒什麼幫助……我問她覺得如何，她答以：「我已經不知道要怎麼看待自己！」……艾倫太太（Mrs. Allen）說她得知畢夏普太太的病情之後非常難過，還說看到醫生搖頭。[12]

寶娃希於一八八四年十月十六日病逝，還差數個月就滿五十三歲。夏威夷全國降半旗哀悼，政府開始籌備國葬儀式。運送寶娃希靈柩至王室陵墓（Royal Mausoleum）的隊伍極長，總共有九百人參與，光是行進就花了將近半小時，隊伍中的七十五輛馬車上載了許多學童。[13]移靈隊伍由警方和一營騎兵護送。

除了隆重的國葬儀式，新聞界和宗教界紛紛追思讚頌寶娃希。在寶娃希逝世後那個週日的追思禮拜講道中，堡壘街教會（Fort Street Church）本堂牧師柯魯贊（J. A. Cruzan）稱她為「最後一位也是最傑出的卡美哈美哈」，並描述「這位女性多年來過著平靜、謙遜且真誠的生活，現今以及未來許多年會一直是夏威夷一股推動向善的無匹力量。」[14, 15]

「在家世、財富、文化薰陶和個人性格的影響之下，她的地位不僅與眾不同，更是獨一無二。她不僅代表古代其中一支最有權勢的頭目家族世系，也以身作則倡行最良好的外國習慣和生活方式，」《友伴報》社論如此評論，「夏威夷族將來或許還會培養出許多高貴人物，也許是勇武與才智兼備、充滿愛國精神的陽剛男性，也許是滿懷愛心無私付出、具有高尚美德的女性，但是新近辭世的這位女士永遠占有空前絕後的獨特地位，無人能夠取代。」

第一所卡美哈美哈學校於一八八七年十月二十日開張。依據寶娃希的遺囑，這所學校只收男學生，而女校直到一八九四年才開張。[16]夏威夷王國於末期逐漸轉變為以英語為主要語言，卡美哈美哈學校也順時隨俗，所有課程皆以英語教學。及至女校開始招收學生的時期，主政者已立法禁止學校用英語以外的語言教學。新成立的女校仿效美國本土專收原住民孩童的寄宿學校，這類學校辦學宗旨是「殺死印第安，拯救真人性」（kill the Indian, but save the man）。[17]（美國本土原住民語言因這些學校的設立而受重創，遭打壓的程度甚至比夏威夷語還嚴重。）卡美哈美哈學校雖不像頭目子女學校設有高聳圍牆將學生和他們的家人侍臣分隔，但卻極力將原住民學生與外頭更廣大的夏威夷社群隔絕。校方依照寶娃希遺囑中的指示，校內嚴格奉行基督新教信仰，此外也比照軍隊訓練紀律，並徹底執行全英語教學。

卡美哈美哈學校創校這一年，國王大衛・卡拉卡瓦也在白人菁英和武裝民兵「檀香山步槍隊」（Honolulu Rifles）逼迫下簽署通過「刺刀憲法」（Bayonet Constitution）。國王當時已在位十三年，大部分權力在新憲法施行後遭到剝奪，白人主導的立法機關從此大權在握。憲法中對於投票資格設下財力限制，因此大多數夏威夷人資格不符，基本上僅有白人菁英階級享有選舉權。[18]勞倫・瑟斯頓參與了此次政變，他之後在一八九三年也共同謀畫推翻繼承其兄卡拉卡瓦的莉莉烏卡拉尼女王，他曾寫道：「這部憲法無疑於法不合，美國宣布脫離英國的《獨立宣言》（Declaration of Independence）也於法不合。兩份文件皆涉及重大革命，必須透過強力手段產生效力，並以強力手段加以維持。」[19]

瑟斯頓和夏威夷其他白人菁英的先人來到夏威夷群島時，是希望能夠幫助群島上的原住民。儘管早期傳教士自認高人一等，不惜紆尊降貴與夏威夷人往來，但他們只想讓群島人民改信耶穌基督，而不是歸順美國總統，他們多半是夏威夷王室的強力支持者。他們到各地辦學，努力提升夏威夷人的教育水準，也為夏威夷語創造出字母表，許多最早的夏威夷語讀物皆由傳教士印行出版。頭目子女學校承續了同樣的理念，白人傳教士在此照著自己的形象培育夏威夷菁英階級。傳教士或許是文化帝國主義者，深信自己的宗教信仰和生活方式絕對正確，但他們並不認為夏威夷語是本質上較劣等的語言。然而在接下來的數十年，白人至上主義在美國蔚為主流，以冠冕堂皇的理由將美國本土原住民趕盡殺絕，同時繼續打壓甫獲解放的黑人，而夏威夷群島上傳教士的子孫在想法上也受到影響。

約翰．費士克（John Fiske）於一八八五年所發表關於美國「昭昭天命」（manifest destiny）的講稿影響極為深遠，這篇講稿後來更刊載於《哈潑雜誌》（*Harper's*），文中指出：「天命註定英格蘭人自殖民北美洲起始的重大任務要延續下去，直到地表上每一塊未有任何舊文明落腳的土地，在語言、宗教、政治習慣和傳統都與英格蘭同化，甚至土地上大多數人民體內也流著英格蘭人的血。」[20]

那些服膺費士克主張的夏威夷白人菁英看待原住民的心態，就從原本的善意幫助或漠不關心轉變成徹底敵視。國王卡拉卡瓦在批評者眼中，不再只是領導能力不足的個人，而是屬於一個無能掌權統治的種族。如此一來，以武力迫使國王通過「刺刀憲法」也就順理成章，有了這部憲法鋪路，之後於一八九三年推翻王權自是理所當然，身為盎格魯－撒克遜強權、白人至上主義重鎮的美國接下來併吞夏威夷，更是天經地義。

查爾斯・畢夏普的亡妻是卡美哈美哈王室的最後成員，他長久以來享受夏威夷王室給予的榮寵待遇，幾乎是眼睜睜看著白人發動政變推翻王室，但他也從未出聲表示贊同。一八九四年，在莉莉烏卡拉尼女王被迫退位、卡美哈美哈女校創校之後，畢夏普從夏威夷群島搬到加州，到一九一五年過世前一直住在加州。[21]他生前擔任畢夏普基金會（Bishop Estate）受託人，基金會持續贊助和監管卡美哈美哈學校，基金會中的其他受託人皆大力支持夏威夷改為共和制以及由美國兼併。其中一人威廉・史密斯（William Smith）甚至協助起草「刺刀憲法」，且擔任「安全委員會」（Committee of Safety）的委員共謀推翻王室。[22]受託人屬意的卡美哈美哈學校校長人選，自然也和他們意氣相投。威廉・布魯斯特・歐勒森（William Brewster Oleson）是土生土長的新英格蘭人，曾為基督新教牧師，於一八七八年來到夏威夷接掌希洛寄宿學校（Hilo Boarding School），很快就在學校推行全英語教學。[23]

歐勒森「是美國民主黨的死忠支持者，無法容忍君主政體」[24]，他和史密斯同為起草「刺刀憲法」的委員，極為仇視卡拉卡瓦，認為國王本人就代表了夏威夷大大小小的問題。卡美哈美哈學校的創校願景或許是提升夏威夷原住民的教育水準，但許多教師是白人至上主義者，堅決支持美國兼併夏威夷。保皇派曾於一八九五年發動「反革命」，希望讓莉莉烏卡拉尼女王復辟，但短時間內即宣告失敗，當時卡美哈美哈學校有三名教師加入白人政府的軍隊。其中一人烏瑞克・湯普森（Uldrick Thompson）闡明一己抉擇的話語中流露明確的種族主義思想：「若是參與這場行動，我就必須辭職回家，我沒辦法對著夏威夷人開槍後又回去教我的學生。但要是我非得在白人和夏威夷人之間作出選擇，我當然必須支持自己的種族。」[25]所幸湯普森從頭到尾不曾開槍，得以保住職涯，於保皇派遭鎮壓之後回到學校任教。

歐勒森獲選掌管男校，女校校長則由艾妲・波普（Ida Pope）出任，她畢業於富有傳教士學校精神的歐柏林學院（Oberlin College），曾在檀香山一所寄宿學校任教。[26]「在波普小姐的帶領之下，校務二十年來蒸蒸日上，這都要歸功於波普小姐的前瞻洞見和勤勉不懈。」數年後一份檢視夏威夷國民教育百年發展的報告中如此評論。[27]「波普媽媽」很受學生愛戴，這些女學生在課業和其他各方面的表現，皆勝過卡美哈美哈男校的學生。波普不像歐勒森那麼嚴格講究紀律，她准許女學生學跳華爾滋和疊步舞（two-step），偶爾甚至邀請男學生加入，不過男生和女生之間嚴守分際，彼此之間永遠保持一隻手臂長的距離。[28]儘管如此，波普仍恪守清教徒精神，她曾寫道：「唯有持續一貫的約束，才能控制住夏威夷人漫不經心、喜悅歡快、隨遇而安的天性。」

在眾多層面都必須施行持續一貫的約束，其中之一就是夏威夷語的使用。「卡伊威烏拉（Kaiwi'ula）的反夏威夷語運動無休無止。」教師卡維卡・艾爾（Kawika Eyre）如此描述學校校本部的氣氛。[29]

> 每一位老師都要成為英文老師。校方為了提升動機、增加誘因，無所不用其極：校內貼滿各式標語；舉辦演講比賽、「英語加強週」活動；集會時安排演說；鼓勵學生待在圖書館看書、參加討論小組、辯論社跟話劇社；發音標準的學生可以獲得口頭獎勵和獎品——獎勵包括午休離校許可和自由活動時間；一個月沒有被抓到「講母語」的學生可以放「英語榮譽假」。

除了私下交談，在學校唯一能使用夏威夷語的場合，就是禮拜時以夏威夷語朗誦《主禱文》（Lord's Prayer）。歐勒森於一八九三年卸任，狄奧多・理察茲（Theodore Richards）繼任為校長後多少放寬了相關限制。同年發生了政變，之後許多夏威夷人家長不願讓孩子去堅決支持兼併者主持的學校上學，卡美哈美哈男校的學生出席率驟降。理察茲的因應之道是在課程中加入一些夏威夷語元素，例如鼓勵學生唱傳統夏威夷歌曲，不過校方依舊嚴格要求只用英語教學。

美國於一八九八年正式兼併夏威夷，由於原住民反抗勢力先前光是迎戰檀香山步槍隊就難以抵擋，遑論對抗美利堅帝國的龐大武力，既然不可能有任何反抗勢力東山再起，對於夏威夷語的禁制也開始鬆綁。卡美哈美哈學校持續營運，且如艾爾所形容，「基本上是一所英語沉浸式教學學校」，但校方肯認本身的夏威夷文化淵源，而非假裝成某所新英格蘭預科學院的遠東地區分校。然而夏威夷文化的重要層面之一草裙舞卻永遠遭到禁絕，而草裙舞直到二十世紀仍招致偏執分子的憎恨。

夏威夷人與其他波里尼西亞民族皆信奉多神教，神祇豐富複雜的程度足以吸引研究希臘眾神的專家佇足讚嘆。[30]夏威夷人相信，夏威夷貴族（ali'i）是神祇的後代，具有超凡的神通靈力（mana）。[31]貴族與平民百姓之間的互動須遵循一套稱為「卡普」的繁複律法，「卡普」規範與宗教信仰有關，涵蓋古代夏威夷人生活的各個面向，諸如吃什麼食物、與誰共餐、穿著什麼衣物和可以去哪些地方。（英文裡的「禁忌」〔taboo〕一詞，即源自東加語中與「卡普」對等的詞語「tabu」。[32]）祭司階級「卡胡納」負責依照律法審判，必要時會援用一位格外具有影響力的貴族的權柄制定新「卡普」。傳教士來到群島後指稱卡胡納全是邪惡術士，但許多卡胡納的角色其實比較類似醫師或朝臣，他們自認與施行邪惡巫術、對人下咒和進行血祭的「卡胡納阿納阿納」（kahuna ʻanāʻanā）不同，地位也比他們更高。[33]夏威夷語原本並無文字，群島的歷史、神話及最重要的家族系譜，全是透過吟唱口耳相傳，尤其貴族是藉由自報家世出身來確立自己的特殊權利和高貴地位。草裙舞的發展與傳統吟唱相輔相成，讓古代故事顯得生動活潑，也為累積了數百年來祖宗名號的冗長清單增添趣味。草裙舞與夏威夷傳統信仰密不可分，是具有神聖意義的舞蹈，但也可以是不帶宗教色彩的世俗舞蹈。夏威夷人會在開戰之前、慶祝活動、悼念離世的頭目等場合跳草裙舞，也可能單純為了娛樂而跳舞。[34]傳教士對草裙舞深惡痛絕。庫克船長和其他早期歐洲訪客記述草裙舞時皆語帶讚賞[35]，但是美國人浸淫於基督新教簡樸刻苦、保守禁欲的文化，看到上空女郎搔首弄姿、扭腰擺臀大跳豔舞，口中還以古怪語言吟唱歌曲，只覺得驚駭厭惡。他們得知草裙舞與夏威夷傳統宗教信仰的連結之後，厭憎反感之情又更加強烈。對於傳教士而言，草裙舞是未開化、不道德的異教徒活動，象徵著阻撓夏威夷人民擁抱真正基督教文明的所有事物。

「他們以前的草裙舞蹈所有安排和過程都是為了宣揚淫欲，端莊正派的社群裡當然不容許大肆進行這種傷風敗俗的活動，」傳教士領袖海勒姆．賓漢寫道，「草裙舞也和他們的迷信密不可分，而跳舞是為了祭祀他們信奉的神祇及在世或逝世後神化的統治者。利霍利霍喜歡觀賞草裙舞，舞蹈表演的安排是為了滿足他的虛榮和搏得他的歡心。」[36]

利霍利霍在位並由其繼母卡阿胡曼努攝政時期，王室在傳教士來到之後不久就廢除卡普，此舉重創古老宗教，並為基督新教的傳播大開方便之門，看在新英格蘭人眼中簡直就是神授天命。卡阿胡曼努於一八二五年改信基督新教之後，下令禁絕草裙舞、賣淫及酗酒，將傳統舞蹈視為一種罪惡。草裙舞在傳教士眼裡比罪惡還要可恨：草裙舞、卡普跟大不敬的卡胡納巫術全是同一件事。由於繼任的統治者或放寬管制，或不再強制禁絕，傳教士為了將草裙舞「斬草」除根，奮鬥長達數十年。

部分白人菁英其實沒有那麼虔誠，他們反對草裙舞另有原因：草裙舞讓種植園裡的夏威夷工人分心。一八五七年的《太平洋商業廣告報》（*Pacific Commercial Advertiser*）一篇社論中寫道：「原住民除了從早到晚看草裙舞，其他什麼事都不想做。草裙舞事實上已經造成妨害，在一個眼看要坐吃山空的種族中滋養懶散怠惰和罪惡敗德，即使持續施加所有文明、道德教誨和勤勉美德能夠帶來的約束也無濟於事。」[37]

大衛・卡拉卡瓦支持草裙舞文化和其他民俗傳統，於是催生了一八八〇年代「第一次夏威夷文藝復興」（First Hawaiian Renaissance）。卡拉卡瓦素有「快樂君主」（Merry Monarch）之稱，他不只支持藝文活動，他寫下的〈真正的夏威夷子孫〉（Hawai'i Pono'ī）後來成了夏威夷王國的國歌。莉莉烏卡拉尼也寫歌，她創作的〈珍重再見〉（Aloha 'Oe）後來成為許多美國人心目中代表夏威夷的經典歌曲，最主要的原因是為華納兄弟卡通《樂一通》（*Looney*

Tunes）配樂的卡爾·史塔林（Carl Stalling）改編了這首歌。[38]夏威夷原住民樂見國王鼓勵發揚草裙舞文化，但與國王為敵的白人將此舉解釋為國王落後且淫亂好色，認為這證明了夏威夷需要由更有能力的白人來統治。[39]卡拉卡瓦的加冕典禮上安排了草裙舞表演，夏威夷語版本的典禮流程表列出數場草裙舞，印製流程表的廠商羅伯特·葛里富（Robert Grieve）因此遭白人主導的立法機關以「猥褻罪」起訴。夏威夷王國最高法院的裁決是被告不懂夏威夷語，並無犯罪的意圖，葛里富總算免受牢獄之災。[40]即使是不反對草裙舞的白人，也只有極少數理解草裙舞真正的價值，以及草裙舞對於保存傳統文化習俗甚至夏威夷語的重要性。納桑尼爾·布萊特·愛默生（Nathaniel Bright Emerson）於一九〇九年出版的草裙舞研究專書《夏威夷的無字文學》（*The Unwritten Literature of Hawaii*）中指出，草裙舞對於古代夏威夷人來說，等同「我們的音樂會、演講、歌劇和戲劇，因此成為他們主要的休閒娛樂活動」。[41]（愛默生出身傳教士家庭，即使認可草裙舞和其他夏威夷傳統民俗的價值，依舊參與了推翻夏威夷王室的行動。[42]）

是故，禁絕草裙舞帶給夏威夷原住民的傷害，不下於禁用和邊緣化夏威夷語。兩種措施結合下，夏威夷人與傳統文化遺緒之間的連結斷裂，只能在日益美國化的國度失根漂泊。白人菁英對草裙舞極力痛斥抨擊，主要是欲打擊傷風敗俗且與異教有關聯的活動，此外似乎也認為草裙舞是讓夏威夷人邁向同化的絆腳石。一八九一年卡拉卡瓦崩逝後，傳教士報刊《友伴報》主編賽雷諾．畢夏普（Sereno Bishop）牧師指責草裙舞是造成王國至今各種麻煩紛亂的禍首。[43]他在〈夏威夷人為何步上衰亡？〉一文中指稱：「偶像崇拜這棵巨大毒樹開出的其中一朵惡臭之花就是草裙舞」，「主要的舞姿」宛如演出「無可名狀之淫邪的默劇」。

如有人問六十八年的基督教義薰陶假若如此有效，為何無法讓夏威夷人民有所提升，脫離不潔生活的泥淖，宣教者將會指出過去三十年來劇增的種種不良影響，以及主政者在這段時期直接鼓勵推廣邪術和草裙舞，之後更幾乎公開宣揚多神的異教崇拜。

賽雷諾．畢夏普（他與查爾斯．畢夏普並無親戚關係）大力支持美國兼併夏威夷，他在卡美哈美哈男校落成典禮時說出這段禱詞，直到辭世前皆與校方關係密切[44]，卡美哈美哈學校嚴格禁止草裙舞也就是意料中事，再加上據傳寶娃希本人很鄙視草裙舞，禁止草裙舞的校規也就更具效力。寶娃希比其他的王室成員更加西化，她從來不曾在住所舉辦草裙舞表演，畢夏普基金會早期簽定的商業租約中，更明文禁止在基金會所轄場地跳草裙舞及飲酒。[45]賽雷諾．畢夏普不僅將矛頭指向草裙舞，對其他傳統民俗也多所批評，不過他顯然視草裙舞為引人上癮沉淪於罪惡的「入門毒品」。

他和其他保守人士譴責夏威夷祭司群讓草裙舞得以延續，《友伴報》另一位供稿者直斥卡胡納是「基督教文明的致命敵人，與開化啟蒙不共戴天，想方設法煽動民眾厭憎和嫉妒白人，特別是針對『傳教士』群體。」並補充道：我們絕不能「讓普洛蘿（Pulolo）或有同樣思維想法的人統治」。[46]普洛蘿是拉奈島上的卡胡納，她將姪兒脖子打斷，接著在幾名年輕男性追隨者的協助下悶死自己的妹妹，於一八九二年遭宣判活剝親夫的皮以及謀殺姪子和親妹罪名成立。[47]案件在夏威夷和美國引發軒然大波，全國媒體皆以大篇幅報導審判結果。《守衛領袖報》（*The Argus Leader*）指出普洛蘿一案是夏威夷加入合眾國將釀成災禍的不祥警訊。報紙引用一名曾住在檀香山的民眾發言：「眼看我國即將兼併夏威夷群島，但我們對群島上部分原住民浸淫的古怪迷信卻幾乎一無所知。」「國內人民普遍認知是原住民很迷信，但一般人對於荒謬想法和作為能夠容許的程度究竟為何，我們卻只有最粗淺的理解。」

這位以夏威夷宗教專家自居的受訪人士接著指出，他認為普洛蘿一案的迷信程度之高，「任何北美洲野人的迷信都無法匹敵」。[48]

夏威夷當地人普遍相信，普洛蘿謀殺親夫和親妹是為了與妹夫（他是命案共犯）結婚，與什麼邪靈崇拜無關，有些報導指出這一點，但並未引起太多人注意。大多數報導指稱她是「女巫」或「女術士」，普洛蘿遭判無期徒刑。一九一四年的聖誕節，十數名年老囚犯獲特赦出獄，普洛蘿是其中之一，她是女子監獄裡最資深的囚犯。普洛蘿出獄時大約六十歲，當時的一篇報導形容她「拖著老弱殘軀，已然痛改前非」。[49]她出獄後踏上的土地已經是美屬

「夏威夷領土」，夏威夷已在她入獄服刑六年後遭到兼併。昔日的王國變化之劇烈，不只在於喪失主權。多數人民不是夏威夷原住民，前兩大族群分別是白人和日本移民。[50]此時大多數人信奉基督教，卡胡納曾經享有的權勢威望已經永遠瓦解。[51]邁入二十世紀的夏威夷社會對於卡胡納已經無所畏懼，但對於草裙舞依舊反感。

在普洛蘿獲釋的九年之後，即一九二三年，一名女嬰出生，她可說是日後草裙舞復興的最大功臣。薇諾娜．卡普埃洛夏瑪諾諾卡拉尼．狄沙．畢默（Winona Kapuailohiama-nonokalani Desha Beamer）依據家族世代傳承的傳統習俗，註定將接下這個重任。[52]她繼承了女酋長瑪諾諾（Chiefess Manono）之名，瑪諾諾的丈夫是卡美哈美哈一世（Keaoua Kekuaokalani）的姪子奇阿瓦．柯庫奧卡拉尼（Keaoua Kekuaokalani），奇阿瓦於一八一九年以遵循「卡普」為名起義，想要推翻繼承王位的利霍利霍但失敗身亡，瑪諾諾也追隨丈夫而去。[53, 54]畢默的曾曾祖母卡普艾洛夏（Kapuailohia）在草裙舞遭禁絕時期，曾創作傳統歌謠並私下開課教授草裙舞，她的女兒和孫女海倫．狄沙（Helen Desha）先後繼承志業，海倫的孫女就是薇諾娜．畢默。[55]海倫畢業於卡美哈美哈女校，她的父親特別鼓勵她往莊重正派的音樂領域發展。海倫在學生時期是公認的優秀鋼琴演奏家，[56]她仍然繼續跳草裙舞並開課授業，即使教課時得瞞著白人丈夫彼得．畢默（Peter Beamer）私下進行。家族中相傳，畢默先生某天提前回家，發現妻子和一群鄰居婦女一起跳草裙舞，卻被草裙舞的魅力收服。「他先是跌坐在椅子上，然後看草裙舞看得目眩神迷，最後開口說：『沒關係，你跳吧』。」[57]

薇諾娜・畢默幼時經常跟在祖母身邊，繼承了祖母的音樂天分和特立獨行的個性。她長大後也投身草裙舞教學。畢默家於一九三〇年代開始經營草裙舞工作坊，薇諾娜・畢默和其他孩子都到工作坊打工，幫忙母親和祖母教課之外，也協助處理簡單行政事務和跑腿打雜。畢默是在一九三七年第一次教課，那年她十二歲，因為母親生病而請她來代課。那堂課的學生中還有人稱「美國甜心」（雖然她是加拿大人）的演員瑪麗・畢克馥（Mary Pickford），她和新婚丈夫巴迪・羅傑斯（Buddy Rogers）當時正在夏威夷度蜜月。

「她很嬌小——個子比我還小，」畢默後來回憶道，「她的雙手雙腳都十分小巧，迷人極了。她讓我不再害怕上台示範，因為我們一直講話、唱歌，練習跳草裙舞時的手勢，像鳥兒一樣優雅。此後我再也不怕上台教大家跳舞。」[58]

有了這次經驗，加上兩位好萊塢明星的美言稱讚，畢默想從事草裙舞教學的心意更為堅定。畢默在同年九月進入卡美哈美哈女校，從祖母、母親到她連續三代都在此就讀，她很快就登記加入前往檀香山貧困地區一所傳教士學校的志工團。[59]畢默當志工時吟唱傳統歌謠給孩子聽，看到他們興味盎然，她心血來潮，在卡美哈美哈女校成立了夏威夷語「創世社」（Hui Kumulipo），開始教其他同學唱歌跳舞。

社團吸引了愈來愈多學生加入，也獲得校方行政單位支持，一位校方人員邀請學生在午茶時間為受託人委員會表演。[60]這群備受尊敬的男士坐在學校裡一座花木扶疏的庭園，周圍的九重葛綻出一片耀眼粉紅，只見一群少女魚貫走出，隨著一首古老歌謠的節奏扭腰擺臀、舞動手臂。受託人看到從前的「惡臭之花」竟然再次盛放，大為驚駭。[61]學生表演結束之後，猶疑地鞠了個躬，不太確定觀眾看了表演為何報以肅然靜默。校長後來告訴畢默：「收拾東西離開學校。」在畢默的祖母介入斡旋之下，畢默總算得以回原校完成學業。[62]「我去夏威夷學校上學，因為我想當夏威夷人。然後學校又不准我當夏威夷人。」畢默後來表示。「重點是夏威夷學校一點都不夏威夷！」[63]

畢默自女校畢業後前往美國唸大學，她在巴納德學院（Barnard College）主修人類學，還加入草裙舞團到美國東部和中西部巡演。她發現比起卡美哈美哈女校庭園裡的觀眾，美國本土觀眾還比較歡迎草裙舞。進入二十世紀初，美國和夏威夷的商人意識到，儘管檀香山的清教徒很反對，但草裙舞的市場前景看好。商人起初推出的是這種古老舞蹈的非常粗糙商業化版本，舞團第一次巡演的傳單上寫著歡迎大家來看「有點壞壞的草裙舞」，但卻在美國本土引發一股夏威夷熱潮。[64]畢默來到美國時，夏威夷觀光業剛剛起步，業者將草裙舞女孩當成群島的象徵，而要到《天堂鳥》（*The Bird of Paradise*）和其他以夏威夷為主題的百老匯音樂劇票房大賣，美國人才會了解草裙舞蘊涵的文化價值。[65]二戰時期，夏威夷成為前往太平洋戰場的中繼站，大批美軍官兵湧入。年輕士兵想到釘在牆上的美女海報，來到夏威夷想找那些跳草裙舞的上空女郎，雖然他們多半失望離去，但愈來愈多造訪群島的美國人嚮往夏威夷文化，覺得就算顯得媚俗、東方化和商業化，卻格外與眾不同，富有異國情調。

畢默在美國本土巡迴演出過後回到夏威夷，在家族於威基基（Waikiki）開設的工作坊繼續草裙舞教學。她發現有機會吸引大眾注意夏威夷傳統文化的其他面向，於是努力說服家人將相關內容納入工作坊課程。在一九四八年一場公共教育部教師參與的工作坊中，畢默說明她打算「在教室裡教授夏威夷文化最好的部分」，當時還自創了「Hawaiiana」一詞加以描述。[66, 67]（很多人會以為「Hawaiiana」的造詞對應「美國文化」〔Americana〕一詞，不過夏威夷語中的「ana」其實是「待測量、勘查或評估」之意）。[68]

畢默於一九四九年回到卡美哈美哈女校，創立了夏威夷研究學系，最初只分到一間以前的洗衣房，但日後將讓全校的課程改頭換面。[69]畢默的個子嬌小纖細，有一張橢圓臉蛋，頂著一頭亂糟糟的黑色鬈髮，高起的顴骨和突出的下巴格外引人注目，她的地位和影響力不容忽視，但就連她也需要其他人的幫助。她獲得卡美哈美哈女校首位原住民女校長葛瑞荻絲·布蘭特（Gladys Brandt）的支持，成功廢除校內不得跳草裙舞的禁令。布蘭特分別勸說每位基金會受託人，最後接到艾德溫·墨瑞（Edwin Murray）的電話，他是第一位成為基金會委員的卡美哈美哈校友，極力反對草裙舞。「小姐，要是這些女孩搖來擺去得太過分，你知道自己該去哪裡。」他說，然後掛掉電話。布蘭特獲勝，草裙舞終於在卡美哈美哈學校解禁。[70]

但這只是其中一場勝仗，畢默之後代表草裙舞出戰，連戰皆捷。一九五九年，夏威夷島西岸科納（Kona）一位牧師抱怨，教區裡一些教友跳草裙舞獻給佩蕾女神是「崇拜偶像」。葛倫・費斯克（Glen Fisk）牧師發表題為「升格為州對你的意義為何？」的文章，也有人引用他的話，說獻給從前神祇的草裙舞「可能會成為基督信仰不夠堅定者的絆腳石」。[71]

「使徒保羅在新約聖經中說，即使我們基督徒能夠不受某種外力影響，如果其他人可能受到影響，我們就應該將其除去，」費斯克補充，「我剛好知道這裡有許多民眾仍保有過去的迷信，例如相信舉行葬禮之後要在屋子周圍撒鹽，或有人來訪時在屋裡放朱蕉（ti）葉片驅逐惡靈。」[72]

費斯克之前就曾引發爭議，因為他在布道時讚美上帝將福音傳到夏威夷並「取代夏威夷人的偽神」[73]，並特別指責一名女子讓夏威夷在宗教層面大開倒車，他不滿的對象就是當時三十五歲的畢默。

費斯克來到夏威夷僅五年，畢默面對這位煽風點火的年輕牧師可說毫不費力。畢默雖以夏威夷原住民的身分為傲，但族人皆改信基督教，她自幼即深受基督教義薰陶。她向費斯克下戰帖，邀他上夏威夷最主要且曾是唯一一家電視台「檀香山KGMB台」公開辯論。在電視上，費斯克再次訴諸保羅傳揚的福音，警告吟唱古老歌謠可能動搖夏威夷人的新信仰。「那麼我建議你們，對主的信仰要再堅定一點。」畢默的回答簡短俐落。勝負已定。[74]在兩人公開辯論的年代，文化復興的種子已在群島各處播下，日後將會遍地開花，形成第二次夏威夷文藝復興。兩年前，即一九五七年，瑪麗·卡威娜·普庫伊（Mary Kawena Pukui）和薩繆·艾伯特（Samuel H. Elbert）合編的夏威夷語字典出版，其中收錄約三萬個詞條，所有字詞的喉塞音和長音符號皆正確標註。[75]兩年後，夏威夷成為美國第五十州，政府編列預算於夏威夷大學（University of Hawai'i）成立夏威夷語言藝術及文化保存委員會（Committee for the Preservation of Hawaiian Language, Art, and Culture）。群島上的學校很快就將夏威夷語列入教學語言之一，卡美哈美哈學校也不例外。

草裙舞可說是所有改變的源頭。普庫伊和艾伯特向草裙舞教師請益，了解古代詞語和傳統說法，而經典草裙舞及現代商業化版本的沿襲傳承和發揚光大，都讓大眾更有興趣學習夏威夷語，並重建與傳統文化之間的連結。一位教師在數年後表示，要是沒有草裙舞作為依歸，「我們根本無從找回自己的身分認同。」

在寶娃希過世之後，夏威夷人的身分認同幾乎完全失落，就連她創立的學校都鼓吹同化和文化分解代謝（cultural catabolism）。所幸在像薇諾娜·畢默這樣的卡美哈美哈學校校友努力之下，夏威夷人並未完全同化。前一代重新尋回了身分認同，而新的世代即將接棒，繼續捍衛、推廣屬於夏威夷人的身分認同。

第八章 「夏威夷自主生息」（Ke Ea Hawai i）

社交平台Instagram和精美觀光文宣上的夏威夷草木蓊鬱、青翠欲滴，放眼望去盡是瀑布、水池和豐沛熱帶雨水澆灌的潮溼綠地，但群島中的第二大島茂宜島卻乾燥缺水。[1]島上極為乾燥，時常發生野火和缺水，政府在缺水時甚至會禁止民眾洗車和替草坪澆水。[2]茂宜島由兩座範圍部分重疊的火山形成：西部為茂那卡哈拉瓦伊（Mauna Kahalawai），東側為哈萊阿卡拉（Haleakalā），岩漿噴發形成的群山之間由一大塊平坦的地峽連接。[3]中央平原地帶炎熱乾燥，土地呈深褐色，僅有的稀疏植被在炙熱陽光下曬得焦枯，不會讓人想到是在夏威夷，反而讓人聯想到納瓦霍族保留地（Navajo country）或澳洲內陸。昔日的種植園園主會引流溪河的水來灌溉甘蔗田或鳳梨田，因此直到現今，居民看待任何可能威脅水域健全的建設依舊心懷疑忌，包括大量抽水利用的觀光度假村或豪奢高爾夫球場。[4]

在這片乾旱平原西北隅，坐落著茂宜島主要港口及第一大城卡胡魯伊（Kahului），房屋、教堂和商店賣場沿著茂那卡哈拉瓦伊火山兩側迤邐分布。學期間每天早上，以及寒暑假期間的多個日子，伊珂拉·卡尼瑟歐–寇羅齊（'Ekela Kani'aupio-Crozier）從市區出發，開車向東穿越山谷，前往位在哈萊阿卡拉火山山坡上的卡美哈美哈學校茂宜島分校。她的丈夫從事生態保護工作，每天上班要走的方向剛好相反，夫婦倆打趣說午餐時間可以從各自所在的山頭朝對方揮手。

伊珂拉身材高大，總是面露燦爛自在的笑容，一頭飄逸的灰黑色長髮在頭頂盤成髮髻，我在二〇一九年見到她時，她已是第三度回到卡美哈美哈學校任教。她之前曾因為受不了校方的官僚氣息和緩慢步調，大受挫折之下離職，但學校具備的發展潛力一再吸引她回鍋。卡美哈美哈學校可說有夏威夷王室的背書，財力雄厚、資源豐富，影響力無遠弗屆，能夠為夏威夷和夏威夷語成就豐功偉業。

很多人想到卡美哈美哈學校都有五味雜陳之感，伊珂拉並不孤單。卡美哈美哈學校堪稱富可敵國，二〇一九年時校務基金至少有一百二十億美金[5]，勝過常春藤聯盟半數以上的大學。持有學校的基金會是夏威夷最大的私人地主，在群島各處皆持有大片土地。以美國私立學校的標準來看，卡美哈美哈的學費相對低廉，而從表面上看來，卡美哈美哈正是那種常被批評鞏固特權階級的菁英貴族學校。然而拜寶娃希．畢夏普的遺囑所賜，卡美哈美哈學校有義務將龐大財富用於培育夏威夷原住民子女，可以有效做到資源再分配。夏威夷族（他們以「Kānaka maoli」自稱）的貧窮人口比例是白人貧窮人口比例的近兩倍[6]，卡美哈美哈學校的招生名額有百分之二十五保留給父母雙亡或家境貧困的學生。[7]卡美哈美哈學校由於招生辦法採取差別待遇，屢次被非原住民家長告上法院，法官則多次判決校方應維持原政策，理由是校方的措施可視為「以合法方式彌補夏威夷原住民在社會經濟及教育上所處的劣勢」。[8] 一名校友如此形容，寶娃希「在教育方面的恩澤遺緒拯救了夏威夷原住民」。[9]

雖然有崇高的創校宗旨，但卡美哈美哈學校絕非完美。一九九〇年代晚期，學校行政體系和當時稱為畢夏普基金會的受託人委員會陷入醜聞。委員遭控自肥，核發高薪給自己，在選舉新任委員過程中動手腳，還挪用公費中飽私囊。[10] 受託人委員會與社運人士、家長和教師組成的聯盟纏訟將近兩年，美國國稅局（Internal Revenue Service）於一九九九年介入，警告受託人委員會若不自行解散，將撤銷基金會的免稅資格。多名委員和數名州議員最後遭檢方以貪汙罪起訴，夏威夷的慈善監督機制也經歷全面改革。[11,12,13]

在醜聞爆發之前，受託人委員會曾主張他們繼承了夏威夷王室的絕對權力，不容許任何人質疑他們如何控制基金會持有的土地或運用名下鉅額財產。[14] 時移世易，基金會在千禧年之後的作風丕變，行事更為謙遜。[15] 夏威夷人也躍躍欲試要為自己發聲。薇諾娜·畢默曾帶頭向腐敗的委員會抗議，她呼籲原住民社群勇於發聲反抗不公不義，並且克服心理不適採取實際的抗爭行動。「卡美哈美哈大家庭（‘ohana）同心協力捍衛寶娃希公主遺緒的做法帶來許多啟發，告訴我們要如何在快速變動的世界裡，以正直且能達到效果的方式生活，」她寫道，「這樣的方式展現了知情大眾基於道德信念聯合起來所具有的力量，值得我們一直引以為傲並從中獲得啟發。」

此事件帶來的其中一項啟發，是學校加倍注重夏威夷語言和文化。卡美哈美哈學校曾經是一所禁止學生講夏威夷語、希望將學生美國化的學校，如今卻成為最大力捍衛夏威夷語的機構，培養出新一代夏威夷語使用者。卡美哈美哈學校能夠成功轉型，身為寶娃希遺緒真正守護者的聲譽也得以維繫，關鍵在於像伊珂拉這樣的人物鼎力支持。

伊珂拉於一九六〇年代在歐胡島長大，她認識的那個世界在夏威夷大多數地區早已消失不存。她的祖父母是一間無宗派教會的傳道人，從白人發動政變推翻王室、夏威夷遭美國兼併，到之後當權者打壓本土語言時期，都一直維持用夏威夷語做禮拜。儘管學校裡禁止講夏威夷語，他們還是堅持教自己的孩子學會夏威夷語。伊珂拉小時候，即使外頭的世界日趨美國化，家裡仍然只講夏威夷語。但是這種斷裂最後讓伊珂拉很不自在，等到長大一點，她愈來愈少講夏威夷語，在祖母問話時用英語回答，聽到祖母堅持要她講夏威夷語時的反應是翻白眼。

但是「tutu」（夏威夷語中對祖父母的親暱稱呼）對這個孫女自有安排。老祖母認為在數十個孫子女之中，伊珂拉會是那個繼承她的志業推廣夏威夷語的傳人。她送伊珂拉去上教會開設的課後夏威夷語課，教室裡擠滿努力想找回與母語連結的大人，而伊珂拉常常是裡頭唯一的小孩。即使孫女還未進入青春期就倔強得很，老祖母依舊不斷告訴孫女說她以後會當夏威夷語老師。

伊珂拉後來就讀檀香山郊區的艾亞高中（'Aiea High School），學校並未提供夏威夷語課程，她欣然改學西班牙文。她已經學夏威夷語學了好幾年，很希望試試看學習其他語言，她打從心底喜愛西文老師瑪喬麗．伍德朗（Marjorie Woodrum）。

「老師很會教，她讓西班牙文化變得好生動，」伊珂拉說，「我覺得自己好像置身西班牙，彷彿被老師帶著遊歷每個講西班牙語的地方，這些地方感覺好真實。」

伍德朗很會教書且精通多種語言，除了母語捷克語之外，她還會英語、法語和西語。[16]她在一九六八年從美國本土移居歐胡島[17]，很快就到大學開設的夜間班學夏威夷語。伍德朗一直勸說艾亞高中校方開設夏威夷語課，但是校方聘不到夏威夷語教師，她雖然自己也只學到基礎程度，還是自告奮勇開課教授夏威夷語。伊珂拉的祖母教養孩子經驗老道，任何事都瞞不了她，不久之後她就聽說開課消息，立刻幫伊珂拉報名。十五歲的伊珂拉很可能是全校師生中夏威夷語最流利的人，但她還是去上課，上課後卻陷入迷惘。她如此敬愛的老師，曾經教她認識外國文化和語言的老師，竟然成了另一個荼毒夏威夷語的白人。

「她講夏威夷語的口音可怕極了，一切都糟透了，」伊珂拉說，「我看清楚她終究是白人，根本格格不入。所以開始上課的十五分鐘內，我就讓她很不好過。」

伍德朗看到在西班牙文課最認真積極的學生，上夏威夷語課卻開始翻白眼和嘲弄嗤笑，在數週後私下找伊珂拉談話。她拿出地球儀，邊轉邊問伊珂拉知不知道捷克斯洛伐克（Czechoslovakia）在哪裡。伊珂拉不知道。她再問學生對這個國家有多少認識。一無所知。

「不過我知道，」伍德朗說，「我知道這個國家的風俗習慣，知道這裡的傳統，知道這裡的人民吃什麼食物、穿怎樣的衣服，更重要的是，我知道他們的想法。我知道這些，因為我會講他們的語言。」

伊珂拉漠然以對，不知道老師講這些話跟夏威夷語有什麼關係。

「我知道你從小就在夏威夷語環境中長大，你不只是講這個語言，而是直接身歷其境感覺它，我們必須承認這樣的成長背景非常寶貴，」伍德朗說，「你不喜歡我教夏威夷語，說真的，我來教課，我自己也一點都不開心。但是學校裡沒有其他人相信語言很重要，與一個人的身分認同息息相關。」

她指出雖然班上除了伊珂拉之外，也有其他夏威夷原住民學生，但是他們和伊珂拉不同，他們跟自己的文化或夏威夷人身分認同幾乎毫無連結。伍德朗跟伊珂拉說應該由她來教這些同學，幫助他們了解自己是從哪裡來的。

此時師生都已泣不成聲，伊珂拉多年後講述這段往事時，心情依舊很激動。

「老師知道自己講得不怎麼標準，但是她想要讓我們這些夏威夷學生能夠在校內學夏威夷語，」伊珂拉告訴我，「我有很多朋友跟我一樣是夏威夷人，但是他們的成長背景跟我不一樣，沒有機會從小在家聽夏威夷語長大，也許頂多聽聽夏威夷語歌曲。夏威夷語對很多人來說，就是聽歌時會聽到。但是對我來說，夏威夷語是真正的語言，是身邊的人無時無刻不使用的語言，他們講道用夏威夷語，祈禱用夏威夷語，教什麼都用夏威夷語，罵我也是用夏威夷語。」

和老師談過之後，伊珂拉的態度有了一百八十度轉變。她回家告訴祖母說自己會當夏威夷語老師，就如同老祖母一直以來所預言。

「她只是點了點頭，絕口不提她老早就跟我說過了，」伊珂拉說，「她只是講故事給我聽，講她為了替我保住夏威夷語而經歷的一切，那些故事讓我的人生從此改變。」

老祖母娓娓道來從前夏威夷語如何受到打壓，說起她小時候，老師如何用膠帶封住她的嘴巴，告訴她等學會英語才能開口講話。「她告訴我她以前因為講夏威夷語而遭受虐待、吃盡苦頭，我對這些往事一無所知，」伊珂拉說，「從小到大，我都生活在講夏威夷語很很理所當然的地方。能夠用這麼正常的方式學夏威夷語，真的非常幸福。」

一九七〇年代，衍生自第二波夏威夷文藝復興的本土語言運動獲得幾項關鍵性的重大成功。夏威夷大學首度開設夏威夷語系學位學程，並於一九七八年將夏威夷語與英語並列為夏威夷州官方語言。[18]但整體趨勢並不樂觀，最後一個講夏威夷語長大的世代衰老凋零，他們的下一代夏威夷語能力大多不夠好，無法順利傳承，夏威夷語恐將失傳。即使在伊珂拉所屬的教會，能夠以流利夏威夷語講道的人逐漸減少，因此以英語講道的比例愈來愈高。

「就算祖母用夏威夷語跟我的兄弟姊妹或堂表兄弟姊妹講話，他們還是都不會講夏威夷語，」伊珂拉回憶道，「我們在教會都講夏威夷語，但似乎沒有用。沒有人教大家理解禱詞、聖歌和傳道內容的意思，夏威夷語不斷流失消亡。」

伊珂拉畢業後，投身當時剛起步的夏威夷語復興運動。一九八四年，首間夏威夷語沉浸式教學幼兒園在考艾島開張，類似機構接著在群島其他地方陸續成立。[19]兩年後，議會通過一項准許公立學校以夏威夷語為教學語言的法案，愈來愈多人期望州政府採取更多作為協助振興夏威夷語。一九八八年，州議會通過《夏威夷原住民教育法》（Native Hawaiian Education Act），依法須成立委員會並編列經費，推動夏威夷原住民教育相關計畫，以及補助開設語言課程和沉浸式學習學校。[20]及至一九九〇年，美國全國都跟上腳步，在夏威夷州參議員井上健（Daniel K. Inouye）推動及經營沉浸式教學幼兒園的「夏威夷語言巢」組織□Pūnana Leo）遊說之下，國會通過《美國原住民族語言法》（Native American Languages Act）。一九九九年，一百多年以來第一屆從四歲到十八歲皆接受夏威夷語教育的學生畢業，而在世紀之交，卡美哈美哈學校也更改修課規定，從此全校學生都必須修習以夏威夷語教學的課程。[21]

若說夏威夷語一度瀕臨滅絕，絕不言過其實。很多所沉浸式教學幼兒園不得不請老一輩的人來當老師，因為中壯年世代幾乎沒有人講夏威夷語。假如夏威夷語復興運動再晚十年開始，很多懂夏威夷語的長者可能已經過世，那麼整個振興過程可能不只是復振瀕危的語言，會更像是讓滅絕的語言起死回生那般更加艱鉅的任務。

如今，伊珂拉是夏威夷的語言復興運動和教育界的佼佼者。她在卡美哈美哈學校茂宜島分校擔任文化及語言顧問，盡可能協助學校打造全夏威夷語環境，讓語言本身和傳統習俗正常化，與校方從前的同化政策完全背道而馳。卡美哈美哈學校還未成為夏威夷語復興運動的領頭羊，卻象徵著這個運動起步以來的進展。

「過去五十年，大多數夏威夷家長的主要目標是把小孩送進卡美哈美哈學校，」夏威夷重要的語言專家庫．卡哈卡勞（Kū Kahakalau）表示，「卡美哈美哈學校校方說什麼，州議會跟州政府都會聽，而且他們終於開始看見其他的夏威夷人——那些不唸卡美哈美哈學校但同樣是基金會創始人寶娃希公主後裔的外校學生；校方了解自己對他們也負有責任。」

第九章　褻瀆聖山之路封閉

夏威夷最高峰毛納基火山山頂寒冷荒蕪。海拔四千兩百多公尺的山頂上幾乎寸草不生，棕褐色地面上岩石遍布，荒涼地景幾乎與火星地表無異。站在山頂上低頭可俯瞰雲層，抬頭是藍得驚心動魄的天空，稀薄的空氣令人呼吸困難，強烈的陽光照得眼前白花花一片。入夜之後，古老火山上群星熠熠閃爍的美景無與倫比，是全球數一數二的天文觀測地點。自一九七〇年開始，山峰上開始陸續設置朝向天空的大型天文望遠鏡，它們的金屬球體閃閃發光，看起來和地景本身一樣陌異。

二〇一四年十月七日，達官顯貴聚集在山頂，他們坐在白色折疊椅上觀賞號稱全世界口徑最大的「TMT望遠鏡」（Thirty Metre Telescope，意為「口徑三十公尺望遠鏡」）的動土典禮。夏威夷大學、加州大學以及印度、中國和美國政府皆派代表前來觀禮。許多代表脖子上戴著綠葉編成的圈環，頭上的棒球帽帽簷壓得很低以遮擋刺眼的陽光。[1] 想順利抵達山峰卻不容易。抗議人士擋住觀禮來賓搭乘的接駁車隊，他們反對在火山上再次動土興建大型建設。毛納基火山是夏威夷原住民心目中的聖山[2]，原住民長期以來持續陳情，希望政府不要未經同意就在原住民土地上興建天文台。[3]此外也有環保考量[4]，反對人士擔心大型工程不僅可能影響脆弱的聖山生態系統，對於供應夏威夷島主要用水的毛納基火山含水層也有潛在威脅。

典禮預定開始時間的一個多小時後，許多座席依舊空蕩蕩的，夏威夷州長伊藝豐（David Ige）和夏威夷郡郡長威廉·柯諾伊（William 'Billy' Kenoi）都還未現身，他們還在通往山頂的道路上與抗議者爭辯。動土典禮線上直播的畫面靜止不動。

主辦單位匆忙以衛星電話與山下的人員聯絡，接獲示警說抗議民眾人數愈來愈多，造成的擾亂愈來愈嚴重，為了避免場面完全失控，決定無論如何都要繼續進行。[5]幾位落後的來賓入座，小丹尼爾·阿卡卡（Danny Akaka Jr.）走上前，為施工場址進行傳統祈福儀式。阿卡卡的父親李碩（Daniel K. Akaka）曾擔任參議員，他的出席安撫了憂心的來賓，傳達不是所有夏威夷原住民都反對興建天文台。但阿卡卡還來不及開始，就有人高喊他的名字。

「阿卡卡！」拉納基拉·門貴爾（Lanakila Mangauil）發出戰吼般的吶喊，「這樣不對，不對。」

二十八歲的門貴爾身上只穿著傳統纏腰布，披著淺褐色圖紋樹皮布（kapa）製成的披風，光裸的上半身精壯結實。他的頭髮剃成莫霍克髮型（mohawk），背後留著一條長長的髮辮，踩在嶙峋多岩山頂上的雙腳赤裸。門貴爾的聲音宏亮清楚，英俊臉龐上始終是一副戲劇化的憤怒表情。當他跨大步走向動土場址，來賓很可能真的以為他是要上台表演，直到他轉身面對他們用英語怒斥「毒蛇猛獸」，發音咬字滿溢輕蔑不屑。

門貴爾對著阿卡卡發言，說在抗議者成功攔阻包括柯諾伊郡長等重要來賓搭乘的座車之後，有人告訴他們動土典禮取消了。一小群人從無法前進的車輛下來，朝著一排流動廁所走去。抗議人士以為他們只是要去廁所，就沒有留意，等發現他們經過廁所後朝路障之後的另一隊車輛走去，為時已晚，等著接應的車輛將這群人載送到山頂。

「郡長跟毒蛇一樣吐著分岔的舌頭，告訴我們他們會離開。警方跟毒蛇一樣吐著分岔的舌頭，告訴我們他們會離開，所以我們讓他們通過，」門貴爾大喊，「他們像毒蛇猛獸一樣偷偷摸摸爬上山，褻瀆我們的聖地！」

阿卡卡和其他主辦人員手足無措、一臉徬徨，看著門貴爾怒斥震驚不已的來賓。

「坐在那邊的那些人，之前我們由衷歡迎你們。我們唱歌，真心誠意歡迎你們，你們卻像蛇一樣從我們身邊溜了過去，」他說，「為了什麼，為了你們想窺看天空的貪念？你們這些人甚至沒辦法好好照顧這個地方。」

此時，有更多抗議者抵達山頂，他們邊唱歌邊擊鼓。主辦單位最後不得不投降，開始收拾東西，山頂土地原封不動。

「顯然有一些對於設立TMT望遠鏡持反對意見的人出現，」線上直播主如此告訴全世界的觀眾，「我們不得不在此刻停止直播，希望各方未來能夠達成共識，讓工程能夠順利進行。」[6]

抗議人士這次獲勝，但似乎是一場最後終歸徒勞的勝仗。動土典禮雖然中止，但十四億美金的建設計畫仍然如火如荼展開，預計在二〇一五年年初開始動工。非本地媒體報導中，對抗議事件最善意的呈現角度是疑惑不解，最糟的則帶著輕蔑鄙視。[7]媒體多半將事件描述成一場先進科學與原住民宗教之間的戰役[8]，天文學家湯姆．克爾（Tom Kerr）形容這場爭端為「回到石器時代與了解宇宙奧祕之爭」，就展現了這種屈尊俯就的態度。[9]夏威夷當地民眾固然比較清楚長期反對設置TMT望遠鏡的來龍去脈，了解原住民土地百餘年來飽受剝削及環保方面的顧慮，但當地人普遍認為反抗也是徒勞。畢竟先前儘管屢次陳抗，但火山上還是設置了十二座天文台，而TMT計畫背後還有夏威夷大學、夏威夷州長、美國其他機構單位及多數當地媒體的全力支持。

但就如同威爾斯的情況，特韋林並非第一座因興建水庫而遭淹沒的村莊，也不是英國第一次為了滿足英格蘭人需求而犧牲威爾斯人權利，TMT計畫只是在恰巧的時機恰巧引發眾怒。新世代的夏威夷社運人士過去多半曾參與語言復興運動或在夏威夷語學校受教育，在他們領導之下，原住民族意識到自己長期遭邊緣化，不滿情緒持續累積，與反對TMT計畫的沸騰民怨合流。革命發生的時間點不是壓迫最嚴重的時候，而是在管控放鬆，有機會大刀闊斧改革的時候。改革的種子早在數十年前就已經種下，當時開放各校選擇以夏威夷語教學，在群島上帶動一波文化復興，如今政府種瓜得瓜、種豆得豆的時候到了。二〇一五年四月，工程車輛開往火山，再次遇到抗議人士設下路障。該月共有八人遭到逮捕，門貴爾是其中最年輕的。耆老（kūpuna）戴著手銬被押上警車的景象讓許多夏威夷人怒不可遏，五月時出來抗議的人數暴增。普烏胡魯胡魯（Puʻuhuluhulu）火山錐位在公路與通往毛納基火山的道路交會路口對面，成了抗議者的永久大本營，他們在此處安排交通指揮人員，也有供餐帳篷、回收站和夏威夷文化與歷史的大學講堂課程進駐。著名人士如演員傑森・摩莫亞（Jason Momoa）和巨石強森（Dwayne Johnson）皆曾到訪並為抗議人士加油打氣，許多抗議者搬來普烏胡魯胡魯居住，營區沿著公路綿延近三公里長。[10]抗議活動在群島上遍地開花，隨處可見反對TMT計畫的海報、塗鴉和標語。

二〇二〇年一月，最初那場毛納基火山抗議事件發生五年後，我駕車從希洛駛往普烏胡魯胡魯。沿途景緻從夏威夷島常見的蒼翠欲滴忽然變為荒蕪不毛，茂密森林逐漸稀疏，眼前只見光禿的火山岩和驕陽炙烤的紅色沙土。穿越整座夏威夷島的井上健公路（Daniel K. Inouye Highway）路況良好，而毛納基火山的坡度平緩，沿著公路上山一路順暢，甚至要到發現寸草不生、氣溫陡降，才會意識到已經爬升到極高處。車子行經「普烏胡魯胡魯庇護所」（Puʻuhonua o Puʻuhuluhulu）的標示牌，一名交通指揮人員揮手指示往停車場的方向。

過完元旦的第一天，營區裡靜悄悄的，但氣氛很和樂。伊藝州長於二〇一九年年中發布拆除抗議者營地的緊急命令後，又激起一波規模空前龐大的示威活動，州長於是退讓，工程似乎又延後了至少一年。原本支持者眾多的TMT計畫受到重大打擊，許多科學家也加入疾呼反對的陣營，有些贊助人開始表達疑慮。[11] 一位歐胡島居民簡單扼要告訴我他的感想：「實在受夠了。」他能夠理解設置望遠鏡的科學研究目的，但是認為那與實際的建設計畫本身無關，只是變本加厲延續百餘年來將原住民邊緣化，以及對土地的剝削濫用。

我在普烏胡魯胡魯見到夏威夷語專家庫．卡哈卡勞。庫在人生中見證了夏威夷語的興衰起伏：她的祖父母夏威夷語十分流利，但父親基本上不會夏威夷語，她小時候家裡講英語。她的父親是爵士樂手，在德國工作，而她從小到大主要生活在德國。庫在一九七八年回到群島後報名夏威夷語課，是首批主修夏威夷語文的夏威夷大學畢業生之一。即使當時政府已將夏威夷語列為夏威夷州的官方語言之一，她告訴我：「大家說我很蠢，問我為什麼要浪費時間唸夏威夷語文。」

她在一九八五年畢業，成為合格的夏威夷語教師，先是到一所公立學校任教，每週授課數小時，之後改為教授沉浸式教學課程，最後創立一所採行全夏威夷語教學的特許學校。「進展無比緩慢。」庫說，由於政府無法提供足夠支持，加上合格師資嚴重短缺，她至今仍飽受挫折，然而一九九〇年代到二〇〇〇年代展開的語言教學計畫已經慢慢開花結果。

「現在已經有講夏威夷語的第三代了，」她說，「我的孫子，他的父母都講夏威夷語，他的祖父母也講夏威夷語，在二十年前根本不可能發生。」

庫在二〇一七年協助創立「卡納埃歐卡納」（Kanaeokana）聯盟，名稱的意思大致是「非凡力量的網絡」，結合了包括卡美哈美哈學校在內的數十所夏威夷學校。[12]結盟的目的是希望推廣夏威夷語言及教育體系並發揚光大，讓夏威夷語在群島常態化。「早在一九八七年就有人提出聯合多所學校結盟的概念。」庫說，她和伊珂拉・卡尼瑟歐－寇羅齊目前皆為卡納埃歐卡納指導委員會成員。「卡美哈美哈學校的經費充裕，能夠將各自獨立的陣營匯聚起來結盟，團結合作勝過單打獨鬥。」

卡納埃歐卡納聯盟的資金來自卡美哈美哈基金會，但運作上維持獨立，因此做法能夠比其他多數聯盟成員更加激進，例如堅決反對TMT計畫。

聯盟的另一個重要目標是推動夏威夷語常態化，鼓勵推廣商家及公共領域夏威夷語的使用，讓群島成為真正的雙語環境，類似威爾斯語運動人士爭取威爾斯語版交通標誌和稅務表格那樣。在這方面已有一些成效。店家開始印製夏威夷語標籤和招牌；夏威夷州主要的航空公司以英語和夏威夷語進行空中安全宣導；在電視和廣播節目中開始更常聽得到夏威夷語；許多白人講英語時也開始夾雜幾個夏威夷語字詞。

毛納基火山的抗議行動更大大助長了這樣的轉變，普烏胡魯胡魯成為倡議和教育的場地，也為真正由原住民經營的夏威夷語社會這個概念提供實證。營區大學開設的課程主要教授夏威夷語言和文化，每天會舉行三次包含吟唱和草裙舞的傳統儀式。只要是夏威夷人，無論是不是原住民，都可以到營地參觀，感受與群島原生文化和語言之間的連結。

「很多夏威夷人是第一次看到這種傳統社群。」普烏胡魯胡魯營區的幕後推手之一璞阿・卡賽（Pua Case）說。「有些人生平第一次以這種方式感受到愛。」

她和許多參與毛納基火山抗議行動的成員都有同感，到了某個臨界點之後，情勢對於抗議者或他們自稱的「本土守護者」轉趨有利。民調顯示原住民和年輕人族群對於TMT計畫的支持度最低[13,14]，他們將爭取原住民族權利與「黑人的命也是命」運動（Black Lives Matter）和美國其他全國性民權運動相互連結。串聯是雙向的，就如同拉科塔族（Lakota people）於二〇一六年在立岩（Standing Rock）發起抗爭，反對興建達科塔輸油管（Dakota Access Pipeline），毛納基火山的抗議行動也獲得美國主流社會的聲援，政治人物、演員和人權團體紛紛表態反對TMT計畫。[15]伊珂拉說她在卡美哈美哈學校很多學生以及夏威夷各地許多年輕人——無論是不是原住民——都在抗議行動的影響下積極參與維權運動。

他們不是第一代為了維護權利而挺身奮鬥的夏威夷青年，也不會是最後一代。但是他們有自己的身分認同，與自己語言和文化保持連結，而這樣的認同和連結在群島上曾有近百年付之闕如。他們因此獲得信心，才能應對類似毛納基火山抗爭的情況，以一小群抗議者之力堅持多年，擋下權力最大的幾個單位機構支持的十億美元建設計畫，而且有望獲勝，讓這個計畫胎死腹中。這樣的社會運動又能反過來為本土語言運動提供養分：隨著毛納基火山的抗議行動日益白熱化，沉浸式教學學校報名人數於二〇一九年急劇攀升，有些學校甚至不得不婉拒想讓孩子入學的家長，可說是創校以來首見。[16] 回到茂宜島，伊珂拉告訴我她兩個女兒的經歷。她們家住在歐胡島時，兩姊妹是唸檀香山的沉浸式小學，校內採全夏威夷語教學，但後來全家搬到茂宜島，那年姊姊十一歲，妹妹十歲。茂宜島的學校分成英語組和夏威夷語組，課程以英語或夏威夷語教學，兩姊妹是第一次體驗雙語混合的環境，也是第一次感受到非夏威夷語使用者對她們母語的輕視。

「同學瞧不起她們，我們家的孩子從來沒有碰過這種事，她們從來沒聽過別人說她們的語言一點都不酷，你知道嗎？」伊珂拉說，「我記得她們轉學第一天，我們家姊姊回來，她跟我說：『我罵了他們一頓。』」

伊珂拉問女兒發生什麼事，十一歲的姊姊很冷靜地解釋，有些男同學聽到她跟妹妹講夏威夷語，就開始嘲笑她們，笑她們很笨、看不懂英文。

「然後她轉頭告訴他們：『我不笨，我會夏威夷語，也會英語，兩種語言我都看得懂，也都會講。你會什麼？你只會講一種語言，表示你只知道一種方法。』」

伊珂拉又驚又喜，儘管她鼓勵孩子學夏威夷語並以身為夏威夷人為傲，但高度的自信和自我肯定「不是父母能教的」。

「她的世界觀完全不同，」伊珂拉說，眼中閃著淚光，「所以我會說，孩子們就是我回送給祖母的禮物，她們在一起的時候可以用夏威夷語交談，而夏威夷語是她們之間的牽繫，也是孩子和我們父母之間的牽繫。」

插曲／古老又創新的語言

十九世紀中葉，在俄羅斯帝國（Russian Empire）的西部邊陲誕生了兩名嬰孩。他們相隔兩百公里遠，都生長在虔誠的猶太家庭，兩人也曾是熱情的猶太復國主義者（Zionist）。兩人各自在催生新語言的過程中扮演要角，這兩種新的語言存續至今，使用者多達數百萬。他們都會意第緒語這個出人意料大獲成功的語言，他們達到的卓越成就也在某方面受到意第緒語的啟發。

兩人分別是現代希伯來語（Modern Hebrew）的創始人艾利澤．本－耶胡達（Eliezer Ben-Yehuda）及世界語（Esperanto）創始人路德維克．柴門霍夫（Ludovik Zamenhof）。他們有相同的宗教信仰和相似的家庭背景，但最後在現今猶太族群面對的數個重大課題上，他們分別堅定採取的立場卻截然不同，甚至完全相反。本－耶胡達和柴門霍夫躬逢政治猶太復國主義全盛時期，當時歐洲的反猶太主義情緒逐漸高漲，猶太人大屠殺（Holocaust）的浩劫已有山雨欲來之勢，猶太人仍為數百年來難有定論的問題所苦：究竟要追求更融入自身所處的社會，或是無論在原本生活的國家或屬於猶太人的家園，都堅決主張鮮明的猶太民族身分認同，而本-耶胡達和柴門霍夫希望從語言層面尋求解方。

本-耶胡達希望創造一個能夠維繫嶄新猶太人國度的語言，而他日後將成為推動希伯來文復興的最大功臣。柴門霍夫則希望藉由創造「世界語」這樣的全新語言，促進猶太人融入同化，並消弭猶太人和「異邦人」（Gentile）之間的障礙，進而重新塑造猶太教成為能夠接納任何人的宗教。兩人對於猶太復國主義的看法分歧，對意第緒語的態度微妙複雜，最後也都瞧不起意第緒語，而意第緒語其實可能符合兩人的需求，生氣蓬勃的發展過程更是非比尋常。與他們同時代的許多猶太人都鄙視意第緒語，尤其是協助以色列（Israel）建國的猶太人，意第緒語在他們打壓之下於以色列逐漸沒落。數十年來，這種態度逐漸轉變成某種「文化沙文主義」，許多離散各地的猶太人認為意第緒語是他們和猶太人身分認同之間的連結，而這個身分認同既不附屬於以色列，也不附屬於以色列立國之後幾乎一直主宰政壇的激進民族主義者，於是離散猶太人族群和講希伯來文的以色列人之間漸生嫌隙。

艾利澤．本-耶胡達原名艾利澤．佩雷曼（Eliezer Perelman），於一八五八年一月七日生於盧日基（Luzhki），這個村莊位於今白羅斯（Belarus）北部，當時屬於由帝俄控制的立陶宛（Lithuania）。[1]當時帝俄境內幾乎所有猶太人都只能居住在隔離囤墾區（Pale of Settlement），這個地區大約是現今的白羅斯、立陶宛和摩爾多瓦（Moldova）一帶。[2]隔離囤墾區的部分區域居民有六成為猶太人，本-耶胡達就是在這樣關係緊密、信仰虔誠的社區中長大。[3]他年少時就開始學習聖經希伯來文，之後父母將他送入猶太教學校「葉史瓦」（yeshiva）就讀，希望他將來能成為拉比（rabbi）。[4]但他中途輟學，轉到附近迪納堡的一般中學就讀。①他在那裡加入「民粹派」（Narodniki），參與了這場俄國早期的社會運動。民粹派除了主張解放人民，也支持俄羅斯民族主義，而本－耶胡達的身分認同逐漸改變，認為自己是俄羅斯人，但有一個層面例外。「即使猶太文化的一切對我來說都變得很陌生，幾乎令人厭惡，」本－耶胡達後來寫道，「我還是沒辦法與希伯來文劃清界線，三不五時，無論何時何地，只要有機會碰到一本現代希伯來語文學書籍，我就喪失意志力，完全無法克制自己想讀那本書的欲望。」[5]

希伯來文已有數千年歷史，是所有嚴守教規的猶太人生活中很重要的一環，語言本身卻處於休眠狀態，雖未死絕，但也不能說還活著。希伯來文主要在書寫宗教相關文件時使用，除了背誦《妥拉》（Torah）之外，極少人會在日常生活中使用這個語言。[6]然而在本－耶胡達青少年時期，復興希伯來文的運動已經展開，受到猶太民族主義和猶太復國主義思想的鼓舞，也與前述思想逐漸密不可分。十七歲的本－耶胡達也獲得啟發，曾寫下他對於猶太人在巴勒斯坦地區「復興民族」、建立一個講希伯來語的新國家的願景。[7]本－耶胡達於

① 譯注：迪納堡（Dynaburg）為舊稱，即現今拉脫維亞境內的陶格夫匹爾斯（Daugavpils）。

一八七七年畢業，帝俄支持保加利亞（Bulgaria）起義反抗鄂圖曼土耳其人的統治，在這一年向鄂圖曼帝國宣戰。民族主義情緒在歐洲各地日漸高漲，古老的帝國開始土崩瓦解，本－耶胡達熱血澎湃，但這次不是為了俄羅斯，是為了以色列：

> 我飢渴地讀著新聞報導，並未意識到這些事件與我自己的切身關聯……忽然之間，彷彿青天霹靂，我的意念飛越巴爾幹半島（Balkans）……到了巴勒斯坦，我聽見……有聲音在呼喚我：在先祖的土地上復興以色列和其語言！[8]

本－耶胡達於一八七八年離開俄國，赴巴黎學醫。[9]他在索邦大學（Sorbonne）修讀中東史課程及其他進階希伯來語文課。[10]他也開始撰寫關於希伯來文的文章，在抵達巴黎隔年發表了〈一個嚴肅的問題〉（A Serious Question），文中不僅討論希伯來文在歐洲的未來，也討論到猶太人族群在歐洲的未來。[11]在此篇和後來的文章中，他主張猶太人只有在巴勒斯坦才能擁有屬於自己的安穩家園，不會遭受侵略或被迫同化，而希伯來文只有在這樣的國家才能真正復興。

大約在本－耶胡達西行前往巴黎的時候，另一名立陶宛猶太人則東行前往莫斯科留學。柴門霍夫和本－耶胡達同樣在隔離圄壂區出生，在居民幾乎全是猶太人的區域中長大。[12]柴門霍夫的父親主要講俄語[13]，此外通曉多國語言，為帝俄政府審查德文、意第緒文和希伯來文報刊出版品。[14]老柴門霍夫的法文和波蘭文也很流利，經常登上誦經台誦讀《妥拉》經文。[15]柴門霍夫就是在這樣虔信的多語環境中，和本－耶胡達一樣思索起「猶太問題」。他察覺反猶太主義在歐洲各地逐漸抬頭，而希伯來語和意第緒語都與猶太文化密不可分，認為創造一種與種族或國籍無關的全新語言，將有助於減少俄羅斯帝國境內不同民族之間的紛爭。他執著於這個念頭，甚至被父親形容為「陷入瘋狂、無藥可救」。[16]

在這方面，他並不孤單。自從人類意識到語言的繁複多樣和翻譯的艱難困境，就一直有人試圖尋求解決之道，可能是尋找某種原始的「原初語言」（ur-tongue），或是創造一種能勝過並取代或輔助其他所有語言的全新語言。許多早期基督宗教學者認為希伯來語可能是原始語言[17]，但由於聖經希伯來文非常複雜且難以用於有效溝通，加上有些人對採用與猶太教密切相關的語言大為反感，這種看法已經過時。各大帝國也曾試圖解決這個問題，方法很簡單，就是強迫所有子民學習帝國的語言，但隨著帝國走向分裂，民族國家於十九世紀陸續形成或復興，有些人開始擔憂國與國之間難以溝通，希望尋求務實的解決之道。尋求解決眾語喧譁、各說各話之道的歷史，就和巴別塔故事本身的歷史一樣悠久，此前的解決之道通常是想找出亞當被上帝創造出來時所用的原始語言。」艾瑞卡・奧克倫（Arika Okrent）在《人造語言的國度》（*In the Land of Invented Languages*）一書中寫道。「如今，大家歷經科學革命的磨難煎熬，開始思考或許可以由人自行創造解決之道。」[18]

然而如奧克倫所記述：「人造語言的歷史大致說來是一部失敗的歷史。」柴門霍夫非常清楚這一點。他在一八七九年開始思考如何自創一種新語言，同年沃拉普克語（Volapük）問世，創造者德國神職人員約翰・施萊爾（Johann Schleyer）說自己是受到神的啟示才創造出這個語言。[19]沃拉普克語受到熱切歡迎，各處開始出現沃拉普克語社團，主要是受到施萊爾號召的天主教德語圈，但遠至中國也有相關社團成立。[20]然而由於沃拉普克語非常複雜，例如一個動詞可能有數千種不同形式，加上其他次要因素，在推廣上有所侷限，最早的兩場相關研討會仍以德語為討論時主要使用的語言。[21]喬治・歐威爾（George Orwell）旅居巴黎時和一群熱衷研究人工語言（constructed language）的愛好者同住，曾寫道：「要不是打架動粗太骯髒，真該讓那些爭執不休的國際通用語言發明者挨一頓好打」[22]，這樣的紛爭最終造成沃拉普克語的沒落，因為以施萊爾初始願景為中心形成的社群後來因為各自詮釋不同而鬧翻。

一八七九年，柴門霍夫進入帝國莫斯科大學（Imperial Moscow University）就讀，他向父親承諾在畢業前，絕不會發表任何關於他心心念念的創造全新語言的文章。本－耶胡達愈來愈相信猶太復國主義以及希伯來文無比重要，打算一有機會就要造訪巴勒斯坦，於此同時，在莫斯科的柴門霍夫則召集了數十名猶太學生，「向他們闡明在地球上某個未遭占據的地區建立猶太人聚落的計畫」。[23]或許柴門霍夫曾懷疑是否有需要建立一個屬於猶太人的家園，即使他曾有這樣的疑慮，但一八八一年沙皇亞歷山大二世遭到暗殺，猶太人涉案的謠言甚囂塵上，俄羅斯帝國各地猶太人遭受殘暴的「集體迫害」（pogrom），他因此打定主意不再動搖。由於反猶太主義情緒逐漸高漲，柴門霍夫也更盼望能夠創造一種全新的國際共通語言，相信這樣的發明「對人類將有莫大的用途」。[24]「我以前學到的是人人皆兄弟，而同時在街道上、在廣場上，每走一步所經歷到的，都讓我覺得沒有什麼『人人』，只有俄羅斯人、波蘭人、德國人、猶太人等等。」柴門霍夫寫道。[25]他決心找出解決之道，於一八八七年發表《國際語》（*Lingvo Internacia*），概述一種「任何人都能無條件接受，由全世界共同擁有」的全新語言。[26]他在這本宣傳小冊上簽署的不是本名，而是化名「世界語醫生」（Doctor Esperanto），「Esperanto」既是他創造的「世界語」本身的名稱，在該語言中也有「希望」之意。

柴門霍夫發明了世界語，希望藉此挽救歐洲免於因民族主義和反猶太主義而分裂，而在六年前，至少有一名猶太人因為絕望而逃離歐陸。這名猶太人就是本－耶胡達，他在一八八一年十月抵達當時由鄂圖曼帝國控制的巴勒斯坦，決心在此協助打造猶太人的國家，以及可以活用的全新形式希伯來文。

十九世紀巴勒斯坦地區的語言使用繁雜紛亂，即使在小小的猶太人社群也很多元，相較於俄羅斯帝國可說不遑多讓。一般人日常生活中可能會聽到多種歐洲語言、多種形式的阿拉伯語和土耳其語，以及兩種猶太語言：主要由阿什肯納茲猶太人使用的意第緒語（Ashkenazi Yiddish），和塞法迪猶太人使用的拉迪諾語（Sephardic Ladino）。「一個小團體裡可能只有二十人，使用的語言卻多達十種，鄰居之間語言無法互通。」本-耶胡達寫道。然而令他欣喜的是，這種缺乏凝聚力的情況實際上對他有利，因為巴勒斯坦地區所有猶太人之間唯一的共通語言就是希伯來語，只不過是古老《妥拉》經文的語言。「舉例來說，來自阿勒坡（Aleppo）的塞法迪人遇見來自塞薩洛尼基（Saloniki）的塞法迪人，或者來自摩洛哥（Morocco）的塞法迪人遇見來自布哈拉（Bukhara）的猶太人，他們就不得不改說神聖的語言（Holy Tongue）。」[27]

在西奧多．赫茨爾（Theodor Hertzl）提倡政治猶太復國主義之下，愈來愈多猶太人受到號召，加上本來居住的國家反猶太主義高漲且對他們展開集體迫害，於是移居巴勒斯坦。本-耶胡達和一些朋友原本就決心在情況容許下只講希伯來語，看到初來乍到的猶太同胞，更決心要反覆勸說他們一起講希伯來語，希望證明希伯來語可以成為未來猶太人國家的官方語言。本-耶胡達的想法並不普及，他的計畫涉及將神聖的語言現代化和世俗化，巴勒斯坦很多虔誠猶太人認為這是對神大不敬，有些人更因此將他視為眼中釘。[28]

為了證明希伯來語可以再次成為日常生活中使用的語言，本-耶胡達決定從自家做起。

他的兒子本－錫安（Ben-Zion；後來以伊塔瑪．本－阿維〔Ittamar Ben-Avi〕之名為人所知）在一八八二年出生後，本－耶胡達決心讓兒子在全希伯來語環境中長大，講俄語的妻子也只能勉強同意。[29]根據本－阿維個人的記述，他的父親營造全希伯來語環境的方式十分極端，包括家裡有訪客時要兒子提早上床就寢，以免他聽到訪客講其他語言，以及聽到妻子用俄語唱搖籃曲給兒子聽時嚴厲訓誡。[30]無論實際上是否需要採取這麼嚴苛的方式，本－耶胡達的實驗大獲成功，他的兒子以希伯來語為第一語言的範例在耶路撒冷引起轟動，陌生訪客蜂擁而來見證希伯來語復振的「奇蹟」。[31]本－耶胡達教兒子希伯來語的過程中也受到意料之外的影響，他發現有必要將希伯來語現代化。孩童會問各種物體的名稱，本－阿維也不例外，由於本－耶胡達堅持只跟兒子講希伯來語，無論兒子問任何東西的名稱，他都必須用希伯來語回答。於是本－耶胡達開始編纂現代希伯來語字典，他後半輩子大部分時間都忙著翻查古老文本，找出不再流行或可以收編賦予新義的字詞，以及根據古代希伯來文字根自創全新字詞。[32]本－耶胡達對希伯來文的貢獻，好比密爾頓（Milton）或莎士比亞對英文的貢獻，他創造或重新發現數百個希伯來文字詞，包括顏色名稱（褐色、粉紅色）、食物名稱（鮮奶油、花椰菜、松露、草莓）、軍事用語（火炮、炸藥、火藥）以及疾病名稱（癌症、感冒、麻疹）。[33]

在證明有辦法讓希伯來語成為孩童的第一語言之後，本－耶胡達著手規畫讓巴勒斯坦所有猶太孩子都能學會希伯來語，希望希伯來語「從猶太會堂傳入《妥拉》經學院，從《妥拉》經學院傳入學校，再從學校傳入家家戶戶……然後成為活語言。」[34]本－耶胡達受邀至耶路撒冷的普世以色列聯盟學校（Alliance Israélite Universelle School）任教，採行用希伯來語教希伯來語、不透過其他語言翻譯的教學方法，讓學童更快適應全希伯來語環境，並將希伯來語當成第一語言。[35]這種教學法並非由他首創，但他在家教育兒子大獲成功之後遠近馳名，巴勒斯坦各地學校競相採用同樣的方法，很快就培育出大批懂希伯來語的畢業生。當時可說占了天時地利之便：一八八三年出現遷往巴勒斯坦的第一波猶太移民潮。在「第一波回歸」（First Aliya）或「上行」（ascent）中，約有兩萬人抵達巴勒斯坦，他們使用的語言各異，以希伯來語為共通語言的需求顯得更為重要。[36]很多人確實都會意第緒語，但意第緒語比猶太移民本身更不受歡迎，希伯來語支持者大力打壓意第緒語，希望讓希伯來語取得優勢。本－耶胡達並未涉入強力打壓意第緒語的行動，不過他認為盡可能營造單語環境非常重要，有助於讓希伯來語維持活躍。他在一八八四年創辦希伯來文的《哈哲維報》（*Hatzvi*），一位歷史學者描述為「藉由其內容及語言教導成年人」。[37]他也創立了希伯來語文協會（Hebrew Language Council）作為主導希伯來語文相關事務的權威機構[38]，並著手編纂十七冊「古今希伯來文辭典大全」（Complete Dictionary of Ancient and Modern Hebrew），初版於一九一〇年發行。[39]

本–耶胡達在中東發展得有聲有色，而在歐洲的柴門霍夫的際遇則有順有逆。他在《國際語》中提出創造新語言的芻議，並在初版中附上供讀者填寫的回函卡，希望號召願意與另外一千萬人共同學習世界語的有志讀者。[40]但柴門霍夫最後僅收到數百份回函卡，他很快就明白如果希望讓普羅大眾對世界語產生興趣，只能自己想辦法搏得青睞。他請人將「第一本」（unua libro）世界語課本翻譯成英文、希伯來文、意第緒語、瑞典文和其他版本，另一方面則開始撰寫生平鉅著：《世界語基礎》（*Fundamento de Esperanto*）。

柴門霍夫在俄國的猶太復國主義圈子一度相當活躍，但到了十九世紀末、二十世紀初，他的想法卻發生一百八十度轉變。他不只認為巴勒斯坦這個地方完全不適合建立新的猶太人國家，也認為在巴勒斯坦建國可以解決「猶太問題」的想法本身就有誤。[41]他不接受猶太人本身是一個民族的概念，表示猶太人只是有同樣宗教信仰的群體，認為猶太人會被視為在宗教以外尚有其他共同點的族群，不過是歷史上的偶然轉折。為了跳脫宗教和種族結合所造成的困境和引發的反感，他指出猶太教本身必須改變，必須廣納不同民族和種族，不以種族身分來區別猶太教實踐者。他在精神上遵循希列長老（Hillel the Elder）的教誨，其中最著名的「金科玉律」（Golden Rule）即為「己所惡者，勿施於人」[42]，並且努力將博大精深的摩西律法（Mosaic law）簡化為數項基本原則。

一、我們感覺並認知到主宰世界之最高力量的存在，並稱這股力量為神。

二、神將祂的律法以良心的形式置於每個人的心中。是故，永遠服從良心之聲，因為這是永不靜默的神之聲。

三、神賦予我們的所有律法，其精髓皆可藉由以下準則表達：愛人如己，推己及人，己所欲則施於人，絕不公開或私下做出任何你的內心告訴你將會讓神不悅的舉動。所有其他你可能從師長或領袖口中聽到卻不符合以上三大項宗教要義的指示，都只是人類的闡述，可能是真，也可能是偽。[43]

他在一九〇一年出版《希列主義：猶太問題的解決之道》（*Hillelism: A Plan for Solving the Jewish Problem*）；作者姓名採用化名「Homo Sum」，即拉丁文的「吾為人」。[44] 柴門霍夫提倡的新信仰並未和他推廣的新語言完全分道揚鑣，在他的願景中，這種現代形式的猶太教會以世界語而非希伯來語為主要語言，讓此後世世代代都成為世界語使用者，為世界語打下穩固基礎。「若有一群人將一種國際語言當成家族裡世代相傳的語言，那麼這種語言就會永遠活躍發達，」柴門霍夫在這一年前後寫道，「對中立語言的概念而言，有一百個這樣的人，遠比一百萬個局外人更重要。即使是一個人數極少、最微不足道的人類群體裡世代相傳的語言，其存續受到的保障，遠勝過有數百萬人使用但使用者並非同一民族的語言。」[45]

《世界語基礎》於一九〇五年出版，奠定了世界語的文法和語言規則。同年，史上首次國際世界語研討會召開，主辦單位採用此書作為「世界語的唯一基礎」。[46]研討會於法國濱臨英吉利海峽的濱海布洛涅（Boulogne-sur-Mer）舉行，共有六百六十八人參加[47]，此次研討會不僅是世界語成功取得國際語言地位的起點，世界語發展的重鎮也從此時開始由俄羅斯轉移至法國。法國的世界語使用者在世界語的發展和推廣上扮演要角，但比起俄國，法國對於身為猶太人的世界語發明者未必比較友善。德雷福事件（Dreyfus affair）即是在法國發生，一名猶太上尉軍官遭人誣諂叛國，後續的審判和最後冤案昭雪在法國引發了反猶太風潮。[48]有些法國世界語使用者和柴門霍夫同樣是猶太人，柴門霍夫聽從大家的建議低調行事，即使經歷宗教上的覺醒這番在他心目中比創造世界語更為重要的大事之際，他仍隱瞞自己的猶太身分。

世界語在法國和西歐其他地區逐漸蔚為風行，主要歸功於柴門霍夫對啟蒙主義思想的致敬，以及對科學效率的追求。如他在《國際語》前言中所寫：「假如能有一種所有人都能理解的國際語言，就只需要將其他語言都翻譯為這種語言，而作者會首先以這種語言書寫所有內容跨越國界的作品。」[49]在濱海布洛涅舉行研討會之前，柴門霍夫的法國追隨者發現世界語發明人新近迷上的，竟不是追求語言使用上的效率，而是猶太神祕主義時大為驚恐。柴門霍夫在寫給其中一名研討會主辦人的信中，提到希列主義將成為「一座供所有民族和宗教稱兄道弟一家親的道德橋梁，目前為止不需要制定任何新教義，也完全不需要任何人棄絕原有的宗教。」[50]柴門霍夫預備在研討會上演說，主辦人堅持要他將講稿交給他們先行審核，並在一番激烈爭執之後，說服他刪除幾個比較可能引起軒然大波的句子，例如「無論基督徒、猶太人或穆斯林，我們全都是神的子民」。他的法國追隨者也在幕後努力運作，確保媒體報導中隻字不提希列主義或柴門霍夫是猶太人的事。

濱海布洛涅的研討會「獲得空前成功」[51]，世界語的地位和聲望也因此大為提升。雖然法國追隨者順利向大眾隱瞞柴門霍夫的宗教傾向，但柴門霍夫本人並未因此對希列主義失去興趣，他受到俄國又一波對猶太人的集體迫害甚至屠戮的刺激，於一九〇六年以世界語發表十二項「希列主義教條」（Dogmas of Hillelism）。[52]其中一條教規是希列主義者應放棄使用任何與種族名有關的國家名稱，改用依據首都名稱新定的世界語稱謂，例如俄國希列主義者將改稱「彼得格勒希列人」（Peterburgregnaj-Hilelistoj），波蘭希列主義者則改稱「華沙希列人」（Varsovilandaj-Hilelistoj）。[53]同時，由於希列主義名稱源自古代猶太學者希列，柴門霍夫擔心個別種族意味過於濃厚，決定借用世界語中的「人類」一詞，改稱「人類主義」（Homaranismo）。他在濱海布洛涅演說時提到「從此四海之內皆兄弟，人類之間不再有種族之分」，並稱比起主要針對猶太人推廣的希列主義，人類主義將更加普世共通。[54]如果希列主義是猶太教改革派，那麼人類主義就是基督宗教，柴門霍夫認為後繼的人類主義和基督宗教一樣多元多樣。

第二屆國際世界語研討會於一九〇六年在日內瓦召開，柴門霍夫原本打算公開引介人類主義，認為這是驅動世界語的「內在概念」，並嚴詞批判路易．德．波弗洪（Louis de Beaufront）等人，因為他們表態反對「將世界語和任何宗教性靈上的概念連結在一起，哪怕是在私底下。[55]以波弗洪為首的陣營勉強獲勝，好不容易說服柴門霍夫不要公開將世界語定位為宗教語言，以免世界語在反猶風潮盛行的歐洲不幸面臨抵制，於是柴門霍夫雖然在日內瓦和其他地方演說時仍然提到語言背後的「內在概念」，但他並未公開指明那就是人類主義。[56]

柴門霍夫和追隨者努力想讓世界語和發明人本身的猶太身分劃清界線，但是成效很有限。一九一二年的第八屆國際研討會於克拉科夫（Krakow）召開前夕，波蘭媒體刊載一系列關於柴門霍夫的文章，文章中反猶太主義展露無遺。該年是世界語誕生二十五週年，在世界各地已有約一萬名使用者，[57]柴門霍夫於是宣布自己將退出所有正式的世界語推廣活動，他的政治和宗教主張日後都不再代表世界語運動的發展方向。[58]然而他並未放棄普世共通主義的信念，也依舊相信語言能夠讓分裂的不同族群團結起來。歐洲於一九一四年陷入戰火，他寫了一封公開信給歐陸各國領袖，呼籲他們成立「歐羅巴合眾國」（United States of Europe），並保證「無論使用語言、宗教信仰或假定的家鄉故土為何，各個主權國家在道德上和實質上仍將屬於所有原生和歸化居民」。[59]柴門霍夫的理想預告了後來國際聯盟的問世，他預見了在戰爭結束之後，國家與國家之間以及國家與人民之間將有機會建立新的秩序和關係。他也呼籲將來舉行任何和平會談，都應確保「國內任何種族皆與其他族群平起平坐、享有相同權利」。

所有公民都應享有依照個人意志使用任何語言或方言，以及奉行任何宗教的完整權利。無論全體公民的共識是以任一語言為該國的官方語言，該語言應僅限於並非專為單一特定族群服務的公共機關單位使用。[60]

柴門霍夫並未見到終戰的那一日。一九一七年四月十四日，他因心臟病發於德軍占領的華沙（Warsaw）逝世，得年五十七。他的子女繼承其志，畢生皆戮力推廣世界語和柴門霍夫的哲學思想[61]，最後皆遭納粹迫害而喪命，雖然全球的世界語支持者想在最後關頭將他們救出波蘭，但終究功虧一簣。[62, 63]希特勒政權譴責世界語及其猶太發明人，柴門霍夫代表著和平主義、普世主義和打破種族藩籬的世界，而納粹與他代表的一切站在對立面。柴門霍夫之女莉迪亞（Lidja）努力推廣父親發明的世界語、人類主義和她自己的巴哈伊（Bahai'i）信仰；一本記述莉迪亞人生的書籍題辭為：「紀念數千名遭納粹殺害的猶太世界語支持者、朋友和共事伙伴。」[64]

儘管創始者與世長辭，世界語卻存活了下來，隨著人工語言於一九二〇年代在全球逐漸流行，在巴勒斯坦地區甚至特拉維夫（Tel Aviv）新成立了數個世界語社團。[65]

特拉維夫這個沿海聚落被稱為「第一座希伯來城市」（First Hebrew City），由此稱號可知巴勒斯坦地區的局勢於一戰結束時的改變之劇。本－耶胡達身為復興並成功推廣希伯來文的頭號功臣，在一九二二年過世前親眼見到希伯來文發揚光大超乎他的預期，那年他六十四歲。同年，控制巴勒斯坦的英國政府規定「以英文、阿拉伯文和希伯來文為巴勒斯坦地區的官方語言」。[66]本－耶胡達的妻子和兒子接續編纂字典的工作，最後的第十七冊於一九五九年出版。[67]如今，超過百分之九十五的以色列人講希伯來語，以希伯來語為第一語言者超過五成。[68]二〇一八年，以色列國會（Knesset）通過新法，宣布「以色列是猶太人的民族國家」[69]，申明於以色列「行使民族自決的權利」為「猶太人獨享」。此外，這部新法也規定以色列唯一官方語言為希伯來語，將阿拉伯語降級為「特殊地位」，至於英文則在許久前就遭到忽略。主導立法的是以總理本雅明．納坦雅胡（Benjamin Netanyahu）為首的右傾政府，阿拉伯國會議員、巴勒斯坦團體及海外猶太人組織皆譴責新法，認為猶太民族國家法將讓以色列更近似「全國各地及占領地阿拉伯人皆淪為二等公民的『類南非種族隔離』體系」。[70]

猶太民族國家法中納入上述語言政策這一點，反映了在本-耶胡達逝世後的年代，希伯來語已經從存活不易的弱勢語言搖身一變，成為主流甚至優勢語言。阿拉伯語只是最近落敗的語言，由於在巴勒斯坦地區及周圍國家的根基深厚，還不至於在以色列滅絕，但到目前為止，講阿拉伯語的以色列人也已目睹自己的語言持續遭到貶低和邊緣化[71]，講阿拉伯語讓他們成為眾矢之的，甚至被塑造成對講希伯來語的以色列人懷有異心或構成威脅的形象。[72]在希伯來語達到完全復興之前，就已經發展出這種強悍好鬥的希伯來語主義，而它的首要目標並非阿拉伯語，而是意第緒語。意第緒語數世紀以來將部分離散猶太族群連結在一起，讓猶太人即使融入當地，甚至面對反猶太主義壓迫，仍舊與自己的文化和宗教保持牽繫。

意第緒語發源的時空背景是十一世紀前後神聖羅馬帝國（Holy Roman Empire）西部邊陲的萊茵河（Rhine）沿岸[73]，居住在帝國自由城市沃姆斯（Worms）和斯派爾（Speyer）的猶太人發展出一種混合希伯來語與商貿交易常用的中古高地德語（Middle High German）的皮欽語，意第緒語後來演變為歐洲所有猶太人族群的共同語言，甚至遠在東方的俄國猶太人族群內也通用。[74]意第緒語於啟蒙時代邁入鼎盛時期，發展成為書面語（literary language），在十九世紀初已是歐洲猶太人的主要語言。[75]「意第緒」即「猶太」之意，對於意第緒語使用者和論者來說，意第緒語就是猶太人的語言。然而在瀰漫反猶氣氛的歐陸，這樣的定位並未搏取太多外人的好感——不像希伯來文至少是與《聖經》天啟相關的語言，多少能挽回一點聲望地位。「在猶太人的敵人眼中，意第緒語是一個長久以來膽小軟弱的民族如雞群咯咯嘎嘎的胡言亂語，他們名副其實遭到妖魔化，被說成是頭上長角、背上有黃條紋、殺害基督的凶手。」尼爾．卡倫（Neal Karlen）在關於意第緒語歷史的書中如此描述。[76]希伯來文使用者崇敬希伯來文，意第緒語使用者對意第緒卻毫無敬意，幾乎到了十二世紀仍稱意第緒語為「土話」（jhargon），認為意第緒語不是完整的語言，地位比周圍其他人使用的語言更低。[77]對意第緒語的貶低在大多數語言區都顯得格格不入，但在西歐尤其如此，畢竟西歐地區的數種語言在演變中混雜了拉丁文、日耳曼語和凱爾特語。與意第緒語相比，英語的來源之複雜混亂可說不遑多讓，它只是剛好很幸運地成為歐洲強權之一的語言，而非歐洲極度邊緣化民族的語言。

猶太人認為意第緒語令他們難堪，部分原因在於從發展出意第緒語開始，主要使用此種語言的地區就是猶太隔離區或「隔都」（ghetto）。歐洲部分地區數世紀以來對於猶太人的生活皆有所限制，猶太人的政治和社會權利遭到剝奪，只能居住在城市內的特定隔離區。猶太隔離區可能擁擠不堪且骯髒汙穢，許多居民沒有工作，幾乎一貧如洗。[78]即使是家境富裕的猶太人，也不得不居住在隔離區裡，每天忍受貧困髒亂的環境提醒自己是邊緣人。意第緒語在猶太解放運動之後成為猶太報刊媒體使用的主流語言[79]，也是全世界約三分之二猶太人口的共同語言[80]，但對很多猶太人來說，這個語言始終帶有難以抹滅的隔離區汙點。

仍有些人對意第緒語持正面觀點。奉行社會主義的猶太勞工聯盟（Bund）於一八九七年在俄羅斯成立，成員認為意第緒語是更正宗的猶太語言——也是猶太勞工的語言——相對於拉比和布爾喬亞知識分子的希伯來語。[81]「誰嘲笑意第緒語，就是在嘲笑猶太民族，就只是半個猶太人。」一名聯盟成員寫道。[82]在猶太解放運動的推動之下，產生了一股猶太人積極參政的力量，左派思想家將意第緒語視為維持猶太人社群團結一心的工具，或如歷史學家西蒙・杜布諾夫（Simon Dubnow）所稱，「是民族奮鬥的武器，取代倒下的隔離區高牆」。[83]極端正統派猶太教徒（ultra-Orthodox；或稱哈雷迪猶太教徒〔Haredi〕）同樣與意第緒語關係密切，因此加入左派猶太人的陣營，其中許多人對於當時希伯來語在巴勒斯坦的復興感到驚愕，認為有損希伯來語的神聖崇高。[84]直至今日，以色列和其他地方的極端正統派猶太教徒仍偏好使用意第緒語，避免在日常生活中使用希伯來語這種「神聖的語言」。[85]

意第緒語真正的敵人是世俗化猶太復國主義者，他們領導巴勒斯坦聚落並在此推廣使用希伯來語。[86]許多猶太復國主義者認為，意第緒語會將猶太人永遠錨定於隔離區，而猶太勞工聯盟和其他左派團體則主張透過接納意第緒語，尋求猶太民族的解放和現代化。[87]受壓迫的民族會將壓迫者的批判內化，有些猶太復國主義者即是如此，反而向自己的同胞追究為何引發反猶太主義。現代猶太復國主義之父赫茨爾偏好德文勝過希伯來文，至於意第緒語，他則無暇關注，認為只是「隔離區方言」，不適合素富文化修養的民族國家。[88]以色列首任總理大衛・班－古里昂（David Ben-Gurion）對於意第緒語也深惡痛絕[89]，曾在公開場合數次貶損為「粗礪刺耳的外國話」。[90]「新希伯來人」（New Hebrew Man）要和離散猶太人形成鮮明對比，那些住在隔離區講意第緒語、膽怯軟弱的生物在未來的以色列國沒有一席之地。[91]希伯來語支持者不只在言詞上反對意第緒語。二十世紀初正值本－耶胡達的希伯來語振興計畫蓬勃發展的時候，巴勒斯坦的猶太復國主義學校和新出版品皆選擇使用希伯來文[92]；同時，支持希伯來文的極端分子丟擲炸彈攻擊意第緒語書刊出版社、縱火焚燒販賣意第緒語報紙的書報攤，並騷擾威嚇意第緒語講者和作家。[93]意第緒語戲劇遭到禁演，拉比宣講時指稱意第緒語「不潔淨」（treif）或「不符宗教戒律」（non-kosher），有一名拉比甚至斥為「比豬肉更不潔」。[94]一九一四年，支持意第緒語的社會主義者哈伊姆・齊洛斯基（Chaim Zhitlowsky）[95]預備在雅法（Jaffa）發表演說，一群暴民切斷建築物供電並朝聽眾扔石頭，迫使演講中斷。[96]一家報紙之後刊登了齊洛斯基無法公開演說的講稿，其中主張採用希伯來語「不應強迫我們切斷與大眾使用的活語言之間的連結，將我們的語言靈魂連根拔起」。齊洛斯基贊同在學校開設希伯來文課程，但他也認為意第緒語是「一股自然至高的民族力量，超越意識型態和教派」，應該不惜代價予以保障。[97]相對的，一名領頭支持希伯來文的人士則在大約同時撰文主張：「兩種語言之一，至多只有一種語言有生存的空間。如果是這樣，那就幾乎談不上什麼結盟。唯一有可能的，就是兩種語言之間更加慘烈的殊死爭鬥。」[98]一九三〇年，一個自稱「希伯來文守衛隊」（Army for the Defense of the Hebrew Language）的團體對《我的猶太母親》（*My Jewish Mother*）播映場合發動攻擊，這部電影是其中一部最早的意第緒語劇情長片。團體成員闖入特拉維夫的電影院，朝銀幕潑灑墨水，並朝觀眾席投擲煙霧彈。警方介入之後，暴民仍去而復返，電影院不得不中止播映。[99]

猶太人大屠殺為意第緒語的首要猶太語言地位帶來最後一擊。[100]遭納粹殺害的六百萬名猶太人之中，大多數是意第緒語使用者，於是意第緒語使用者永遠失去在以色列成為多數族群的機會。[101]而順利逃往嶄新猶太人國度的意第緒語使用者，卻感受到新環境更加敵視意第緒語。意第緒語原本就背負著猶太隔離區的恥辱，如今又帶著死亡集中營的惡臭。「反對意第緒語的根源，在於對一切與『離散』有關者的痛恨，『離散』在猶太人眼中就代表對非猶太人卑躬屈膝、自貶自損、忍辱苟且，是徹底的次等文化，是虛浮庸俗的贗品偽物，缺乏任何可敬的品格特質。」致力於保護意第緒語的亞伯拉罕・布倫貝格（Abraham Brumberg）寫道。[102]意第緒語幾乎遭到納粹趕盡殺絕，但沒有跡象顯示以色列曾有人努力保存意第緒語，他們做的恰好相反，巴勒斯坦有許多人以離散猶太人同胞為恥，認為他們是——借用一名歷史學家的描述——「『如同待宰羔羊』的次等人類」。「只有巴勒斯坦的猶太復國大業成功培養出新一代足智多謀、富有勇氣的猶太青年，與離散猶太人完全是兩個極端。」[103]這個新世代是在希伯來語環境中長大，由此得證應該除去意第緒語。抱持這種態度的不只有免於經歷大屠殺（Shoah）的猶太人，在此時期抵達以色列的倖存者也樂於棄意第緒語、改講希伯來語，希望能立刻與先前的恐怖經歷拉開距離。意第緒語屬於一個幾乎滅族的民族，希伯來語屬於一個全新國家及一個浴火重生的民族，很多人因此希望擺脫與離散過往有關的一切。

以色列總理班－古里昂於一九五一年寫道：雖然「意第緒語是猶太民族的重要精神資產」，但在以色列國沒有任何正式地位，屬於「猶太人的過去，不屬於猶太人的現在，遑論未來」。[104]直到一九六〇年代，由於希伯來語成功復興且地位穩固，以色列政府才解除各項與使用意第緒語有關的禁令。正如同世界各地施行同化政策的帝國主義強權，看到本土語言已經滅絕或式微到復興無望的地步時，就願意將其視為博物館文物，並為自己一手促成的語言消亡而扼腕，以色列對於意第緒語的態度也開始出現變化，轉為將意第緒語視為某種昔日猶太人生活的況味並予以保護。[105]「像是每個民族國家供奉在傳統文化殿堂裡的資產，是屬於過去的一項正面特色」，但無論如何絕不容許它威脅希伯來語霸權。[106]二〇〇九年五月二十六日，在齊洛斯基於特拉維夫的演講因暴民攻擊而中止的七十四年之後，以色列國會慶祝「意第緒語文化日」（Yiddish Language and Culture Day），並發行一部意第緒－希伯來雙語國會用語辭典以茲紀念。[107]支持意第緒語的美國拉比本雅明．韋納（Benjamin Weiner）指出，對於當前世代的以色列猶太人來說：

意第緒語若非陰鬱沉悶，就是歇斯底里，不是「大屠殺之歌」的旋律，就是插科打諢講著海烏姆的「智者」，他們的滑稽舉動……匯聚了阿什肯納茲猶太文化的薈萃精華。有些中年以色列人如今帶著感傷懷舊的眼光看待意第緒語，渴望接觸這個語言。而以色列當局則將意第緒語中性化，將它供奉在「吾人引以為傲的離散遺緒」殿堂之中。[108] ②

這種態度在美國也很普遍，意第緒語往往被視為已死的語言或某種老派作風，只有極端正統猶太教徒使用，再不然就是猶太老奶奶會冒出幾句意第緒語至理名言。[109] 紐約劇作家蘿可·卡弗里森（Rokhl Kafrissen）費時數年記錄所謂意第緒語「復興」計畫的相關媒體報導，即使意第緒語還有數十萬使用者，絕對稱不上滅絕，報導中卻對這項令人困窘的事實視而不見。[110] 無論講希伯來語或英語的猶太人，都對比較強悍活躍的意第緒語文化懷有敵意，積極的意第緒語支持者傾向反對猶太復國主義，或至少對以色列有所批判，希望跳脫右派以色列界定的猶太人身分認同，另外建立不同的猶太人身分認同。具英國及以色列雙重背景的學者亞維·朗恩（Avi Lang）於二〇一五年寫道，對很多猶太人來說，學習意第緒語可以是一種政治宣示：

正如同現代希伯來語代表猶太復國主義和民族主義，且呼應納坦雅胡政府多半不受歡迎、惹人厭惡的政策，意第緒語則逐漸代表相反的一切。希伯來語是民族國家的語言，意第緒語則是離散族群的語言；希伯來語是強權的語言，意第緒語則是和平的語言；若希伯來語代表猶太復國主義，意第緒語就代表國際主義。近年，許多左派猶太人開始熱衷學習意第緒語，正是這種符號學上的二元對立所引致。[111]另一位較年輕的猶太作家莉娜·莫拉雷斯（Lina Morales）則表示，對她來說，「意第緒語許諾了一種不被猶太復國主義或任何特定政治主張定義的『猶太性』。」

現代以色列的希伯來語復興，是猶太復國主義者的明確目標，讓我想到少女時期參加「以色列尋根之旅」（Birthright trip），在特拉維夫海灘上看到皮膚曬成古銅色的士兵和身穿比基尼的婦女。同團的其他少年少女想到皮膚曬成古銅色、雄赳赳氣昂昂的猶太人，會覺得興奮不已、心滿意足，但我只覺得他們疏異難以親近，而

② 譯注：海烏姆的「智者」（Wise Men of Chelm）：海烏姆可指猶太文學中虛構的「傻瓜城」，亦是真實存在的地名，係位在波蘭東南部的城市。

且感覺很不對勁，因為我知道其中一些氣宇軒昂的士兵對待巴勒斯坦人是何等殘酷。至於意第緒語則展現了真實且深刻的阿什肯納茲特質，是無限誇張扭曲形象之外的另一種選擇。學習意第緒語就是對抗當今的同化潮流和猶太復國主義，重新找回讓大多數猶太人覺得困窘的「緊張兮兮猶太小老百姓」（nebbish shtetl Jew）文化遺緒。學習意第緒語幾乎是反骨叛逆之舉，聽起來像是我的人生命題。[112]

莫拉雷斯此篇文章的副標題為「替代同化與猶太復興主義之道」（An alternative to assimilation and Zionism），意第緒語一直以來在許多層面正是代表這樣的替代之道，它也將柴門霍夫和本－耶胡達相互牽繫。在柴門霍夫致力於創造新語言和能夠超脫猶太教的新宗教之前，曾嘗試將意第緒語現代化，並編寫了詳盡的文法書。本－耶胡達從小就在意第緒語環境中長大，他投入復興希伯來語，至少有部分可說是受到意第緒語廣為傳播的啟發。意第緒語流傳了數世紀之久，儘管希伯來語、世界語、英語、德語、俄語等語言都曾挑戰它身為猶太民族主要語言的地位，甚至以意第緒語為第一語言的人口多半遭納粹屠戮摧殘，它仍奮力存活。雖然意第緒語可能永遠無法挑戰希伯來語在以色列的主流地位，但隨著離散猶太人再次尋求形塑出不受猶太復國主義界定的身分認同，意第緒語仍有可能進一步發揚光大。就這個方面而言，意第緒語使用者或許可以從世界語的發展汲取靈感。世界語如今在全球已有約兩百萬名使用者，還有數千人以世界語為母語，他們的父母就和前輩本－耶胡達一樣堅毅，決心讓孩子在聽、說一種新語言的環境中長大。[113]

第三部

廣東話

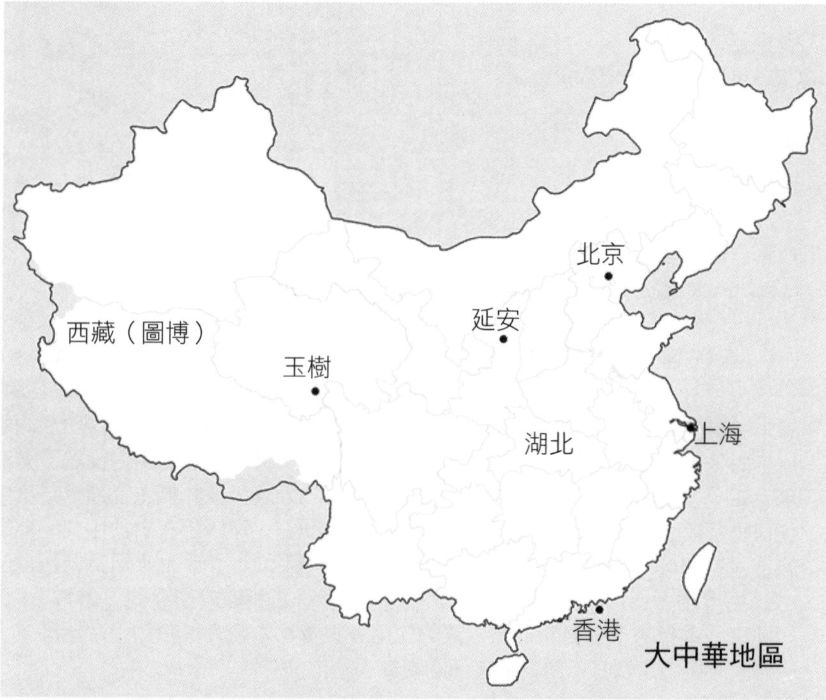
北京
延安
西藏（圖博）
玉樹
上海
湖北
香港
大中華地區

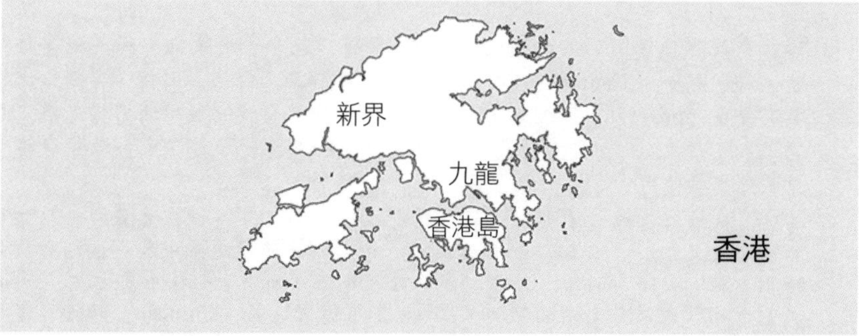
新界
九龍
香港島
香港

廣東話
($k^{w}ɔ:ŋ^{35}tʊŋ^{55}$ $wä:^{22-35}$)

◆語系

漢藏語系
　－漢語族
　　－粵語（Yue）
　　　－廣東話[①]
　　－官話
　　　－普通話

廣東話屬於漢語族（Chinese language，亦稱華語語族）中的粵語。漢語族的數個主要分支，包括粵語、吳語和北京話，都是從四世紀前後的中古漢語演變而來。如今，這三大分支各自發展，已出現極大的分歧，彼此無法互通。英文中往往將多種漢語描述成「方言」（dialect）而非語言，原因出在對於中文「地方語言」（topolect；簡稱「方言」）的誤解。廣東話和北京話並非相對於語言的「方言」，兩者皆是漢語族中的語言。由於許多真正相對於語言的「方言」，例如北京話本身的不同變體，在中國的使用者數量相當龐大，再加上政治因素，中國政府僅將定為官方語言的普通話視為「語言」。[②]

---

① 譯注：此處係依照語言學家的分類，「粵語」包含「廣東話」和其他多種方言，「廣東話」（Cantonese；亦稱廣州話、廣府話、白話）則指「粵語」之中具有聲望（prestige）及影響力的一種變體。由於台灣一般用語習慣是將「粵語」和「廣東話」視為可互通的詞語，為求行文方便，接下來數章中會視文意脈絡交替使用「粵語」和「廣東話」。

② 譯注：依據教育部《重編國語辭典修訂本》，「中文」一詞釋義為「特指漢族的語言及文字」，「漢語」一詞釋義為「中國話，漢藏語系中的一個語言。包括北方話、吳語、湘語、贛語、客家話、粵語、閩語等七種主要方言」，「華文」一詞釋義為「中國的語言文字」。本書原文述及「Chinese」時，譯者視文意脈絡交替使用「漢語」、「中文」、「華語」等譯法，若原文述及「Putonghua」（中國官方語言），則譯為「普通話」。

◆ **使用者數量**

香港：約七百萬人

全世界：約七千三百萬人（主要分布於中國廣東省、香港、澳門、馬來西亞及加拿大）

◆ **書寫系統**

廣東話書面語採用繁體中文字，文法則與口語文法差異較大，與普通話的文法較相近。廣東話白話文也可用中文字或拉丁字母書寫。

◆ **語言特色**

與普通話的四聲相比，廣東話有六聲，仍保留了入聲，即結尾輔音為爆破音，在普通話和北京話其他變體中並無此種特色。入聲字如數字「一」（yāt）、「六」（luhk）、「七」（chāt）和「八」（baat），字詞最後的輔音短促，發音類似英文中以考克尼（Cockney）腔調唸「butter」（奶油）的發音：「bu'er」。廣東話口語的文法與普通話口語不同，例如廣東話先講直接受詞再講間接受詞（「畀（音同「必」）水我」），普通話則先講間接受詞再講直接受詞（「給我水」）。

◆ **例句**

- 我是香港人，我講廣東話。
- 我系香港人，我講廣東話。
  （Ngóh haih Hēung Góng yàhn, ngóh sīk góng Gwóngdūng wá.）

- 洗手間在哪裡？
- 廁所喺邊度啊？
  （Chisó hái bīndouh a?）

- 這個蛋塔多少錢？
- 呢個蛋撻幾錢啊？
  （Nī go daahn tāat géi chìhn a?）

第十章　辯證

休・孟克（Hugh Monk）立於英國皇家海軍「韋利斯利號」（HMS Wellesley）甲板上，這艘攻打中國的英軍艦隊旗艦載重一千七百噸，配有七十四門大炮。當天是一八四一年（清道光二十一年）一月七日，兩大帝國之間戰事方酣。[1]他觀看著前方的「復仇女神號」（HMS Nemesis）勢如破竹，衝過一批較小型的中國船艦。其中一艘小型戎克船的火藥庫遭這艘蒸汽動力戰艦發射的火箭彈擊中，轟然爆炸，屍骸碎屑滿天飛散。不久之後，「復仇女神號」又以同樣方式了結另一艘戎克船，船上兵員幾乎全數陣亡，還完好的中國船艦上的兵員為了保命，絕望之下紛紛棄船跳海。

「英軍放火燒燬空無一人的戎克船，海面上彷彿生起一堆堆燦旺耀目的篝火……燒到最後以驚天動地的爆炸作結，比沃克斯霍怡悅園（Vauxhall）任何一場煙火表演還精采。」孟克在寄給妹妹的信中寫道，他們家位在英吉利海峽上的根西島（Guernsey）。二十三歲的孟克於兩年前派駐東印度群島（East Indies），擔任「韋利斯利號」隨船助理外科醫師。在此次戰役之後，他所屬的醫師團隊設置臨時醫院救治中國傷患，「我順利完成手臂截肢手術，成功挽救一個可憐人的性命，我很滿意，他顯然十分感激。」

英軍無半個官兵或船員在這場海戰中陣亡[2]，清軍則有五百餘人戰死，損失十數艘船艦和近兩百門大炮，穿鼻和大角頭的要塞皆遭英軍攻占。在這場戰役中，英國皇家海軍大顯神威，充分展現強大武力，也明白顯示清帝國不堪一擊、無力抵抗。短短兩週後，英軍於珠江三角洲海口一座島嶼登陸，升起聯合王國國旗，為英女王占領香港島。[3]孟克本人於八月抵達新殖民地，從這裡寫信給父親傳回英國海軍捷報，也報告自己的彪炳戰功。一年後，他搭乘「韋利斯利號」隨其他戰艦駛抵南京，英方在此與清廷簽訂和約。清廷開放通商口岸，並將香港島割讓給英國。「我想在中國這場戰爭應該終於結束了，感謝主！」孟克從南京寫信告訴妹妹。「昨天伊里布（清廷的高官）和一位王爺簽署和約，他們把文件送回北京讓皇帝用印。」他表示很盼望和平條約的效力能夠維持，「因為我開始真心對戰爭感到厭惡。」[4]

孟克終究沒能回到根西島。他在航行前往英國殖民地新加坡途中死於痢疾。[5]長達兩年的爭戰交火中，英軍官兵死亡人數總計不滿百人[6]，清軍的傷亡人數是英軍的至少三十倍。

沒能回到故鄉的英軍官兵未必皆是光榮戰死。如歷史學家裴士鋒（Stephen Platt）所述，後世稱為「鴉片戰爭」的這場戰事之所以爆發，「是英國為了擴張本國鴉片商的利益，他們多年來在中國沿海走私鴉片」。[7]即使是主張武力外交的英國大眾也對這樣的衝突十分反感，他們固然樂於支持帝國在其他地方冒險進取，但鴉片在英國為非法毒品，為了幫毒品走私販撐腰而侵略另一個主權國家，對他們來說已屬越線之舉。國會議員展開辯論，當時仍很年輕的威廉・格萊斯頓（William Gladstone）表示：「我不知道、也從未讀過還有哪一場戰事的來由相較之下更不公不義，或有哪一場戰事的進展用上更多的心機算計，只為了讓我國永遠蒙羞。」[8]反對入侵的陣營以極小差距落敗，終究未能阻攔戰事發生。

北京紫禁城內金碧輝煌、奢華鋪張的宮殿中，朝廷承受泱泱大清敗於小小英國手下的奇恥大辱。大清自滿於歷朝的皇圖霸業，如今竟被從前不屑一顧的小國家擊敗，在科技跟軍事上更難以望其項背，無異於聽到一記刺耳的警鐘。這次戰敗也預示了即將到來的命運：所謂的「百年國恥」，清廷在接下來與歐洲列強甚至蕞爾日本的戰事中連連吞敗，簽訂一連串喪權辱國的不平等條約。[9]

英國發動鴉片戰爭表面上是為了商貿利益而非政治征服，但也因此得到新領土香港島，英國官員冠冕堂皇地表示，占領香港「不是為了殖民，而是基於外交、商務和軍事考量」。[10]雖然對於被迫歸順外國統治者的人民來說，現實情況並沒有太大的差異，但這樣的想法確實影響了新殖民政府部分政策的走向，尤其是語言相關政策。英國在印度和非洲的殖民地大多強制推行英語教育，但在香港卻未如此實行。香港的殖民政府以英文為唯一的官方語言，不會英文的人因此遭到邊緣化，公家機關和司法體系皆須使用英文，唯有以被告身分出庭時若是情勢非常不利，則可破例使用其他語言[11]，但政府並未強迫香港的學校將教學語言從廣東話改為英語。很多英國官員基本上對於廣東話一竅不通，且即便殖民地內和其外的中國南方的廣東話與中國北方主要使用的北京話並不互通，他們也不加以區辨。雖然這種做法無疑會引發溝通不良的問題，但英國對於教導新殖民地的子民學習英文興趣缺缺，反映了某些亞洲殖民政府官員認為推行英語教育將適得其反的態度。如一位政府人員在同時期自馬來亞（Malaya）呈交的報告中所寫：「所有學了一點英文的學生全都不願意出賣勞力做粗活，可見得為大量人口提供英語教育的直接後果，即是造就整個階級難以安分守己，可能成為社會動盪不安的亂源。」[12]

香港人口慢慢增加，地位也愈形重要，尤其英國於一八六〇年英法聯軍之役占領九龍之後，英國官方開始更關注殖民地的中國子民。軒尼詩（John Pope Hennessy）於一八七七年接任香港總督，他是最早注重「鼓勵香港漢人社會講英語的重要性」的其中一位總督。[13]為達到這個目標，他希望「看到殖民地所有公立學校一律採行英語教學」。其他官員也不再贊同學校採行漢語教學，殖民地菁英階級普遍瞧不起漢語學校。一八八九年一份報告述及：「中國人去上學會拿到小小一本書，他只是坐在那裡對著書本沉思冥想，其實一個字也沒看懂，等他長大一點，也只是繼續拿到其他本他根本看不懂的書。」[14]薩繆爾・布朗（S.R. Brown）牧師曾在一所教育中國學生的傳教士學校擔任校長，他抱怨學生「腦中塞滿大量迷信想法和歪理謬論，有待掃除一空，否則永遠難以啟迪他們的蒙昧心智，因為迷信謬論無法與真理共存。」布朗補充說明中國學生主要特徵就是「完全無視真理，卑劣下流且膽小怯懦」。[15]

雖然類似的觀點可能基於偏見或其他任何緣故，但在北京也開始有人發聲關注中國的學校教育。由於清軍對抗外國軍隊接連吃了敗仗，京城內終於能夠討論從前被視為禁忌的建議，諸如廢除專考儒家經典和文言文寫作的科舉制度，甚至改革語言本身以便提高全國人民識字率。然而中國接下來數任政府，都將在施行改革的過程中吃盡苦頭。

河北省南部一座位於河畔的小廟外頭，一群男人站成一列。他們頸間繫著紅色腰帶或手巾，背後垂著長長的髮辮，這是清廷規定的男子髮型。[16]河上有一艘渡船，八歲的趙元任從船上認真地看著這群男人呼一口氣向前擊出一拳，同時另一手握拳貼於腰際，他們的表情無比專注。

當時是一九〇〇年（清光緒二十六年），他看到的那群男人是義和團成員。義和團眼見清廷屢屢敗於列強，受盡奇恥大辱，而列強更在中國土地上劃分勢力範圍，建立的使館區和殖民地星羅棋布，於是在兩年前起兵造反。[17, 18]後來被稱為「拳民」的義和團成員將矛頭對準地方上腐敗官員、西方傳教士及中國教民，他們縱火焚燬教堂，大肆燒殺教區居民。拳亂在中國東北部逐漸擴散，拳民種種殘酷暴行的消息和神功護體、刀槍不入的傳說也不脛而走。

趙元任的祖父是清朝官員，但他看到這群男人狂熱習練怪異拳術時並不害怕。在他看到義和團成員的時候，義和團已經經歷了奇特的轉型，從可能對清廷帶來威脅的組織，轉變成清朝皇室最強力的捍衛者，由朝中的保守勢力收編和操控，成為對抗洋人的一股力量。[19]趙元任當時並不知道，義和團將永遠改變他的人生。原因是事實證明了，清廷選擇與過去起事反清的農民結盟，不啻鑄下大錯，釀成災禍。一九〇〇年七月，義和團圍攻港口城市天津的租界，火攻北京的教堂和使館，引來兵力數萬的八國聯軍入侵中國北方。[20]聯軍在英國的艾佛烈・葛司利（Alfred Gaselee）將軍指揮下以破竹之勢攻入北京，擊潰正規清軍和義和團，解除租界的圍城之困。聯軍中包括大批俄國和日本應變部隊，無論是葛司利麾下英軍或其他指揮官麾下的軍兵，殘暴程度皆與義和團不相上下[21]，在京城內大肆屠戮和公開處刑作為報復。一九〇一年九月，吞敗受辱的清廷與列強談和。

清廷與各國簽訂《辛丑條約》（Boxer Protocol），條約中議定割讓更多土地給列強，並同意支付鉅額賠款[22]，是百年國恥時期又一次屈辱挫敗。對日本的幾場敗仗尤其錐心刺骨，這個中國東方的鄰國於一八九五年不費吹灰之力擊敗清軍，從此終結清朝在朝鮮和台灣的勢力。日本在義和團之亂中也加入壓制拳民的行列，確立了自己躍升現代強權與歐洲列強比肩的地位。相比之下，中國嚴重落後，被停留在上世紀的失靈官僚體系拖住而難以進步。

光緒帝於一八七五年登基，曾勉力救亡圖存，於一八九八年（光緒二十四年）推行新政，實施軍隊現代化、建立君主立憲政體、廢除傳統主宰文官選任的科舉考試等改革。[23]但這年還未結束，光緒的姨母慈禧太后即聯合朝中保守勢力發動政變架空皇帝，新政就此失敗。[24]

然而在京城之外的廣大地區，眾人開始認同大清亟需改變，即使慈禧和保守派把持朝政，朝野仍持續出現改革呼聲。尤其科舉考試掛帥的教育制度，更是迫切需要改進。科舉考試的本意是用人唯才，但制度早已僵化，只有能夠苦讀死背儒家經典的讀書人獲得獎勵，卻不鼓勵創新或獨立思考。再加上當時漢語的書面語本身就構成寒門子弟向上流動的門檻，讓科舉制度變成一種更嚴苛艱鉅的考驗。

對於這種嚴苛考驗，趙元任洞如指掌。趙元任於一八九二年在濱臨渤海的天津出生，幼時主要在今河北一帶生活，於祖父至中國東北部各地赴任時隨家人搬遷。[25]雖然幼時住在中國北方，但趙元任的祖籍地是江蘇常州，趙家人也自認是「南方人」；常州就位在上海和日後成為中華民國首都的南京之間。當時中國還未制定任何官方語言，趙家老一輩大多講常州人講的吳語，除了吳語之外，趙家也講北方的主要語言北京話。[26]吳語和北京話都是漢語（華語），但無法互通，趙元任的祖父和父親的北京話都講得差強人意，不過趙元任曾誇稱自己的母親講「純正的北京話」。趙母非常注重孩子的讀寫能力，從兒子四歲起就開始教他認字。[27]趙元任跟著母親用字卡學會認字後，就開始讀科舉考試用書、位列「四書」之首的《禮記．大學》。六歲時，趙元任和兩名同族兄弟一起跟著「南方」來的塾師陸輞軒唸書

（「南方」係指中國中部到東部沿海江蘇一帶）。白天塾師教他們熟讀四書五經，其中包括《論語》和《孟子》。到了晚上，趙母教他們唸詩，趙元任後來回憶：「我們真的是還沒學爬就先學跑。」[28]

當時如果想要熟讀漢語，沒有慢慢學爬的餘裕，一切如同跑馬拉松，得用累人的步調堅忍不拔地長跑。當時使用的書面語仍是古老過時且風格特殊的文言文，是以數世紀前就不再有人使用的某種漢語口語為基礎。理解文言文絕不只是學習一種老派但仍算熟悉的語言，不像英語人士閱讀喬叟時代的英文，甚至不像學習拉丁文這種古老語言，而須具備深厚的國學知識，類似要記熟莎士比亞全集內容才能讀懂一首簡單的英詩。文言文非常注重引經據典，讀者若未飽讀詩書，往往難以讀懂文中所指。例如成書於宋朝的《三字經》是押韻的兒童讀本，其中文句就指涉了儒家大師孟子幼年的故事、一則經典的孝道故事，以及孔子後人孔融讓梨之舉；若不清楚背景脈絡，就難以理解文意。[29]又如《三字經》裡有一段「竇燕山，有義方。教五子，名俱揚」，用的則是五代後晉時期一位父親教子成才、五子登科的典故。[30]

文言文的用詞與當時中國境內各種語言的用詞已有極懸殊的差異，且風格極度簡約凝煉，幾乎所有的字都只有單音節，幾乎完全不用標點符號，且運用許多漢語口語中不再通行的謙詞敬語和其他語彙。很多字的發音歷經時代變遷有所改變，成為現代漢語中的同音異義詞，讓讀者更加大惑不解。趙元任後來以「施氏食獅史」為題寫了一首詩，巧妙總結了同音異義的課題，這句話的北京話拼音會變成「shi shi shi shi shi」。由於文言文與市井小民的日常口語幾無關聯，因此想精通文言文唯有苦讀一途，如歷史學家莫大偉（David Moser）所形容：「學習和精通文言文的難度高到極不合理」。[31]文言文的高門檻對於仕宦之家頗為有利。菁英文化於是由文言文及其他繁多複雜的傳統主宰，文言文成了某種關卡，唯有最具決心之人能夠從低下階級向上流動或挑戰掌權者。

另外還有書寫系統本身的課題。非漢語使用者普遍認為漢字是象形文字，但這個印象有誤，其實漢字只有一小部分是象形文字。嚴格來說，漢字書寫系統應稱為表意（logographic）書寫系統，即每個方塊字（character）代表一個字詞或概念，相對於採用字母拼音和音節的書寫系統，不同的字代表的是在該種語言中的發音。（由於有些漢字包含表示讀音的聲符或具有表音功能，因此亦有語言學家不認同將漢語歸類為表意系統的說法。）無論在趙元任童年或更早之前的時期，一代又一代孩童如果想學會讀寫漢語，就只能耗費漫長光陰埋頭苦讀、死記硬背，不但要學數千個漢字的意思和唸法，還要學會每個字的筆順。

數十年來，中國的有識之士發現這些問題造成全國人民識字率難以提升，倡議應加以改革。他們特別主張以拼音字母或音節文字取代漢字或作為輔助，將有助於學習漢字。基督教傳教士從十九世紀就開始印刷刊行拉丁字母拼音版的漢語《聖經》，成效奇佳。雖然對某些人來說，降低漢字的重要性或完全放棄漢字可說是翻天覆地的大革命，根本難以想像，但在其他地區已經出現改革的先例。日本和朝鮮過去的書寫系統皆採用漢字，也經歷了類似的轉型，朝鮮自十三世紀開始以「諺文」（Hangul）取代漢字，而日本則在十九世紀晚期以「假名」取代日本漢字。[32]然而在中國，抗拒類似改革的心理根深柢固，從中國直到日本和朝鮮各自發展音節文字之後數百年方始展開相關討論一事可以得證。原因很多，其中之一是自然而然保守反動的心態，當某種事物存在已經太久，一般人多半厭惡改變，和語言相關的事物尤然。[33]此外，漢字是其中一種最古老的文字，發展演變的歷史淵遠流長，中國人無可否認地熱愛漢字，也忠於漢字。國家富庶強盛的時候，由於漢字承載了悠久的優良傳統，人民可以盲目無視漢字或語言本身的問題，例如宋代史學家鄭樵雖然注意到梵文只要用幾道筆畫就能代表無限多種發音，卻仍不屑一顧並評論梵文「很簡單」，他斷言：「故天下以識字人為賢智，不識字人為庸愚。」[34]

對於像鄭樵和其後繼者這樣的「賢智」文人來說，維繫複雜漢字系統和文言十分方便，既能減少須具備讀寫能力之職位的競爭者，也讓不識字的農民階級難以組織起來對抗讀書人。美國基督新教傳教士蒲魯士（William Brewster）曾在福建省傳教，他在晚清時撰文記述：

> 無論哪一個國家，僅有文人階級具有讀寫能力，而這個階級的成員會取得治理人民

的權力並永遠把持大權，就如日升月落一樣天經地義。這樣一群人如果沒有犧牲無知且幾乎無助的廣大百姓，為自己量身打造政府體制，獨占所有政治果實，並且盡可能享受每種特權，那麼他們絕對是一群超凡脫俗的聖人。所以中國的政府是文人所有，文人所治，文人所享。[35]

「不識字的各個階級自有意見。」蒲魯士接著寫道。

> 他們知道自己受到壓迫，而且深惡痛絕。但是他們的聲音沒有人聽見，因為他們無法透過媒體發聲。沒有受過教育的人來領導，他們沒辦法組織起來推動改革。只要黎民百姓敢怒不敢言，或偶爾爆發民變但很快就遭到鎮壓，只要情況允許，這些特權階級將會永遠遵循父祖輩的做法，壓迫所有在他們眼中目不識丁、如同草芥的人民。[36]

在這股民怨和怒氣延燒之下，很快就爆發了拳亂，而拳民原本是將矛頭對準清廷仕宦。直到晚清末年列強欺凌的刺激之下，尤其是一八九五年甲午戰爭敗於日本手下備受屈辱，主政者終於開始認真考慮停用漢字。「新中國的領導者得到了教訓，日軍行動之所以效率驚人，主因之一就是士兵識字，」另一名傳教士明恩溥（Arthur Smith）寫道，「中國的士兵普遍不識字，如果只有漢字能學，他永遠都會是文盲。」[37]

「切音字運動」應運而生[38]，光緒帝甚至在一八九八年批准盧戇章提出的切音字方案，發展切音字的初衷是利用部分源自羅馬拼音的拼音字作為輔助，可以拼出不同的漢語語言和方言。然而慈禧發動政變，讓光緒成了有名無實的傀儡皇帝[39]，切音字運動與光緒主導的其他改革推行不久即告夭折。

雖然關於既存的文言文和漢字系統受到諸多批評，但文言文有一項優勢，即確保幅員廣大的清帝國各地使用的文字一致。在京城草擬詔令文書的官員可以確定：即使是遠在廣東和新疆的臣民也能讀懂他們的文字，不過他們自己可能也得花上一番心力，才能寫出對方能讀懂的文字。漢字的發音有彈性空間，無論講北京話、蘇州吳語或廣東話都能唸（理論上用非漢語也能唸，不過文法是很大的問題），表示前述任何語言的使用者收到文書，都能理解用文言文寫成的內容。改革者倡議以白話文取代文言文，為白話文找到生存空間，但卻有個風險：可能會破壞原本維繫偌大帝國的文字一致性。衙門裡通用的「官話」是一種北京話，其實也是一種方言，但在中國中部和南部一些地區，主要語言與北京話並不相近，因此能夠講流利官話的人不多，即使在百姓普遍會講北京話的區域，當地方言的使用往往比官話更為普遍。[40]於二十世紀初期擔任香港總督的盧吉（Frederick Lugard）偏好在香港推行英語教學，曾提議可將英語當成全中國的官方語言，「反正中國各省人民並無共通語言，而漢字語彙也未與時俱進，無法表達現代科學的用詞和概念。」[41]

趙元任幼時即隨家人旅居多地，七年內曾七次搬家，有機會一瞥中國語言的繁雜多樣，以及連帶衍生的種種問題。他的祖父於一九〇二年辭世，趙家護送靈柩返回常州老家，趙元任發現老家的下人不會講北京話時大為震驚。當時他對常州方言所知甚少，他發現自己基本上無法和下人溝通時，大為困窘挫敗。

趙元任的祖父過世之後，趙家又遭逢一連串變故。一九〇四年，趙元任尚未滿十三歲，他的母親因結核病纏綿病榻多年，終於不敵病魔。僅僅半年後，他的父親死於痢疾。[42]親族長輩受託照顧趙元任，他在一九〇六年搬到常州老家。他在短短數年間接連喪祖父、喪母、喪父，又多次搬往不同地方生活，也許旁人猜想他會痛苦崩潰，但他只是更熱切積極地唸書學習。他在常州上學時第一次學英文，也學數學和科學。[43]一九〇七年，趙元任被送到南京的寄宿學校，他原本就已展現優秀驚人的多語能力，到了南京之後又習得更多語言和方言。他也在南京第一次體驗到熱情投入革命的滋味，不過只是一場小型革命：在慈禧太后薨逝後舉行的國喪儀式中，他聽到師長要求學生「開始悲痛哀悼」時，和其他同學一起哄堂大笑。[44]

趙元任在南京時認識了人生中第一位美國友人嘉化（David John Carver），嘉化幫助年輕的趙元任將英文練得更好，不過由於嘉化講英文帶著美國南方口音，因此趙元任一直有個錯誤印象，以為所有美國人都帶著同樣的口音，直到多年後訪美，才訝異地發現原來嘉化先生的口音「不是美國一般標準發音」。[45]

趙元任得以前往美國，其實要歸功於義和團之亂。八國聯軍之役結束，清廷在列強逼迫下又簽了一份和約，條款中包括支付各國鉅額賠款。[46]美國利用此筆賠款設立「庚子賠款獎學金」獎助中國優秀青年赴美留學。一九一〇年八月，趙元任與另外七十一名年輕學子抵達上海，搭乘船名恰如其分的「中國號」郵輪展開漫長航程。[47]在這群留學生離開前，美方於黃浦江畔的美國領事館替他們舉辦一場歡送會。美方人員簡單告知美國文化和上流社會的基本常識，例如要買一頂圓頂硬禮帽以備參加正式場合時戴上（趙元任對此建議聽若罔聞）。

趙元任出身世家大族，家境富裕，受過良好教育，和年齡相若的中國男子可說同樣見過世面，但他初抵美國，仍然在心理準備相當不足的情況下，受到劇烈的文化衝擊。他來自一個以農業為主、尚未邁入工業化的社會，連電燈都還很稀有，婦女裹小腳，男人蓄長辮，而他在啟程赴美數天前忐忑不安地割斷長辮。而他來到全世界科技最進步的國家，當時的美國經濟蓬勃發展，即將成為下一個超級強權。留學生在夏威夷短暫停留之後抵達舊金山，趙元任和其他同學只覺得目眩神迷。一九〇六年的大地震和火災讓舊金山許多建築物化為斷垣殘壁，城市受到的重創仍清楚可見，儘管如此，舊金山依舊宏偉壯觀，呈現明信片上的典型美國大都會景象。趙元任預備前往康乃爾大學（Cornell University）就讀，繼續東行所見景色就沒有那麼壯觀了，他心下暗忖為何高樓大廈全換成了破爛小屋，但很快便習以為常。他在康乃爾大學主修數學，期間聽說一九一一年辛亥革命推翻滿清政府，當時一名學生在校園內飛奔大喊：「好消息！好消息！」[48]

辛亥革命讓慈禧發動政變斬斷的改革之路得以重新開展，包括語言相關的改革。一九一三年，新成立的中華民國政府成立「讀音統一會」。[49]讀音統一會的任務是制定類似清朝官話的「法定國音」作為通行全國的共通語言，新的「國音」既要具備文言文在各地一致通用的優點，也要有助提升識字率，為後續的語言和文字改革鋪路。中華民國的領導者從歐洲新興民族國家和日本獲得啟發，歐洲民族國家的建國基礎是「一國一族一語言」[50]，而日本則在明治時期經歷類似的語言改革，有人認為日本之所以能大幅超越清朝，一躍成為殖民主義侵略國，即是因為語文改革推行有成。中華民國政府內部提議稱新的官方語言為「國語」，即是借用日文的「國語」一詞。

中華民國各省代表、蒙古代表、西藏代表及海外華僑團體代表齊聚北京開會商討，希望為六千五百個漢字建立一套標準發音方式作為「國語」的基礎。[51]委員會裡湊齊了漢語語言學史上最自我中心的幾位人物，會議幾乎立刻就陷入激烈的唇槍舌戰。主席吳稚暉指出：「幾乎每位代表皆冀望名留青史，成為書面語大改革的創始者」[52]，但是對於究竟該如何實行，代表們各執己見，難以達到共識。討論到要選擇一種既有語言當成國語的基礎時，代表分裂成兩大陣營，一派支持北方主要使用的北京話，另一派則是講吳語、廣東話和其他南方話的代表。當時在所有漢語語言之中，北京話的使用者人數最多，但南方代表認為應採用南方話的主張也相當強而有力：相較於南方話或其他漢語語言，北京話只有四聲，包含的音素較少。例如廣東話共有一千八百種音節，而北京話只有一千三百種音節，因此北京話的同音異義詞會比廣東話多，大聲說話時也比廣東話更容易造成混淆（不過聽者可根據語境中的諸多線索判斷，實際上會混淆的情況十分罕見）。[53]

雙方陣營相持不下，場面很快就難以收拾。北京話陣營喊出「引南歸北」的口號，但被指為「強南就北」，難以促進雙方達到妥協。反對派以吳稚暉主席為首，吳稚暉個性很急，評價兩極。在早前一場關於儒家思想的辯論中，吳稚暉曾呼籲中國人「將古代典籍盡數倒進馬桶」，罵滿清皇族是「胡狗」，還稱已故慈禧太后為「老太婆」。[54]他與領導北京話陣營的副主席王照尤其意見不合。在數次激烈爭吵後，吳稚暉大受挫折，最後聲明：「我受不了了！」並辭任主席。

王照的火爆脾氣不遑多讓。他繼任主席之後試圖化解僵局，一度提議採取投票表決，每省可投一票，顯然是要手段讓人數居多的北京話陣營取得優勢。[55]他也曾和另一名代表起衝突，起因是這名代表用上海話講「人力車」，王照卻誤聽成北京話的一句粗話，大怒之下將對方攆了出去，兩人差點大打出手。

最後以王照為首的北方陣營占了上風，大家決議以北京話為新「國語」的基礎。然而為了安撫南方代表，國語除了四聲之外，也會納入北京話之外多種漢語語言中常見的入聲，以及其他方言的部分文法。讀音統一會敦促教育部推動新的標準國音，並鼓勵全國各地官員協助推廣，同時為中小學制定新的國語課程。[56]

此外，讀音統一會也制定一套標音系統來表示新定的標準國音。傳教士採用羅馬字母拼寫的漢語出版品十分成功，英語教科書和報刊採用的威妥瑪拼音系統（Wade-Giles system）也相當普及，許多學者也贊成採用類似的拼音系統。然而中國社會普遍對將漢語改為羅馬拼音的想法懷有敵意，很多人認為這樣的改變太過激進且過於洋化。[57]讀音統一會於是決議採用章太炎設計的一套記音符號，整套共有三十九個符號，以古老的篆書為基礎。章太炎設計的符號系統即為現今「注音符號」的前身，源自篆書的歷史淵源非常討喜，既具備現代化特質，也未悖離中國偉大悠久的語文傳統[58]，不過支持採用羅馬拼音的一派則擔憂，對於外國人來說太過陌生難學，在當前全球化程度日深的世界將構成推廣漢語的阻礙。[59]（這番顧慮與清朝的主流意見可說是天壤之別，當時有一些清朝官員明說他們的目標就是防止外國人學會漢語。[60]）

讀音統一會於一九一三年的諸多決議皆是妥協下的產物，注音符號也不例外，因此幾乎所有人都不滿意。由於南方代表的主張未獲採納，新的國音以北京話的發音為主，並混入一些其他語言的發音，注音符號無法用於標記其他漢語語言或方言的發音。保守派人士也堅持注音符號只能附加在漢字旁呈現，不能當成可能取代漢字的系統，由於害怕注音會被當成可獨立於漢字之外的系統，他們甚至刻意不在官方名稱中使用「字母」兩字。[61]由於各界對使用注音符號興趣缺缺，因此北京的中央政府難以有效推行，社會大眾也未普遍接受，一名日本觀察家於一九二二年訪問幾位漢語改革家時就替他們發聲：「既然已經有各地通用且方便易學的羅馬字母，為什麼中國直到現在還要繼續堅持自創這樣的書寫系統？」[62]然而即便如此，其他人仍舊覺得推行注音符號系統太過冒進。東北軍閥張作霖就認為，推行新的注音系統是要顛覆其政權的陰謀詭計，遂於一九二四年下令在北洋軍勢力範圍內禁用注音符號，其他相關命令還包括學校課文限文言文、禁止學者造訪鄉間，以及取締所有童子軍活動。[63]

政治上的動盪紛擾讓注音符號的推行無以為繼。讀音統一會於北京召開會議期間，中華民國政府逐漸屈服於袁世凱的影響之下，這位前清將軍是逼迫宣統帝溥儀退位的要角，與革命領袖孫中山就權位分配達成協議，成為中華民國第一任大總統。袁世凱擔任總統期間，卻逐漸架空開明派盟友，謀畫將新建立的共和政體改為君主制，後於一九一五年稱帝，改元洪憲。孫中山與其他革命黨人流亡海外，試圖從海外發動第二次革命推翻袁世凱，而國內各地野心勃勃的軍閥也起兵反袁。此時顯然不是推行重大教改的理想時機，讀音統一運動於是停滯不前。必須等到新一任共和國政府上台，方始有新一代的語言專家重新推動改革，其中就包括趙元任。

第十一章　中文拼音字母

英語	中文	漢語拼音
Beijing	北京	Běijīng
China	中國	Zhōngguó
I speak Putonghua	我說普通話	Wǒ shuō Pǔtōnghuà

威妥瑪拼音	拉丁化新文字	國語羅馬字
Peking	Beiging	Beeijing
Chung-kuo	Zhongguo	Jonggwo
Wo shuo p'ut'unghua	Woo shuo Puutonghuah	Woo shuo Puutonghuah

趙元任嘆了一口氣，看著面前的男人改口講起支離破碎、帶著濃重口音的北京話。這是一九二七年十月的某一日，趙元任在助手楊時逢陪同下，已經在江蘇省各地考查多日，訪問了數百位當地民眾，了解當地人對於吳語和其他多種方言的認識。[1]

他們的研究主題並非涉及政治的敏感議題，但在這個時期進行田野調查仍有相當大的風險，鄉間出沒的盜匪和擁兵自重企圖一統中原的各地軍閥都可能對他們不利。「洪憲帝」袁世凱已在一九一六年過世，北洋政權繼承其勢力，在他死後十二年間陸續換過二十六任國務總理和九任國家元首[2]，北洋政府面對其他軍閥及孫中山創立的國民黨的挑戰，只能勉力支撐。趙元任展開江蘇考查的前一年，新的國民黨領袖蔣中正率軍北伐，於一九二八年擊潰北洋政權，國民黨於是重掌政權。

在這樣的時空背景，兩個人四處問東問西，還錄音寫筆記，很可能會被當成奸細並遭槍決，因此趙元任和楊時逢審慎行事，特地聲明是在外從事「學術考查」。然而最令他們煩惱的不是地方官員，而是他們的受訪者。受訪民眾一聽說兩人來自北京某間知名大學，立刻改講北京話，不再講兩人想錄下的當地語言，認為京城來的人都習慣用北京話溝通，即便他們的北京話往往講得一點也不好。也有些人認為兩人是特地來考查當地民眾的語言能力，而兩人一直鼓勵他們講當地方言只是在誘騙他們。所幸趙元任本人很熟悉江蘇當地的語言，得以挽回頹勢，他後來記述：「跟當地人講他們的方言，讓他們放輕鬆很重要，這樣才能確保訪談不致『變音走調』。」[3]

趙元任精通多種語言和方言，除了他自己執行的任務，還有其他計畫也因此受惠。讀音統一會於北京訂定國語標準發音之後，主政者於一九一九年開始研擬將國音推廣至全國各地（理想情況是不需太過仰賴已左支右絀的北洋政府）。語言學家王璞接受委託，預備用國音唸出最常見的六千五百個中文字，並錄製成整套留聲機唱片。[4]當初制定國音時，摻雜了一些南方話的發音，因此國音並非純正的北京話發音，而王璞是北京人，他發現自己沒辦法恰如其分捕捉國音中的南方話元素，最後只能放棄，這預示了國音推廣之途難免崎嶇坎坷。趙元任曾在中國北方和南方生活多年，通曉多種語言和方言，無疑是錄製國音唱片這項任務最適合的人選。他在一九二一年搭機前往紐約，在哥倫比亞留聲機公司（Columbia Phonograph Company）錄製完成一系列國音留聲片。[5]但不是所有人的語言能力都跟趙元任一樣優秀，無論趙元任和讀音統一會其他成員如何想方設法，始終沒能成功推廣國音。趙元任在多年後開玩笑說，全世界很可能只有他一人會講這有可能成為五億人口日常口語的語言。

趙元任第一次赴美時原本打算待四年，最後卻待了將近十年。他生來是當學者的料，而且是現今已經絕跡的那種二十世紀博學之士。抵達康乃爾大學之後，他學會一點德文和法文、取得數學和哲學學位、發表一組鋼琴曲，並與同學合作創辦中文的《科學》刊物。[6]從一張攝於一九一六年的照片可看到，趙元任已是不折不扣的美國知識分子，他身穿雙排扣西裝，繫著領帶，圓臉上掛著一副小巧的無邊眼鏡，看起來年輕氣盛，甚而有些飛揚拔扈，光滑的黑髮向後梳，唇邊帶著一絲笑意。

然而中國的局勢愈來愈有意思，他覺得自己不能再缺席了。滿清覆滅之後，社會大眾開始發聲質疑所有舊觀念，其中包括語言相關的觀念。新文化運動如火如荼展開，胡適與陳獨秀帶頭發起了文學革命。胡適和趙元任同樣是庚子賠款留學生，陳獨秀則是後來的中國共產黨創黨元老，兩人倡議棄用文言文，認為文言文遭到一小群有錢有閒得以熟讀重要經文典籍的知識分子壟斷，一般平民百姓難以企及。胡適和其追隨者因此主張，寫文章用的書面語應該與白話一致。

「我們所謂的文言，是一種幾乎死絕的語言。」胡適於一篇一九一六年的文章中指出。

它確實是死的，因為已經沒有人說話時會講文言。文言就像中世紀歐洲的拉丁文，事實上，拉丁文比起文言只能算是半死（假如死亡能有程度之分），因為歐洲仍有人能聽說理解拉丁文，而我們的讀書人彼此之間如果講文言，除非是眾人熟悉的字句，或者聽者已經約略知曉說者要講的內容，否則根本沒有人能聽懂。[7]

胡適後來撰文闡述自己的文學改革願景，翌年發表於陳獨秀創辦的《新青年》雜誌。他認為文學改革應該「言之有物」，文中要有情感和思想，採用的風格和語言應與時俱進、符合口語，且應力求擺脫典故和「濫調套語」之累。[8]他在一九一八年將自己的主張概括為四項要點：

一、要有話說，方才說話。

二、有什麼話，說什麼話；話怎麼說，就怎麼說。

三、要說我自己的話，別說別人的話。

四、是什麼時代的人，說什麼時代的話。[9]

書寫時採用白話文並不是全新的概念，著名章回小說《紅樓夢》就是曹雪芹以北京話方言寫成，基督教傳教士也曾出版多種漢語和方言版《聖經》，但是胡適和其他改革派人士想做的，是在全中國渴求接受現代觀念，擺脫封建王朝統治時期種種窒人習俗傳統的時候，向全國推廣白話文寫作。「死文言決不能產出活文學。」胡適後來說道。[10]

部分改革人士則認為，這是完全棄用中文的好時機。世界語在中國一度受到熱烈歡迎，趙元任在康乃爾大學的兩位同學就是忠實支持者。[11]趙元任本人不特別熱衷於世界語，但對這種有科學根據的人造語言很感興趣，認為有可能藉此解決中國南腔北調的困境。[12]對趙元任來說，想要解決識字率低落的問題，最顯而易見的對策不只是改用白話文，還需要引入一套標音系統當輔助，至少讓一般讀者對文字的發音有些頭緒，能夠將書面語與口語相互連結。

讀音統一會於一九一三年制定的注音符號本應扮演這個角色，但制定後的十年間政治動盪，想推廣注音系統也就窒礙難行。直到一九二五年，趙元任和其他語言改革人士在北京召開「國語統一籌備委員會」，先前遭擱置的羅馬拼音方案又有了一絲曙光。

委員會主要將心力放在國語上，委員們討論應如何從先前讀音統一會的成果進一步改良，並且避免重蹈覆轍。最後他們做到了，但推翻了先前的大部分決議。新成立的委員會成員不像讀音統一會的代表們爭吵不休，一致決議放棄原本摻雜北京話和南方話發音的國音，改以北京話這種方言作為新的官方語言，並由國民黨政府教育部支持推廣，此外也決定錄製一套新的留聲機唱片，趙元任再次接下這個任務。[13]

之後，委員會轉而討論採用羅馬拼音的議題，趙元任個人在這方面頗有心得，他還在美國時就曾自創一套用羅馬字母拼寫中文的新方法。讀音統一會於一九一三年否決了羅馬拼音，但趙元任並不像先前的代表那麼仇視羅馬拼音，可能是因為他習慣英語世界的生活，可能是因為注音系統當時並未扎根普及，也可能是因為他和許多年輕改革人士——尤其是理科背景的同儕——皆發自本能想要自創一套系統，「無論使用哪種符號，我們自然仍用講中文的方式來發音。」他在一九一六年的文章中寫道，他在文中反駁那些反對羅馬拼音的人，「中文的拼音字母可能來自任何根源，但一定得是中國人有、中國人治、中國人享。」[14]

注音系統固然呼應歷史，在美學上也有其魅力，但使用者必須先學習這個全新的系統。羅馬字母當時在全世界則已經相當普遍，在中國也廣為使用，而且受過教育的階級，尤其學過歐洲語言的人都很熟悉。因此若與注音相比，羅馬字母從一開始就具有優勢，即使對於完全不識字的語言使用者來說，終歸是要從頭學習一套字母。趙元任反對使用變音符號

（diacritics）或其他記號來標示聲調，他認為要達到親切易懂、方便使用，因此傾向採用不同拼法表示不同的聲調，而非引入讀者可能覺得陌生難懂的記號。最後他和文學家林語堂合作設計出「國語羅馬字」系統——一位極為欽佩趙元任的歐美人士譽為「劃時代的發明」。[15]其他人的反應不甚熱烈，覺得新字母和發音規則令人困惑，拼出來的字很難發音（例如北京拼成「Beeijing」，最大城市上海則拼成「Shanqhae」）。儘管遭到部分人士反對，政府仍決定於一九二八年採用趙元任設計的系統作為「國音字母第二式」[16]，第一式即注音符號，並由官方刊印發行《國音常用字彙》以便推廣採用北京話發音的新標準國音。[17]但在國民黨政府之中，仍有一些人認為任何背離中文方塊字的方案，即使目的是要提升識字率，都有分裂國家之嫌。國民黨大老陳果夫即曾警告：「中國之所以能統一，完全是依賴各地人民書寫時採用同一種文字」，他甚至批評那些用西方文字簽名的中國人。[18]

在趙元任與同儕於北京開會差不多同一時期，在六千公里之遙的莫斯科，也有另一項中文改革計畫即將付諸實行。蘇聯於一九二〇年代頒布法令，保障所有「民族」有權受到各自母語為主要教學語言的教育。[19]為了達到這個目標，蘇聯境內展開多項口說語言羅馬拼音化計畫，據稱在亞塞拜然（Azerbaijan）成為蘇聯旗下第一個棄用阿拉伯文、改用羅馬拼音的共和國之後，列寧（Lenin）本人曾親口說：「採用羅馬拼音是東方的偉大革命。」[20]（後來的蘇聯領袖不再著迷於改用羅馬拼音，到了一九三〇年，史達林〔Stalin〕下令停辦所有羅馬拼音化計畫，再次大力推行西里爾字母（Cyrillic）。[21]）

蘇聯境內約有十萬華人，主要聚居在俄國遠東地區，中文拼音計畫則由莫斯科的蘇俄語言學家和數名在此留學的中國共產黨員負責。主事者之一是瞿秋白，他從一九二九年接連與郭質生（V.S. Kolokolov）和龍果夫（A.A. Dragunov）合作發展出後來稱為「拉丁化新文字」的拼音系統。[22]外界普遍擔憂採用拼音字母會造成來自不同地區的人民彼此無法溝通理解，或者完全棄用中文字可能有礙國家統一，瞿秋白不以為然。「第一，各地方的『方言』，如果是離得很遠，那麼本來就不能夠勉強統一，而要製造幾種文字，」他寫道，「第二，現在中國已經有一種普通話，可以做一般的標準，暫時用來作公用的文字。」[23]①（瞿秋白此處所謂的「普通話」，指的是百姓在溝通時視需求切換符碼和使用不同語言及方言的習慣，而非後來以北京話發音為基礎的官方語言。）瞿秋白發展出的系統有一項顯著特色，即不考慮聲調差異，不使用變音符號，也不像國語羅馬字採用變化多端的拼法，理由是聲調「不過是一種『特別的重音』」，同音異義字造成誤會的機會很少，寫作者很容易就能想辦法避免。再者，國語羅馬字和注音系統都僅限用來拼出國語，而拉丁化新文字則是為拼出所有漢語語言和方言而設計，讓各地人民首次能夠拼寫出自己講的語言，最後就能完全不用中文字。

① 譯注：語出《瞿秋白文集：文學編》第三卷，頁三五二。

《新文字——中國工人識字課本》於一九三一年出版。接著出版的是《拉丁化中俄字典》（一九三三年）及《給半文盲讀者的數學習題》（一九三六年）。「新文字版」的托爾斯泰（Tolstoy）中篇小說《高加索的囚人》（*The Prisoner of the Caucuses*）則於一九三七年出版。[24]蘇聯的最大中文報《工人之路》（*The Worker's Way*）在原本的中文之外新增「新文字」內容。另外還有全文採用新文字以茲推廣的《擁護新文字》刊物。[25]三百多名教師受訓學習這套拉丁化新文字，據報到了一九三八年，在蘇聯生活的大多數華人都藉由學習新文字而能識字讀寫。[26]蘇聯推行拉丁化新文字系統卓然有成，中國的語言改革人士自然也注意到了。著名作家暨詩人魯迅大表贊同，稱拉丁化新文字「不是研究室或書齋裡的清玩」。

「拉丁化……是街頭巷尾的東西；它和舊文字的關係輕，但和人民的聯繫密，」魯迅寫道，「有些改革者，是極愛談改革的，但真的改革到了身邊，卻使他恐懼。」[27]②

他們確實大為恐懼。保守派人士憎恨瞿秋白的「新文字」，認為這種新文字系統讓他們對拼音系統最恐怖的想像化為真實。一九二〇年代晚期爆發國共內戰之後，國民黨與左派勢力的第一次國共合作宣告失敗，此後拉丁化新文字就與共產主義脫不了關係。瞿秋白祕密回到中國，來到江西中央蘇區（亦稱「中央革命根據地」，即中國共產黨於國共內戰期間的根據地）擔任教育部長等職，於一九三五年遭國民黨行刑隊槍決。[28]拉丁化新文字在許多由國民黨掌控的區域皆遭禁用，推廣或採用新文字的出版品全遭查禁。國語羅馬字促進會於一九三四年召開全國代表大會，認為拉丁化新文字「受到外國勢力干預」，並聲明代表大會的目標之一是「研究如何抵禦來自海外的破壞手段」。[29]然而年輕一輩的中國革新派支持採用瞿秋白的新文字。一九三五年十二月，學生發起請願遊行，要求國民黨政府對抗加緊入侵的日軍，左派團體「上海中國新文字研究會」發表《我們對於推行新文字的意見》表達對於拉丁化新文字的支持。[30]

中國已經到了生死關頭，我們必須教育大眾組織起來解決困難。但是這教育大眾的工作，開始就遇著一個絕大的難關。這個難關就是方塊漢字。方塊漢字難認難寫難學。每一個人必須化費幾年工夫，幾十幾百元錢才能學得一點皮毛。一個每天做十二三鐘苦工的大眾是沒有這些空閒時間的，也化不起許多錢來玩這套把戲。③

聲明中既無暇細究「注音字母」，稱其「不過是方塊字的附屬品」，也未費心討論國語羅馬字，指稱「崇奉北平話為國語，名為提倡國語統一，實際上是來它一個北平話獨裁。」

② 譯注：語出〈論新文字〉，收於《魯迅雜文全集VI》。

③ 譯注：全文手稿掃描檔參見香港中文大學圖書館數位館藏「手稿資料」「卞趙如蘭特藏」：repository.lib.cuhk.edu.hk/en/item/cuhk-2017859；接下來數段引文的出處亦同。

中國大眾所需要的新文字，是拼音的新文字，是沒有四聲符號麻煩的新文字，是解脫一地方言獨裁的新文字，這種新文字，現在已經出現了。當初是在海參威的華僑製造了拉丁化新文字，實驗結果很好。他們的經驗學理的結晶便是北方話新文字方案。

根據上海話新文字方案實驗的結果，平常人每天費一小時，只消半個月工夫……笨一點的人，只須一個月，成績也不錯了。每天所化的，只要三分錢……新文字是普及大眾教育的最經濟的文字工具。

有人怕各地方言新文字起來之後會阻礙中國統一……識漢字的只是少數人……各區的小事只用本區的新文字記載，至於關係國家的大事都可以由知識分子翻譯廣播出去。……大眾得了新文字的培養，也必然的會在自己的隊伍裏產生出知識分子……〔新文字〕有力量促進文化的溝通，幫助中國的統一……我們所需要的統一，不是抽象的統一，不是幻想的統一，不是製造的統一，而是從實際生活醞釀出來的統一。

數個月內就有上千人聯名支持這份聲明，包括魯迅、胡適和其他重要文學改革人士。面對排山倒海的擁護新文字聲浪，國語羅馬字和其他系統的支持者於是呼籲「停止一切內訌」。[31]政府於是撤銷禁用拉丁化新文字的限制，在中國各地陸續於一九三〇年代末接連遭日軍攻陷之前，在上海、北京和香港出版了數十種「新文字」刊物和課本，大多採用北方話拉丁化新文字，也有些採用上海話、廣東話、客家話或其他漢語的拉丁化新文字。[32]但與共產黨勢力區獲致的成果相比，這樣的成果可說是小巫見大巫，拉丁化新文字堪稱中國共產黨「掃盲教育」計畫的基礎。提升識字率對於共產黨來說一舉兩得，一方面能夠培育前工業化國家轉型所需受過教育的勞工，另一方面則有助於政治宣傳和討好廣大百姓。在一九三四年的長征中，中國工農紅軍撤退至延安，以這個位於偏遠山區的地點為大本營，美國記者艾德加・史諾（Edgar Snow）造訪延安時看到一群農村讀書會成員，他後來記述：

> 當農民和他們的兒女讀完那本書，他們不僅是生平第一次看懂一本書，也知道是什麼人、為了什麼原因教他們認字。於是他們掌握了中國共產黨基本的鬥爭概念。[33]

「看到方塊字造反，令人無比驚奇，」史諾的妻子海倫・佛斯特・史諾（Helen Foster Snow）後來寫道，「埋在古墓裡的中文自我解放。」[34]她形容延安專門教授拉丁化新文字的課程「意義重大堪比歐洲文藝復興」。[35]

> 不單單只是思想解放，或是中國不識字黎民百姓混沌初開的智識啟蒙，而是在文化

上和政治上為全新民主奠定基礎。

「最可恥是不識字，」共產黨頌揚推廣拉丁化新文字的歌曲《畢業生之歌》中反覆唱著，「深切憂傷難形容。作牛作馬四千年，人生實在苦難言。」④

想識字生活自立自強，
現在我們學會新文字，
學會用拉丁字母寫字。
這是中國語文的新生。
這是東方的偉大革命！[36]

一九三六年下旬，國共內戰停火，聯合戰線齊力對抗已入侵滿洲並威脅要占領全中國的日本。雖然國共合作暫時擋住日軍的步步進逼，但語言改革事業卻因此再次中斷。日本於一九四五年宣布投降之後，國民黨與共產黨很快又陷入爭戰，這次共產黨占了上風。

一九四九年塵埃落定，中華人民共和國正式成立，關於語言問題的輿論風向開始轉變。

中國的新任統治者與國民黨苦戰多年才獲勝，旋即面對日益嚴峻的冷戰局勢，不願冒險測試讓各地語言、方言百花齊放究竟會不會導致國家分裂。因此中共當機立斷，開始在全國大規模推廣以「普通話」為通用的口語和書面語，而這個法定國家語言後來普及程度之高，可說史上首見。中共政府明訂普通話：「以北京語音為標準音，以北方話為基礎方言，以典範的現代白話文著作為語法規範」[37]，基本上即國民黨政府於一九二五年制定的「國語」。

此時，趙元任已經返回美國。日本於一九三七年入侵時，他在上海，先是攜家人逃往內陸，然後前往夏威夷，在夏威夷待了兩年之後遷至美國本土，之後美國就因一九四一年的珍珠港事變對日宣戰。[38]趙元任最後到哈佛大學教授中文，一開始只教一般學生，後來由於美國與蔣中正聯合抗日，也開始教一些美國軍職人員中文。[39]師從趙元任的學員大多預計學會中文之後就要出國，因此趙元任著重以羅馬拼音教他們中文口語，算是證明自己多年來推動的國語羅馬字拼音系統確實有用。當時美國軍方假設美軍會從中國南方登陸，因此趙元任教的是廣東話，後來他將上課講義彙編成《廣東話入門》並在戰後出版，之後不久又推出形式相近的《國語入門》。（「很少人知道《國語入門》其實是從我的《廣東話入門》翻譯而成。」趙元任多年後自述。[40]）

當時外國人若接觸漢語，通常較可能是廣東話，而非北京話或其他種漢語。中國南方沿

④ 譯注：此為根據書中英譯再回譯為中文，並非原來的中文歌詞。

海數百年來與西方通商，加上後來歐洲殖民勢力進入，因此最早一批移居海外的華人之中有不少是廣東話使用者。廣東話很快就成為亞洲和歐美等地離散華人族群的主要語言[41]，直到二十一世紀仍保持優勢地位。[42]在人口大量外移時期，中國對外貿易重鎮是位在珠江三角洲頂點的廣州。葡萄牙人稱廣州府為「Cantão」，英語人士混淆了廣州府和廣東省的名稱，稱為「Canton」，廣東話的英文「Cantonese」（即「廣府話」、「廣州話」）一詞即由此而來。[43]

廣東話使用者達到七千萬人之多，還有富可敵國的廣州行商當靠山，聲勢之浩大，足以和中國的另一主要語言北京話匹敵。但北京的當權者鄙視廣東話。中國南方古時為越族（亦稱「粵族」）居住之地，百越（百粵）散居今中國西南部和越南，是中國北方統治者眼中的蠻族。[44]漢朝自公元前一世紀開始向南擴張，一波又一波漢人殖民者移入百越之地，原居此地的越族或遭殺害，或被迫遷徙，或與漢人同化。直到近代，即使南方歷經數百年已經成為漢人居住地，當權者仍然無法完全信任南方人，認為南方人不像北方心臟地帶講北京話的人民是純正的漢人。除了政治因素之外，北方政權普遍對廣東話反感。十八世紀正值清朝盛世，當時在位的雍正皇帝曾在福建、廣東的官員上朝稟奏時，因他們的「鄉音不可通曉」而動怒。[45]雍正下令在南方設置「正音書院」，專門教授以北京話為基礎、官場通用的官話。[46, 47]民國初年進行語言改革時，儘管孫中山和其他革命志士本身皆講廣東話，仍有人認為所謂「引南歸北」的做法其實是「強南就北」。

即使是並不特別偏好北京話或廣東話的港英政府，也認為北京話的地位高於廣東話，因為他們習慣用北京話與清朝及後來的民國官員溝通。一九三五年一份關於香港教育現況的報告中指出，當局必須「審慎考慮中文教學所用語言應採用廣東話或目前的國語，因為據知中國政府希望將國語定為全中國的通用語言。」[48]

國共內戰之後，共產黨上台掌權，他們聲稱尊重語言多元，其實很擔憂南方廣東話地區展現的「地方主義」和「地方種族觀念」。[49]一名中共官員於一九五〇年調任至廣東，便警告說政府大力推行教育改革，卻因當地官員和百姓之間的「封建關係」而受阻，當地人堅持要外地人先學會廣東話再來跟他們打交道。[50]

對於推行普通話政策的中共政府來說，這種態度會造成中央和地方嚴重分歧，而中共政府面對動盪的國際局勢，尤其是一九五六年中蘇交惡之後，更是嚴守同化主義，歷任領導人皆視維護國家統一和領土完整為要務。中共於一九五八年正式採用由拉丁化新文字發展而來的漢語拼音[51]，放棄新文字支持者採用更多拼音字母的計畫，以及以拼音完全取代中文字的激進目標。昔日上海的學生擔憂國語羅馬字會讓國語從此獨大，而漢語拼音確實成了普通話邁向「專制獨裁」的助力，威脅著廣東話以及其他漢語語言和方言的生存。

第十二章　通用語

一九六六年四月四日早上在香港鬧區，一群通勤族挨擠著等候登上天星小輪。[1]天星小輪航線於一八八八年開設，是往來香港島和九龍之間的主要交通工具，小輪穿梭於海港，每月載客量約四百萬人次。[2]那天早上，許多候船乘客疑似大聲埋怨起小輪單趟票價擬調漲十仙（cent）的提案，當時很多低薪勞工一天的工資不過數港元。[3]計畫調漲的不只有天星小輪，其他如公車票、公共房屋租金也在醞釀漲價，對窮苦的香港人來說，不管去哪裡都是受到加倍壓榨。

二十五歲的譯者蘇守忠很能體會這種感受，決定要有所作為。他穿著黑色高領毛衣和黑色皮夾克，臉上掛著墨鏡，頭髮梳成貓王髮型，站上碼頭大聲呼喊引起注意。他在皮夾克上用白漆塗寫著：「絕飲食，反加價潮」。[4]另外還用中文和英文寫著「支持葉錫恩」（Support Elsie），葉錫恩（Elsie Tu）是官方的交通諮詢委員會裡唯一反對漲價的委員。葉錫恩不僅發起聯署活動，號召了兩萬民眾聯署反對漲價，甚至代表窮苦港人遠赴倫敦直接向英國政府請願。[5]

但港英政府不為所動，壟斷渡輪服務的公司也毫不退讓。票價調漲固然引發眾怒，但像蘇守忠這樣的抗議舉動在當時仍是前所未見，很多民眾看到後大吃一驚。「昨日一名華人誓言絕食抗議天星小輪的漲價申請，吸引許多路人圍觀。」《南華早報》於一九六六年四月五日，即蘇守忠抗議隔日刊出的報導中寫道，這一天已有其他數人加入抗議行列，舉著標語大喊口號。[6]

當天下午四點左右，警察要求蘇守忠離開碼頭，遭到拒絕後以「阻街」為由將他逮捕。[7]抗議人士三五成群聚集在香港總督府外面及九龍半島南端尖沙咀的渡船碼頭，聚集的群眾向北遊行，入夜之後已有約四千人走上街頭。警方發射催淚彈試圖分散示威群眾，卻引發一場暴動。後來的發展證明，這次暴動事件只是星星之火，卻足以引爆人民對殖民政府盲目施政多年的積怨。香港各地爆發暴力示威，港英政府則派出警力和駐港英軍強勢鎮壓。在後續的騷亂暴動中，有一千四百多人遭到逮捕，暴動中有一人死亡、二十六人受傷。[8]港英政府在暴動之後有所警覺，但並未真心記取教訓。於一九六六年十二月呈交的暴動事件調查報告指出，警方行動「一般來說相當克制」，並下結論：「無論政治、經濟或社會層面的不滿，皆非這場騷亂的直接成因。」[9]還需要再一次教訓。

一九六七年五月，天氣酷熱難耐，氣溫又創新高，新蒲崗的香港人造花廠管理階層宣布減薪和削減其他福利，工人於是罷工抗議。[10]當時，塑膠製品製造業是香港規模最大的產業之一，人造花產業的利潤相當可觀，香港各地共有九百多家人造花工廠，受聘勞工總計約三萬人，一九六七年產值占全香港工業產值的百分之十二。[11]後來成為香港首富的李嘉誠即是開人造花工廠起家，還有其他多名工廠老闆也在此時期致富。

但是經濟的果實分配不均[12]，相關法令對於勞工的保障微乎其微，工廠裡許多工人的辛勞景況「讓人聯想到狄更斯時代的英格蘭」。[13]在一九六〇年之前，港英政府幾乎不曾推行任何社會福利政策，將照顧人民的重擔轉嫁給慈善團體。但一九六〇年代的改革多半只是蜻蜓點水、粉飾太平，港英立法機關擔心觸怒商界或影響經濟發展，不制定任何相關法規。[14]

除了新蒲崗罷工，一九六七年還發生了多起工人示威，而新蒲崗的罷工行動獲得香港社會普遍支持，左派人士、激進派學生之外，連各家媒體和部分立法局議員都出面聲援，亦有議員批評資方對於勞資糾紛處理有欠妥當。[15]假如資方的反應夠快，罷工事件或許就會告一段落，但資方躊躇不決，同時有更多工人加入罷工，這場騷動吸引了親中共的工會組織和新聞媒體注意，他們很快開始將罷工行動渲染成一場反英國帝國主義的革命。

當時中國的文化大革命已邁入第二年，這場政治運動由中共最高領導人毛澤東發起，目的是打倒所謂「右派分子」和黨內的修正主義派，藉此加強對全國的掌控。毛澤東發動的文革造成全中國陷入混亂，強硬左派勢力在許多城市奪權，不僅撤換當地原本官員，更藉機批鬥政敵、打擊異己。中共內部許多人贊成將文革引入香港，當時廣東紅衛兵在所有官方通訊中皆稱香港為「驅帝城」。[16]然而北京當局顧慮到中國大部分地區仍陷入混亂，因此一開始要求在香港的代理人審慎行事，不願冒險與英國人正面衝突。但自一九六六年年底，鄰近香港的葡屬澳門即已發生多起親中共團體策動的抗議示威，再加上香港工人的不滿情緒持續擴大，香港的親中共團體已經蓄勢待發。香港警方於一九六七年五月六日開始逮捕新蒲崗工人，親中共的新聞媒體便刊出文章譴責港英政府，並指控警方攻擊手無寸鐵的抗議者。[17]

左派團體和共產黨外圍組織開始在香港各地聲援響應，但有多場抗議活動最後皆演變為暴力衝突。左派媒體再趁機誇大渲染、煽風點火，其中許多媒體是由香港當地的中共代理人操控，港英政府開始相信他們真正的目的是引起中共出兵介入。五月十五日，中國外交部要求港英政府停止所有「法西斯暴行」，釋放所有遭拘捕者，以及接受工人的要求。中共官媒《人民日報》也發表文章，警告港英當局「必須懸崖勒馬」。[18]

抗議活動延燒至七月，參與人數愈來愈多，暴力行為持續升級，警方鎮壓手段也愈趨強硬。香港當地的中共組織策畫發起全港大罷工，數萬名學生走上街頭參與示威。七月八日，中共民兵團越過香港與中國於沙頭角的邊界，對港警崗哨發動攻擊，造成五名警員死亡、十一名警員受傷。[19]香港各地很快陷入暴動，反政府的好戰分子開始到處投炸彈，一開始鎖定特定目標，後來則隨意攻擊。在城市各處投放的炸彈多達一千四百餘枚，炸彈攻擊造成五十一人喪命、數百人受傷。[20]採用炸彈攻擊是嚴重的戰術誤判，雖然港英政府調派軍隊並動用緊急權力鎮壓示威人士，但輿論轉為譴責共產黨。有兩起傷亡事件讓香港社會對共產黨格外反感：一名七歲小女孩和兩歲的弟弟在北角炸彈攻擊事件中身亡[21]，廣播電台主持人林彬於八月二十四日在車中遭共黨分子放火活活燒死。[22]

直到一九六七年十月，動亂仍未完全平息，北京當局向香港左派組織示意不會繼續支持後續行動，且無意對香港出兵。港英政府並未從天星小輪暴動事件記取教訓，但在六七暴動之後終於有所作為。接下來五年間，港英政府推行多項社會和政治改革，包括建構社會安全網照顧窮苦民眾、改善勞動條件、擴增公共房屋數量，以及為兒童提供免費小學教育。[23]

港英政府在制定教育政策時，始終不忘關注另一頭中國的情勢。一九一一年辛亥革命前後，香港也湧現民族主義浪潮，港英官員曾警告學校可能成為「內亂孳生的溫床」。[24]然而港英政府並未強迫香港學校拋棄對中國的認同，而是企圖在本地學校課程中推廣「極保守價值觀和正統儒家思想」，認為能夠有效對抗中國逐漸左傾的革命思潮。[25]

六七暴動爆發後，教育成為關鍵戰場，港英政府專門設立了「特別署」，希望將潛伏於校園內的左派思想斬草除根。[26]政府也尋求能夠贏得大眾支持的簡單方法，其中一個方法就是在語言議題上明顯有所讓步：香港成為英屬殖民地之後百餘年來，一直以英語為唯一的官方語言，中文長期缺乏官方認可，廣東話使用者在法庭和公家機關皆持續遭到邊緣化，導致近數十年香港人的不滿情緒逐漸高漲。[27]

一九七二年，香港立法局議員首度獲准於開議時使用廣東話。這個歷史上的重大時刻發生在十月十八日，當時其實是在商議如何改建載客上下往返的山頂纜車，過程沉悶乏味。[28]工程師出身、下巴方正的鍾士元議員起身發言：「自香港政府成立一百三十年來……立法局成員頭一次能夠在議會以英語或者粵語發言。」

「如果閣下允許，我希望能用粵語表達我對《一九七二年山頂纜車（修訂）條例草案》的支持。」他說，然後用廣東話發言。時任財政司司長的夏鼎基爵士（Charles Philip Haddon-Cave）代表港英政府恭賀鍾議員「享有首開先例於立法局講廣東話的特權」，並補充說：「能夠第一個回應議員廣東話質詢內容是我的榮幸，但恐怕我只能用英語回應。」

兩年後，即一九七四年，港英政府頒布《法定語文條例》，規定人民有權在法庭上使用廣東話，以及此後頒行所有法令規章皆應英中雙語並列。然而這部條例並未明確定義「中文」，而且直到一九八〇年代中英開始商討香港主權移交事宜，相關法規仍採行同樣的模式。

香港主權移交的最後期限早在近百年前就已決定，也就是清廷於甲午戰爭吃了敗仗之後，又於一八九八年順應英國要求，將九龍半島以北大片地域讓給英國。然而清廷當時簽訂的條約與先前其他和約不同，並非割讓土地，而是將這塊地域（即後來的「新界」）租借給英國。雙方同意租約為期九十九年，等同為英國對港主權設定倒數時間，因為將來顯然不可能直接放棄新界，若是失去新界，香港也不可能完全獨立運作。一九八四年十二月，英中雙方完全未徵詢香港人民的意見或讓香港人民參與討論，祕密協商數個月後，英國首相柴契爾夫人和中國國務院總理趙紫陽共同簽署了一份協議，設定香港主權移交時間為一九九七年七月一日，為英國在港一百五十餘年的殖民統治畫下句點。[29]

在香港主權移交的籌備階段，雙方派出專家著手草擬《基本法》，也就是中華人民共和國香港特別行政區事實上的憲法。然而，涉及語言的法條用字再次以「中文」一詞帶過，未特別指稱廣東話或普通話。[30]如學者所評：「普通話和廣東話之間的關係在香港九七回歸後可能引發爭議，而這個問題被巧妙迴避掉了。」[31]

說來諷刺，眼看香港將要回歸中國，但香港人的身分認同也在此時期逐漸成形，而其根源是廣東話。一九七〇和八〇年代，港片大行其道，尤其功夫片更大受全球觀眾歡迎，許多中國演員和導演想方設法擠進香港電影圈。粵語歌曲和電視節目也是主流，香港製播一齣又一齣膾炙人口的連續劇，吸引大批中國和亞洲觀眾，熱門程度不下於現今的韓劇，粵語流行音樂唱片在這些地區也大為熱賣。粵語出版市場發展也相當蓬勃，市面上出現多種粵語字報刊和書籍。[32]在這個年代，幾乎沒有任何普通話電影能夠和港片競爭，中國大陸的電影多為政治宣傳片且審查嚴格，連中國大陸本地觀眾都難以受到吸引，遑論其他地方的觀眾。「當新界租約於一九九七年到期」，語言學家包睿舜（Robert Bauer）和白保羅（Paul Benedict）當時寫道：「粵語的發展臻於鼎盛，同時也即將邁入一個全新時代。」[33]

廣東話未來可能面對何種命運，確實是需要關注的議題。香港人對於北京當局的語言政策並非渾無所覺，也得知中國的非北京話社群最近數十年在語言政策施行下受到的影響。[34]例如與香港僅一河之隔的深圳，一九八〇年在鄧小平領導下從小漁村一躍成為中國的頭號經濟特區，來自中國各地的移民大量湧入，講廣東話的當地人成為少數，普通話成為這個「速生城市」的主要語言。[35]即使在英文「廣東話」一詞由來的廣州市，廣東話也備受威脅：包睿舜和白保羅在合著的專書中指出，在一九九七年的廣州已經很難找到年輕人跟他們用廣東話對談，並描述「他們似乎不太願意講廣東話，偏好講普通話」。[36]

在香港，並非所有人皆反對改換常用的語言，早在一九九二年，香港嶺南大學的田小琳教授即表示贊同強力推廣普通話。她也嚴詞批評廣東話的捍衛者。[37]「如果堅持粵語地位在普通話之上，甚至求證粵語是獨立於漢語之外的一種語言，從小處說，這不符合語言學的常識；從大處講，也不符合香港的利益和民族的大義。」田小琳寫道。[38]她主張粵語使用者應積極響應政策，擺脫推廣普通話會造成粵語式微的心理障礙，並且接受在九七回歸之後，公家機關、商界和教育界通行的語言理所當然就是普通話。

第十三章 「講粵語易得鼻咽癌」

無論在南卡羅萊納州（South Carolina）的女子寄宿學校，或回到遙遠的四川省探親，只要不是身在從小熟悉的熙來攘往大都市，吳珍妮（Jenny Wu，音譯）一聽到有人講上海話，總是會有一種舒適窩心的歸屬感，即使她一個字也聽不懂。吳珍妮從小就一直很嫉妒那些會上海話的人。[1] 感覺他們擁有某種她所欠缺與上海歷史文化的連結，將她永遠隔絕在外。她的父母親在她出生後不久就舉家搬到上海，在二十一世紀最初幾年還有另外七百萬人遷往上海這個大都會。[2] 雖然父母親的母語都不是普通話，但吳珍妮在家和上學都講普通話，也只會講普通話。每當她跟著父母親回到他們的家鄉過年或和參加家族聚會，聽到親戚講家鄉話時，她會很努力想聽懂大家在聊什麼。吳珍妮的母親是四川成都人，她比較聽得懂成都的親戚講話，因為他們講的是北京話方言，但她只會幾個方言詞語，講沒幾句又會冒出普通話。她跟朋友交談只講普通話，但她清楚其他人在家跟父母對話是講另一種不同的語言。不同語言之間有著不能明說的高下之分。上海在一九二〇年代黃金時期有「東方巴黎」之稱，是幫派和賭徒聚集之地，也是好萊塢立足中國的根據地，上海話仍帶著二〇年代浪漫新潮的況味。廣東話會讓人聯想到港片和香港流行音樂，也帶著類似的豪華氣派。有些方言則和封建王朝歷史相互連結，例如溫軟細柔的蘇州話，會讓人聯想到昔日富麗堂皇的宮殿和典雅秀美的江南園林。其他方言則最好別過不提，有些鄉下方言可能洩露一個人最近才從外地搬來中國最具未來感的城市，是盯著摩天大樓目瞪口呆的土包子。不過吳珍妮覺得，即使是這些方言，也比自己的母語有個性得多。她的生活裡只有一種語言：普通話。總有一天，全中國可能只有這一種語言。

在中華人民共和國正式採用普通話為國家語言後不久，中共於一九五六年開始在全國各地推廣普通話。除了少數民族「自治區」以外，全國各地學校教學一律採用普通話。各地廣為宣傳「愛國旗，唱國歌，說普通話」等口號，政府公開宣示新中國的公民就是要講普通話。中共於一九八二年修憲，雖然名義上保障其他語言的使用，但也藉由新增第十九條中「國家推廣全國通用的普通話」的條文獨尊普通話（以北京話發音為基礎的通用語）。[3]

吳珍妮這一代是講普通話長大的世代，這個世代的孩子是在一九八〇年代經濟起飛之後大量人口開始遷移之後出生的。他們的父母親離鄉背井到大城市謀生，以普通話取代了家鄉話，大城市逐漸成為普通話在眾多南腔北調中異軍突起的前哨站，中國的語言分布版圖也因此發生劇烈改變。除了傳統上講北京話的區域之外，在上海、廣州和深圳三大城市，普通話都已經或即將成為主流語言。[4,5]在二〇一〇年的調查中，約有半數上海人口，即一千萬人左右，聲稱會講上海話，但是當研究人員深入訪查，卻發現通曉上海話者的比例遠低於五成，僅有少數且多半年長的居民能講流利的上海話。[6]根據本身母語是上海話的學者徐舫研究，「自二十世紀末開始，當上海獲得鉅額外國資金直接投入，接納數百萬名不會上海話、只能以發音迥異的普通話溝通的國內移民，上海的語言於是發生急速轉變。」[7]

「現今在上海這個全球化的城市，公共場合很少有機會聽到上海話。」徐舫指出。中國官媒新聞報導為她的觀察結果提供了佐證，但官媒報導不可盡信，畢竟官媒為了推廣理應享有主宰地位的普通話，可能預設立場。「我看過有些家長用上海話問問題，孩子用普通話回答，」一名家長告訴上海某報社的記者，「最後，為了方便起見，雙方都改成講普通話。」[8]這些孩子聽得懂上海話，但他們的上海話能力沒有好到能用上海話回答。[9]他們長大以後，也不太可能教自己的子女講上海話，而他們的子女以後在學校只會講普通話，不再有其他機會學習上海話。[10, 11]在一些人眼中，上海話已經是屬於過去的文物：地方政府為了因應上海話使用者逐漸稀少，同意在大眾運輸系統增加上海話廣播服務（原本僅有普通話和英語），但有些居民對此表達強烈不滿。「很多其他城市來的人都批評市政府，」吳珍妮說，「他們不認為這是在保存上海話，認為這是在排擠其他不懂上海話的人。」目前上海的大眾運輸路線中，只有十八條地鐵路線中的一條和所有公車提供上海話到站廣播。[12]

在與香港為鄰的深圳市，廣東話面臨的情勢更為嚴峻，儘管深圳位於傳統上使用廣東話地區的中心，但普通話已經成為主流語言。深圳吸納了數十萬名來自中國各地的移民，全國通用的普通話儼然為這個城市量身打造，是國家推廣標準普通話的最佳榜樣。深圳的語言或許無可避免將因此發生轉變，然而在深圳往北僅八公里的廣州市，情況恰恰相反。廣東話的命運有所轉變，並不是受到排山倒海的移民潮影響，而是公共政策的施行使然。

一九九〇年，由於在廣東和上海推廣普通話進展不大，中共明顯受挫，特別指定廣東和上海為推廣普通話的「重點地區」。[13] 廣東省當局於兩年後發布政令，規定以普通話為廣東省官方語言，嚴格來說是多此一舉，但卻為後續一連串打壓廣東話、將其邊緣化的政策拉開了序幕。官方推出新的普通話測驗，要求教師和公部門人員參加測驗，不及格者會丟掉飯碗，而廣東話電視及廣播節目遭到大量縮減。[14]

及至世紀之交，在廣州已經很難找到完全不會講普通話的人，一九八〇年以後出生的民眾大多能講流利的普通話。乍看之下，中共政府推廣普通話確實卓然有成，即使在全國最桀驁不馴的地區也大獲成功。在官方大力推行之下，廣東省從一個幾乎只講廣東話的地區，搖身一變為普通話和廣東話並行的雙語區域，而且普通話慢慢成為主流。只有中共中央政府無法直接控制的香港，仍持續有人創作粵語電影、文學和音樂，香港的存在保留了豐富的粵語文化，讓廣東話有機會免於像上海話或其他語言一樣邁向衰微。廣東省的命運是在地方和中央政府連續推動政策之下積極促成，表示背後牽涉的議題絕不只是推廣普通話那麼簡單。

持續削弱廣東話的勢力，加上對雙語主義的敵視，在在顯示當權者對於廣東話仍然猜忌心很重，尤其疑心廣東話可能讓當地人產生「地方主義」和「封建」心態。正如最近數十年來遭受強力打壓的藏語或維吾爾語，廣東話同樣將使用者與不在政府管轄範圍內的身分認同、歷史文化連結在一起，而對中共來說，這可能對其政權構成威脅。

隨著普通話逐漸成為廣東省的主流語言，政府對廣東話的打壓實際上卻未減緩，而是變本加厲。這種做法也引發民眾反感。民眾察覺政府企圖消滅廣東話之後，為了捍衛家鄉話組織起來示威抗議。二〇一〇年，廣州市大批民眾走上街頭抗議，起因是一項廣州電視台主要頻道改以普通話播出的提案，這可說是粵語公共電視節目的最後堡壘。[15] 廣州市民的熊熊怒火和激烈反抗讓市政府始料未及，官員接受媒體採訪時表示：「『推普廢粵』的情況並不存在」，市政府「從來就不曾有過『廢除粵語』、『弱化粵語』的想法」。然而廣東當局兩年後制定新的法規，規定公家機關員工、學校教學、電視電台節目只能使用普通話，很有效地將粵語排除於大多數公共場域之外，這樣正是在廢除和弱化粵語。[16] 民眾愈是群起反抗，中共當局對付粵語的手段就更加強硬大膽，因為粵語捍衛者恰恰展現了當局從一開始就想要消滅的獨立身分認同。精擅政治宣傳的中共當局也開始傳播反粵語言論，貶低粵語為「方言」或「地方話」，並指控粵語支持者妨礙社會發展，甚至意圖分裂國家。廣州市各處開始出現鼓勵使用普通話的標語：「講普通話，做文明人」。[17] 中國學者孔慶東自稱是孔子後代、支持強硬外交，就因在電視節目上公開嘲笑廣東話發音，還有辱罵不講普通話的中國人是「王八蛋」而聲名大噪。[18]最荒誕離奇的是，官方媒體甚至刊登報導，指出研究發現講粵語「易得鼻咽癌」。[19]但報導中提及的研究，其實是在探討粵語地區民眾偏好的食物是否可能造成罹患特定癌症的風險增高。這個論點以及粵語與癌症的關聯，後來皆遭人揭穿是錯誤資訊。

這些言論確實影響了民眾的想法，尤其是吳珍妮這個世代，他們一直生活在講普通話的社會，接觸粵語可能只限在家裡或看港片的時候。「有很長一段時間，學校和政府都不鼓勵在社群中講粵語，」廣州一名家長於二〇一八年接受採訪時表示，「現在即使是廣州土生土長的孩子，大多數也都不愛講粵語。」[20]怎麼會想講？歷來多項研究結果皆顯示，當一個語言的文化根基遭到侵蝕，而且僅限家長和老一輩在家裡講該種語言，將會導致什麼樣的後果。儘管香港的音樂和藝術創作者持續創作粵語作品，但對於講普通話長大的世代，香港流行文化已經無法和蓬勃壯大的華語流行歌曲和普通話電視節目匹敵。

而在網路世界，普通話也蔚為主流。語言學家葛瑞琴・麥卡洛克（Gretchen McCulloch）認為「拜網路和行動裝置所賜，網路上充斥著一般人書寫的文字，書寫成為我們日常生活中不可或缺且口語化的一部分」[21]，但是對於中國大陸的廣東話使用者來說，網路世界卻成為又一個母語遭到普通話取代的場域。

漢語拼音不僅是學習中文字的媒介，也是目前為止最多人在行動裝置使用中的輸入法

（使用者在羅馬拼音鍵盤上打字輸入漢語拼音，螢幕上會顯示拼音對應的中文字）。講廣東話的孩子和朋友傳訊息聊天時，大多是用漢語拼音輸入法輸入普通話語句。現今他們在網路上讀到的文字，也是最接近普通話而非其他漢語語言的文字。任何漢語語言都可以用中文字書寫，但現代中文書面語無論文法或詞彙都發展成最接近普通話。香港的孩子會讀粵語白話文，但這種書面語是以比較正式的「現代標準中文」寫成，與課堂以外使用的粵語口語不同。這種情況類似許多阿拉伯語國家的「雙層語言」（diglossia），即正式場合書面使用的「高階語言」可能與大街小巷口說使用的「低階語言」有著極大差異。例如「現代標準中文」遵循普通話文法，「she is my sister」這句對應的現代標準中文「她是我姊姊」，對應的粵語白話文則是「佢係我家姐」。除了「我」用字相同之外，代名詞「她」、動詞「是」和名詞「姊姊」的用字都不一樣。香港部分地區也使用粵語白話文，有粵文網路論壇和八卦小報，由於採用普通話書面語不再使用的古字，吸納同音異義詞，間或混雜一些拉丁字母，在行文和用字遣詞上更接近粵語口語。然而粵文報刊通常被列為反政府出版品，會遭中國龐大的「防火長城」（Great Firewall）網路審查系統阻斷，因此中國大陸的粵語使用者多半無法接觸這種粵語白話文，再加上中國人大多習慣閱讀中共自一九五六年開始採用的簡體字，香港慣用的繁體字可能會造成閱讀障礙。

即使是新形態的影音娛樂內容，雖然不像國營電視台或其他媒體須遵循嚴格規範，但語言使用上仍有種種限制。二〇二〇年初，社群影音平台「抖音」（國際版為TikTok）的粵語使用者收到系統提示「建議使用普通話」，甚至帳號遭到封鎖，原因是抖音審核人員大多在北京，粵語能力有限，無法依據中國法規落實審查上傳平台的粵語影音內容。[22]經營抖音平台的公司並未聘請通曉粵語的審核人員，而是乾脆直接強制使用者講普通話。[23]有些粵語線上影音頻道的追蹤者不限廣東網友，反倒是廣東以外地區的網友居多。粵語主題YouTube頻道主持人Heyson表示，曾有中國其他地方的教師告訴他，用他的影片當教材教學生粵語很有幫助。在粵語重鎮以外地區的學校，學粵語不涉及政治，也不會對普通話構成威脅，可以用自由活潑的方式教粵語，然而在Heyson的家鄉廣州，學校裡幾乎聽不到一句粵語。「在我們廣東的後代身上看不到任何的希望，」Heyson於二〇二〇年七月說道，「在外地學習粵語的朋友身上反而可以看到希望。」[24]

講普通話長大的新世代廣東人如今要面對的，是與離散廣東人族群下一代相似的處境。他們也許能用粵語跟父母親交談，或至少聽得懂父母親講粵語；但是就如同吳珍妮的父母親，他們不太可能教孩子講自己的母語，比較可能跟孩子講所在國家的官方語言，在中國的家長會跟孩子講普通話，而在美加等國的家長會跟孩子講英語。

第十四章　分離主義之聲

在香港立法會所在大樓的狹小前廳中，空氣溼熱窒悶，狹窄空間裡擠入大批人群，最後一絲氧氣也被吸用殆盡。空氣中胡椒噴霧的氣味猶未散去，加上群眾不時會忽然向前湧去，我於是拉起防毒面罩蓋在臉上，拉緊繫帶時感覺到橡膠帶子吱嘎作響，夾扯著我的頭髮。數分鐘後，並沒有出現令人畏懼的催淚瓦斯，戴著面罩讓呼吸更加困難，我實在受不了，於是取下沾滿汗水的面罩，對於自己表現得這麼驚慌畏縮有些厭惡。周圍不時響起金屬鏗鏘相碰和玻璃哐啷碎裂的聲響，我一下戴上面罩，一下又拿掉，重覆了三次。那一天是二〇一九年七月一日。數十名抗爭者頭戴安全帽，蒙覆臉面，戴著厚重手套，雙臂纏裹可隔擋胡椒噴霧的保鮮膜，試圖衝破巨大鐵捲門進入立法會大樓。當天稍早，數千名抗爭者將立法會大樓周邊團團圍住準備硬闖，他們成功擊破從大樓外廣場通往狹小前廳的強化玻璃落地門。

忽然間，一陣涼風吹過。我鬆了口氣，謝天謝地。打頭陣的抗爭者想辦法從角落撬開鐵捲門，立法會綜合大樓能夠流通到前廳。先前有些抗爭者試圖衝撞，在大樓其他強化玻璃窗上砸出一些小洞時，大樓內駐守的警員會從小洞向外噴灑胡椒噴霧，並大喊要求群眾退下，但此時此刻，大樓內部毫無動靜。直到將近一小時後，當抗爭者終於強行拉起鐵捲門，一湧而入立法會會議廳時，情況才會明朗。原來警方已經撤離，任憑大樓遭抗爭者破壞——後來有人會說警方是刻意為之。

立法會綜合大樓面向維多利亞港，後方為香港的金融區，正前方一水之隔即為人口稠密的九龍和新界。這棟大樓屬於「政府總部」建築群，每棟玻璃帷幕大樓皆經過設計規畫，但有高有矮，造型似乎也各異其趣，主建物共有二十六層樓，形如小寫字母n，橫跨於添馬公園上方，是香港特別行政區的政府機關所在地。政府總部建築群場址中設置公園，足以證明原始設計概念是為市民打造溫馨開放的活動空間。然而自從建築群於二〇一一年落成之後，民眾得以到政府機關大門口示威抗議，歷任政府大受挫敗，於是逐步撤除開放的空間配置。縱然香港當局加強戒備，但政府總部毗鄰公園、一條主幹道和另外兩條道路，因此依舊很難防守。

六月十二日，立法會原定進行《逃犯條例》修訂草案二讀。《逃犯條例》草案引起很大爭議，很多人擔憂當局可能藉由引渡嫌犯至中國大陸受審來迫害社運人士，數天之前，數萬人走上街頭要求撤回草案。雖然民間普遍反對通過此條例，但抗爭者在上班尖峰時間圍堵住立法會綜合大樓周邊道路時，香港警方似乎完全不及防備。當時我在建築物群較高層的室外區域，等待立法會議員企圖突破抗爭群眾重圍時無可避免會出現的混亂場面，到了八點鐘，一小群人衝上共有八線道的夏慤道，身後拖著警方架設在政府總部周圍的鐵柵和護欄。數千名抗爭者很快將夏慤道和政府總部周圍街道擠得水洩不通，議員和其他人車都難以通行。上午十一點，政府宣布取消二讀，抗爭者宣布抗爭成功，許多人大呼這是第二次「雨傘運動」的開端，二〇一四年的雨傘運動持續數個月，是民眾為了爭取民主而發起的占領街頭行動，當時立法會所在地一帶及其他多個區域皆曾遭到示威人群占領。

眼看群眾似乎免不了要展開漫長的靜坐抗議，不料數小時後警方展開大規模清場，不僅朝群眾發射催淚彈，更揮舞警棍強勢驅離圍堵政府總部的抗爭者。立法會綜合大樓周邊道路很快成為戰場，抗爭者持續與警方纏鬥，朝他們扔擲磚塊、瓶子和安全帽，還將障礙物當成臨時攻城車衝撞警方陣線。大批警力投入增援，發射橡皮子彈和更多催淚彈逼迫群眾後退，最後只剩部分抗爭者殿後頑抗，警方乘勝追擊撤入市區的抗爭民眾。

當天的暴力衝突某種程度上是由抗爭者起頭，但卻因警方的強勢驅離行動而轉趨激烈，抗爭的調性從此改變，抗爭者也因此擴大訴求範圍。這場抗爭原本是為了擋下《逃犯條例》，調性和手段大致上都很和平，類似二〇〇三年反對《基本法》第二十三條的抗議活動，但原先的和平示威到後來卻一發不可收拾。抗爭群眾原本提出五大訴求：撤回《逃犯條例》修訂草案、不將六月十二日示威定調為暴動、成立獨立委員會調查警方濫權、不起訴遭拘捕的示威者，以及實現行政長官和立法會「雙普選」。七月一日的抗爭示威實際上是在表達更重大的訴求，是宣洩多年來在中國加強高壓統治之下鬱積的深重挫敗感和怒氣，以及對當局完全無視《基本法》承諾的多項政治改革時程，造成香港逐漸失去民主、趨向專制極權的恐懼。如果說六月十二日是警方鎮壓手段的升級，且衍生重大影響，那麼七月一日闖入立法會綜合大樓就是抗爭群眾的反擊，也造成了始料未及的後果。

從遭破壞的鐵捲門下方鑽過，茫然恍惚間，我環顧周圍既熟悉又陌異的一切。我曾多次進入立法會會議廳，但這次的場合與先前迥異，起初我幾乎什麼都認不出來，好像畢業許久之後回到母校。抗爭者不像我，他們毫不猶豫。我四周的人開始瘋狂破壞。他們在溼熱、喧囂和催淚煙霧中砸門砸了數小時，此刻腎上腺素狂飆，壓抑許久之後開始大肆攻擊。附近一個人從地板上撿起金屬桿，開始猛敲嵌在牆面上的螢幕，但螢幕有強化玻璃保護，在他桿棒伺候之下甚至沒有凹陷缺角，他很快就走開了，面罩和護目鏡下的他顯得很膽怯。其他人找到更好破壞的目標：通往座位區的玻璃門、文宣展示櫃和接待櫃台，有人將抽屜裡的東西摔得滿地都是。我已經好幾個小時都沒坐下來，不是跟著人群奔跑，閃避催淚彈，就是站著等接下來會發生什麼事，決定在櫃台上坐一會兒，邊觀察眼前的混亂局面，邊偷空取出塞在背包側邊口袋裡的水瓶喝幾口水。防毒面罩還垂掛在我的手臂上，以備在警方衝進大樓時隨時拿起戴上。在我坐著的時候，闖入的抗爭者四散到大樓內各處，接待區的人愈來愈少，一名抗爭者走到櫃台旁，又是一番翻箱倒櫃。他找到一把剪刀，開始剪斷眼前所有看得到的電線電纜，剪斷其中一條時刀片金屬通電，爆出火花和一聲巨響。之後他就罷手了，謝天謝地。

我沿著兩道電扶梯向上走，與一位報社同事擦身而過，他正打電話回報社。同事是中年白人，臉上沒有任何遮覆。他看起來不太自在，但非常冷靜。後來有說法聲稱抗爭行動是美國中情局（CIA）人員在現場策動，就用一張他的照片當證據，拍攝時間大概就在我們擦身前後。流傳的照片經過精心剪裁，剛好剪掉他胸口標明記者身分的「PRESS」字樣。到了上面某層樓，我走進立法會議事廳。廳內擠滿了人，抗爭者用噴漆在牆上塗寫標語，四處找東西摔砸破壞。主席台後方大大的香港特區區徽遭到塗黑破壞，這個塗黑的區徽之後將成為反對示威陣營的代表圖像。議事廳內幾乎不剩什麼能滿足破壞欲的目標，廳內基本上是大片座席區，在座位上的大多是休息喘口氣的記者，他們將安全帽放在桌上，連上大樓的無線網路上傳最新報導。此時幾位立法會議員抵達現場，他們認同抗爭行動的訴求，但不認同破壞行為，議員們說之以理、動之以情，請求抗爭者不要再造成任何破壞。議員勸說多少發揮了一點成效。後來一些僅僅「鍵盤響應」而非親臨現場的抗爭者，會說群眾破壞現場時有所克制，證明了當天晚上的事件是計畫安排好的，絕非群眾怒氣爆發後陷入混亂無序。

最後議事廳內僅剩少數幾名抗爭者，他們在主席台旁立起數道抗議標語，以及香港特首和兩名提出《逃法條例》草案官員的大張大頭照。一名抗爭者脫掉口罩，不想再隱藏自己的身分，他是梁繼平。「我取下口罩是想讓大家知道，其實我們香港人真是沒有東西可以再輸了。」他在現場登高一呼，發言時是講廣東話，記者瘋狂按著快門。「愈多人留下，我們就愈安全。我們一起留下占領議事廳吧，我們不能再輸了。」梁繼平那年二十五歲，面容英俊，蓄著短髮，不時高舉細瘦手臂強調話中的重點。他的口罩拉到下巴，頭上頂著黃色工地安全帽，立刻成為風雲人物。梁繼平後來流亡美國。

呼籲占領議事廳的不只梁繼平一人，但是當警方宣布將前往立法會大樓清場之後，抗爭群眾改變主意，他們沒有領袖，而由參與者共同決策則不會更好，很可能更糟。抗爭者決定撤出大樓，有些人想留下來，但被同伴強行架走。在抗爭者大舉撤退之際，我最後一次巡視大樓，然後跟著最後一小群抗爭者走入外頭黑漆漆的巷道。我走出來時，警方已經抵達現場。打開催淚瓦斯罐的聲音此起彼落，在路燈燈光下，嗆人的白色煙霧陣陣飄升。抗爭者幾乎鬥志全失，也沒有什麼可捍衛的了，於是順勢撤退，退往六月十二日曾占領的夏愨道，警方隊伍踩過抗爭者圍堵數小時後留下的殘跡前進。我有記者反光背心護身，再戴好防毒面罩，拉緊安全帽繫帶，留下來觀看警方推進。最後，我判定今晚事件落幕，就走出抗爭區域，想到一條不受現場混亂影響的馬路上招計程車。當時快到凌晨一點。離開途中，我看到前立法會主席曾鈺成的畫像，原本掛在立法會大樓裡，遭人從畫框裡扯下帶到外頭。對折的畫像被棄置在街道上堆起路障的殘跡旁邊。我很快拍了張照片。曾鈺成於一九四七年在廣東省出生，出生後不久即隨家人遷居香港。他唸大學時曾參與共產黨策動的六七暴動，港英政府後來出動駐港英軍平亂。[1] 曾鈺成後來與其他人合創「民主建港協進聯盟」，是香港最大的建制派、親北京政黨。不過他向來給人的印象是走溫和中間路線，即使是立場相對的民主派陣營，也有不少人士與他交好。當曾鈺成宣布計畫退休不再擔任議員，有些人希望他能出面領導香港，希望北京當局或許會選擇一個願意為了香港反抗上意的人擔任特區行政長官。他決定不競選特首，而當選特首的林鄭月娥帶頭推動修訂《逃犯條例》。

廣東話的存續或許不是闖進立法會大樓的抗爭者最關注擔憂的，但卻是其中一項推動二〇一九年抗議示威的潛在議題和不滿情緒的來源。就如同一顆小螺絲釘鬆脫，最終導致火箭爆炸，《逃犯條例》修訂草案造成社會上壓抑許久的憤懣怨怒爆發開來，最終也會導致香港四分五裂。從公共房屋政策到逐漸加劇的不平等，一切問題最後都會歸結到民主議題，歸結到對於大致上由北京當局所選出歷任特首的不信任。香港特首由親北京的選舉委員會選出，而委員人數甚至不到香港人口的百分之零點一，立法會則有半數議員席次是由分屬不同工商類別的市民組成的數個「功能團體」選舉產生，工商團體一向是親北京陣營，有些候選人每選必上。語言問題也許看似與爭取民主沒有太大的關聯，但卻和選舉制度導致缺乏民意基礎息息相關。《基本法》僅載明香港公家機關「除使用中文外，還可使用英文，英文也是正式語文」[2]，而實務上總共會使用英語、普通話和粵語三種語言，但粵語不受任何法規保障，許多人擔心粵語可能逐漸被普通話取代，在學校尤其如此。由於民眾普遍不信任特區政府，即使政府保證不會廢除粵語也毫無意義，粵語支持者除了向立法會議員請願保障粵語之外，幾乎無計可施，但大多數議員為了個人權位都很依賴北京，不願違抗中央政府的政策。

「香港在很多方面就像一個由白人家庭收養的孩子，在未徵得本人同意的情況下，又被送回去給中國的親生父母，」社運人士黃之鋒於二〇一九年寫道，「從語言、風俗習慣到對政府的看法，母親和兒子幾乎沒有一點相像。愈是強迫孩子表現對久別母親的孺慕和感恩之情，孩子就愈抗拒。他覺得自己被遺棄，感到孤單失落。」[3]

「反送中」抗爭於二〇一九年夏天持續延燒，規模和重要性都超越了曾是香港史上最重大抗爭的二〇一四年雨傘運動，也造成反對的政治力量內部消耗極大，沒有特定領導者的新興民主運動成為中心，許多資深泛民主派人物反而逐漸邊緣化。同時，語言議題的重要性逐漸凸顯，抗爭行動本身以及反對抗爭陣營各自使用的語言皆成為特色。無論是街頭的廣東話叫罵聲，或塗鴉在招牌和建築上的廣東話語句，都以粗俗下流用法為尚、充滿諷刺意味，藉此激起同仇敵愾的精神，同時也區分講廣東話的香港與講普通話的中國。

英國於一九九七年將香港主權移交給中國時，雖然粵語文化在當時發展達到鼎盛，但很快就出現要學校改用普通話教學的呼聲。相關倡議一方面出於經濟考量，畢竟中國經濟急速發展，已躍升為世界排名第二的強國，另一方面則出於教育考量，有些人主張學校裡教的書面語現代標準中文在文法和詞彙上比較接近普通話，所以改用普通話教學會更為合理。支持以普通話教學的一方聲稱用普通話教學，學生表現比較好，捍衛廣東話的一方則認為統計數據並不支持這番說法，而且統計數據顯示用普通話教學的學校學生表現較好，反映的是這些學校因為改採普通話而獲得比較多經費和資源。[4,5]教育局大力推行改用普通話，優先考量的不是在地需求，而是為了響應國家政策。[6]二〇一二年，普通話取代英語成為香港第二普遍的語言[7]，兩年後的一項調查結果顯示，大約七成的小學和四成的中學中文課已經改採普通話教學，不過其他科目仍維持以粵語教學。[8]二〇一四年，教育局官網刊登的一篇文章引發眾怒，文中稱廣東話為「不是法定語言的中國方言」。[9]雖然教育局官員為了用字有誤而道歉，但在許多人眼中，這次事件證明了政府政策已逐漸傾向對普通話有利。在教育局發布的一則怪異的宣導影片中，也能一窺官方的類似態度：影片中兩名孩童待在家裡，在黑幫闖入家裡想搶奪財物時「運用普通話知識，與黑幫鬥智鬥勇」。[10]影片中的黑幫自然是講廣東話。[11]教育局二〇一八年再次引發風波，起因是教育局製發有關教學語言的手冊中，引用一位中國大陸學者認為廣東話只是「方言」，不能視為任何人的母語的說法。[12]同年，香港特首林鄭月娥被問到對於粵語和普通話爭議的看法時回應：「我們現在天天都在講廣東話，根本不是問題。」議員質詢時追問林鄭月娥的母語是什麼，她的回答是：「我不回答無聊問題。」[13]

從民調數字來看，林鄭月娥認為不是問題似乎有其道理。民調結果顯示廣東話在香港的發展情況良好。一九九六年，即九七回歸的前一年，百分之八十八點七的香港人說他們在家講廣東話。[14]最近一次調查是在二〇一六年，結果顯示在家講廣東話的人口比例增加至百分之八十八點九。[15]相比之下，以普通話為母語的人口僅占香港人口的百分之一點九，少於以英語為母語的人口，香港在過去近百年皆以英語為唯一官方語言。現今在香港有約六百二十萬名粵語使用者，分布在香港以外的粵語離散族群人口則有數千萬人，如此蓬勃的景況足以令大多數語言的使用者稱羨，遑論已達瀕危的語言。然而，自從香港九七回歸之後，一般咸認廣東話即將衰微，悲觀看待廣東話未來的看法始終縈繞不去。「怎麼會有一種語言在紙上蓬勃發展，卻又讓大眾頻頻為它敲響喪鐘？」二〇一七年一篇以「廣東話還沒死，別再替它寫悼詞」為題的文章如此提問。[16]

然而就如廣東省的情況所顯示，對於粵語未來的擔憂絕非空穴來風。語言衰微發生的速度很快，可能在一、兩個世代之內就式微，而一旦語言邁向衰亡，就很難力挽狂瀾。再者，語言衰微的起因大多不是使用者能夠控制的。像香港這樣領導人並非由全民選出的社會，對抗當局政策的力量非常有限。

二〇二〇年六月，我和以捍衛粵語為宗旨的「港語學」組織召集人陳樂行見面，地點是他們和香港民主派「公民黨」分部共用的凌亂辦公室。陳樂行於二〇一三年成立「港語學」，當時香港大多數小學已經改用普通話教學。[17]陳樂行認為這種做法帶有政治動機，他覺得儘管廣東省逐漸從講粵語的一省變成講普通話的一省，香港粵語使用者普遍仍對粵語的處境過度自信，對此他感到擔憂。

「我和一些廣州人見面，他們告訴我情況可能變化很快，語言可以很快就被取代，」陳樂行說，「他們從幼兒園開始，告訴小孩子說如果想當文明人，就要講普通話，而廣東話是不文明的語言。」

陳樂行自己曾親身經歷語言政治引發的激烈衝突。二〇一八年時，他還是香港浸會大學中醫系大五學生，到廣州一家醫院實習，這一年卻發生讓他必須速速返回香港的事件。[18]由於浸會大學規定全校學生必須參加普通話語言能力測驗，達到門檻才能畢業，學生於二〇一六年展開抗爭，陳樂行也參與其事，中國官方媒體公布了一段他參與抗爭的錄影畫面。[19]陳樂行和另一名學生劉子頎在抗爭過程中曾與學校職員對罵，後來遭校方以停學處分。[20]

中國媒體指控反對以普通話能力為畢業門檻者皆為港獨分子，並鼓動校方予以退學處分。[21]某個奉行民族主義的新聞媒體網站甚至特別點名陳樂行「反中」，並翻查他過往在「臉書」平台上的發文，當成指控他反政府或支持港獨的證據。[22]陳樂行很快就收到網路上傳來的死亡威脅訊息，在廣州實習的細節也遭人在社群平台披露。在中國著名的「天涯」網路論壇，有人稱他是著名泛民派活動分子、「黃之鋒戰友」和「浸大反普通話打手」。[23]這場恐嚇風波反映了語言相關議題在中港兩地都愈發政治化。原本只是校方管理階層和學生之間的爭執，卻被擴大解釋為與香港在中國地位有關的爭議，更觸動北京當局懷疑香港內部出現獨立呼聲的敏感神經。香港立法會議員葉劉淑儀立場親中，但也曾批評香港語言政策，曾於二〇一八年撰文指出，將粵語和普通話視為兩種不同的語言即使「從語言學角度可以說得通……但有些人無疑難以接受，他們對於任何推崇香港為單獨政治實體的說法都非常敏感」。[24]

二〇一九年爆發「反送中」抗爭之後，粵語再次被推到前線，在對中抗爭中扮演凝聚香港身分認同的角色，「粵語成為抗爭的語言。」香港浸會大學研究粵語音韻學的黃良喜教授當時說道，「像這樣的運動會產生附帶效應，也就是讓粵語恢復活力，因為我們忽然需要用粵語來表達濃烈的情緒。」[25]

香港出現各式各樣標語、海報和牆上塗鴉，甚至有一首實質上是國歌的香港歌曲傳唱全市，[26]靈感全都取自廣東話慣用語、雙關話和粗話，普通話使用者幾乎完全無法看懂。香港的年輕記者許錦汶（Mary Hui）寫道：「廣東話與抗爭者的光復和修復精神密不可分。」[27]抗爭者不僅想要為香港人民「光復」這個城市，也將對方辱罵他們的詞語重新改造，例如一名港警被錄到辱罵一名抗爭者的用詞「自由閪」（或寫成「自由屄」，粵語讀音：jih yàuh hāi）。這段錄影在網路上瘋傳之後，抗爭者很快將粗俗不堪的罵人用語轉換為中式英語「Freedom Hi」，市面上開始出現印有這句流行語的T恤和手機保護殼。

「文字遊戲和雙關語將粵語拆解至最基本的構成部分（基調），再將這些部分重新形塑成新的抗爭語言，」許錦汶分析，「抗爭者取得了粵語和訊息的所有權，甚至自行創造出新的合成字。」

雙方陣營都認同粵語在抗爭中扮演的重要角色，香港開始出現寫著「撐粵語，香港人」的標語，而中國大陸對粵語的敵意也愈來愈深。中國官媒主播劉欣曾在推特上抱怨，說她在香港報導抗爭相關新聞時向一名保全人員問路，但對方「聽不懂中文」（意指聽不懂普通話）。「我只好用英文問路，」劉欣在貼文中說，「主權移交二十二年了，不應該是這樣的。『一國兩制』不表示可以活在過去。」[28]一位研究漢語的學者在推特上回應：「所有非普通話的語言數十年來皆面對相同處境：人民的母語就是『落後』、『不文明』、『低端』云云。香港的情況之所以特殊，在於殖民者跟被殖民者講話時，不得不使用另一個殖民者的語言。」[29]

「連登」是最多反政府使用者聚集的香港網路論壇，許多使用者擔心中國網路審查人員會試圖監控他們，由於中方人員只會普通話，於是連登使用者進一步實驗語言的新用法，貼文時不用粵文，而是用羅馬字母拼出粵語發音，於是除了粵語流利且熟悉香港特有慣用語的使用者，其他人完全看不懂他們的貼文。[30]混用羅馬字母和中文字的藝術創作，以及粵英雙語混用，都成了香港人抗爭的重要象徵，證明了香港這個城市多元文化且外向的特質，與很多人認為中國正在成形的民族主義單一文化特質大相徑庭。[31]

「撐粵語」的態度之下無可避免隱藏著對於普通話的敵意，而這種仇視心態有時候可能變得很醜惡。抗爭者開始對一些人言語挑釁和恫嚇，只因為對方講普通話或者講粵語帶有中國大陸口音，就指控對方是中國的國安特務人員。有些同情抗爭者的餐飲業者開始表明不招待講普通話的顧客，說自己的店「只做香港人生意」。[32]這種做法可說適得其反，理由之一就如某些人士所指出，特首林鄭月娥和全體內閣成員都講粵語，都是香港人，表示這些號稱反政府的餐飲業者理論上應該很歡迎他們光顧。對中國移民的偏見不僅相當醜惡，對照多位帶頭抗爭的港獨領袖背景更顯得怪異，無論是最先喊出「光復香港，時代革命」口號、後遭判刑入獄的梁天琦，或是與黃之鋒合創香港眾志黨的羅冠聰，他們皆是在中國出生。固然有很多來自中國的移民站在親北京的立場，但也有些來自中國的移民和學生參與抗爭，認為抗爭才有機會保護最初吸引他們來到香港的一切。

我曾多次訪問一位抗爭者，在此姑且稱他丹尼爾（Daniel），他在廣東省某個城市出生。丹尼爾和吳珍妮一樣都是講普通話長大的世代，他從小在學校就只講普通話，只有在家會跟父母講粵語。丹尼爾十九歲時進入香港某一所大學就讀，在大學期間逐漸熱衷參與政治。他在二〇一九年參與了反送中遊行和占領立法會行動，思想愈來愈激進，從主張和平理性的抗爭者變成香港人所謂的「前線勇武派」，經常和警方起衝突，會躲催淚煙霧和橡皮子彈，並丟擲汽油彈和石頭反擊。丹尼爾講到以暴力回應的道理時語氣淡漠，表示只有將抗爭行動升級才能讓政府聽見他們的訴求。

他在中國出生，會講普通話和廣東話，但對於部分抗爭者敵視中國移民一事並不特別覺得困擾。對他來說，重要的是自己以什麼立場看待抗爭運動，而這樣的立場與語言息息相關。「普通話不是香港的文化，」他說，「第一步是藉由使用廣東話認同香港人，但不只和語言或國籍有關，也和價值體系有關。有些人可能在香港出生，一輩子都生活在香港，思考方式卻像大陸人。他們也可能不具香港永久居民身分，卻完全贊同香港的價值體系。」

這套價值體系在二〇二〇年又一次遭受重大打擊，中國政府對於前一年抗爭的回應，是宣布將在香港施行新的國家安全法。《港區國安法》禁止任何分裂國家、煽動分裂國家、勾結外國或者境外勢力等犯罪行為，但對於罪行的定義很寬鬆，北京當局在立法過程中祕而不宣，未向香港立法會徵詢意見，也未經立法會通過，公布後直接生效。《港區國安法》通過不到數小時，香港多個政黨宣告解散，數名反政府人士開始逃離香港。民眾在網路上展開大規模自我審查，將社交平台上的抗爭相關照片和滿是抨擊政府言論的個人檔案刪除得一乾二淨。先前在店內掛滿各種粵語反港府標誌小物的店家，紛紛撤除標誌物件或是改為張貼白紙。

香港的反送中抗爭態勢在《港區國安法》通過之前一度擴大，之後又因新冠肺炎病毒疫情爆發而暫歇，《港區國安法》則擺明要將抗爭者斬草除根，法規涵蓋範圍極為廣泛。其中的條文列明香港特區政府「應當通過學校、社會團體、媒體、網絡等開展國家安全教育」[33]，親北京的立法會議員長久以來就已不斷指責香港的教師教出反中的青年世代，官員也明白指出很可能進行教育體制的全面改革。

未來改革對於粵語的影響尚待觀察，但從中國在其他邊陲領地建立的模式看來並不樂觀。香港政府大力推行普通話，任何捍衛粵語的作為可能都會被視為推動港獨，如今根據新通過的《港區國安法》即屬犯罪行為。在中國支持普通話以外語言的人士，會遭指控意圖分裂國家和顛覆國家政權，而企圖捍衛粵語的人士也可能發現自己面臨牢獄之災。無論在新疆、西藏或中國大陸其他地方，中共當局將推行普通話視為維繫國家統一、凝聚國家認同的重要工具。這種做法也就代表幾乎任何一地的本土語言都會成為犧牲品，而目前似乎沒有任何理由假設粵語會是例外。二〇二〇年年中，親港府的年輕政治人物李梓敬接受採訪，表示並不在意普通話取代粵語，他的愛國形象和反示威「反黑暴」言論在網路上吸引不少人訂閱追蹤。「很多潮流和文化come and go（來來去去），」他受訪時回答，「正如現在沒有了清朝文化一樣，時間是會改變的。」[34]

本書大部分內容聚焦於曾遭到壓迫和邊緣化的語言如何復興，粵語目前的處境卻與這樣式微又復振的循環相反。現今仍有數百萬的粵語使用者，談論粵語可能步上衰亡乍看或許言過其實，但是自中國政府推行普通話開始，中國各地語言急速衰微的態勢令人難以對粵語的存續滿懷自信。即使粵語在香港遭受壓迫，世界各地廣大的離散族群無疑能夠幫忙保存粵語，但離散族群本身仍面對來自所在國家的同化壓力，尤其是英語國家的離散族群，而失去香港這個粵語文化和文學中樞更將造成慘重的損失。接下來數十年，粵語即將面臨多舛命運，粵語使用者會發現，挺身為保存粵語而戰的時刻來得比想像中更快。

二〇一九年反送中抗爭如火如荼之際，抗爭者的噴漆塗鴉和社交平台轉傳貼文中很流行一個迷因，以中國其他邊陲地區的現況警告香港未來的命運。這個迷因最簡約的形式，是列舉各個地方完全落入北京當局掌控的年分：「1949新疆，1951西藏，2019香港」。雖然香港目前為止經歷的管控，完全無法與新疆或西藏受到的壓迫相提並論，但考量粵語受到的壓迫日甚，且相關議題逐漸泛政治化，若要探究香港未來的語言政策可能的發展方向，西藏的例子足堪借鏡。然而不幸的是，西藏帶給粵語支持者的是無比嚴峻急迫的警訊。

第十五章　高原上的語言

陳佐如這天很早就起床，二〇一七年幾乎每天他都這麼早起，天還沒亮就出門了。青藏高原的冬季酷寒，氣溫皆在攝氏零下數度，有水滴落就立刻凝成冰柱，踩在雪地上每一步都吱嘎作響，行走時難以站穩的腳步頻頻打滑。陳佐如走到屋外，裸露在外的皮膚在凜冽寒風中立刻凍得發紅，他感覺自己心跳加速，呼吸也更加費勁，在氧氣稀薄的環境中步行一小段路的吃力程度堪比平常爬山。高原生活無比艱苦，其中高山症最為可怖，伴隨而來的症狀包括頭痛、暈眩，甚至可能讓人難以正常行走的噁心嘔吐感，患者會精神頹靡不振，什麼事都做不了，只能長時間臥床呆望天花板努力忍住不嘔吐。陳佐如已經親身經歷了好幾遍，但仍不屈不撓，堅持履行自己的職責。他肩負使命。

「選擇到世界屋脊行走，是長在心中的夢想，」他在日誌中寫著，「沒有人能撼動我的腳步，孩子永遠是我生命中的上帝。」[1]

陳佐如是在一年前來到西藏，當時中國官方組織了一個約八百人的「援藏」教師團前往青藏高原，為這個全中國最貧困、識字率最低的地區提供教育援助。[2]陳佐如和大多數教師團成員年齡約在四十歲上下，在他們出生的年代，西藏是一般中國人心目中偏遠到不可思議、又落後到令人困窘的地方，他認為自己的使命是帶來文明，個人必須不惜犧牲小我，而獲得的獎賞就是看到「西藏孩子純真的眼神和對知識的渴望」。[3]習近平主席發表談話，指出「改變西藏和四省藏區面貌，基本上要靠教育」[4]，之後有關當局便於二〇一六年開始實行「教育援藏人才工作」方案。①先前的援助方案雜亂無章，大多屬短期制，參與人員以志工為主，新的教育援助方案規畫得更為周全，改採「組團式」並以三年為一期，專門吸引中國的優秀教師前往西藏「培養愛黨愛國的社會主義事業建設者和接班人」。有關當局提供優渥薪酬和福利給登記援藏的教師，有意願者絕大多數是來自富庶東部的漢人，中國官媒頌揚他們「犧牲」奉獻的精神，強調他們拋下家人離鄉背井到偏遠高原地區工作，還要忍受高山症之苦的種種艱辛。[5]甚至有一首以「援嫂」為題的歌曲，頌讚留在中國東部的妻子想勸丈夫留在家鄉不要去西藏，卻為了「民族團結」和中華民族福祉的大義而放下私心。

陳佐如和其他援藏教師遇到的最大困擾，是高原上的偏鄉學校經費嚴重短缺，即使大城市來的合格教育工作者空降，也無法創造奇蹟在一夕之間提升教育水準。青藏高原教育水準之低落，讓許多教師大為驚駭。無論官方報告裡如何歌功頌德粉飾太平，字裡行間終究洩露了他們試圖達到目標時的力不從心。「與內地的學生相比，西藏的學生教育基礎……一般來說比較薄弱，但是他們自己不會這麼想，因為周圍同學的程度也差不多。」湖南省教育廳官員鍾秋明在一份總結援藏經驗的報告中寫道。[6]「教育是愛的志業，能夠跨越籓籬障礙，」鍾秋明指出，但是師生之間「由於缺乏共同的生活經驗、文化基礎甚至宗教信仰……在文化上仍有鴻溝」。令教師群特別震驚的一點，是西藏學生普通話能力低落，甚至完全不會講普通話。鍾秋明指出他的學生「難以用漢語表達自己的意思」。

老師講課生動活潑，但是學生無動於衷。不僅溝通不良，老師們也大受挫折。基本上西藏的學前教育一律採行雙語教育，而對高中生來說，用漢語進行日常對話應該不成問題。

鍾秋明建議有關當局應該「大力普及雙語教育」以提升學生的漢語能力，他也認為教師應該多多進行家訪，落實推行「家校聯合教育」，以便常常與學生「交心談心」並培養學生的「強烈愛國情操」。[7]自從中國人民解放軍於一九五一年進入西藏，中國政府就以培養青藏高原人民的愛國主義精神為重要目標。根據中方資料，當時青藏高原識字的人非常少，只

① 譯注：作者此句引用中國官方新聞網站「中國西藏網」（www.tibet.cn）英文新聞稿，中國官方所發布關於二〇一五年中國中央第六次西藏工作會議的中文新聞稿中無法查得對應的句子，此句中文係依照英文句子回譯，並非習近平原話。

有極少數孩童接受正規學校教育。[8] 中共此後即投入心力並挹注大筆經費，致力於提高西藏自治區及位在另外四省的藏族聚居區的教育水準。儘管如此，西藏人的教育水準一直落後中國其他各族，二〇一〇年民調結果顯示西藏人平均受教育年數為五點四年，比全國平均少了三年。[9] 直到現今，西藏中小學粗在學率皆達到將近百分之百，高中教育粗在學率略微下降，高等教育粗在學率的比例約百分之四十，低於全國的百分之八十。[10]

關於這些統計數字，有不同的解讀方式。西藏的經濟體在全中國規模最小[11]，平均薪資最低，也是全中國都市化程度最低的地區，全國都市人口比例為六成，西藏人則僅有三成居住在城市裡。（除非另外註明，本章中的「西藏」皆指主要包括青藏高原西部和中部的西藏自治區，不包括傳統上歸為西藏、有大量藏族人口聚居的「四省藏區」。）農家孩子必須幫忙家裡的繁忙農事，加上通學距離可能相對較遠，都可能影響孩童上學的出席率。[12] 這些區域的家長多半很鼓勵孩子上學，加上有感於自己小時候沒有機會上學，也迫切希望孩子接受良好教育，但是可能很難和中國內地的漢人家長一樣，有能力引導孩子唸書，或是懂得摸清門路將孩子送進最好的學校。另外還有合格教師人數嚴重不足的問題，成因主要是缺乏師資培訓管道，以及西藏與中國其他地區的經濟條件懸殊造成人才外流。自外地空降優良師資執教一、兩年的方案看似能夠解決問題，但外來教師任教時間往往不夠長，無法達到明顯成效，外來教師也未必能了解或同理青藏高原的獨特情況，以致難以有效與學生及當地社群建立連結。但就如同威爾斯的例子，英國政府並不檢討本身的政策，而是怪罪威爾斯語造成教育失敗，西藏的統治者也找到了現成的代罪羔羊。

藏族語文和中文的關係並不相近，無論文法、音韻和句法都迥然相異。藏文字和中文字截然不同，藏語有數種不同的書寫系統，最常見的是一套有三十個字母的元音附標文字（abugida），書寫方向是從左至右，外觀看來與書寫印地語主要使用的天城文（Devanagari）相似。[13, 14]

雖然中共官方聲稱致力於保護藏語和推行「雙語教育」，但最近數十年來，西藏各地教育場域使用中文的比例大幅提高，藏語的使用受到壓縮，普通話逐漸取代藏語成為小學到高中的教學語言。[15, 16] 由於漢人大量移居西藏，加上中國內地觀光客湧入，普通話能力成為在西藏找工作的必備條件，不會普通話的成人遭到邊緣化，於是將學好普通話的壓力加諸自家孩子身上。如一名評論者所言，這也造成藏族語言「在兩代，最多三代之內……恐將真正步上滅絕」。[17]

對於藏族諸語言來說，情況已經極為嚴峻。雖然評論者甚至保護藏語的人士討論時會稱「藏語」，好像青藏高原人民是講「藏語」這種單一語言，但西藏的語言其實非常多元，很多少數群體語言都面臨較強勢當地語言和普通話的壓迫。[18] 主要藏族語言的使用者擔心，以後在各級學校、電視電台和公共領域將再也聽不到藏族諸語言，而青藏高原上有許多種已淪為弱勢的語言，包括保安語（Manegacha）、五屯話（Ngandehua）、木雅語（Minyag）、綽斯甲語（Khroskyabs）、道孚語（Rta'u）、東壩話（Lamo）和藏語手語，其實已經面臨同樣的處境。[19]上述一些語言已經被安多藏語（Amdo Tibetan）或其他相對主流的當地語言取代，而大多數弱勢語言使用者則改講普通話。有些弱勢語言如多續語（Duoxu）早已處在滅絕邊緣，是中國語言政策最早的一批受害者，而同樣的政策如今威脅著高原上所有的語言。[20]

在中國人民解放軍「和平解放」西藏之後，北京當局承諾「尊重西藏人民的宗教信仰和風俗習慣」。[21]起初中共在原則上確實遵守這項承諾，至少達賴喇嘛領導的政府在西藏自治區仍握有部分權力。但在青藏高原東半部，即遭併入其他省分的藏人聚居區，毛澤東推動的「大躍進」運動加上當局的「民主改革」造成生靈塗炭，藏族社群遭到連根拔起，游牧民和農民被迫加入人民公社，牲畜和農作物都遭漢人沒收。[22]當局的政策徹底失敗，政府官員囤積壟斷糧食之外，還試圖種植不適合高原環境的作物，罔顧當地千百年來累積的農耕知識。饑荒嚴重，民不聊生，許多傳統藏族聚落滅絕，數千難民逃往拉薩。一九五九年，整個青藏高原陷入動亂，人民解放軍準備強勢鎮壓，達賴喇嘛橫越喜馬拉雅山脈流亡印度。中共開始在西藏各地採取高壓管控，處處箝制藏族的文化、語言和宗教信仰。中共對藏人的壓迫在文化大革命時期達到極致，毛澤東的紅衛兵搗毀寺廟，羞辱、毆打甚至殺害僧侶和覺姆。[23]

毛澤東於一九七六年過世，繼任者推翻了他在任最後十年的多項政策，轉而鼓勵西藏地區學校用藏語教學，他們認為這是提升當地教育水準最好的方法。[23]中共當局也在一九八二年通過的《八二憲法》中載明：「各民族都有使用和發展自己的語言文字的自由，都有保持或者改革自己的風俗習慣的自由。」為了跟上昔日拉丁化新文字運動支持者所帶動的「支持『方言』」趨勢，拉薩街頭開始出現「學藏語，用藏語，發展藏語」之類標語。[24]當局推動教育計畫時開始會考量「各民族的特點」，也鼓勵藏人以自己的民族和語言認同為傲。[25]（不過做法上還是侷限於「一個種族，一個語言」的思維，這種有侷限的多元文化主義仍然忽略了西藏各地語言各異的少數群體。）

然而，隨著普通話能力逐漸成為求職必備技能，加上西藏的經濟與中國其他地方的關係日益密切，官方對藏族語言的支持保障愈來愈少，教藏族孩子學中文變得愈來愈重要。藏人也面臨和其他弱勢語言使用者同樣的處境，捨棄藏語改講普通話的壓力來自多個方面。許多藏人家長強烈支持學校用中文教學，認為這是孩子畢業後找到工作或到中國內地唸一流大學的最佳管道。當學校改用中文教學，藏族語言使用者就比較難找到工作，而講普通話的應徵者在找教職時就占了優勢。政府往往聲稱西藏缺乏「合格教師」，但通常表示找不到能用中文教學的老師，而非找不到能教學的老師。供應給全中國的中文教材不虞匱乏、品質優良；

② 譯注：「覺姆」是對藏族女性出家人的稱謂。

相較之下，藏語教學資源相對稀少，品質也不佳。移居西藏的漢人人數日益增加，有更多學校採取混班教學，讓藏人和漢人學生合班上課，學生在家可能講藏族語言或其他漢語，共通語言則是普通話，不過大多數學生仍是藏人。上述因素無疑皆影響了藏人的語言使用，促使藏人棄藏族語言改講普通話，但近年來改變之快速且規模之龐大，主因仍是當局刻意推行同化政策，將語言當成在青藏高原培養愛國心及「強烈愛國情操」的主要手段。

在中國東部和南部省分的人均國內生產總值屢創新高，唯有西藏我行我素、毫無起色，加上漢藏衝突不斷，尤其海外批評聲浪在二〇〇八年北京奧運會前後湧現，北京當局的態度於是轉趨強硬。自二〇〇〇年代晚期開始，中共一反先前支持藏語的政策方向，將青藏高原任何動亂不安一律歸咎於普通話推廣不力。西藏大多數高中原本就已採行普通話教學，而小學甚至幼兒園也慢慢將教學語言從藏族語言改為普通話，這表示西藏大多數孩童，尤其是住在都市化地區的孩童，只有機會在家講一種藏族語言。二〇一六年一則中國官媒報導指出：「藏語只用在藏文課堂，甚至完全不教」，並補充「許多藏族家長發現孩子沒有學到如何使用母語」。[26] 如今西藏各所學校外面懸掛的標語寫著：「我是中國娃，愛說普通話。」[27]

北京，逢春時節。春季稍縱即逝，是隆冬嚴寒窒人霧霾以及盛夏酷暑炙人熱浪之間的短暫插曲。市區各個公園內櫻花盛綻，紅白粉黃花團錦簇，民眾相偕遊賞自拍，享受難得的蔚藍天空。二〇一五年，中國首都以驚人的速度擴張，其實北京擴大發展從籌辦二〇〇八年奧運時就已經開始，一直沒有放慢的跡象，俗稱「第七環」的首都環線高速公路當時仍在修築，完成後將讓北京都會區的範圍擴張至河北省地域，周邊衛星城市的數百萬人口都將成為「新北京人」。[28]在北京市中心周邊，當局以經濟發展為名，拆除較窮困的社區和古老塔樓，改建成閃閃發亮的摩天大樓和毫無個性的企業總部。前一年，習近平總書記下令停建「奇奇怪怪建築」，這些造型怪異的建築是自從北京奧運會之後經濟大好，加上二〇〇八年全球金融危機之後展開大型振興計畫，便如雨後春筍般冒出來，主宰了北京的天際線。[29]在此時期，北京的經濟規模增長至原先的兩倍，超越倫敦成為全球億萬富豪第四多的城市。[30]錢潮滾滾的同時，貪汙腐敗問題也轉趨嚴重，不僅在首都時有所聞，其他地區也不遑多讓，甚至窮鄉僻壤的縣級官員也開起名車、玩起名表。習近平上任總書記時宣誓要肅貪反腐，打貪腐運動大快民心，也讓共產黨內部人人膽戰心驚。幾乎沒有哪個中共官員不曾在某些方面違紀瀆職，後來證明打貪腐是習近平掃除敵對派系的絕佳手段，他藉此破壞原本的權力平衡，將權力集中在一人之手，於二〇一五年年初更是大有斬獲，有「政法沙皇」之稱的中央政法委書記、中央政治局常委周永康遭到起訴。同年稍晚，周永康遭判處無期徒刑，是中共至今因貪汙罪名遭查辦層級最高的中國官員。[31]

習近平不只在共產黨內部施展高壓手段，外界曾期盼他可能成為開明自由的領導人，但到二〇一五年，希望已完全落空。習近平反而成了自毛澤東之後最專制獨裁、掌握最大權力的中國領導人，在他的領導之下，網路言論和民間社會遭受箝制，人權律師和社運人士被抓捕入獄，外交政策上轉趨強硬好戰。[32]尤其新疆和西藏這兩個少數民族聚居的區域，更受到北京當局的高壓統治，這兩個地區在先前十年已發生多次大規模動亂，此後仍爆發零星抗爭和暴力衝突，西藏不時發生藏人自焚抗議，新疆部分地區則曾發生武裝爆動。當局認為問題根源在於西藏和新疆於宗教、種族和語言上具有獨特認同，因此進一步祭出各種手段促進偏遠西部與中國內地的融合。相關手段包括公然奉行同化主義的政策，例如打壓宗教信仰、鼓勵漢人移入、鼓勵少數民族與漢人通婚，以及以習近平推行的「一帶一路」和推動經濟發展為名，向漢人企業挹注大量經費，斥資興建基礎設施和投資超大型商業計畫。習近平於二〇一四年的談話中，強調必須「五十六個民族擰成一股繩」[33]，翌年則強調對藏政策要加強力道，「加強民族團結，不斷增進各族群眾對偉大祖國、中華民族、中華文化、中國共產黨、中國特色社會主義的認同」。[34]③

當局將在西藏施行的語言政策視為推動民族團結的關鍵，一份官方報告指出實行雙語教育的目的是「『加強漢語融入』藏族幼兒園學童，『藉以減低藏區不穩定因素』」。[35]在人民以穆斯林居多的新疆，中共當局開始將所有穆斯林當成可能引發動亂的危險分子，而在西藏，推廣和使用藏族語言逐漸成為政治上的敏感議題，當局不認為此舉是在保存文化多元，將捍衛藏語者視為意圖分裂國家的藏獨人士。無論是誰對同化主義政策有所反彈，當局都能冠冕堂皇將政策合理化：大家如果更清楚自己是幸福的中華民族大家庭的一分子，就不會有任何怨言。

中共對西藏和新疆的維穩管治手段愈趨嚴厲，開始有風聲走露，指出中共當局侵犯人權，迫害少數民族宗教和文化，外媒記者愈來愈難進入西藏和新疆，即使想辦法進入，也會受到當地政府的嚴密監控和騷擾。[36]因此在二〇一五年年初，當某位消息提供者提議要幫忙介紹一名藏人，說他知道的事很有報導價值，《紐約時報》記者喬納・卡塞爾（Jonah Kessel）立刻就答應了。[37]

藏人名叫扎西文色（Tashi Wangchuk），第一次採訪約在卡塞爾於北京的公寓，卡塞爾邀他進門時仍懷著些許戒心。凡是曾在中國長時間從事記者工作的人，都聽過不少中國政府侵犯人權、司法體系本質上專斷不公、官員貪贓枉法、人民無法獲得法律和憲法保障的故事。尤其北京聚集了許多從中國各地長途跋涉而來，想要向中央政府陳情和控訴地方官員的民眾，他們有時候會轉向外媒求助，希望記者能和他們同仇敵愾，甚至能以某種方式幫忙解決問題。但這些陳情民眾往往失望離去。不是因為記者無法同情同理，或對他們興趣缺缺，而

③譯注：後句引文出自習近平於中共中央第六次西藏工作座談會的談話。

是民眾講述的事件往往無法從其他來源查證核實，或者很不幸已經屢見不鮮，不是適合登上國際新聞報導的題材。即使是直接聯絡外媒記者的民眾，實際上也不願讓記者具名引用訪談內容，又或者聽記者解釋完可能風險後拒絕具名受訪。對卡塞爾這樣的影音記者來說，更要面對多重困境：他需要的不只是願意面對鏡頭講述自己經歷的受訪者，影音報導比起一般文字報導，需要增添額外的視覺元素才能達到報導效果。然而與扎西見面後，卡塞爾很快就放心了。眼前的男人個子矮小、表情憂傷，臉頰上遍布痘疤，唇上有些稀疏鬍渣，一頭黑髮久未修剪。他要講述的故事扣人心弦，似乎能夠理解也願意承擔公開發言可能的風險。

扎西文色於一九八五年生於青海省玉樹藏族自治州稱多縣，這個藏人聚居區域位在西藏自治區北方。稱多縣地方不大，縣內幾乎全是平房或兩層樓建築，一幢幢房屋簇擁在山谷谷底，依傍一條切穿青藏高原東隅群山的河流而建，磚砌的房屋牆面刷白，覆上亮藍色或紅色金屬屋頂。中國的藏族人口有六成散居各個藏族自治州，理論上自治州由各自的「自治機關」治理，依規定可以「在執行公務的時候……使用當地通用的一種或幾種語言文字」，也包括制定相關教育政策。[38]④然而實務上，這些地區絕對稱不上「自治」，而是受到省級和地方漢人官員的嚴密管控。[39]青海省曾是藏語學術和文化蓬勃發展的地區[40]，但在二〇一二年，青海省政府禁止中小學以藏語為教學語言，解聘了不會講普通話的教師，並發行新編的中文課本，課本裡著重講述漢族歷史和文化，對西藏隻字不提。鄰近的甘肅省也採行類似措施，同年三月，在就讀的高中改用中文教學之後，一名藏人學生自焚身亡。[41]自二〇〇九年起已有數百名藏人自焚，大多是年輕僧侶和覺姆，其中大多數生活在西藏自治區以外的四省藏區，他們自白是為了抗議政府對藏族宗教、文化和語言的控管壓迫而自焚。[42]一項統計結果顯示，有百分之十三的自焚者表示主要動機是「保護藏族語言」。[43]然而對於藏人的慘烈抗爭，政府當局的回應是採取更強橫高壓的手段，嚴懲遭指控曾鼓動他人自焚的僧人，並譴責達賴喇嘛和其他流亡藏人領袖，雖然他們從來不曾倡導要藏人自焚。青海省高中生於二〇一五年年初抗議省政府的語言政策時，當局控訴學生是在「帶有敵意的西方勢力」誘騙之下「違反法律，擾亂社會，破壞和諧，甚至顛覆政府」。[44]

扎西是個早慧的孩子，待在稱多縣這樣的小地方是龍困淺灘。他十七歲時前往鄰近城鎮坐上一列火車，想向東到繁華的大都會上海，但被發現無票乘車後遭人趕下火車。[45]結果他搭上另一班前往西藏首府拉薩的火車，拉薩當時正在改頭換面，中國內地觀光客絡繹不絕，商業氣息日益濃厚，漢人開店迎客大作觀光生意。扎西也研究過如何前往印度，自從達賴喇嘛於一九五九年流亡印度，流亡藏人逐漸在印度形成很大的聚落。但由於境內藏族區域愈來愈動盪不安，中共官方於是強力管控出境人流，拒絕發給大多數藏人護照，並且嚴格盤查能

④譯注：引自《白皮書二〇〇五：中國的民族區域自治》。

夠前往中印邊境城鎮的藏人。[46]即使被困在西藏，扎西還是沒有放棄尋求向外發展，他轉往網路世界。他在中國社群媒體網站「微博」開設帳號，發文分享青藏高原上的藏人文化和生活，貼文中偶爾也帶到政治議題，對政府於二〇一〇年玉樹地震時的反應提出尖銳質問。扎西為此第一次遭有關當局上門關切，雖然被警告別亂說話，但他不為所動。[47]

二〇一〇年代初期，藏人和漢人之間逐漸勢成水火，青海省鄉村地區大多貧困落後，扎西的網路生意倒是大發利市。他不再牧羊，改行當網拍賣家，在中國網購平台「淘寶網」向各地顧客販售手工藝品。二〇一四年時他甚至在淘寶網母公司阿里巴巴集團製作的影片中露臉，這部宣傳影片光鮮亮麗，阿里巴巴創辦人馬雲在影片中介紹他的公司「為一些小的生意人和他們的客戶在不懈努力」，之後不久阿里巴巴集團即在美國掛牌上市，市值達兩千三百一十億美金。[48, 49]影片中的扎西身穿褐色羊毛外套，亮紅色的滾邊飾有白色花朵圖案。他用普通話說明：「以前我住在玉樹，感覺離外面世界比較陌生和遙遠。」

「一個實體店的話，﹝它的﹞消費者，面對的只是我們本地的人口，」他說，「但是在淘寶上面，面對全世界的消費者，只要有個手機，我的店鋪隨時可以管理。我的家鄉稱多縣比這裡還要偏僻，我的外甥他有一個足球隊，他們的球衣和一些球鞋都是從淘寶上面購得。」畫面切換到一群西藏男孩在原野上踢足球，背景是山頭覆蓋著皚皚白雪的群峰，影片配樂則是輕快悠揚的鋼琴曲。

扎西就跟溫和的維吾爾族學者伊力哈木・土赫提（Ilham Tohti）一樣，符合中共當局想要的少數民族樣板人物形象（土赫提於二〇一四年遭當局指控犯下分裂國家罪並判處無期徒刑）。[50]扎西積極進取，事業有成，熱衷與中國其他地方建立連結，未懷抱特別激進的宗教或政治思想。但是當扎西像土赫提一樣，以公民身分要求政府貫徹應對公民負起的責任，確實遵守中華人民共和國憲法和其他法規中對於保障少數民族文化、語言和自治權的堂皇承諾時，問題就大了。

扎西是在一九九〇年代長大，即使是在中共展開文化大革命、當局政策不再保障少數民族語言之前，他受到的藏語教育仍然極為有限。[51]他唸小學時學會基本的藏文讀寫，也向曾跟著一名僧侶讀書的哥哥們學讀寫，後來轉學到有雙語之名但實際上所有科目皆採普通話教學的中學，他成年之後比較習慣講普通話，而非藏人稱為「父語」的藏語。畢業之後，他也曾師從一名僧侶學習數年藏文，但他一直擔心自己的藏語「在退步」，會花好幾個小時辛勤地抄寫藏文。[52]

到二〇一五年之前，由於公立學校改採「雙語」教育，藏族語文的傳承中斷，寺廟及個別僧侶和覺姆提供的藏語課填補了這個空缺，扎西和哥哥們就是這樣才學會藏語。然而二〇一五年，當局為了擴大打壓西藏民主運動，以及打擊所謂「與達賴喇嘛的分離主義勢力串通的不法分子」，禁止任何人開課教授藏語。地方政府公布並鼓勵民眾檢舉「帶有藏獨性質的二十種違法行為」，其中一項即為「以『保護母語』、『保護生態』、『開設掃盲班』等為藉口建立非法組織」。[53]

扎西在家排行老么，很疼愛哥哥們的女兒。在僧侶的藏語班被迫停開之後，他開始為姪女們物色適合轉入的學校。他付出高昂旅費走訪了位在青海、四川和雲南省藏區的五所學校，但是沒有一所採用藏語教學，頂多將藏語當成英語或其他外語一樣另外開一門藏語課。[54]

這次經驗是扎西政治覺醒的開端。他開始更關注所謂西藏自治區這個家鄉，注意到在這個地區能看到的藏文簡直少之又少。二〇一五年，他在微博分享一系列中文課本、店家招牌和廣告的照片，並留言：「在這裡，藏語就像外語。」[55] 一部中國農業銀行自動提款機上方懸掛的牌子甚至沒有列出藏語，只有中文和英文的說明。「我不認為地方政府在保護藏語或藏人的文化。」扎西寫道。於是他開始嘗試逼迫政府有所作為。中國的憲法條文保障「各民族都有使用和發展自己的語言文字的自由」，扎西準備向玉樹當地和更高層級的地方官員提起告訴，希望藉此逼使當局提供藏語教育。

卡塞爾就是在這段時間前後得知扎西文色這個人。扎西長途跋涉來到北京，和幾位律師見面之外，也希望自己的官司能登上新聞版面。他一開始想找官方媒體，失敗之後才試圖聯絡外媒。[56] 他在北京問了十家律師事務所，沒有律師願意接他的案子或指點他如何向政府提告。其中幾位律師認為他應該心懷感激，中國的語言政策對藏族有「非常大的好處和利益」。漢人這種高高在上、隨意打發式的回應很常見。在卡塞爾最後製作出關於扎西的紀錄片中，有一個場景是扎西打電話給中國官媒中央電視台，希望能找到記者報導。電話另一端的女人回應：「咱們生活中移動公司什麼的，用的都是漢語，怎麼了？」

「這樣對我們的民族文化來講是毀滅性的一種打擊，」扎西回答，「我是準備要起訴，然後我想問一下中央電視台的相關人士能不能報導這件事情？」

「那我這個只能給您先記錄下來去反應，能不能採訪您不是我來決定。」

電視台並未派人來採訪。扎西試圖尋求律師和媒體協助都失敗，決定直接去最高人民法院看看能不能提起告訴。卡塞爾將鏡頭擺得很遠，以近乎窺看的視角拍攝身穿黑西裝和白襯衫的扎西，走向北京市中心天安門廣場旁戒備森嚴的法院大門。他告訴卡塞爾如果法庭不能接受這場官司，「它表達了一點，那就是整個藏族的問題通過法律是無法實現的，這一點它至少體現出來。」

卡塞爾拍攝扎西前往法院的那天，法院並未受理他的案子，之後每次他試圖提告，都未被受理。二〇一五年十一月，卡塞爾的紀錄片《扎西文色：一名藏人的追求正義之路》（*Tashi Wangchuk: A Tibetan's Journey for Justice*）於網路上發布。兩個月後，扎西在玉樹被拘捕，當局未指控任何罪名就將他羈押近一年。[57]

二〇一八年一月，扎西步入玉樹州中級人民法院。檢方起訴採用的主要證據是《紐約時報》的紀錄片，在法庭上播放了好幾遍。扎西的委任律師梁小軍回憶說他的當事人很平靜，反駁檢方說自己並非支持藏獨，並重申他只是想要保護藏語。「庭審時的辯論很激烈，」梁小軍告訴我，「有一位藏人女檢察官是辯論高手，她的普通話講得比其他同事還好。」

中國法院的審判結果往往早成定局，二〇一八年五月，法院判決扎西「煽動分裂國家罪」罪名成立，處以五年有期徒刑。[58]根據法院文件，檢方指控扎西「惡意曲解、抨擊國家對少數民族的政策……陰謀破壞民族團結、國家統一」，並以他露面受訪的《紐約時報》紀錄片畫面作為犯罪證據。[59]法院文件中還提到：「該紀錄片上傳後，被境外各大網站，以及『敵對媒體』大量轉載，惡意傳播、擴大影響、醜化中國國家形象。」

我和梁小軍第一次談話是在二〇二〇年八月，當時他已經兩年多沒有見到他的當事人。扎西最終在二〇二一年一月獲釋，但在青海省仍受到當局監控。中國人權運動人士即使服刑期滿出獄，日常行動及通訊對象仍受到重重限制，曾跟外媒接觸過的人尤其如此。在扎西出獄後，梁小軍一直想辦法要和扎西聯絡，他懷疑扎西是否真的已經重獲自由。

梁小軍很欽佩扎西，形容他雙眼炯炯有神、「非常聰明」，但這位資深人權律師忍不住覺得，扎西對中國司法體系的想法有點天真——梁小軍本人受到管制無法出境，也曾看過數十名同行為了維護人權鋃鐺入獄。[60]「我想他不明白會有什麼風險，」梁小軍說，「他的出發點只是一個很卑微的願望，希望大家關注藏語教育的不足。他為了解決這個問題，試過很多不同的方法，但是他發現〔透過中國的體制〕無路可走了，只好去找外國媒體。但我認為他沒想過後果會這麼嚴重。」

卡塞爾後來離開了中國，對於自己在扎西遭逮捕一事中可能扮演的角色，他至今仍耿耿於懷。即使不是由《紐約時報》報導，這名藏人仍然有可能找到另一個外媒管道發聲，而且得知可能的風險之後仍堅持要具名受訪，但卡塞爾心中十分煎熬，不知道自己當初決定在紀錄片中保留扎西談論自焚的片段是不是做錯了。「有非常多人自焚，」扎西說，「我現在可以理解他們了，因為我們幾乎找不到解決問題的方法。沒有人願意生活在充滿壓力和恐懼的環境中。」後來扎西和卡塞爾一同搭上一班駛往玉樹的火車，紀錄片部分片段即是在這班火車上拍攝，扎西說：「他們自焚不僅僅是為了自己家裡的一點事情，或是別的事情，我相信他們也同樣看到了民族文化的消失和這些問題。」他補充說：「我這次是想通過中華人民共和國的法律手段來解決這個問題。」

「我一直在想，如果我剪掉那個片段，他是不是就不會坐牢，」卡塞爾說，「真的很難。你想要盡量讓影片有說服力，想要呈現真實的一面，同時又要避免因此毀了誰的人生。」

幾乎可以確定，扎西即使沒有在紀錄片露面，最後也可能被捕入獄。他所考驗的這個體制早和原先要保護、推廣少數民族語言的承諾背道而馳，甚至變得對任何相關的批評都愈來愈敏感。當局將自焚抗議與分離主義相互連結，無視自焚者聲明的目標和希望，開始將任何推廣藏族語言者一律視為藏獨分子，當然更容不下像扎西這樣積極想要保障藏語的作為。諷刺的是，中國政府這次採取的高壓手段，反而幫扎西做到他絕對無法做到的——將訊息傳遍國際。「如今最令我懊惱糾結的其中一件事，就是假如中國政府什麼都不做，扎西不會去坐牢，很可能什麼事都不會發生，」卡塞爾說，「語言政策也不會改變，但也就不會有我們這段對話了。」

「但是中國政府有了動作，他們逮捕他、剝奪他的權利、不讓他見家人和律師，他們強迫他消失，據說還虐待他，最後法院才假裝開庭審判。因為中國政府這樣做，這個案子才會變得舉世皆知。就這一點而言，我很高興。我很高興大家開始談論這個議題，因為這確實是需要討論的議題。但同時，為了引起討論，代價就是扎西的人身自由。」

在二〇二〇年八月的談話中，習近平總書記宣稱要在西藏建立「維護穩定的銅牆鐵壁」以對抗分離主義分子，並指出關鍵在於「加強學校思想政治教育」，「把愛我中華的種子埋入每個青少年的心靈深處」。[61]

習近平強調：「要挖掘、整理、宣傳西藏自古以來各民族交往交流交融的歷史事實，引導各族群眾看到民族的走向和未來，深刻認識到中華民族是命運共同體，促進各民族交往交流交融」，並補充說政府將會「積極引導藏傳佛教與社會主義社會相適應，推進藏傳佛教中國化」。

中國在新疆的施政方針類似，但手段更為殘酷，不僅嚴格限制和打壓維吾爾族的語言和傳統文化，懷疑一切涉及伊斯蘭教信仰的表現。二〇二〇年近年底時，中國當局以打擊「極端主義」之名，將數十萬維吾爾人押送進官方設立的再教育營。曾遭關押的維吾爾人述及，在再教育營內受到政治洗腦和酷刑虐待，很多人獲釋離開後仍遭到當局的嚴密監控。儘管國際間譴責聲浪逐漸升高，習近平仍於二〇二〇年九月稱對疆政策「完全正確」，並且表明「要堅持新疆伊斯蘭教中國化方向，實現宗教健康發展」。[62]

中共不只在西藏和新疆施行類似政策，還包括疆藏之外另一個大量非漢族聚居的內蒙古自治區。當局在大約同時期頒布教育改革方案，宣布內蒙古全區中小學的主要科目一律改用普通話教學。[63]七十年來，內蒙古中小學所有課程皆採母語教學，只有小學二、三年級才開始上的漢語課和英語課例外。新的法令完全反其道而行，普通話取代蒙古語成為預設的教學語言，用蒙古語教學的反而只剩下蒙古語文與文學課。課本名稱也有所改變，新的漢語課本稱為「語文」課本，原本蒙古語的「語文」課本則重新命名為「**蒙古**語文」課本，清楚顯示將改以漢語（普通話）為主要語言，有些蒙古人將這種轉變比喻為「繼父取代親爹」。[64]

當局一宣布即在內蒙古引發大規模抗議，民眾走上街頭示威讓當局始料所未及，畢竟蒙古族過去從未像新疆、西藏兩地一樣激烈反抗北京當局。[65]政府官員顯然措手不及，完全沒有預料到語言相關改革會掀起民眾怒火、引發軒然大波。一名蒙古抗爭者告訴記者：「如果接受用漢語教學，我們的蒙語就真的會滅絕。」

當局或許並未準備好面對民眾的反彈聲浪，但並未因民眾上街抗爭而動搖。地方政府發布的相關聲明指出，推行「國家統編教材」是「黨和國家對少數民族群眾的關心和愛護」，對於促進民族團結、地區發展和各民族共同發展「都是巨大利好」，而且能「鑄牢中華民族共同體意識」。[66]北京當局高層則直斥內蒙古抗議相關報導為「別有用心的政治炒作」。「國家通用語言文字是一個國家主權的象徵，」中國外交部發言人華春瑩在北京的記者會上如此表示，「學習和使用國家通用語言文字是每個公民的權利和義務。」

北京當局在內蒙古採行的模式，與十年前在西藏與其他藏族區域的做法如出一轍。[67]面對以普通話取代藏族語言的措施，藏人同樣憤怒反抗，但當局逮捕大批抗爭民眾強勢鎮壓，並宣稱有外國勢力介入，漢語終究取代了藏語。如習近平本人於二〇一四年的談話所說，中共的目標就是將中國所有民族——無論藏族、蒙古族、維吾爾族或漢族——全都「擰成一股繩」。因此當局必須施行強度更高的同化政策，不再保障或容許民族和語言多元性，以免對推進「國家統一」的進程造成危害。

即使講蒙古語目前並不妨礙蒙古族成為新中國的「模範少數族群」，但不能保證未來同樣無虞。事實上，北京當局之所以在內蒙古施展強硬手段，可能就是因為一界之隔的蒙古國局勢有了變化。外蒙古於一九二一年脫離中國獨立，在蘇聯的影響下，蒙古國放棄傳統蒙古文，改以西里爾字母為書寫文字。中國統治的內蒙古則並未改換文字，保存了重要的語文遺緒，但內、外蒙古從此更加疏離。書寫文字的歧異到了二〇二五年可能有所改變，蒙古國已計畫恢復使用傳統蒙古文，而評論者指出「中國認為這種情況很危險，恐怕會讓境內的蒙古人生出異心」。[68]因此中共先下手為強，趁著內蒙古可能不會激烈反抗，蒙古國也不太可能介入時，強制將內蒙古漢化。

二〇二〇年九月，在內蒙古爆發抗爭近一個月後，學生陸續回校上課，當局開始大規模搜捕帶頭抗爭的民眾，並暗示家長若抵制不讓孩子上學，可能飯碗不保。[69]「學生都回來上學了，已經沒有家長或學生抱怨，」一名教師告訴外媒記者，「我們現在正式採用新教材。」

後記

威爾斯社運人士暨作家桑德斯．路易士於一九六二年發表以「威爾斯語的命運」為題的重要講稿，他警告聽眾：「世界上最輕鬆美妙的一件事就是放棄希望，因為如此一來，往後的日子就愜意多了。」[1]

走在提振復興語言之路上的人，常常會感到絕望無助。弱勢族群語言的保護或推廣非常困難；衰微凋亡卻是如此容易，往往在無人注意之下滅絕不存。路易士宣讀講稿時，正值威爾斯語運動經歷最低潮的時期，當時威爾斯語似乎已無可避免走向式微和最終滅亡的命運。「數百年來的政治傳統，以及現今經濟發展的趨勢，在在促成威爾斯語無法繼續存在。」他說，而這番敘述也完全適用於其他淪為弱勢的語言。「不管做什麼都無法改變，除非有決心和意志，願意努力奮鬥、犧牲奉獻。」

路易士的呼籲確實激發有決心的威爾斯人採取行動，為後來的威爾斯語復興打下基礎，威爾斯語發展之蓬勃昌旺不僅是二十一世紀初以來首見，使用者人數更在下一個十年達到一百萬人的里程碑。

路易士指出，若要讓一個語言存續下去，就必須在教育、政府機關、司法、文化等生活中所有層面使用這個語言。其中以教育層面最為關鍵，關係到這個語言的長期發展，但其他三個層面也很重要。如果失去現代文化的挹注，語言將失去權威地位，成為一灘死水，更難以傳承給下個世代。如果在政府機關和司法體系中無法使用某種少數群體語言，這個語言的使用者會逐漸邊緣化，愈來愈沒有機會擔任握有權力的職位，也就無法影響自己母語或其他語言的命運。如一本討論語言復振的入門書作者群所指出：

> 一種語言如果「很健康」，表示它在家庭、學校、社群、職場和媒體的使用都獲得支持。我們已經看到，僅關注語言在其中一種場域的使用是不夠的。如果復振一種語言是要讓它蓬勃發展，需要的不只是更多人習得這種語言，還要有更多人持續使用該種語言。因此一個社群能否達到目標，取決於他們有沒有機會學習語言，而且盡量在上述所有場域中使用該種語言。某些瀕危語言的使用者，或者不再講自己母語的社群，或許會認為前述情況不可能實現，但是未必要等到推行語言復振時，才在所有場域使用該種語言。語言在所有場域的全面使用，其實是自下而上的漸進發展。[2]

聚沙成塔、眾志成城，在少數群體語言的使用上，即使只是最微小的進展，也有助於增進大眾的認識，或讓它在社會上的地位趨向正常，作為日後推廣和吸引更多人學習使用的基礎。語言學家米蓋爾・史圖貝（Miquel Strubell）提出一種語言復振的循環模式，探討語言的學習、該語言相關商品和服務的需求和供給、該語言相關商品和服務的消費、對該語言的認識和其地位威望，以及學習和使用該語言的動機之間的相互關係。[3]

在教育領域，數十年來已累積不少關於語言復振的研究成果，為全球的弱勢語言提供了清楚的復興藍圖。語言復振的大業起點是家庭，在紐西蘭、威爾斯和夏威夷等多地皆可看到，鼓勵和支持家長在家跟孩子講母語，學前階段由幼兒園採行沉浸式語言教育或實行「語言巢」計畫，皆能獲致良好成效。這類以學齡前孩子為對象的計畫，某種程度上可以依靠現有的弱勢語言使用者，不一定需要受過專業訓練的教育工作者；但就學齡孩童的教育而言，必須將資源投注於弱勢語言師資的培育，才有可能擴大該種語言在整個教育體系中的使用範圍。有一些少數語言社群無法獲得政府支持，但是民營的課後輔導班、語言營隊、共學共玩互助團和在家自學計畫等管道皆頗有成效，另外以成人為對象的弱勢語言課程也有所助益，讓更多家長能夠更有效地教孩子講母語。[4]

雖然已有一些復振有成的語言作為模範，但語言復振並沒有一體適用的模式，在某個社會復興某種主要的本土或少數群體語言能夠成功，將同樣的模式移植到另一個多語言社會未必有效。例如澳洲大陸上，有多達數十種無法互通的原住民族語言。政府在新南威爾斯州

（New South Wales）所進行的委拉祖利語（Wiradjuri）復振計畫，套用在北領地（Northern Territory）的雍古語（Yolŋu）不一定同樣有效。但政府仍然能以由在地社群和社運人士發展的現有語言復振計畫為藍本，另外制定可行政策以辨識和支持特定地區的原住民族語言。官方對於特定語言的支持，可在地方到國家多個層級進行，也可配合各地的需求加以調整。無論在任何地區，政府都應該追隨原住民社群和基層社運人士的腳步，哪怕特定語言只在某些方面獲得官方認可（例如由公立學校開設相關課程，或被採認為州或國家的官方語言），但無論是促進該語言的地位威望或推廣使用上，都會有莫大助益。[5]在多語言社群中則有一點需要特別關注，即推廣其中一種少數群體語言，會否反而加快另一種少數群體語言的邊緣化和瀕危速度。官方應制定政策支持各種語言使用者群體，以既有語言復振計畫為基礎，編列預算和挹注資源進一步推展，而非施行由上而下推行的模式，以免資源過度集中在任一語言。[6]

教育領域之外，政府也應該另外投資相關的文化專案，可能利用現有藝文預算，或者另外編列支持原住民語言藝術和文學的特別預算。這樣不只有利於增進少數群體語言的威望地位，也有助於保持該語言的旺盛活力，讓母語人士和不懂該語言的民眾都有更多機會接觸該語言。從表單、公告到路標和地名牌示，政府如果在官方語言版本之外提供少數群體語言版本，都能有效支持該語言，提升其能見度和正當性。上述措施乍看可能只是小小的改變，但對弱勢語言社群來說卻是很大的不同，而且可能吸引更多人學習該語言。提升弱勢語言的能見度，尤其有助於讓不懂該語言和非母語人士的民眾都意識到它的存在，願意關心和支持其未來發展，這往往是少數群體邁向復興的關鍵所在。

本書主要聚焦於數種少數群體語言的歷史和政治，以及相關的保護和復振運動，並未探究語言復振的特定科學和語言學模式。部分原因在於實務上，拜威爾斯語、夏威夷語、毛利語、拉科塔語、納瓦霍語、委拉祖利語、薩米語（Sami）、康瓦爾語和無數少數群體語言使用者的努力所賜，目前關於如何復振衰微的語言，已經建立起幾乎任何語言皆適用的模式框架。然而，即使語言保護運動人士已在全球各地創造奇蹟，推動語言復振不能只靠民間基層的努力。各國政府也應該容許少數群體行使自決權、賦予他們權力，並支持他們將本土語言和文化發揚光大。當局應在教育體系中為弱勢語言保留一席之地，弱勢語言課程不該只是因循舊習的表面功夫，課堂上教的應該是生氣蓬勃、出了教室仍能運用的活語言。從這方面來看，殖民政府和後殖民政府尤其須負起應負的責任，因為許多政權在過去皆是打壓和邊緣化原住民族語言的始作俑者，或者繼承了毀滅本土族群的殖民者傳統。在後殖民社會中，應鼓勵所有人民學習原住民族語言，並在未來參與支持和保護這些語言。大多數名義上只有單一語言的國家其實是多語國家，應該擁抱多元語言，並在政府機關、教育、文化上加以推廣。

復振少數群體語言的運動難免會面臨來自主流社會的反彈，主流群體可能會認為這種運動威脅到強勢語言，或是浪費納稅人的錢。美國的少數群體語言復振即多次受挫，聯邦政府在保守派主政時期曾經削減雙語計畫的預算，或是集中資源加強原住民族和移民的英語教育。[7]說服政府支持少數群體語言絕非易事。遭受壓迫和邊緣化的族群本質上影響力不足，不會掌握太大的政治權力，即使主張要矯正歷史上的過錯，也未必很容易就影響政治人物的立場。路易士認為「唯有透過革命手段才可能成功」，而威爾斯語復興運動中，也曾發生大規模的公民不服從抗爭，甚至有部分人士訴諸暴力。也有其他的語言復振運動是採用較溫和的方式抗爭成功，但為了引起主政者的注意，通常不得不採行某種程度的公民不服從手段。夏威夷語運動人士則巧妙地和美國其他受壓迫的群體站在同一陣線，例如與「黑人的命也是命」運動，以及為反對興建達科塔輸油管而在立岩展開抗爭的拉科塔族和其他盟友串聯發聲。

從政府的角度來看，保護推廣少數群體語言有其正當理由，可能是補償資源不足的弱勢群體，或者是當成有利國家整體未來的一種投資。歷來許多例子在在證明，接受母語教育有助於提高弱勢族群的教育程度，對於提升社經地位和促進經濟發展都有助益。培養雙語或多語能力有益身體健康，具有促進認知能力、提高學習成效、延緩失智症和其他神經退化性疾病等諸多好處。[8]在少數群體語言中可以發掘新穎的思考方法，以及對於當前問題的新解方，正是全球面對氣候災害和其他挑戰的此刻所迫切需要的。而在文化上，無論親炙原始語言或透過翻譯，如果能夠欣賞領略世界各地的藝術和文學，彼此交流獲得啟發，有所成長和精進，我們的人生也會更加豐富。正如辛頓、赫斯和羅希（Hinton, Huss and Roche）三位作者所寫：

有一點很重要，需要牢記在心：語言復振真正的重點不在於語言。真正的重點在於其他事物，包括自治和解殖、了解傳統價值觀和風俗習慣、重新了解和關注土地、找回社群的凝聚力和歸屬感，以及為下一代建立強烈的身分認同。語言是達到上述的關鍵之一，而語言復振是關於上述全部。語言復振的未來會是什麼樣貌，我們無從得知，但可以確知的是，瀕危語言將迎來一個新的時代。原住民族和弱勢群體如今得以重建與自己語言的關係，也許是社群建立了可供研究的語言資料庫，也許是有了新一代的語言使用者，或許人數還不多，但這些新加入的使用者能講古老語言的新變體，並以富有創意的新穎方式使用語言。[9]

弱勢群體的運動能夠主導政策走向，並且推動整個政治體系的改革。在路易士發表講稿數十年之後，威爾斯語使用者人數持續減少，直到一九八〇年代才再次增加。然而在受到路易士感召的個人以及威爾斯黨、威爾斯語協會等團體的努力下，保護威爾斯語成為威爾斯政治的關鍵議題。現今，儘管威爾斯語使用者仍是少數，但所有主要政黨都支持這百萬餘名使用者的目標。無論是威爾斯語運動人士過往的行動，或是威爾斯政府為支持威爾斯語採行的規畫，都成為其他語言的重要榜樣。優先措施包括提高教育體系中使用威爾斯語的比例，挹注更多資源協助成人學習威爾斯語，引導人民在職場和公家機關增加使用威爾斯語的頻率，編列經費支持相關文化、媒體和數位科技，確保威爾斯語與時俱進成為屬於二十一世紀的語言。少數群體和他們的語言尤其會在數位場域面對新的挑戰，但也將發現新的機會。

二〇〇六年前後，年少的挪亞・巴菲尼・希格斯（Noah Buffini Higgs）生活在都柏林，他熱愛愛爾蘭語，但痛恨課堂上教愛爾蘭語的方式。他痛恨正經八百的課程內容，覺得似乎和日常生活用語完全脫節，最令他不滿的是教學方式帶來的負面影響，讓他的同學下課之後就不願意講愛爾蘭語。

希格斯有一頭金髮、淺灰色眼珠和大大的招風耳，他曾用手機應用程式自學法語，某天忽然想到何不也用來學愛爾蘭語。這個應用程式就是「多鄰國」，現在有數十萬使用者就是用這個應用程式學威爾斯語，包括家父在內。然而如果沒有希格斯和其他志同道合的人士頻頻寄電子郵件給多鄰國團隊，詢問能不能增加愛爾蘭語選項，或許多鄰國平台上還不會出現愛爾蘭語課程。

「只是青少年的異想天開，以為會有人注意到我，」希格斯談到自己寄的第一封電郵時說，「結果沒有任何回音。」[10]但是團隊並未無視他的請求。多鄰國營運公司總部位在賓州匹茲堡（Pittsburgh），在矽谷風格的開放空間辦公室裡，新的變革正在醞釀。這間美國新創企業準備在五年內新推出超過三十種語言課程，其中包含數種全世界瀕危程度最高的語言。

多鄰國應用程式的核心是幫忙記憶的字卡。應用程式會顯示不同的字詞、片語和字句發音，測驗使用者記得多少。測驗過程設計成與遊戲類似，完成課程可以獲得累積積分，還可以在日和週排行榜上和其他使用者比賽。公司奉行的宗旨很有矽谷風格：「讓所有人都能免費以輕鬆有趣且方便的方式學習語言」，但最初平台上主打英語、西語等全球使用者最多也最容易獲利的語言課程。

然而希格斯寫那封電子郵件的時間很恰好，多鄰國團隊裡剛好有些成員質疑是否要將主力放在最熱門的語言，他們考量能否擴大加入比較冷門的語言課程。多鄰國公司的客服信箱收到大量使用者意見，顯示使用者對冷門語言課程的需求很大，但熱心人士志願幫忙設計新課程的提議也讓他們應接不暇——他們需要想個辦法導入志願者的助力。

二〇一三年十月，多鄰國公司推行「育成計畫」（incubator），開放志願者自行設計語言課程。不過這項計畫起初並非是要納入冷門語言，而主要著眼於增添新的熱門語言課程，例如早期是希望加入俄語課程。但是根據語言暨社群經營專員米菈・愛沃迪（Myra Awodey）

的說法，希格斯「真心誠意的請求」打動了團隊成員。她告訴我，多鄰國創辦人路易斯．馮．安（Luis von Ahn）覺得：「有何不可？這小子聽起來很酷，他是認真的，我們就做吧。」

愛爾蘭語成為多鄰國平台新增的第一個瀕危或少數群體語言課程，不過希格斯直到一年多後才加入多鄰國團隊。「他們第一輪沒有選我。」他語帶懊惱。二〇一六年，愛爾蘭總統麥克．希金斯（Michael Higgins）在公開儀式上表揚多鄰國對於保存愛爾蘭語的貢獻，稱為「身為國家公民和全球公民的行動參與」，當時希格斯已經是團隊的一分子。根據平台數據，當時已有數百萬使用者體驗過愛爾蘭語課程，人數超過愛爾蘭人口。如今，在平台學習愛爾蘭語的每週活躍使用者約有一百萬人，和平台上學習波蘭語或希臘語的人數差不多，而全世界的波蘭語使用者多達四千萬人，希臘語使用者也有一千三百萬人。[11,12,13]

「新增愛爾蘭語課程對語言本身有非常大的幫助。」都柏林城市大學（Dublin City University）學習科技專家奧辛．歐杜伊（Oisín Ó Doinn）說，他是參與設計多鄰國愛爾蘭語課程的元老。他說很多在學校學愛爾蘭語的學生開始利用多鄰國應用程式輔助學習，平台課程也大受美國離散愛爾蘭語族群的歡迎。愛爾蘭語課程大獲成功，也在多鄰國團隊內部引發一波小小的革命，現今總共聘用了一百九十名課程設計師、開發人員、語言學家、電腦科學家等員工。

「一開始我們得將最多心力放在市場需求最高、能夠服務最多使用者的課程，」產品經理康納．華許（Conor Walsh）指出，「但是科技有一點很厲害，就是邊際成本會下降。我們現在已經開發出這麼多課程，也解決很多技術上的複雜難題，現在要增加一門新課程，在很多方面的成本都不像之前那麼高了。」

已有學者專家指出，對於少數群體語言來說，網際網路和不斷翻新的智慧型手機帶來的影響未必全是正面的。其中匈牙利語言學家安德拉斯．柯爾奈（András Kornai）就警告，如果瀕危語言無法過渡到數位環境，與日常生活愈來愈疏遠隔絕，隨著一般人的生活重心逐漸轉移到螢幕和各種數位裝置上，數位革命可能成為造成許多瀕危語言滅亡的致命一擊。[14] 雖然目前普遍存在「數位世界的語言滅絕」（digital language death）危機，但網際網路仍舊讓保護瀕危語言的工作更加便利，例如紐約的瀕危語言聯盟就善用網路的助力，而有了網路的助力，在傳統社群和離散社群中推廣少數群體語言會更加普遍和常態化。

「很重要的一點是讓大家在接觸威爾斯語時，是認識一種在現代數位裝置上可以互動和使用的語言，」參與設計多鄰國威爾斯語課程的語文教師喬納森．佩里（Jonathan Perry）說，「這樣子語言才能與時俱進，跟上現代科技的使用；必須讓大家覺得這個語言很有活力，而且有人在使用。」

除了多鄰國這種專門輔助使用者學習語言的應用程式，也有愈來愈多威爾斯語人士在使用臉書、谷歌（Google）搜尋引擎或智慧型手機時，切換成威爾斯文操作介面。[15]「威爾斯語維基百科」（Wicipedia）收錄約十三萬筆條目，內容涵蓋威爾斯國旗的歷史，以及生於卡地夫的威爾斯語及康瓦爾語歌手關諾・桑德絲（Gwenno Saunders）生平事蹟。網路廣播節目、影片甚至電玩遊戲，都能成為全球各地的族裔語言（heritage language）或少數群體語言使用者與語言互動的新管道。很多網路服務開始提供威爾斯語及其他相對冷門語言的介面，許多冷門語言的使用者也開始積極倡議亞馬遜（Amazon）、蘋果（Apple）和谷歌等公司納入不同語言的服務。

「即使大家不會因此就能講很流利的愛爾蘭語，對於提升該語言的能見度還是非常有幫助，這一點無比重要。」多鄰國愛爾蘭語課程設計者歐杜伊說。

「要推廣一種語言的使用，最重要的就是提升它的地位和給予支持。我的手機操作介面是愛爾蘭文，因為我用的是安卓作業系統（Android），可以自己決定要切換成愛爾蘭文。我的Gmail也是愛爾蘭文介面。這些都是整個社群為了社群整體無償完成的。如果我們開放這些資源讓大家自行修改調整，對於在網路上保存少數民族語言會是很重要的一步。」

成本過高曾被認為是造成冷門語言在數位世界滅絕的主因，為全球數百萬消費者服務的公司，何必將經費用於支持某種只有數十萬甚至數萬使用者的語言？不過由於人工智慧持續發展，加上成千上萬的志工付出心力，冷門語言的翻譯成本已經大幅降低。不同的計畫案也能相輔相成：由於有威爾斯語維基百科，谷歌翻譯服務得以從這個龐大的開源語料庫抓取資料，有效改善翻譯結果。或者就像多鄰國應用程式，當團隊開發出一種少數群體語言課程，未來再新增其他語言課程就會更加省力。各國政府也開始參與，例如冰島（Iceland）自二〇一八年起挹注數百萬美金支持公家機關和民間團體的計畫，希望將冰島語數位化並發展所需科技，包括建立收錄數十萬條目的詞彙庫以支援谷歌語音搜尋。[16]冰島規畫在五年內投入約兩千萬美金進行冰島語相關計畫，擁護愛爾蘭語的希格斯說這筆錢花得很值得。「兩千萬美金只是小錢，」他說，「想想看法國政府每年投入幾百萬歐元，供法國文化協會（Alliance française）跟法蘭西學術院（Académie française）維護法國語文的純正和活力？」（法國政府二〇二〇年編列用於向全球推廣法語的預算約為四億七千五百萬美金，其中包括給予法國文化協會和法蘭西協會〔Institut français〕的補助。[17]）

隨著新冠肺炎疫情襲捲全球，線上語言學習科技因此加速發展，教師和語言運動人士都得研究新方法，以便在網路上與各自的社群保持連結。二〇二〇年八月，加拿大溫哥華島（Vancouver Island）的北島學院（North Island College）改以視訊聊天方式進行「駐校長輩」（elder in residence）計畫，方便學生和原住民社群的族語使用者交談，向他們請教夸夸卡瓦庫語（Kwak'wala）和其他族語的文法、歷史和風俗習慣相關問題。[18]

有些語言復振計畫固然目標遠大，但對於計畫想要守護的語言未必有利。二〇二〇年年末，「蘇格蘭語維基百科」遭到揭發，原來大部分內容根本未用蘇格蘭語（Scots）寫成。[19] 一名美國使用者自二〇一三年開始編寫蘇格蘭語維基百科，他當時年僅十二歲，雖然完全不會講蘇格蘭語，卻創建了無數頁內容並累積了數千筆編輯紀錄。一名網友於Reddit社群網站指出，很多內容其實是用偽蘇格蘭腔英語寫的，根本不是蘇格蘭部分地區所使用、與英語有關係的蘇格蘭語，終於紙包不住火，真相大白。網友追查編輯紀錄才發現，這些頁面全都由同一名使用者「AmaryllisGardener」創建，他也是整個蘇格蘭語維基百科的管理員。

「問題是這個人根本不會蘇格蘭語，」Reddit網友評論道，「我不是想惡意抨擊或嚴格把關，但現在情況並不是編寫的人很努力，只是內容有一些錯誤，而是編寫的人似乎完全不懂蘇格蘭語。」

對於蘇格蘭語版維基百科內容的品質低落，蘇格蘭語使用者多年來抱怨不斷，覺得會帶給英格蘭和蘇格蘭部分地區民眾錯誤的印象，誤以為蘇格蘭語就只是帶有某個腔調的英語，不值得投入資源保護。雖然維基百科其他貢獻者很快著手改正使用者「AmaryllisGardener」編寫的頁面，但他在維基貢獻的頁面很可能造成非常大的影響。已有研究團隊會利用威爾斯語維基百科內容訓練人工智慧系統，而使用者「AmaryllisGardener」偽造的蘇格蘭語頁面內容也可能已經廣為流傳和運用，揭穿此事的Reddit網友稱之為「迄今規模最為龐大的文化破壞行為」。[20]

為撰寫此書進行初期採訪時，我曾訪問大衛・韓德（David Hand），他當時擔任性質類似威爾斯人同鄉會的香港聖大衛協會（St. David's Society of Hong Kong）會長。[21] 韓德在南威爾斯沿海的沙丘港（Porth Tywyn）長大，家裡講威爾斯語。他開始上學後是唸威爾斯語學校，在當時相當罕見。但等他年紀漸長，尤其在他開始工作並移居國外之後，「真的就變成講英語居多」。

韓德接受我的訪問時，已經在大中華區生活了十多年。他們家在香港鄉間，雖然與大多數人講威爾斯語的唯一地區相距數千公里，家裡的主要語言卻是威爾斯語。他的三個孩子亞玟（Arwen）、修格（Huw）和托莫斯（Tomos）從未在威爾斯生活過，但他們的威爾斯語非常流利，跟父親對話時只講威爾斯語。（戴衛〔Dai〕很不幸已在二〇一九年年末夭亡，訃文中稱他「熱愛威爾斯，會講威爾斯語，全心全力支持我們的理念」。）

「一直到孩子們五歲之前，家裡除了我之外，一定還有另一個人講威爾斯語。」韓德告訴我。韓德夫婦居住在北京期間，接續聘請威爾斯女孩擔任保母並與他們同住，她們通常是利用高中畢業後上大學前的空檔期間出國工作。「重點在於認為自己是威爾斯人、講威爾斯語的心態，再跟法國人、西班牙人或德國人比較看看，」韓德說，「他們會教孩子講自己的語言，完全不用考慮。」

對於生活在威爾斯以外地區的家庭，現今已經可以利用多鄰國和類似的應用程式及網路上的相關服務，教孩子威爾斯語已經比從前容易許多。而在威爾斯當地，威爾斯語教學比例逐年提高，政府的目標是讓威爾斯語人口增加至一百萬。很多種少數群體語言的推行都還未達這樣的標準。有一些語言仍持續遭到打壓和邊緣化，也有一些語言如粵語，未來可能式微且命運未卜，但是語言復振成功的案例已經愈來愈常見，可遵循的模式如今也再清楚不過。唯一欠缺的，是推動語言復振的政治意志和力量，而且很不幸，勢必要經過一場戰役才能達成。

——詹姆斯．格里菲斯，二〇二一年三月於香港

作者的話

撰寫一本關於語言的書籍時，尤其是關於語言如何受到壓迫和邊緣化，很重要的一點是尊重其他語言。我盡力做到尊重書中討論到的所有語言，也希望幫助不熟悉這些語言的讀者即使只看書，也能約略認識這些語言。因此，凡是使用變音符號的語言，我在用羅馬字母拼寫這些語言的字詞時也會加上變音符號。如果特定語言的某些字詞拼音在英文中很常見，例如中國城市和省分名稱的拼音，則視為例外，不特別加上變音符號。本書的主張之一是多元語言和多元文化對於社會發展是正向的，應予以保護和珍視，因此我師法其他後殖民作家在書中述及外文字詞時不會採用斜體，避免賦予字詞不必要的異國風味。然而為了讓全書通暢易讀，我在引用其他語言的文句段落時，盡量提供英文翻譯，而非直接附上原文字句。就人名而言，尤其是中文人名，即使採用的拼音系統有時並不一致，我仍依循「名從主人」的原則。若是著名歷史人物的姓名音譯，我採用英文中最常見的拼法，例如「Mao Zedong」和「Sun Yat-sen」。

在本書討論的數種語言中，除了英語，我唯一通曉的只有威爾斯語，因此在討論其他語言的篇章中，我很可能會無意間犯錯。為了避免出錯，我在撰寫書稿的不同階段，皆曾請母語人士和專家審閱內容並給予建議。書中如有任何錯誤，責任在我。

任何報導作品都是站在前人肩膀上完成的，我由衷感謝本書中引用過的每位記者、作家和歷史學家，謝謝他們幫助我理解，並為我指出方向。只要有人願意和記者談話，我都既驚訝又開心，更別說他們不僅花很久的時間接受訪談，有時甚至要承擔和記者談話的風險。謹在此向撰寫本書過程中每一位受訪者致上謝意，謝謝在書中現身的每個人，以及眾多接受我訪問的學者和語言專家。

如果沒有人購買我的第一本書《牆國誌：中國如何控制網路》（*The Great Firewall of China*），我可能沒有機會寫第二本書，我會永遠感激所有買下第一本書的讀者。我也要感謝Zed出版／布魯姆斯伯里出版社（Bloomsbury）一直以來的支持，尤其要謝謝金・沃克（Kim Walker）基本上就憑一通電話和匆忙寫成的書籍大綱便買下本書版權。謝謝大衛・艾維塔（David Avital）的專業引導讓本書順利付梓。謝謝我的經紀人Clare Mao對本書的支持和推廣。謝謝在撰稿階段提供建議和意見的所有人：凱瑟琳・格里菲斯（Catherine Griffiths）、保羅・格里菲斯（Paul Griffiths）、傑洛・羅希、譚吉娜（Gina Tam）、琳賽・福特（Lindsey Ford）和Ella Wong。謝謝艾瑞克・柯勞奇（Erik Crouch）提供協助不遺餘力，陪我一起多次修潤書稿，我欠了他好大的人情。

本書脫胎自我為美國有線電視新聞網（CNN）所撰寫一篇關於語言權利的文章。該篇文章的編輯史提夫．喬治（Steve George）刪除了初稿中好幾個段落，但他認為寫成一本書肯定精采。他是對的。多年來我都很嫉妒能夠和編輯密切合作的作家，如今我終於找到史提夫這樣一位合作夥伴。他每次都能將我的稿子改得更好，書中那些最棒的點子大多是他最先提出，或者由我們一起發想出來。感謝美國有線電視新聞網在我撰寫兩本書期間的支持，我尤其感謝布雷特．麥基漢（Brett McKeehan）和英嘉．索爾妲（Inga Thordar）總是不吝為我加油打氣。我也想謝謝從以前到現在所有派駐香港的美國有線電視新聞網同事。

感謝娜塔莎．史坦貝（Natasha Steinberg）在英國協助蒐集資料；謝謝凱純．席安（Catrin Sion）和妮亞．湯瑪斯（Nia Thomas）幫忙提供關於格林杜爾之子的資料；謝謝譚吉娜贈送我一本她所寫關於語言書籍的試讀本；謝謝何岦（Brendan O'Kane）惠賜與文言文有關的建議；謝謝華志堅（Jeff Wasserstrom）一直以來的指點和鼓勵。謝謝伊珂拉．卡尼瑟歐–寇羅齊和庫．卡哈卡勞在我造訪夏威夷時無比熱情地招待和給予指引。謝謝多鄰國團隊的山姆．達西默（Sam Dalsimer）於匹茲堡的殷勤招待，以及不厭其煩提供我相關人士的聯絡資訊。謝謝香港朋友們在我採訪和寫書期間的鼓勵和援助，雖然他們可能沒發現自己曾經助我一臂之力。

我也要謝謝我的家人，謝謝他們確保我從小接受威爾斯語教育，並鼓勵我學習其他任何我有興趣的語言。最後，我要謝謝我的妻子Ella Wong，我的外語能力永遠沒辦法像她一樣優秀。謹將本書獻給她。

注釋

前言

1 D. Everett, *How Language Began: The Story of Humanity's Greatest Invention*, Liveright Publishing, 2017.

2 M. Tallerman and K. Gibson (eds.), *The Oxford Handbook of Language Evolution*, Oxford, 2012, p.2.

3 Ibid., p.4.

4 C. Kenneally, *The First Word: The Search for the Origins of Language*, Penguin Books, 2008.

5 M. Arbib, 'Evolving the Language Ready Brain and the Social Mechanisms That Support Language', *J Commun Disord*, Vol. 42, No. 4, July-August 2009, pp.263–71 https://www.ncbi.nlm.nih.gov/pmc/articles/PMC3543814/

6 J. McWhorter, *The Power of Babel: A Natural History of Language*, Arrow Books, 2003.

7 K. Kerenyi, *The Gods of the Greeks*, Thames and Hudson, 1951, p.222.

8 Captain W. E. H. Barrett, 'Notes on the Customs of the Wa-Giriama, etc., of British East Africa' *Journal of the Royal Anthropological Institute*, xli. (1911) p.37, in J. G. Frazer, *Folk-lore in the Old Testament: Studies in Comparative Religion, Legend and Law*, Macmillan, 1919, p.384.

9 J. Teit, 'Kaska Tales', *The Journal of American Folklore*, Vol. 30, No. 118, October–December 1917, pp.442–3.

10 J. McWhorter, *The Power of Babel: A Natural History of Language*.

11 B. Bryson, *The Mother Tongue: English and How It Got That Way*, HarperCollins, 1990.（中譯本：比爾・布萊森著，曹嘉秀譯，《布萊森之英語簡史》，遠見天下文化出版。）

12 'Why Does a Cow Become Beef?' *Dictionary.com* https://www.dictionary.com/e/animal-names-change-become-food/

13 J. Mason, 'The Languages of South America', in J. Steward, *Handbook of South American Indians*, Vol. 6, 1950, Smithsonian, p.303.

14 D. Brinton, *The American Race: A Linguistic Classification and Ethnographic*

Description of the Native Tribes of North and South America, Cambridge University Press, 26 November 2009, p.170.
15 M. Camp and A. Portalewska, 'The Electronic Drum: Community Radio's Role in Reversing Indigenous Language Decline', *Cultural Survival Quarterly Magazine*, March 2013 https://www.culturalsurvival.org/publications/cultural-survival-quarterly/electronic-drum-community-radios-role-reversing-indigenous
16 '*Chinese, Yue*', Ethnologue, 2019.
17 'How Many Languages Are There in the World?' *Ethnologue* https://www.ethnologue.com/guides/how-many-languages
18 'UNESCO Atlas of the World's Languages in Danger', UNESCO http://www.unesco.org/languages-atlas/index.php
19 M. Walsh, '"Language Is Like Food …": Links between Language Revitalization and Health and Well-being', in L. Hinton, L. Huss and G. Roche (eds.), *The Routledge Handbook of Language Revitalization*, Routledge, 2018, p.5.
20 A. Taff et al., 'Indigenous Language Use Impacts Wellness', Oxford Handbooks Online, September 2018 https://www.oxfordhandbooks.com/view/10.1093/oxfordhb/9780190610029.001.0001/oxfordhb-9780190610029-e-41
21 R. Perlin, 'Capitalism, Colonialism and Nationalism Are Language Killers', Al Jazeera, 28 December 2014 http://america.aljazeera.com/opinions/2014/12/language-diversityeconomy.html
22 R. Perlin, 'Radical Linguistics in an Age of Extinction', *Dissent Magazine*, Summer 2014 https://www.dissentmagazine.org/article/radical-linguistics-in-an-age-of-extinction
23 "2019 International Year of Indigenous Languages', *United Nations*, 12 January 2019 https://www.un.org/development/desa/dspd/2019/01/2019-international-year-of- indigenous-languages/

第一章

1 R. R. W. Lingen et al., *Reports of the Commissioners of Inquiry into the State of Education in Wales*, Appointed by the Committee of Council on Education, 1848, p.37.
2 P. Higginbotham, 'Introduction', Workhouses.org.uk http://www.workhouses.org.uk/Wales/
3 '1834 Poor Law', *The National Archives* http://www.nationalarchives.gov.uk/education/resources/1834-poor-law/
4 P. Higginbotham, '*The Workhouse in Wales*', Workhouses.org.uk http://www.workhouses.org.uk/Wales/

5 R. R. W. Lingen et al., *Reports of the Commissioners of Inquiry into the State of Education in Wales*, pp.136–7.
6 Ibid., Appendix, p.238.
7 C. Lucas, 'Lingen, Ralph Robert Wheeler Lingen, Baron', Encyclopædia Britannica, 1911, Vol. 16.
8 R. R. W. Lingen et al., *Reports of the Commissioners of Inquiry into the State of Education in Wales*, p.25.
9 Ibid., p.27.
10 Ibid., pp.25–6.
11 Ibid., p.27.
12 根據以第三人稱記述的威廉斯發言改寫。W. Williams, 'Education In Wales', *Hansard*, 10 March 1846, Vol. 84, pp.845–67 https://api.parliament.uk/historic-hansard/commons/1846/mar/10/education-in-wales
13 D. Williams, '*WILLIAMS, WILLIAM (1788–1865), Member of Parliament*', *Dictionary of Welsh Biography* https://biography.wales/article/s-WILL-WIL-1788
14 此段敘述的根據為與威廉斯同時代畫家為他繪製的肖像，畫像現藏於威爾斯國家圖書館（National Library of Wales）。
15 Adapted from W. Williams, 'Education In Wales', pp.845–67.
16 G. Clement Boase, '*Symons, Jelinger Cookson*', Dictionary of National Biography, 1885–1900, Vol. 55.
17 W. Lubenow, *The Cambridge Apostles, 1820–1914: Liberalism, Imagination, and Friendship in British Intellectual and Professional Life*, Cambridge University Press, 29 October 1998, p.420.
18 R. Dod, *The Peerage, Baronetage, and Knightage of Great Britain and Ireland*, Whittaker and Co, 1864, p.685.
19 G. Moody, *The English Journal of Education, volume 4*, Darton & Co, 1846, p.381.
20 R. R. W. Lingen et al., *Reports of the Commissioners of Inquiry into the State of Education in Wales*, pp.309–10.
21 Ibid., p.4.
22 Ibid., p.297.
23 Ibid., p.310.
24 Ibid., p.452.
25 Ibid., p.312.
26 P. Morgan, 'From Long Knives to Blue Books', in *Welsh Society and Nationhood*, edited by R. R. Davies et al., University of Wales Press, 1984.

27 R. Marsden, 'The Treachery of the Blue Books', in '*Methodism in Wales, 1730–1850*', Open University https://www.open.edu/openlearn/history-the-arts/methodism- wales-1730-1850/content-section–8
28 G. Roberts, *The Language of the Blue Books*, University of Wales Press, 2011, p.209.
29 P. Morgan, 'From Long Knives to Blue Books', p.205.
30 Ibid., p.213.
31 Quoted in W. Williams, *A Letter to Lord John Russell on the Report of the Commissioners appointed to inquire into the State of Education in Wales*, James Ridgway, 1848, p.31.
32 G. Roberts, *The Language of the Blue Books*, p.220.
33 W. Brooks, *Welsh Print Culture in y Wladfa: The Role of Ethnic Newspapers in Welsh Patagonia, 1868–1933*, Cardiff University Press, 2012, p.27.
34 E. James, 'The Argentines Who Speak Welsh', BBC, 16 October 2014 https://www.bbc.com/news/magazine–29611380
35 G. Roberts, *The Language of the Blue Books*, p.220.
36 E. Humphreys, *The Taliesin Tradition: A Quest for the Welsh Identity*, Black Raven Press, 1983, p.182.
37 Quoted in M. Arnold, *On the study of Celtic literature*, p.x.
38 Ibid., p.12.
39 G. Jenkins and M. Williams, '*Let's Do Our Best for the Ancient Tongue*'*: The Welsh Language in the Twentieth Century*, University of Wales Press Cardiff, 2000, p.19.

第二章

1 T. Pennant, *Tours in Wales, vol. ii*, H. Humphreys, 1883, pp.368–74.
2 Ibid., p.368.
3 S. Baring-Gould and J. Fisher, *The Lives of the British Saints: Vol II*, C. J. Clark, 1908, p.423.
4 Ibid., pp.1–10.
5 T. Price (ed.), *Iolo Manuscripts: A selection of ancient Welsh manuscripts*, William Rees, 1848, pp.150–1.
6 T. Pennant, *Tours in Wales, vol. ii*, pp.368–75.
7 R. Jones, *The North Wales Quarrymen, 1874-1922*, University of Wales Press, 1982, p.78.
8 The Editors, 'League of Nations: Second Period (1924–31)', *Encyclopedia Britannica*, 2017 https://www.britannica.com/topic/League-of-Nations/Second-

period-1924-31

9 H. Steiner, 'The Geneva Disarmament Conference of 1932', in *The Annals of the American Academy of Political and Social Science,* Vol. 168, pp.212–19.

10 A. C. Temperley, *The Whispering Gallery Of Europe*, Collins, 1938, pp.273–4.

11 I. Kershaw, *Making Friends with Hitler: Lord Londonderry, the Nazis, and the Road to War*, Penguin, 2005.

12 Lord Londonderry, 'Imperial Defence', Hansard, House of Lords, 22 May 1935, Vol. 96, c.1017.

13 麗茵半島縱火案是威爾斯民族主義及威爾斯語運動史上的關鍵時刻，本書中的相關敘述參考了當時的新聞報導，以及桑德斯・路易士和他兩名同夥的著述。然而最不可或缺的資料來源，是達衛・詹金斯（Dafydd Jenkins）論定該件縱火案及其後續影響的著作：*Nation on Trial: Penyberth 1936*, translated by A. Corkett, Welsh Academic Press, 1999。

14 D. Jenkins, *Nation on Trial: Penyberth 1936*, translated by A. Corkett, Welsh Academic Press, 1999, p.8.

15 G. Jenkins and M. Williams, '*Let's Do Our Best for the Ancient Tongue*": *The Welsh Language in the Twentieth Century*, pp.123–35.

16 I. Peate, '*The Llyn Peninsula: Some Cultural Considerations*', letter to the Council for the Preservation of Rural Wales, 27 July 1935, cited in ibid.

17 S. Lewis, 'The Case for Welsh Nationalism', *The Listener*, Vol. XV, No. 383, 13 May 1936, p.915.

18 An Acte for Laws & Justice to be ministred in Wales in like fourme as it is in this Realme, 27 Henry VIII c. 26, 1535.

19 D. Jenkins, *Nation on Trial: Penyberth 1936*, pp.12–13.

20 Ibid., p.39.

21 '*Three to Be Tried on Charges of Firing R.A.F. Camp*', *Manchester Guardian*, 17 September 1936.

22 D. Jenkins, *Nation on Trial: Penyberth 1936*, p.40.

23 '*Trial of Welsh Nationalist Leaders*', *Manchester Guardian*, 14 October 1936.

24 '*Three to Be Tried on Charges of Firing R.A.F. Camp*', *Manchester Guardian*, 17 September 1936.

25 損失金額係採用政府數據基金會（Official Data Foundation）提供的「英國通膨計算機」（UK Inflation Calculator）換算；英鎊以2019年9月幣值計算。https://www.officialdata.org/uk/inflation/1936?amount=2500

26 D. Jenkins, *Nation on Trial: Penyberth 1936*, p.41.

27 Malicious Damage Act 1861, 24 & 25 Vict c 97, pp.766–7.

28 '*Trial of Welsh Nationalist Leaders*', *Manchester Guardian*, 14 October 1936.

29 D. Jenkins, *Nation on Trial: Penyberth 1936*, p.55.
30 書中關於法庭審判的敘述及逐字引述主要出自《曼徹斯特衛報》（*Manchester Guardian*）當時刊出的詳盡報導，另外也參考對照了其他資料。'*Trial of Welsh Nationalist Leaders*', *Manchester Guardian*, 14 October 1936.
31 D. Jenkins, *Nation on Trial: Penyberth 1936*, p.87.
32 Lloyd George to Megan Lloyd George. 1 December 1936, Lloyd George: Family Letters, pp.212–13, cited in K. Morgan, *Rebirth of a Nation: Wales, 1880-1980*, Oxford University Press, 1981.
33 '*Nine Months' Imprisonment for Welsh Nationalists*', *Manchester Guardian*, 20 January 1937.
34 '*Welsh Nationalists Sentenced to Prison*', *Manchester Guardian*, 20 January 1937.
35 '*Penhros*', Airfields of Britain Conservation Trust https://www.abct.org.uk/airfields/airfield-finder/penrhos
36 G. Davies, 'The Legal Status of the Welsh Language in the Twentieth Century', in G. Jenkins and M. Williams (eds), '*Let's Do Our Best for the Ancient Tongue*': *The Welsh Language in the Twentieth Century*, University of Wales Press Cardiff, 2000, pp.218–48.
37 Hansard, Administration Of Justice (Wales) Bill, HC Deb, 26 February 1937, Vol. 320, c.2428.
38 Welsh Courts Act 1942, 1942 C.40.
39 G. Davies, 'The Legal Status of the Welsh Language in the Twentieth Century', p.234.
40 R. Jones, *The Fascist Party in Wales?: Plaid Cymru*, Welsh Nationalism and the Accusation of Fascism, University of Wales Press, 2014.
41 S. Lewis, '*Tynged Yr Iaith*', BBC Radio Cymru, 13 February 1962, translated by G. Aled Williams.

第三章

1 J. Beckett, *City Status in the British Isles, 1830–2002*, Routledge, 2017.
2 'Capital of Principality (Cardiff)', *HC Deb* 20 December 1955, Vol. 547 cc310-1W https://api.parliament.uk/historic-hansard/written-answers/1955/dec/20/capital-of-principality-cardiff
3 Historical weather for 17 November 1967, Met Office.
4 'Statement of Major Clifton Melville JEFFERIES, M.B.E.', *ASSI* 84/577, National Archives.

5 Evening Post Reporter, 'Bomb Blast at Royal Talks HQ', *Reading Evening Post*, 17 November 1967.
6 'Central Chancery of the Orders of Knighthood', *The London Gazette*, 8 November 1968, No. 44713.
7 Evening Post Reporter, 'Bomb Blast at Royal Talks HQ', *Reading Evening Post*, 17 November 1967.
8 'Statement of Major Clifton Melville JEFFERIES, M.B.E.', *ASSI* 84/577, National Archives.
9 J. Davies, *A History of Wales*, Penguin Books, 2007.
10 '1967: Moves to Curb Spread of Foot-and-mouth', *BBC* http://news.bbc.co.uk/onthisday/hi/dates/stories/november/18/newsid_3191000/3191938.stm
11 D. Harari, '"Pound in Your Pocket" Devaluation: 50 Years On', *House of Commons Library*, 17 November 2017 https://commonslibrary.parliament.uk/economy-business/ economy-economy/pound-in-your-pocket-devaluation-50-years-on/
12 J. Humphries, *Freedom Fighters: Wales's Forgotten 'War', 1963–1993*, University of Wales Press, 2009, p.4.
13 '"Save Our Homes" Procession Marches in Vain', *The Guardian*, 22 November 1956.
14 'Tryweryn Appeal to the Queen', *The Guardian*, 27 September 1957.
15 E. Crump, 'Tryweryn: Jeers Cause the Reservoir's Opening Ceremony to Be Cut Short', *Daily Post*, 20 October 2015 https://www.dailypost.co.uk/news/north-wales- news/tryweryn-jeers-cause-reservoirs-opening–10287234
16 D. O'Neill, 'Charge of the White Brigade', *The Guardian*, 22 October 1965.
17 'Welsh Fighting Talk', *The Guardian*, 18 April 1966.
18 N. Evans, 'The Investiture of the Prince of Wales', *BBC*, 25 June 2009 https://www.bbc.co.uk/wales/history/sites/investiture/pages/investiture-background.shtml
19 Associated Press, 'Welsh Greet Lord Snowden at Cardiff with Bomb, Jeers', *Fort Lauderdale News*, 18 November 1967.
20 Evening Post Reporter, 'Bomb Blast at Royal Talks HQ', *Reading Evening Post*, 17 November 1967.
21 W. Thomas, *John Jenkins – The Reluctant Revolutionary?* Y Lolfa, 2020.
22 DPP 2/4471 Regina vs Owen Williams et al.
23 J. Humphries, *Freedom Fighters: Wales's Forgotten 'War', 1963–1993*, p.26.
24 W. Thomas, *John Jenkins – The Reluctant Revolutionary?* Y Lolfa, 2020.
25 PREM 13/1801.

26 CAB 164/389.
27 J. Humphries, *Freedom Fighters: Wales's Forgotten 'War', 1963–1993*, pp.226–7.
28 W. Thomas, *John Jenkins – The Reluctant Revolutionary?*
29 Ibid.
30 'Statement of Ian SKIDMORE', *ASSI* 84/577, National Archives.
31 'Statement of Harold Pendlebury', *ASSI* 84/577, National Archives.
32 W. Thomas, *John Jenkins – The Reluctant Revolutionary?*
33 Ibid.
34 Ibid.
35 PREM 13/2903-Royal Family.
36 'Statement of Major Clifton Melville JEFFERIES, M.B.E.', *ASSI* 84/577, National Archives.
37 ASSI 84/577.
38 N. Constable, 'A Welsh Bomber and the Little Boy He Crippled', *Daily Mail*, 22 June 2019 https://www.dailymail.co.uk/home/event/article-7162353/Charles-Investiture.html
39 W. Thomas, *John Jenkins – The Reluctant Revolutionary?*
40 'A speech by HRH The Prince of Wales replying to the Loyal Address by Sir Ben Bowen Thomas, President of the University College of Wales, Aberystwyth, The Investiture of The Prince of Wales, Caernarfon Castle, North Wales', *Prince of Wales* https://www.princeofwales.gov.uk/speech/speech-hrh-prince-wales-replying-loyal- address-sir-ben-bowen-thomas-president-university
41 R v John Barnard Jenkins and Frederick Ernest Alders, County of Denbigh Assize, 3 March 1970.
42 ASSI 84/577.
43 W. Thomas, *John Jenkins – The Reluctant Revolutionary?*
44 J. Humphries, *Freedom Fighters: Wales's Forgotten 'War', 1963–1993*, p.155.
45 N. Brooke, *Terrorism and Nationalism in the United Kingdom*, Palgrave Macmillan, 2018, pp.60–1.
46 G. Jenkins and M. Williams, '*Let's Do Our Best for the Ancient Tongue*'*: The Welsh Language in the Twentieth Century*, p.252.
47 '*An Act to* Make Further Provision with Respect to the Welsh Language and References in Acts of Parliament to Wales', *Parliament*, 27 July 1967 https://www.legislation.gov.uk/ukpga/1967/66/introduction/enacted
48 G. Jenkins and M. Williams, '*Let's Do Our Best for the Ancient Tongue*'*: The Welsh Language in the Twentieth Century*, p.243.
49 Ibid., p.272.

50 Ibid., p.273.

51 J. Gower, 'The Story of Wales', *BBC* Digital, 2012.

52 J. Osmond, *Accelerating History – the 1979, 1997 and 2011 Referendums in Wales*, Institute of Welsh Affairs, 2011, p.5.

53 Martin Johnes, 'The Welsh Devolution Referendum, 1 March 1979', *Hanes Cymru*, 26 February 2019 https://martinjohnes.com/2019/02/26/the-welsh-devolution-referendum-1-march-1979/

54 C. Betts, 'Freed Bomber Says He Fears Exile from Wales', *The Western Mail*, 15 July 1976.

55 Welsh nationalist extremism: discussion papers; meetings with Secretary of State for Wales National Archives https://discovery.nationalarchives.gov.uk/details/r/C16310826

56 N. Brooke, *Terrorism and Nationalism in the United Kingdom*, p.73.

57 J. Humphries, *Freedom Fighters: Wales's Forgotten 'War', 1963–1993*, p.162.

58 Ibid., p.164.

59 D. Wigley, Letter to Prime Minister Margaret Thatcher, PREM19/395, House of Commons, 11 July 1980.

60 *Cabinet: Minutes of Full Cabinet CC(80) 23rd*, CAB128/67, Margaret Thatcher Foundation, 11 June 1980.

61 *Record of a Meeting Held at 10 Downing Street*, PREM19/395 f63, Margaret Thatcher Foundation, 15 September 1980.

62 J. Davies, *A History of Wales*.

63 M. Jones, *The Welsh Language in Education in the UK*, pp.11–13.

64 Welsh Language Act 1993.

65 J. Davies, *A History of Wales*.

66 M. Johnes, 'Margaret Thatcher: An Unlikely Architect of Welsh Devolution', *BBC*, 8 April 2013 https://www.bbc.com/news/uk-wales-politics–16315966

67 M. Sutton, 'An Index of Deaths from the Conflict in Ireland', *Conflict Archive on the Internet* https://cain.ulster.ac.uk/sutton/tables/Status.html

68 Gordon Wynne JONES witness statement, ASSI 84/577.

69 J. Gower, 'The Story of Wales'.

70 M. Johnes, 'Margaret Thatcher: An Unlikely Architect of Welsh Devolution'.

71 'The Devolution Debate', *BBC*, 28 February 1979 https://www.bbc.com/news/av/uk-scotland-scotland-politics-29147146/scottish-independence-devolution-79-john-smith

72 'Dissent within the Welsh Labour Party', *BBC* https://www.bbc.co.uk/news/special/politics97/devolution/wales/briefing/dissent.shtml

73 'Welsh Referendum Live – The Final Result', *BBC*, 12 September 1997 https://www.bbc.co.uk/news/special/politics97/devolution/wales/live/index.shtml

第四章

1 R. Harries, 'The Dialects of Wales: How One Country Has Five Different Words for the Same Thing', *Wales Online*, 30 September 2018 https://www.walesonline.co.uk/news/dialects-wales-how-one-country–15194987

2 瑞佛斯一名的由來就沒有那麼豪氣了，這個名字取自英國的殖民戰爭英雄瑞佛斯・布勒（Redvers Buller）。

3 'Welsh Language Results: Annual Population Survey, 2001–2018', *Welsh Government*, 29 May 2019, p.3.

4 'Welsh Language Data from the Annual Population Survey: July 2018 to June 2019', *Welsh Government*, 25 June 2020 https://gov.wales/welsh-language-data-annual- population-survey-july-2018-june–2019

5 'Cymraeg 2050: A Million Welsh Speakers', *Welsh Government*, 2018 https://gov.wales/sites/default/files/publications/2018-12/cymraeg-2050-welsh-language-strategy.pdf

6 S. Brooks, *Why Wales Never Was: The Failure of Welsh Nationalism*, University of Wales Press, 2017.

7 '26,581 Children Every Year Denied Welsh Language Fluency', *Cymdeithas*, 1 January 2020 https://cymdeithas.cymru/news/26581-children-every-year-denied-welsh-language-fluency

8 'The Cornish Language Revival', *Go Cornish* https://gocornish.org/about-go-cornish/the-cornish-language-revival/

9 A. Pennycook, *Language and Mobility: Unexpected Places*, Multilingual Matters, 2012, p.164.

10 'Welsh Language Inspires New Gaelic Campaign in Scotland', 15 October 2019 https://nation.cymru/news/welsh-language-inspires-new-gaelic-campaign-in-scotland/

11 A. Rolewska, 'The Implications of Brexit for the Welsh Language', *Welsh Language Commissioner*, 22 January 2019 http://www.comisiynyddygymraeg.cymru/English/News/Pages/The-implications-of-Brexit-for-the-Welsh-language.aspx

12 A. Lewis, 'Why Wales' Most Pro-Brexit Town Doesn't Care about European Money', *Wales Online*, 3 February 2019 https://www.walesonline.co.uk/news/wales-news/wales- most-pro-brexit-town–15767233

13 F. Perraudin, 'English People Living in Wales Tilted It towards Brexit, Research

Finds', *The Guardian*, 22 September 2019 https://www.theguardian.com/uk-news/2019/sep/22/english-people-wales-brexit-research
14 R. Awan-Scully, 'With Welsh Independence Polling Higher than Ever It Is No Longer a Fringe Movement', *Nation.cymru*, 5 June 2020 https://nation.cymru/opinion/with-welsh-independence-polling-higher-than-ever-it-is-no-longer-a-fringe-movement/
15 A. Price, 'A Letter to the People of Wales on the Subject of Welsh Independence', *Nation.cymru*, 17 July 2020 https://nation.cymru/opinion/a-letter-to-the-people-of-wales-on-the-subject-of-welsh-independence/

插曲

1 L. Thompson, *A History of South Africa.*
2 Ibid.
3 P. Warwick, *Black People and the South African War 1899–1902*, Cambridge University Press, p.4.
4 'Women and Children in White Concentration Camps during the Anglo-Boer War, 1900–1902', *South Africa History Online*, 21 March 2011 https://www.sahistory.org.za/article/women-and-children-white-concentration-camps-during-anglo-boer-war–1900–1902
5 Peace Treaty of Vereeniging, 31 May 1902.
6 L. Thompson, *A History of South Africa.*
7 H. Giliomee, 'The Rise and Possible Demise of Afrikaans as a Public Language', *PRAESA Occasional Papers No. 14*, University of Cape Town, 2003, p.5.
8 Ibid., p.6.
9 Editorial in *The Cape Argus*, 19 September 1857, cited in H. Giliomee, 2003.
10 J. de Waal, *My Herinneringe van ons Taalstryd*, Nasionale Pers, 1932, p. 21, cited in H. Giliomee, 2003.
11 Quoted in F. van Coetsem, '*Loan Phonology and the Two Transfer Types in Language Contact*', Walter de Gruyter GmbH & Co KG, 25 April 2016, p.132.
12 L. Thompson, *A History of South Africa.*
13 I. Evans, *Bureaucracy and Race: Native Administration in South Africa*, University of California Press, 29 September 1997, p.227.
14 L. Thompson, *A History of South Africa.*
15 Ibid.
16 S. Ndlovu, 'The Soweto Uprising', in *The Road to Democracy in South Africa, Volume 2*, South African Democracy Education Trust, 2011, pp.342–3.
17 對於哈斯汀・恩德洛夫當時的年紀，不同資料來源的說法不一，有謂15

歲、16歲或17歲。恩德洛夫的家屬於2012年在索威多揭幕的紀念牌匾上刻的是17歲，故本書採用17歲的說法。

18 'The June 16 Soweto Youth Uprising', *South African History Online*, 21 May 2013 https://www.sahistory.org.za/article/june-16-soweto-youth-uprising

19 B. Hirson, *Year of Fire, Year of Ash: The Soweto Schoolchildrens Revolt That Shook Apartheid*, Zed Books, 15 June 2016.

20 R. Malan, *My Traitor's Heart: A South African Exile Returns to Face His Country, His Tribe, and His Conscience*, Grove Atlantic, 2012, p.59.

21 A. Brink, *A Fork in the Road*, Random House, 2010.

22 '*The June 16 Soweto* Youth Uprising', *South African History Online*, 21 May 2013 https://www.sahistory.org.za/article/june-16-soweto-youth-uprising

23 D. Tutu et al., 'Truth and Reconciliation Commission of South Africa Report', *TRC*, 29 October 1998, p.558.

24 Ibid., p.558.

25 L. Thompson, *A History of South Africa*.

26 K. Prah, 'The Challenge of Language in Post-apartheid South Africa', *LitNet*, 22 March 2018 https://www.litnet.co.za/challenge-language-post-apartheid-south-africa/

27 J. Bester, 'Protesters Throw Poo on Rhodes Statue', *IOL*, 10 March 2015 https://www.iol.co.za/news/south-africa/western-cape/protesters-throw-poo-on-rhodes-statue-1829526#.VSAM3fmUdJc

28 Y. Kamaldien, 'Rhodes Statue: Students Occupy Offices', *IOL*, 21 March 2015 https://www.iol.co.za/news/south-africa/western-cape/rhodes-statue-students-occupy-offices-1835276#.VSEO86g0WSo

29 E. Fairbanks, 'Why South African Students Have Turned on Their Parents' Generation', *The Guardian*, 18 November 2015 https://www.theguardian.com/news/2015/nov/18/why-south-african-students-have-turned-on-their-parents-generation

30 S. Masondo, 'Rhodes: As Divisive in Death as in Life', *City Press*, 22 March 2015 https://www.news24.com/SouthAfrica/News/Cecil-John-Rhodes-As-divisive-in-death-as-in-life–20150322

31 N. Mandela, *Long Walk to Freedom*, Hachette UK, 25 April 2013.

32 Quoted in A. Albuyeh, 'Regime Change Succession Politics and the Language Question', in M. Nyamanga Amutabi and S. Wanjala Nasong'o (eds), *Regime Change and Succession Politics in Africa: Five Decades of Misrule*, Routledge, 4 January 2013, p.180.

33 A. Krog, 'As Afrikaners We Were Scared of What Mandela Would Do to Us –

How Wrong We Were', *The Independent*, 13 December 2013.
34 A. Krog, *Country of My Skull: Guilt, Sorrow, and the Limits of Forgiveness in the New South Africa*, Crown/Archetype, 2007.
35 The Constitution of the Republic of South Africa, 1996, p.4.
36 A. Albuyeh, 'Regime Change Succession Politics and the Language Question', p.181. 37 R. Davies, *Afrikaners in the New South Africa: Identity Politics in a Globalised Economy*, Tauris Academic Studies, 2009, p.94.
38 A. Brink, 'A Long Way from Mandela's Kitchen', *New York Times*, 11 September 2010 https://www.nytimes.com/2010/09/12/opinion/12brink.html
39 A. Brink, *A Fork in the Road*.
40 D. Roodt, 'Old Split over Afrikaner Identity Fuels New Terror', *Business Day*, 28 November 2002 https://web.archive.org/web/20021203135532/ and https://allafrica.com/stories/200211290230.html
41 H. Giliomee, 'The Rise and Possible Demise of Afrikaans as a Public Language', p.24.
42 Open Stellenbosch Collective, 'Open Stellenbosch – Tackling Language and Exclusion at Stellenbosch University', *Daily Maverick*, 28 April 2015 https://www.dailymaverick.co.za/article/2015-04-28-op-ed-open-stellenbosch-tackling-language-and-exclusion-at-stellenbosch-university/
43 'Students in South Africa Win Language Victory', *DW News*, 13 November 2015 https://www.dw.com/en/students-in-south-africa-win-language-victory/a–18848432
44 H. Giliomee, 'The War against Afrikaans at Stellenbosch', *Politics Web*, 28 April 2016 https://www.politicsweb.co.za/opinion/the-war-against-afrikaans-at-stellenbosch
45 W. Visser, 'From MWU to Solidarity – A Trade Union Reinventing Itself', *South African Journal Labour Relations*, Vol. 30, No. 2, 2006, p.39.
46 T. Bell, 'Wherefore Art Our Unions in SA?' *City Press*, 8 April 2018 https://www.fin24.com/Economy/Labour/wherefore-art-our-unions-in-sa–20180408–2
47 P. du Toit, 'AfriForum And Solidarity's "Parallel State"', *Huffington Post*, 31 January 2017 https://www.huffingtonpost.co.uk/2017/01/31/afriforum-and-solidaritys-parallel-state_a_21704173/?ncid=other_saredirect_m2afnz7mbfm
48 'About Us', *AfriForum* https://www.afriforum.co.za/en/about-us/
49 M. Du Preez, 'The Problem AfriForum Is Causing the DA', *News 24*, 15 May 2018 https://www.news24.com/Columnists/MaxduPreez/the-problem-afriforum-is-causing- the-da–20180515
50 J. Pogue, 'The Myth of White Genocide', *Harper's*, 15 February 2019 https://

pulitzercenter.org/reporting/myth-white-genocide
51 E. Roets, *Kill the Boer: Government Complicity in South Africa's Brutal Farm Murders*, Kraal Uitgewers, 2018.
52 J. Burke, 'Murders of Farmers in South Africa at 20-Year Low, Research Shows', *The Guardian*, 26 June 2018 https://www.theguardian.com/world/2018/jun/27/murders-of-farmers-in-south-africa-at-20-year-low-research-shows
53 eality Check, 'South Africa Crime: Police Figures Show Rising Murder and Sexual Offences', *BBC*, 12 September 2019 https://www.bbc.com/news/world-africa–49673944
54 'Global Study on Homicide', *United Nations Office on Drugs and Crime*, 2019, p.25.
55 K. Wilkinson, 'FACTSHEET: Statistics on Farm Attacks and Murders in South Africa', *Africa Check*, 8 May 2017 https://africacheck.org/factsheets/factsheet-statistics- farm-attacks-murders-sa/
56 D. McKenzie and B. Swails, 'They're Prepping for a Race War. And They See Trump as Their "Ray of Hope"', *CNN*, November 2018 https://edition.cnn.com/interactive/2018/11/africa/south-africa-suidlanders-intl/
57 'AfriForum v University of the Free State: Media Summary', *Constitutional Court of South Africa*, 29 December 2017 http://www.saflii.org/za/cases/ZACC/2017/48.html
58 'General Household Survey 2018', *Statistics South Africa*, 28 May 2019, pp.8–9 http://www.statssa.gov.za/publications/P0318/P03182018.pdf
59 S. Gordon et al., 'South Africans Prefer Their Children to Be Taught in English', *Quartz*, 2 October 2019 https://qz.com/africa/1720174/south-africans-prefer-their-children-to-be-taught-in-english/
60 'Afrikaans: The Language of Black and Coloured Dissent', *South Africa History Online*, 20 September 2017 https://www.sahistory.org.za/article/afrikaans-language-black-and- coloured-dissent#endnote-217-ref
61 D. Attridge, 'The Triumph of Afrikaans Fiction', *Public Books*, 16 February 2018 https://www.publicbooks.org/the-triumph-of-afrikaans-fiction/
62 H. Willemse, 'More than an Oppressor's Language: Reclaiming the Hidden History of Afrikaans', *The Conversation*, 27 April 2017 https://theconversation.com/more-than- an-oppressors-language-reclaiming-the-hidden-history-of-afrikaans–71838
63 R. Brown, 'In South Africa, a Push to Reclaim an Afrikaans as Diverse as Its Speakers', *Christian Science Monitor*, 23 March 2018 https://www.csmonitor.com/World/Africa/2018/0323/In-South-Africa-a-push-to-reclaim-an-Afrikaans-

as-diverse-as-its-speakers
64 'Coloured Mentality: Is Afrikaans a White Language?' *YouTube*, 19 January 2017 https://www.youtube.com/watch?v=x4A8NRsgNpc

第五章

1 G. Kanahele, *Pauahi: The Kamehameha Legacy*, Kamehameha Schools Press, 1986, p.110.
2 'Kamehameha V', *Encyclopaedia Britannica* https://www.britannica.com/biography/Kamehameha-V
3 M. Hathaway, 'Trends in Heights and Weights', *Yearbook of Agriculture* 1959 https://naldc.nal.usda.gov/download/IND43861419/PDF
4 G. Kanahele, *Pauahi: The Kamehameha Legacy*, p.109.
5 Ibid., p.110.
6 E. McKinzie, *Hawaiian Genealogies: Extracted from Hawaiian Language Newspapers, Volume 1*, University of Hawai i Press, 1983, p.2.
7 J. King, *A Voyage to the Pacific Ocean*, W. and A. Strahan, 1784, p.43.
8 D. Rhodes, 'Overview of Hawaiian History', *National Parks Service* https://www.nps.gov/parkhistory/online_books/kona/history5e.htm
9 'Sandalwood Trade', *Hawai'i History* http://www.hawaiihistory.org/index.cfm?fuseaction=ig.page&PageID=274
10 S. Vowell, 'Unfamiliar Fishes', *Penguin*, 22 March 2011.
11 L. Thurston, *Life and Times of Mrs. Lucy G. Thurston*, S. C. Andrews, 1882, p.29.
12 ST Shulman et al., 'The Tragic 1824 Journey of the Hawaiian King and Queen to London: History of Measles in Hawaii', *Pediatr Infect Dis J.*, Vol. 28, No. 8, August 2009, 728–33.
13 S. Kamakau, *Ruling Chiefs of Hawaii*, Kamehameha Schools, 1992, p.235.
14 K. Mellen, *The Magnificent Matriarch: Kaahumanu, Queen of Hawaii*, Hastings House, 1952, p.254.
15 'Kaahumanu', *Encyclopaedia Britannica* https://www.britannica.com/biography/Kaahumanu
16 J. Haley, *Captive Paradise: A History of Hawaii*, St. Martin's Press, 2014, p.79.
17 N. Silva, *Aloha Betrayed: Native Hawaiian Resistance to American Colonialism*, Duke University Press, 2004, p.54.
18 Ibid., p.55.
19 A. Schutz, *The Voices of Eden: A History of Hawaiian Language Studies*, University of Hawai i Press, 1994, pp.2–16.
20 M. A. Donne, *The Sandwich Islands and Their People*, Society for Promoting

Christian Knowledge, 1866, p.84.

21 M. Hopkins, *Hawaii: The Past, Present, and Future of Its Island-kingdom*, Longmans, Green, and Company, 1866, p.352.

22 L. Fish Judd, *Honolulu: Sketches of Life*, ADF Randolph, 1880, p.25.

23 A. Schutz, *The Voices of Eden: A History of Hawaiian Language Studies*, pp.25–6.

24 J. Haley, *Captive Paradise: A History of Hawaii*, p.91.

25 Ibid., p.55.

26 J. Lyon, *No ka Baibala Hemolele: The Making of the Hawaiian Bible*, Palapala, 2017, p.113.

27 Ibid., p.114.

28 N. Silva, *Aloha Betrayed: Native Hawaiian Resistance to American Colonialism*, p.55.

29 H. Bingham, *A Residence of Twenty-One Years in the Sandwich Islands*, H. D. Goodwin, 1855, p.160.

30 G. Kanahele, *Pauahi: The Kamehameha Legacy*, p.21.

31 Ibid., p.23.

32 Hawaiian Mission Children's Society, *Portraits of American Protestant Missionaries to Hawaii*, Hawaiian Gazette Co, 1901, p.54.

33 M. Richards (ed.), *The Chiefs' Children's School a Record Compiled from the Diary and Letters of Amos Starr Cooke and Juliette Montague Cooke*, Honolulu Star-Bulletin, 1937, p.26.

34 Ibid., p.27.

35 G. Kanahele, *Pauahi: The Kamehameha Legacy*, pp.27–8.

36 Ibid., p.31.

37 M. Richards (ed.), *The Chiefs' Children's School a Record Compiled from the Diary and Letters of Amos Starr Cooke and Juliette Montague Cooke*, p.173.

38 J. Hewitt, *Williams College and Foreign Missions*, Pilgrim Press, 1914, p.155.

39 H. Lyman, *Hawaiian Yesterdays: Chapters from a Boy's Life in the Islands in the Early Days*, A. C. McClurg & Company, 1906, p.123.

40 G. Kanahele, *Pauahi: The Kamehameha Legacy*, p.58.

41 Office of the Historian, 'The Oregon Territory, 1846', *United States Department of State* https://history.state.gov/milestones/1830-1860/oregon-territory

42 T. Goetz, 'When TB Was a Death Sentence: An Excerpt from "The Remedy"', *The Daily Beast*, 4 April 2016 https://www.thedailybeast.com/when-tb-was-a-death-sentence-an-excerpt-from-the-remedy

43 B. Dunn, 'William Little Lee and Catherine Lee, Letters from Hawai'i 1848–1855', *The Hawaiian Journal of History*, Vol. 38, 2004, p.59.

44 G. Kanahele, *Pauahi: The Kamehameha Legacy*, p.60.
45 H. Lyman, *Hawaiian Yesterdays: Chapters from a Boy's Life in the Islands in the Early Days*, p.46.
46 M. Krout, *The Memoirs of Hon. Bernice Pauahi Bishop*, The Knickerbocker Press, 1908, p.82.
47 Liliuokalani, *Hawaii's Story by Hawaii's Queen*, Lee and Shepard, 1898, p.10.
48 'Kinau (c. 1805–1839)', *Women in World History: A Biographical Encyclopedia*, Gale Research, 2002.
49 A. Cooke, 'Sat. Sept. 2 '48', *Amos S. Cooke's Diary No. 8*, p.178.
50 G. Kanahele, *Pauahi: The Kamehameha Legacy*, p.62.
51 A. Cooke, 'Thursday Aug. 16 '49', *Amos S. Cooke's Diary No. 8*, p.303.
52 A. Cooke, 'Aug. 30, 1849', *Amos S. Cooke's Diary No. 8*, p.312.
53 A. Cooke, 'Sept. 7, 1849', *Amos S. Cooke's Diary No. 8*, p.316.
54 G. Kanahele, *Pauahi: The Kamehameha Legacy*, p.69.
55 'Kamamalu, Victoria (1838–1866)', *Women in World History: A Biographical Encyclopedia*, Gale Research, 2002.
56 M. Krout, *The Memoirs of Hon. Bernice Pauahi Bishop*, p.208.
57 F. Judd, *Forty-Fourth Annual Report*, Hawaiian Historical Society, 1936, p.39.
58 Ibid., p.40.
59 P. Galuteria, *Lunalilo*, Kamehameha Schools, 1993, pp.58–9.
60 J. Haley, *Captive Paradise: A History of Hawaii*.
61 T. Coffman, *Nation within: The History of the American Occupation of Hawai'i*, Duke University Press, 2016, p.62.

第六章

1 伊奧拉尼宮於1880年代的情景敘述，係根據美國國會圖書館（Library of Congress）網站提供的相片翻拍檔案寫成。'Distant View, Palace and Grounds', *Library of Congress Prints and Photographs Division Washington*, 1886 https://www.loc.gov/pictures/item/hi0047.photos.058131p/resource/
2 Liliuokalani, *Hawaii's Story by Hawaii's Queen*, Charles E. Tuttle Company, 1964, p.204.
3 *Iolani Palace*, National Register of Historic Places Inventory Nomination Form, United States Department of the Interior, National Park Service, 1966 https://npgallery.nps.gov/NRHP/GetAsset/NHLS/66000293_text
4 V. MacCaughey, 'The Punchbowl: Honolulu's Metropolitan Volcano', *The Scientific Monthly*, Vol. 2, No. 6, June 1916, pp. 607–13.
5 'Dropped to Death', *Evening Bulletin*, 18 November 1889.

6 'His Last Leap', *The Honolulu Advertiser*, 18 November 1889.
7 J. Haley, *Captive Paradise: A History of Hawaii*, p.128.
8 Ibid., p.131.
9 N. Silva, *Aloha Betrayed: Native Hawaiian Resistance to American Colonialism*, p.47.
10 'Ho okahua Examines Other Interpretations of State Motto', *Hawaiian Cultural Center*, July 2014 https://apps.ksbe.edu/kaiwakiloumoku/uamaukeeaokaainaikapono
11 T. Coffman, *Nation within: The History of the American Occupation of Hawai'i*, p.56.
12 R. Kuykendall, *The Hawaiian Kingdom 1778–1854, Foundation and Transformation*, University of Hawai i Press, 1938, p.395.
13 G. Judd, 'Private Journal', 4 June 1850, cited in R. Kuykendall, *The Hawaiian Kingdom 1778–1854, Foundation and Transformation*, University of Hawai i Press, 1938, p.397.
14 D. Itsuji Saranillio, *Unsustainable Empire: Alternative Histories of Hawai'I Statehood*, Duke University Press, 2018, p.66.
15 T. Coffman, *The Island Edge of America: A Political History of Hawai'i*, p.29.
16 Ibid., p.16.
17 T. Coffman, *Nation within: The History of the American Occupation of Hawai'i*, p.155.
18 *Constitution of the Republic of Hawai'i and Laws Passed by the Executive and Advisory Councils of the Republic*, Hawaiian Gazette Company's Print, 1895, pp.265–7.
19 Ibid., p.103.
20 S. Vowell, *Unfamiliar Fishes*.
21 *Constitution of the Republic of Hawai'i and Laws Passed by the Executive and Advisory Councils of the Republic*, p.183.
22 J. Hunt, *Hawai'i Department of Education Historical Development and Outlook*, Department of Education, 1969, p.297.
23 'Topics of the Day', *The Independent*, 16 October 1896.
24 'A Timeline of Revitalization', *Aha Pūnana Leo* http://www.ahapunanaleo.org/index.php?/about/aha_puunana_leo_in_the_spotlight/
25 'Topics of the Day', *The Independent*, 26 October 1898.
26 'Rev. Dr. McArthur on Hawaii', *The Friend*, December 1895, p. 96.
27 *The Biennial Report of the President of the Board of Education*, Hawaiian Gazette, 1896, pp.6–7.

28 P. Lucas, 'Hawaiian Language Policy and the Courts', *The Hawaiian Journal of History*, Vol. 34, 2000, p.9.
29 A. Schutz, *The Voices of Eden: A History of Hawaiian Language Studies*, p.352.
30 Ibid., pp.354–5.

第七章

1 K. Zambucka, *The High Chiefess, Ruth Keelikolani*, Mana Publishing, 1977, p.5.
2 P. Spickard et al., *Pacific Diaspora: Island Peoples in the United States and across the Pacific*, University of Hawai i Press, 2002, p.244.
3 K. Silva, *Princess Ruth Ke'elikōlani*, Center for Biographical Research University of Hawai i, 2003, p.3.
4 J. Haley, *Captive Paradise: A History of Hawaii.*
5 'Death of Her Highness Princess Ruth Keelikolani', *The Daily Bulletin*, 28 May 1883, p.1.
6 M. Krout, *The Memoirs of Hon. Bernice Pauahi Bishop*, p.218.
7 'About Pauahi', Kamehameha Schools https://www.ksbe.edu/about_us/about_pauahi/
8 G. Kanahele, *Pauahi: The Kamehameha Legacy*, p.174.
9 'Pauahi's Will', *Kamehameha Schools* https://www.ksbe.edu/about_us/about_pauahi/will/
10 G. Kanahele, *Pauahi: The Kamehameha Legacy*, p.184.
11 N. Hawkes, 'History of Cancer Treatment', Raconteur, 4 June 2015 https://www.raconteur.net/healthcare/history-of-cancer-treatment
12 G. Kanahele, *Pauahi: The Kamehameha Legacy*, p.186.
13 'Funeral of Bernice Pauahi Bishop', The Pacific Commercial Advertiser, 4 November 1884.
14 G. Kanahele, *Pauahi: The Kamehameha Legacy*, pp.191–2.
15 M. Krout, *The Memoirs of Hon. Bernice Pauahi Bishop*, p.228.
16 Ibid., p.239.
17 'A Timeline of Revitalization', '*Aha Pūnana Leo* http://www.ahapunanaleo.org/index.php?/about/aha_puunana_leo_in_the_spotlight/
18 T. Coffman, *Nation within: The History of the American Occupation of Hawai i*, p.82.
19 Ibid., p.86.
20 J. Fiske, 'Manifest Destiny', *Harpers*, March 1885 https://harpers.org/archive/1885/03/manifest-destiny-2/
21 D. Dela Cruz, 'The Life and Legacy of Hawaii's Influential Charles Reed

Bishop', *Hawai'i Magazine*, 14 January 2011 https://www.hawaiimagazine.com/content/life-and-legacy-hawaiis-influential-charles-reed-bishop
22 D. Forbes (ed.), *Hawaiian National Bibliography, 1780–1900: 1881–1900*, University of Hawai i Press, 1998, p.232.
23 R. Canevali, 'Hilo Boarding School: Hawaii's Experiment in Vocational Education', *Hawaiian Journal of History*, Vol. 11, 1977, p.85.
24 S. King and R. Ro, *Broken Trust: Greed, Mismanagement & Political Manipulation at America's Largest Charitable Trust*, University of Hawai i Press, 2006.
25 Ibid.
26 S. Bonura, *Light in the Queen's Garden*, University of Hawai i Press, 2017.
27 B. Wist, 'A Century of Public Education in Hawaii', *The Hawai'i Educational Review*, 1940, p.113.
28 S. King and R. Ro, *Broken Trust: Greed, Mismanagement & Political Manipulation at America's Largest Charitable Trust.*
29 K. Eyre, 'Suppression of Hawaiian Culture at Kamehameha Schools', *speech given in January 2004* https://apps.ksbe.edu/kaiwakiloumoku/makalii/feature-stories/suppression_of_hawaiian_culture
30 V. Valeri, *Kingship and Sacrifice: Ritual and Society in Ancient Hawaii*, University of Chicago Press, 1985, p.12.
31 M. Pukui and S. Elbert, 'Mana', *Hawaiian Dictionary*, Ulukau, 2003 http://wehewehe.org/gsdl2.85/cgi-bin/hdict?a=q&j=pk&l=en&q=mana&a=d&d=D12710
32 J. Cook, *The Three Voyages of Captain James Cook Round the World*, Longman, Hurst, Rees, Orme, and Brown, 1821, p.348.
33 V. Valeri, *Kingship and Sacrifice: Ritual and Society in Ancient Hawaii*, p.138.
34 M. J. Harden, *Voices of Wisdom: Hawaiian Elders Speak*, Aka Press, 2014.
35 J. Cook, *Voyages Around the World*, S. Russell, 1806, p.488.
36 H. Bingham *A Residence of Twenty-One Years in the Sandwich Islands*, H. Huntington, 1848, pp.124–5.
37 N. Silva, *Aloha Betrayed: Native Hawaiian Resistance to American Colonialism*, p.63.
38 L. Hix, 'How America's Obsession with Hula Girls Almost Wrecked Hawai i', *Collector's Weekly*, 22 March 2017 https://www.collectorsweekly.com/articles/how- americas-obsession-with-hula-girls-almost-wrecked-hawaii/
39 T. Coffman, *Nation within: The History of the American Occupation of Hawai'i*, p.68.

40 P. Lucas, 'Hawaiian Language Policy and the Courts', pp.7–8.
41 N. Emerson, *The Unwritten Literature of Hawaii*, Mutual Publishing, 1998, p.vii.
42 R. Kuykendall, *The Hawaiian Kingdom, vol. 3, 1874–1893, The Kalākaua dynasty*, University of Hawai'i Press, 1967, p.347.
43 S. Bishop, 'Why Are Hawaiians Dying Out?', *The Friend*, April 1889, pp.26–7.
44 K. Eyre, 'Suppression of Hawaiian Culture at Kamehameha Schools'.
45 S. King and R. Ro, *Broken Trust: Greed, Mismanagement & Political Manipulation at America's Largest Charitable Trust.*
46 A. Schutz, *The Voices of Eden: A History of Hawaiian Language Studies*, p.349.
47 'Cruelty of a Witch', *The San Francisco Examiner*, 29 June 1892.
48 'An Hawaiian Sorceress', *Argus Leader*, 26 April 1893.
49 'Woman Is Freed after 23 Years Spent in Prison', *Honolulu Star Bulletin*, 24 December 1914.
50 R. Schmitt, *Historical Statistics of Hawaii*, University of Hawai i Press, 1977, p.27.
51 R. Schmitt, 'Religious Statistics of Hawai i,1825–1972', *Hawaiian Journal of History*, Vol. 7, 1973, pp.41–7.
52 H. Trask, 'Feminism and Indigenous Hawaiian Nationalism', *Signs*, Vol. 21, No. 4, Feminist Theory and Practice, Summer, 1996.
53 S. Kamakau, *Ruling Chiefs of Hawaii*, Kamehameha Schools Press, 1961, p.228.
54 J. Molnar, 'For the Love of Hawaii', *The Seattle Times*, 12 September 1993.
55 J. Hopkins, 'The First Family of Hawaiian Song', *Ha'ilono Mele*, Vol. 4, No. 10, October 1978.
56 1995 Hall of Fame Honoree, 'Helen Desha Beamer', *Hawaiian Music Hall of Fame.* https://web.archive.org/web/20080511173248/ and http://www.hmhof.org/honorees/1995/beamer.html
57 J. Hopkins, 'Hula City', *Los Angeles Times*, 17 October 1993.
58 PBS Hawai i, 'Long Story Short with Leslie Wilcox: Aunty Nona Beamer', *PBS*, 23 October 2007 https://www.pbshawaii.org/long-story-short-with-leslie-wilcox-aunty-nona-beamer/
59 J. Arthur Rath, *Lost Generations: A Boy, a School, a Princess*, University of Hawai i Press, 2006, p.80.
60 PBS Hawai i, 'Long Story Short with Leslie Wilcox: Aunty Nona Beamer'.
61 J. Arthur Rath, *Lost Generations: A Boy, a School, a Princess*, p.80.
62 PBS Hawai i, 'Long Story Short With Leslie Wilcox: Aunty Nona Beamer'.
63 M. J. Harden, *Voices of Wisdom: Hawaiian Elders Speak.*
64 L. Hix, 'How America's Obsession with Hula Girls Almost Wrecked Hawai i'.

65 Ibid.
66 PBS Hawai i, 'Long Story Short With Leslie Wilcox: Aunty Nona Beamer'.
67 G. Cartwright, 'Winona Beamer', *The Guardian*, 2 June 2008 https://www.theguardian.com/world/2008/jun/02/usa
68 J. Hopkins, 'The First Family of Hawaiian Song'.
69 Ibid.
70 S. King and R. Ro, *Broken Trust: Greed, Mismanagement & Political Manipulation at America's Largest Charitable Trust.*
71 'Kona Pastor Brands Pele Hula', *The Honolulu Advertiser*, 2 April 1959.
72 'The Hula – Idolatry?', *Honolulu Star-Bulletin*, 2 April 1959.
73 B. Krauss, 'In One Ear', *The Honolulu Advertiser*, 6 April 1959.
74 J. Rath, *Lost Generations: A Boy, a School, a Princess*, University of Hawai i Press, 2006, p.128.
75 'A Timeline of Revitalization', *'Aha Pūnana Leo* http://www.ahapunanaleo.org/index.php?/about/a_timeline_of_revitalization/

第八章

1 'Rainfall Atlas of Hawaii', *University of Hawai'i* http://rainfall.geography.hawaii.edu/
2 'Water Conservation and Control of Water Usage during Water Shortage', Maui County Code, Title 14, Article 1, Chapter 14.06A.
3 S. Fisher, 'The Story of Waihe'e: The Source of the Land', *Hawaiian Islands Land Trust*, 23 April 2019 https://www.hilt.org/hawaiian-islands-land-trust/2019/3/25/ka-moolelo-o-waihee-ke-kumu-o-ka-aina
4 S. Russell, 'Water Rights Bills Are Unconstitutional', *Honolulu Civil Beat*, 2 April 2019 https://www.civilbeat.org/2019/04/water-rights-bills-are-unconstitutional/
5 'Endowment', *Kamehameha Schools Annual Report* 2018/19, p.21 https://www.ksbe.edu/assets/annual_reports/KS_Annual_Report_2019.pdf
6 'Profile: Native Hawaiians/Pacific Islanders', *Office of Minority Health Resource Center, OMH* https://www.minorityhealth.hhs.gov/omh/browse.aspx?lvl=3&lvlid=65
7 'About', *Kamehameha Schools* https://apps.ksbe.edu/admissions/about/
8 Doe v. Kamehameha Schools/Bernice Pauahi Bishop, 295 F. Supp. 2d 1141 (D. Haw. 2003), US District Court for the District of Hawai i – 295 F. Supp. 2d 1141 (D. Haw. 2003) December 2003.
9 J. Rath, *Lost Generations: A Boy, a School, a Princess*, p.59.

10 S. King and R. Ro, *Broken Trust: Greed, Mismanagement & Political Manipulation at America's Largest Charitable Trust*.
11 P. Barrett, 'At Bishop Estate, Scandal Widens as Powerhouse's Chair Is Indicted', *Wall Street Journal*, 19 April 1999 https://www.wsj.com/articles/SB924469946310962758
12 S. King and R. Ro, *Broken Trust: Greed, Mismanagement & Political Manipulation at America's Largest Charitable Trust*, p.8.
13 J. Wisch, 'Atg News Release: 20 Years Ago, Bishop Estate Scandal Led to Strict Charities Oversight in Hawaii', *Hawai'i Governor's Office*, 14 August 2017 https://governor.hawaii.gov/newsroom/latest-news/atg-news-release-20-years-ago-bishop-estate- scandal-led-to-strict-charities-oversight-in-hawaii/
14 S. King and R. Ro, *Broken Trust: Greed, Mismanagement & Political Manipulation at America's Largest Charitable Trust*, p.4.
15 Ibid., p.296.
16 H. Verploegen, '7 District Teachers of the Year Honored', *Honolulu Star-Bulletin*, 31 October 1984, p.33.
17 H. Verploegen, 'Snake Teaches Hawaiian', *Honolulu Star-Bulletin*, 20 October 1976, p.28.
18 'A Timeline of Revitalization', *'Aha Pūnana Leo* http://www.ahapunanaleo.org/index.php?/about/aha_puunana_leo_in_the_spotlight/
19 'A Timeline of Revitalization'.
20 'History', *Native Hawaiian Educational Council* http://www.nhec.org/about-nhec/history/
21 'A Timeline of Revitalization'.

第九章

1 Big Island News, 'TMT Opponents Halt Groundbreaking Ceremony', *YouTube*, 8 October 2014 https://www.youtube.com/watch?v=SZ4Gt35hs-s
2 D. Herman, 'The Heart of the Hawaiian Peoples' Arguments against the Telescope on Mauna Kea', *Smithsonian Magazine*, 23 April 2015 https://www.smithsonianmag.com/smithsonian-institution/heart-hawaiian-people-arguments-arguments-against- telescope-mauna-kea–180955057/
3 T. Kehaulani Watson-Sproat, 'Why Native Hawaiians Are Fighting to Protect Maunakea from a Telescope', *Vox*, 24 July 2019 https://www.vox.com/identities/2019/7/24/20706930/mauna-kea-hawaii
4 K. Grable, 'Why Mauna Kea Needs Your Protection', *Greenpeace*, 14 August 2019 https://www.greenpeace.org/usa/why-mauna-kea-needs-your-protection/

5 'VIDEO: Full Coverage of Thirty Meter Telescope Disruption', *Big Island Video News*, 9 October 2014 https://www.bigislandvideonews.com/2014/10/09/video-full-coverage- thirty-meter-telescope-road-block/

6 J. Kelleher, 'Protesters Halt Mauna Kea Telescope Groundbreaking', *Honolulu Star Advertiser*, 7 October 2014 https://www.staradvertiser.com/2014/10/07/breaking-news/protesters-halt-mauna-kea-telescope-groundbreaking/

7 'Episode 90: How Western Media's False Binary between "Science" and Indigenous Rights Is Used to Erase Native People', *Citations Needed*, 16 October 2019 https://citationsneeded.libsyn.com/episode-90-how-western-medias-false-binary-between- science-and-indigenous-rights-is-used-to-erase-native-people

8 M. Peryer, 'Native Hawaiians on Coverage of Mauna Kea Resistance', *Columbia Journalism Review*, 29 July 2019 https://www.cjr.org/opinion/mauna-kea-telescope-protest-hawaii.php

9 D. Herman, 'The Heart of the Hawaiian Peoples' Arguments against the Telescope on Mauna Kea'.

10 T. Kehaulani Watson-Sproat, 'Why Native Hawaiians Are Fighting to Protect Maunakea from a Telescope'.

11 M. Speier, 'Scientists Voice Their Support for Native Hawaiians Protesting the Thirty Meter Telescope', *Pacific Standard*, 25 July 2019 https://psmag.com/news/scientists-voice-their-support-for-native-hawaiians-protesting-the-thirty-meter-telescope

12 'Kahua', *Kanaeokana* http://kanaeokana.net/kahua/

13 KITV Web Staff, 'Results Are In: New Poll Shows Steep Decline in TMT Support', *KITV*, 26 September 2019 https://www.kitv.com/story/41101740/results-are-in-new- poll-shows-steep-decline-in-tmt-support

14 C. Blair, 'Civil Beat Poll: Strong Support for TMT but Little Love for Ige', *Honolulu Civil Beat*, 9 August 2019 https://www.civilbeat.org/2019/08/civil-beat-poll-strong-support-for-tmt-but-little-love-for-ige/

15 'Allies', *Pu'uhuluhulu* https://www.puuhuluhulu.com/learn/allies

16 S. Lee, 'TMT Protest Movement Spurs Enrollment in Immersion Schools', *Civil Beat*, 29 August 2019 https://www.civilbeat.org/2019/08/tmt-protest-movement-spurs-enrollment-in-immersion-schools/

插曲

1 J. Fellman, *The Revival of a Classical Tongue Eliezer Ben Yehuda and the*

Modern Hebrew Language, Mouton, 1973, p.17.

2 The Editors of Encyclopaedia Britannica, 'Pale', *Encyclopædia Britannica*, 20 July 1998 https://www.britannica.com/topic/pale-restricted-area#ref285758

3 A. Korzhenkov, *Zamenhof The Life, Works, and Ideas of the Author of Esperanto*, translated by I. Richmond, Esperantic Studies Foundation, 2009, p.2.

4 J. Fellman, 'Hebrew: Eliezer Ben-Yehuda & the Revival of Hebrew', *Jewish Virtual Library* https://www.jewishvirtuallibrary.org/eliezer-ben-yehuda-and-the-revival-of-hebrew

5 J. Fellman, *The Revival of a Classical Tongue Eliezer Ben Yehuda and the Modern Hebrew Language*, p.18.

6 Ibid., p.11.

7 Y. Rabkin, *Language in Nationalism: Modern Hebrew in the Zionist Project*, Holy Land Studies, November 2010.

8 The Editors of Encyclopaedia Britannica, 'Treaty of San Stefano', *Encyclopædia Britannica*, 24 February 2019 https://www.britannica.com/event/Treaty-of-San-Stefano

9 J. Fellman, *Hebrew: Eliezer Ben-Yehuda & the Revival of Hebrew.*

10 J. Fellman, *The Revival of a Classical Tongue Eliezer Ben Yehuda and the Modern Hebrew Language*, p.20.

11 Ibid., p.13.

12 A. Korzhenkov, *Zamenhof The Life, Works, and Ideas of the Author of Esperanto*, p.1.

13 Ibid., p.2.

14 Ibid., p.4.

15 E. Schor, 'Esperanto: A Jewish Story', *Pakn Treger, Winter* 2009 https://www.yiddishbookcenter.org/language-literature-culture/pakn-treger/esperanto-jewish-story

16 A. Korzhenkov, *Zamenhof The Life, Works, and Ideas of the Author of Esperanto*, p.5.

17 L. Halperin, 'Modern Hebrew, Esperanto, and the Quest for a Universal Language', *Jewish Social Studies: History, Culture, Society n.s.*, Vol. 19, No. 1, Fall 2012, p.6.

18 A. Okrent, *In the Land of Invented Languages*, Spiegel & Grau, 2009.

19 E. Schor, *Bridge of Words: Esperanto and the Dream of a Universal Language*, Henry Holt and Company, 2016.

20 A. Okrent, *In the Land of Invented Languages.*

21 E. Schor, *Bridge of Words: Esperanto and the Dream of a Universal Language.*

22 G. Orwell, 'As I Please', *Tribune*, 28 January 1944 http://www.telelib.com/authors/O/OrwellGeorge/essay/tribune/AsIPlease19440128.html
23 E. Schor, 'Esperanto: A Jewish Story'.
24 A. Korzhenkov, *Zamenhof The Life, Works, and Ideas of the Author of Esperanto*, p.12.
25 E. Schor, 'L.L. Zamenhof and the Shadow People', *New Republic*, 30 December 2009 https://newrepublic.com/article/72110/ll-zamenhof-and-the-shadow-people
26 L. L. Zamenhof, *Dr. Esperanto's International Language*, R. H. Geoghegan (translator), Balliol College, Oxford, 1889, G. Keyes (editor), Verkitsa, 2006 https://www.genekeyes.com/Dr_Esperanto.html
27 J. Fellman, *The Revival of a Classical Tongue Eliezer Ben Yehuda and the Modern Hebrew Language*, p.29.
28 Y. Rabkin, *Language in Nationalism: Modern Hebrew in the Zionist Project*.
29 J. Fellman, 'Hebrew: Eliezer Ben-Yehuda & the Revival of Hebrew'.
30 Ibid.
31 J. Fellman, *The Revival of a Classical Tongue Eliezer Ben Yehuda and the Modern Hebrew Language*, p.37.
32 D. Green, '1858: Hebrew's Reviver Is Born', *Haaretz*, 7 January 2013 https://www.haaretz.com/jewish/.premium-1858-hebrew-s-reviver-is-born-1.5289349
33 J. Fellman, *The Revival of a Classical Tongue Eliezer Ben Yehuda and the Modern Hebrew Language*, p.65.
34 J. Fellman, 'Hebrew: Eliezer Ben-Yehuda & the Revival of Hebrew'.
35 Ibid..
36 J. Fellman, *The Revival of a Classical Tongue Eliezer Ben Yehuda and the Modern Hebrew Language*, p.31.
37 J. Fellman, 'Hebrew: Eliezer Ben-Yehuda & the Revival of Hebrew'.
38 Ibid.
39 D. Green, '1858: Hebrew's Reviver Is Born'.
40 E. Schor, 'L.L. Zamenhof and the Shadow People'.
41 A. Korzhenkov, *Zamenhof The Life, Works, and Ideas of the Author of Esperanto*, pp.37–8. 42 Ibid., p.36.
43 Ibid., p.39.
44 Ibid., pp.35–6.
45 Ibid., p.40.
46 P. Janton, *Esperanto: Language, Literature, and Community*, SUNY Press, 1 January 1993, p.42.
47 Ibid., p.28.

48 E. Schor, *Bridge of Words: Esperanto and the Dream of a Universal Language*.
49 L. L. Zamenhof, *Dr. Esperanto's International Language*.
50 E. Schor, *Bridge of Words: Esperanto and the Dream of a Universal Language*.
51 Ibid.
52 Ibid.
53 Ibid.
54 A. Korzhenkov, *Zamenhof The Life, Works, and Ideas of the Author of Esperanto*, p.43.
55 Ibid., p.31.
56 E. Schor, *Bridge of Words: Esperanto and the Dream of a Universal Language*.
57 'Membronombroj de UEA', *Vikepedio* https://eo.wikipedia.org/wiki/Membronombroj_de_UEA#Diagramo_kaj_tabelo_de_la_suma_membraro_ekde_1908
58 A. Korzhenkov, *Zamenhof The Life, Works, and Ideas of the Author of Esperanto*, p.33.
59 Ibid., p.47.
60 Ibid., pp.47–8.
61 N. Berdichevsky, 'Esperanto and Modern Hebrew – "Artificial" Languages That Came to Life', *New English Review*, February 2014 https://newenglishreview.org/custpage.cfm/frm/160333
62 E. Schor, *Bridge of Words: Esperanto and the Dream of a Universal Language*.
63 L. Halperin, 'Modern Hebrew, Esperanto, and the Quest for a Universal Language', p.24.
64 N. Berdichevsky, 'Esperanto and Modern Hebrew – "Artificial" Languages that Came to Life'.
65 L. Halperin, 'Modern Hebrew, Esperanto, and the Quest for a Universal Language', p.16.
66 League of Nations: The Mandate for Palestine, 24 July 1922.
67 D. Green, '1858: Hebrew's Reviver Is Born'.
68 'Hebrew', *Ethnologue* https://web.archive.org/web/20190927074706/ and https://www.ethnologue.com/language/heb
69 'Full Text of Basic Law: Israel as the Nation State of the Jewish People', *Knesset*, 19 July 2018 https://web.archive.org/web/20180719173434/ and https://knesset.gov.il/spokesman/eng/PR_eng.asp?PRID=13978
70 A. Carey and O. Liebermann, 'Israel Passes Controversial "Nation-State" Bill with No Mention of Equality or Minority Rights', *CNN*, 19 July 2018 https://www.cnn.com/2018/07/19/middleeast/israel-nation-state-legislation-intl/index.

html

71 'The Status of Arabic-Speakers in Israel', *The Economist*, 27 November 2016 https://www.economist.com/the-economist-explains/2016/11/27/the-status-of-arabic-speakers-in-israel

72 A. Sikseck, 'How Arabic Became a Foreign Language in Israel', *YNet*, 5 September 2017 https://www.ynetnews.com/articles/0,7340,L-4959477,00.html

73 A. Lang, *The Politics of Hebrew and Yiddish: Zionism and Transnationalism*, The Federalist Debate, Number 2, July 2015.

74 B. Mitchell, 'Yiddish and the Hebrew Revival: A New Look at the Changing Role of Yiddish', *Monatshefte*, Vol. 90, No. 2, Summer 1998, pp.190–1.

75 A. Lang, *The Politics of Hebrew and Yiddish: Zionism and Transnationalism*.

76 N. Karlen, *The Story of Yiddish: How a Mish-mosh of Languages Saved the Jews*, p.12.

77 Ibid., p.13.

78 M. Richarz, 'The History of the Jews in Europe during the Nineteenth and Early Twentieth Centuries', *The Holocaust and the United Nations Outreach Programme*, pp.77–80 https://www.un.org/en/holocaustremembrance/docs/pdf/Volume%20I/The_History_of_the_Jews_in_Europe.pdf

79 B. Mitchell, 'Yiddish and the Hebrew Revival: A New Look at the Changing Role of Yiddish', pp.190–1.

80 E. Schor, 'Esperanto: A Jewish Story'.

81 J. Shanes, 'Yiddish and Jewish Diaspora Nationalism', *Monatshefte*, Vol. 90, No. 2, Summer, 1998, p.180.

82 W. Laqueur, *A History of Zionism*, Tauris Parke, 2003.

83 J. Shanes, 'Yiddish and Jewish Diaspora Nationalism', p.179.

84 Y. Rabkin, *Language in Nationalism: Modern Hebrew in the Zionist Project*, p.8.

85 Ibid., p.9.

86 Ibid., p.3.

87 B. Mitchell, 'Yiddish and the Hebrew Revival: A New Look at the Changing Role of Yiddish', p.192.

88 J. Shanes, 'Yiddish and Jewish Diaspora Nationalism', p.185.

89 N. Karlen, *The Story of Yiddish: How a Mish-mosh of Languages Saved the Jews*, p.146.

90 R. Rojanski, 'The Status of Yiddish in Israel, 1948–1951: An Overview', in J. Sherman (ed.), *Yiddish after the Holocaust*, Boulevard, 2004.

91 Y. Rabkin, *Language in Nationalism: Modern Hebrew in the Zionist Project*, p.3.

92 Ibid., p.5.

93 B. Mitchell, 'Yiddish and the Hebrew Revival: A New Look at the Changing Role of Yiddish', p.192.

94 E. Freeburg, *The Cost of Revival: The Role of Hebrew in Jewish Language Endangerment*, Yale University, 1 May 2013, p.38.

95 A. Pilowsky, 'Yiddish alongside the Revival of Hebrew Public Polemics on the Status of Yiddish in Eretz Israel, 1907–1929', in J. Fishman (ed.), *Readings in the Sociology of Jewish Languages*, Brill Archive, 1 January 1985, p.106.

96 L. Bush, 'May 26: In Israel, Yiddish Language and Culture Day', *Jewish Currents*, 26 May 2016 https://jewishcurrents.org/may-26-in-israel-yiddish-language-and-culture-day/

97 A. Pilowsky, 'Yiddish alongside the Revival of Hebrew Public Polemics on the Status of Yiddish in Eretz Israel, 1907–1929', p.107.

98 J. Shanes, 'Yiddish and Jewish Diaspora Nationalism', p.186.

99 L. Bush, 'September 27: Anti-Yiddish Riots', *Jewish Currents*, 26 September 2012 https://jewishcurrents.org/september-27-anti-yiddish-riots/

100 B. Mitchell, 'Yiddish and the Hebrew Revival: A New Look at the Changing Role of Yiddish', p.193.

101 Ibid., p.194.

102 A. Brumberg, 'Yiddish and Hebrew – End of a Feud?' *Haruth* http://haruth.com/YiddishHebrew.html

103 D. Porat, '*The Blue and the Yellow Stars of David*, Harvard University Press, 1990, p.239.

104 R. Rojanski, 'The Final Chapter in the Struggle for Cultural Autonomy', *Journal of Modern Jewish Studies*, 2007, 6:2, p.200 http://dx.doi.org/10.1080/14725880701423071

105 B. Mitchell, 'Yiddish and the Hebrew Revival: A New Look at the Changing Role of Yiddish', p.195.

106 R. Rojanski, 'The Status of Yiddish in Israel, 1948–1951: An Overview', p.54.

107 L. Bush, 'May 26: In Israel, Yiddish Language and Culture Day'.

108 B. Weiner, 'The Return of the Repressed: Yiddish in Israel', *Jewish Currents*, 2 April 2009 https://jewishcurrents.org/the-return-of-the-repressed-yiddish-in-israel/

109 J. Young, 'Down with the "Revival": Yiddish Is a Living Language', *Yivo Institute*, 12 September 2014 https://yivo.org/down-with-the-revival-yiddish-is-a-living-language

110 R. Kafrissen, 'Oy Gevalt! Yiddish Is Definitely Alive. Or Dad. Or in Purgatory. Or Hiding in Switzerland for Tax Purposes.', *Yiddish Praxis*, 31 December 2011

http://rokhl.blogspot.com/2011/12/oy-gevalt-yiddish-is-definitely-alive.html
111 A. Lang, 'The Politics of Hebrew and Yiddish: Zionism and Transnationalism'.
112 L. Morales, 'Yiddish in the Age of Identity', *Jewish Currents*, 11 May 2017 https://jewishcurrents.org/yiddish-in-the-age-of-identity/
113 'Esperanto', *Ethnologue*, 2019.

第十章

1 孟克是我的家族遠親，我在家族的舊資料中找到他寄的信件。H. Monk, *Letter to Isabella Monk*, 16 July 1841, Monk family private collection.
2 J. J. Bremer, *Admiralty Dispatch, 6 March 1841*, Bulletins of State Intelligence, p.225.
3 Ibid., p.273.
4 H. Monk, *Letter to Isabella Monk*, 30 August 1842, Monk family private collection.
5 H. Shea, *Letter to H. Monk, Esquire, Guernsey*, 6 October 1843, Monk family private collection.
6 R. Martin, *China; Political, Commercial, and Social: An Official Report*, James Madden, 1847, pp.80–2.
7 S. Platt, *Imperial Twilight: The Opium War and the End of China's Last Golden Age*, Alfred A. Knopf, New York, 2018, p.xxiii.
8 War with China—adjourned debate, *HC Deb,* 08 April 1840, Hansard, Vol. 53, c.818 https://api.parliament.uk/historic-hansard/commons/1840/apr/08/war-with-china-adjourned-debate
9 S. Platt, *Imperial Twilight: The Opium War and the End of China's Last Golden Age*, p.xxiii.
10 S. Tsang, *A Modern History of Hong Kong: 1841–1997*, p.20.
11 Ibid., p.60.
12 A. Pennycook, 'Language Policy as Cultural Politics: The Double-Edged Sword of Language Education in Colonial Malaya and Hong Kong', *Discourse: Studies in the Cultural Politics of Education*, Vol. 17, No. 2, 1996, pp.138–9.
13 Ibid., pp.138–9.
14 Ibid., p.143.
15 Ibid., p.143.
16 R. Levenson, 'Chinese Linguist, Phonologist, Composer and Author, Yuen Ren Chao', *China Scholars Series*, The Bancroft Library, University of California, Berkeley, 8 August 1974.
17 J. Fenby, *The Penguin History of Modern China*, Penguin, 2018, pp.83–5.

18 The Editors of Encyclopaedia Britannica, 'Boxer Rebellion', *Encyclopædia Britannica*, 22 November 2019 https://www.britannica.com/event/Boxer-Rebellion
19 J. Fenby, *The Penguin History of Modern China*, pp.87–8.
20 Ibid., pp.91–2.
21 L. Thompson, *William Scott Ament and the Boxer Rebellion: Heroism, Hubris and the 'Ideal Missionary'*, McFarland, 2009, p.168.
22 H. Franke and B. Elman et al., 'China', *Encyclopædia Britannica*, 4 February 2020 https://www.britannica.com/place/China/The-Hundred-Days-of-Reform-of-1898#ref590596
23 J. Grasso and M. Kort, *Modernization and Revolution in China*, M.E. Sharpe, 2015, p.55.
24 J. Fenby, *The Penguin History of Modern China*, pp.87–8.
25 R. Levenson, 'Chinese Linguist, Phonologist, Composer and Author, Yuen Ren Chao'.
26 P. Chen, *Modern Chinese: History and Sociolinguistics*, Cambridge University Press, 2004, p.12.
27 Y. Chao, *Aspects of Chinese Sociolinguistics*, A. Dil (ed.), Stanford University Press, 1976, p.24.
28 Ibid. pp.25–6.
29 語出《三字經》；英譯本：*The Three-Character Classic: A Confucian Roadmap for Kids*, Yellow Bridge https://www.yellowbridge.com/onlinelit/sanzijing.php
30 'A Right Way to Raise Children Demonstrated by Mr. Dou Yan Shan', *The Collection of Cantonese Opera Records at the Canadian Museum of Civilization* https://www.historymuseum.ca/cantoneseopera/opera72-e.shtml
31 D. Moser, *A Billion Voices: China's Search for a Common Language*, Penguin, 2016, pp.30–1.
32 The Editors of Encyclopaedia Britannica, 'Hangul', *Encyclopædia Britannica*, 9 August 2019 https://www.britannica.com/topic/Hangul-Korean-alphabet
33 J. DeFrancis, *Nationalism and Language Reform in China*, Princeton University Press, 1950, p.8.
34 Ibid., p.10.
35 Ibid., p.27.
36 Ibid., p.27.
37 W. Brewster, *The Evolution of New China*, Jennings and Graham, 1907, p.115.
38 Y. Wu and C. Li, 'Reform of the Chinese Written Language', *Foreign Languages Press*, 1965, republished by Pinyin.info http://pinyin.info/readings/zhou_enlai/

phonetic_alphabet.html

39 J. DeFrancis, Nationalism and Language Reform in China, pp.33–40.

40 P. Chen, *Modern Chinese: History and Sociolinguistics*, pp.12–14.

41 A. Pennycook, 'Language Policy as Cultural Politics: The Double-edged Sword of Language Education in Colonial Malaya and Hong Kong', *Discourse: Studies in the Cultural Politics of Education*, Vol. 17, No. 2, 1996, p.146.

42 R. Levenson, 'Chinese Linguist, Phonologist, Composer and Author, Yuen Ren Chao'.

43 Ibid.

44 Ibid.

45 Y. Chao, *Aspects of Chinese Sociolinguistics*, p.31.

46 'The Boxer Indemnity Scholarship Program', *Shijia Hutong Museum*, 2019 http://www.ebeijing.gov.cn/feature_2/ShijiaHutongMuseum/TheOriginofModernEducationinChina/t1584370.htm

47 R. Levenson, 'Chinese Linguist, Phonologist, Composer and Author, Yuen Ren Chao'.

48 Ibid.

49 J. De Francis, *Nationalism and Language Reform in China*, Princeton University Press, 1950, p.65.

50 D. Moser, *A Billion Voices: China's Search for a Common Language*, p.10.

51 J. De Francis, *Nationalism and Language Reform in China*, p.65.

52 Ibid., p.66.

53 Y. Chao, *Mandarin Primer: An Intensive Course in Spoken Chinese*, Harvard University Press, 1967, p.26.

54 D. Moser, *A Billion Voices: China's Search for a Common Language*, p.18.

55 J. De Francis, *Nationalism and Language Reform in China*, p.68.

56 Ibid., p.68.

57 J. DeFrancis, *Nationalism and Language Reform in China*, p.54.

58 Ibid., p.66.

59 G. Tam, *Dialect and Nationalism in China, 1860–1960*, Cambridge University Press, February 2020, p.178.

60 J. DeFrancis, *Nationalism and Language Reform in China*, p.8.

61 J. DeFrancis, *The Chinese Language: Fact and Fantasy*, p.242.

62 J. DeFrancis, *Nationalism and Language Reform in China*, p.65.

63 Ibid., p.67.

第十一章

1 Y. Chao, *Aspects of Chinese Sociolinguistics*, p.27.

2 J. Fenby, *The Penguin History of Modern China*, p.145.

3 Y. Chao, *Aspects of Chinese Sociolinguistics*, p.28.

4 D. Moser, *A Billion Voices: China's Search for a Common Language*, p.24.

5 R. Levenson, *Chinese Linguist, Phonologist, Composer and Author, Yuen Ren Chao*.

6 Ibid., p.1.

7 V. Mair, 'Hu Shih and Chinese Language Reform', *China Heritage*, 2017 https://chinaheritage.net/journal/hu-shih-and-chinese-language-reform/

8 胡適，〈文學改良芻議〉，《新青年》第2卷5號（1917年1月）。

9 V. Mair, 'Hu Shih and Chinese Language Reform'.

10 S. Hu, 'The Chinese Renaissance', University of Chicago, *Haskell Lecture*, 1933 https://web.archive.org/web/20111118100214/ and http://www.csua.berkeley.edu/~mrl/HuShih/

11 R. Levenson, 'Chinese Linguist, Phonologist, Composer and Author, Yuen Ren Chao'.

12 G. Tam, *Dialect and Nationalism in China, 1860–1960*, p.112.

13 R. Levenson, *Chinese Linguist, Phonologist, Composer and Author, Yuen Ren Chao*, pp.2–3.

14 Y. Chao, 'Responses to Objections to Romanisation', *The Chinese Students'* Monthly, 11:7–8, 1916.

15 J. DeFrancis, *Nationalism and Language Reform in China*, p.85.

16 Y. Chao, *Aspects of Chinese Sociolinguistics*.

17 Y. Chao, *Mandarin Primer: An Intensive Course in Spoken Chinese*, p.23.

18 J. DeFrancis, *Nationalism and Language Reform in China*, pp.82–3.

19 Ibid., p.89.

20 OECD, *Educational Research and Innovation Languages in a Global World Learning for Better Cultural Understanding*, OECD Publishing, 2012, p.136.

21 J. Tetel Andresen and P. Carter, *Languages in the World: How History, Culture, and Politics Shape Language*, 2016, p.111.

22 J. DeFrancis, *Nationalism and Language Reform in China*, pp.93–9.

23 Ibid., p.94.

24 Ibid., p.102.

25 Ibid., p.103.

26 Ibid., p.104.

27 Ibid., p.114.
28 Ibid., p.115.
29 Ibid., pp.111–12.
30 Ibid., pp.119–20.
31 Ibid., p.120.
32 Ibid., p.124.
33 E. Snow, *Red Star over China*, Grove Press, 1968.
34 H. Foster Snow (as Nym Wales), *New China*, Eagle Publishers, 1944, p.144.
35 Ibid., p.139.
36 J. DeFrancis, *Nationalism and Language Reform in China*, p.12
37 P. Chen, *Modern Chinese: History and Sociolinguistics*, pp.23–4.
38 Y. Chao, *Aspects of Chinese Sociolinguistics*.
39 Y. Chao, *Where I Went Wrong in Matters of Language*, translated by G. Kao, Renditions, Autumn 1973, p.18.
40 R. Levenson, 'Chinese Linguist, Phonologist, Composer and Author, Yuen Ren Chao'.
41 H. Lai and M. Hsu, *Becoming Chinese American: A History of Communities and Institutions*, Rowman Altamira, 2004, pp.6–15.
42 K. Semple, 'In Chinatown, Sound of the Future Is Mandarin', *New York Times*, 21 October 2009 https://www.nytimes.com/2009/10/22/nyregion/22chinese.html
43 H. Yule and A. C. Burnell, *Hobson-Jobson: The Definitive Glossary of British India*, Oxford University Press, p.127.
44 W. Meachem, *The Archaeology of Hong Kong*, Hong Kong University Press, 2009, pp.154–5.
45 J. Wang, 'What Is Mandarin? The Social Project of Language Standardization in Early Republican China', *The Journal of Asian Studies*, Vol. 77, No. 3, August 2018, pp. 611–33.
46 G. Tam, *Dialect and Nationalism in China, 1860–1960*, p.42.
47 H. Dong, *A History of the Chinese Language*, Routledge, 2014, p.146.
48 E. Burney, *Report on Education in Hong Kong*, Government of Hong Kong, 1935, p.25.
49 G. Peterson, *The Power of Words: Literacy and Revolution in South China, 1949–95*, p.110.
50 Ibid., p.110.
51 'Literacy Rate among the Population Aged 15 Years and Older', *China, UNESCO Institute of Statistics*, 2010 http://uis.unesco.org/country/CN

第十二章

1 G. Cheung, '50 Years On, Hong Kong Protest Pioneer Has No Regrets (but He's Got No Time for Today's Radicals)', *South China Morning Post*, 3 April 2016 https://www.scmp.com/news/hong-kong/article/1933412/50-years-hong-kong-protest-pioneer-has-no-regrets-hes-got-no-time
2 H. Davis, 'The 120-Year Story of Hong Kong's Iconic Star Ferry', *South China Morning Post*, 16 June 2018 https://multimedia.scmp.com/infographics/article/star-ferry/index.html
3 G. Cheung, *Hong Kong's Watershed: The 1967 Riots*, Hong Kong University Press, 1 October 2009, pp.9–10.
4 Ibid., p.9.
5 R. Kilpatrick, 'Social Activist Elsie Tu', *Hong Kong Free Press*, 31 December 2015 https://hongkongfp.com/2015/12/31/hkfp-person-of-the-month-december-2015-social- activist-elsie-tu/
6 J. Hollingsworth, 'The Hunger Striker Who Sparked April 1966 Star Ferry Riots, and Their Aftermath', *South China Morning Post*, 31 March 2017 https://www.scmp.com/magazines/post-magazine/short-reads/article/2083386/hunger-striker-who-sparked-april-1966-star-ferry
7 G. Cheung, *Hong Kong's Watershed: The 1967 Riots*, p.11.
8 Ibid., p.11.
9 *Commission of Inquiry, Kowloon Disturbances 1966*, edited by J. R. Lee, Acting Government Printer, Hong Kong, 1966, p.148.
10 G. Cheung, *Hong Kong's Watershed: The 1967 Riots*, pp.24–5.
11 Ibid., p.23.
12 S. Tsang, *A Modern History of Hong Kong: 1841–1997*, p.198.
13 I. Scott, *Political Change and the Crisis of Legitimacy in Hong Kong*, University of Hawaii Press, 1989, pp.72–3.
14 G. Cheung, *Hong Kong's Watershed: The 1967 Riots*, p.13.
15 Ibid., p.25.
16 C. Loh, *Underground Front: The Chinese Communist Party in Hong Kong*, Hong Kong University Press, 2010, p.101.
17 Ibid., p.105.
18 Ibid., p.107.
19 G. Cheung, *Hong Kong's Watershed: The 1967 Riots*, p.71.
20 S. Tsang, *A Modern History of Hong Kong: 1841–1997*, pp.196–7.
21 K. Cheng, 'Police Rewrite History of 1967 Red Guard Riots', *Hong Kong Free*

Press, 14 September 2015 https://hongkongfp.com/2015/09/14/police-rewrite-history-of-1967- red-guard-riots/
22 C. Loh, *Underground Front: The Chinese Communist Party in Hong Kong*, p.114.
23 Ibid., pp.117–18.
24 A. Pennycook, 'Language Policy as Cultural Politics: The Double-Edged Sword of Language Education in Colonial Malaya and Hong Kong', p.148.
25 M. Chan, 'Hong Kong in Sino-British Conflict: Mass Mobilization and the Crisis of Legitimacy, 1912–26', in M. Chan (ed.), *Precarious Balance: Hong Kong between China and Britain, 1842–1992*, Hong Kong University Press, 1 January 1994, p.36.
26 F. Kan, *Hong Kong's Chinese History Curriculum from 1945: Politics and Identity*, Hong Kong University Press, 2007, p.31.
27 A. Sweeting and E. Vickers, *Language and the History of Colonial Education: The Case of Hong Kong*, Modern Asian Studies, 41, 1, 2007, p.29.
28 'The Session of the Legislative Council of Hong Kong Which Opened 18th October 1972', *Hong Kong Legislative Council*, 18 October 1972, p.40 https://www.legco.gov.hk/yr7273/h721018.pdf
29 J. Griffiths, 'The Secret Negotiations That Sealed Hong Kong's Future', *CNN*, 22 June 2017 https://edition.cnn.com/2017/06/18/asia/hong-kong-handover-china-uk-thatcher/index.html
30 Article 9, The Basic Law of the Hong Kong Special Administrative Region of the People's Republic of China, 4 April 1990.
31 R. Bauer and P. Benedict, *Modern Cantonese Phonology*, Mouton De Gruyter, 1997, p.432.
32 G. Harrison and L. So, 'The Background to Language Change in Hong Kong', *Current Issues in Language and Society*, Vol. 3, No. 2, 1996, p.7.
33 R. Bauer and P. Benedict, *Modern Cantonese Phonology*, p.429.
34 Ibid., p.431.
35 'Shenzhen Basics', *Shenzhen Government Online*, 4 July 2019 http://english.sz.gov.cn/aboutsz/profile/201907/t20190704_18035388.htm
36 R. Bauer and P. Benedict, *Modern Cantonese Phonology*, p.433.
37 Ibid., p.433.
38 田小琳，〈香港地區的語言文字規範問題〉，《中國語文》第2卷（1992年），頁109–12。

第十三章

1 出自吳珍妮於2019年10月接受筆者訪談的內容。

2 United Nations Population Data, 'Shanghai, China Metro Area Population 1950–2020', *Macro Trends* https://www.macrotrends.net/cities/20656/shanghai/population
3 'Constitution of the People's Republic of China', *National People's Congress*, 2004 http://www.npc.gov.cn/zgrdw/englishnpc/Constitution/2007-11/15/content_1372963.htm
4 B. Qin, 'Shenzhen Becoming Mandarin Outpost in Cantonese Area', *Wen Wei Po*, 6 July 2007 http://paper.wenweipo.com/2006/06/07/zt0606070021.htm
5 H. He, 'Why Has Cantonese Fallen Out of Favour with Guangzhou Youngsters?' *South China Morning Post*, 12 March 2018 https://www.scmp.com/news/china/society/article/2136237/why-has-cantonese-fallen-out-favour-guangzhou-youngsters
6 M. Shek, 'Local Dialect in Danger of Vanishing', *Global Times*, 22 February 2011 https://web.archive.org/web/20111106181706/ and http://shanghai.globaltimes.cn/society/2011-02/625698.html
7 F. Xu, 'Only Shanghainese Can Understand: Popularity of Vernacular Performance and Shanghainese Identity', in L. Bernstein and C. Cheng, *Revealing/Reveiling Shanghai: Cultural Representations from the 20th and 21st Centuries*, State University of New York Press, 2020, p.216.
8 Y. Zhang, 'Shanghainese's Last Gasp', *Global Times*, 3 June 2009 http://www.globaltimes.cn/content/434296.shtml
9 F. Xu, 'Only Shanghainese Can Understand: Popularity of Vernacular Performance and Shanghainese Identity', p.220.
10 H. Pan, 'Proud Shanghainese Asked to Speak Putonghua', *China Daily*, 29 September 2005.
11 F. Jia, 'Stopping the Local Dialect Becoming Derelict', *Shanghai Daily*, 13 May 2011 https://archive.shine.cn/feature/art-and-culture/Stopping-the-local-dialect-becoming-derelict/shdaily.shtml
12 H. Chen, 'Deputy Wants Local Dialect Heard on Metro Trains', *Shanghai Daily*, 17 January 2020 https://www.shine.cn/news/metro/2001170022/
13 P. Chen, *Modern Chinese: History and Sociolinguistics*, p.44.
14 Ibid., p.75.
15 T. Branigan, 'Protesters Gather in Guangzhou to Protect Cantonese Language', *The Guardian*, 25 July 2010 https://www.theguardian.com/world/2010/jul/25/protesters-guangzhou-protect-cantonese
16 〈廣東頒布規定限制使用方言〉，BBC中文網，2011年12月18日，https://www.bbc.com/zhongwen/trad/chinese_news/2011/12/111218_guangdong_

dialect_putonghua.shtml

17 H. He, 'Why Has Cantonese Fallen Out of Favour with Guangzhou Youngsters?'.

18 S. Cheng and V. Yuen, 'Defending Cantonese', *Varsity Hong Kong*, 20 March 2012 http://varsity.com.cuhk.edu.hk/index.php/2012/03/defending-cantonese/2/?singlepage=1

19 〈粵語易致鼻咽癌？瞎掰！〉，《廣州日報》，轉引自鳳凰網（iFeng.com），2014年4月19日，http://news.ifeng.com/gundong/detail_2014_04/19/35888435_0.shtml

20 H. He, 'Why Has Cantonese Fallen Out of Favour with Guangzhou Youngsters?'

21 G. McCulloch, 'Because Internet: Understanding the New Rules of Language', *Penguin*, 23 July 2019, p.2.

22 M. Borak, 'China's Version of TikTok Suspends Users for Speaking Cantonese', *Abacus*, 4 April 2020 https://www.abacusnews.com/culture/chinas-version-tiktok- suspends-users-speaking-cantonese/article/3078138

23 D. Paulk, 'THREAD about How Douyin, the Chinese Version of #TikTok, Is Banning Livestreamers for Speaking Cantonese Instead of Mandarin', *Twitter*, 1 April 2020 https://twitter.com/davidpaulk/status/1245299840944201729

24 秋山燿平，《【全程粵語】越來越少的廣東人講粵語，廣州人怎麼看？》，YouTube，2020年7月11日，https://www.youtube.com/watch?v=RnDDLVtwru8

第十四章

1 N. Jenkins, 'Tsang Yok-Sing Wants to Heal the Rift between Hong Kong and China', *Time*, 1 September 2016 https://time.com/4476234/hong-kong-tsang-yok-sing-jasper-china-politics/

2 《中華人民共和國香港特別行政區基本法》；英文版《The Basic Law of the Hong Kong Special Administrative Region of the People's Republic of China》，香港特別行政區政制及內地事務局發行，2020年7月，頁164。

3 J. Wong, *Unfree Speech: The Threat to Global Democracy and Why We Must Act, Now*, Penguin, 2020, p.9.

4 Y. Chan, 'How the Hong Kong Government Tried to Replace Cantonese with Puthonghua as the Medium of Instruction for Chinese Language in Schools', *Medium*, 30 October 2016 https://medium.com/@xinwenxiaojie/how-the-hong-kong-government-tried-to-replace-cantonese-with-puthonghua-as-the-medium-of- a9c7df6e08a7

5 Y. Chu, 'Who Speaks for Lion Rock? Pro-Cantonese Campaign (or Lack Thereof) in Hong Kong', in M. Ng and J. Wong (eds), *Civil Unrest and Governance in*

Hong Kong, Routledge, 2017, p.200.
6 'LCQ11: Using Putonghua to Teach the Chinese Language Subject', *GovHK*, 23 January 2008 https://www.info.gov.hk/gia/general/200801/23/P200801230177.htm
7 T. Chen, 'Mandarin Overtakes English as Hong Kong's Second Language', *Wall Street Journal*, 24 February 2012 https://blogs.wsj.com/chinarealtime/2012/02/24/mandarin-overtakes-english-as-hong-kongs-second-language/
8 E. Yau, 'Cantonese or Putonghua in Schools? Hongkongers Fear Culture and Identity "Waning"', *South China Morning Post*, 2 September 2014 https://www.scmp.com/lifestyle/families/article/1583037/cantonese-or-putonghua-schools-hongkongers-fear-culture-and
9 Y. Chu, 'Who Speaks for Lion Rock? Pro-Cantonese Campaign (or Lack Thereof) in Hong Kong', p.197.
10 《驚心動魄（粵普比較之二）》，香港教育局，2007年4月25日，https://web.archive.org/web/20140615143649/ 及 http://resources.hkedcity.net/resource_detail.php?rid=1956736380
11 V. Mair, 'Is Cantonese a Language, or a Personification of the Devil?' *Language Log*, 9 February 2014 https://languagelog.ldc.upenn.edu/nll/?p=10303
12 S. Hui and R. Chan, 'Lam Dismisses Controversies over Education', *The Standard*, 4 May 2018 https://www.thestandard.com.hk/section-news/section/4/195381/Lam-dismisses-controversies-over-education
13 K. Bielicki, 'Hong Kong Identity and the Rise of Mandarin', *The Diplomat*, 14 February 2019 https://thediplomat.com/2019/02/hong-kong-identity-and-the-rise-of-mandarin/
14 '1996 Population By-Census', *Census and Statistics Department Hong Kong*, p.35.
15 '2016 Population By-Census', *Census and Statistics Department Hong Kong Special Administrative Region*, p.45.
16 C. White, 'Cantonese Isn't Dead yet, So Stop Writing Its Eulogy', *Quartz*, 27 June 2017 https://qz.com/1000378/cantonese-isnt-dead-yet-so-stop-writing-its-eulogy/
17 Y. Chan, 'Mother Tongue Squeezed Out of the Chinese Classroom in Cantonese-Speaking Hong Kong', *Hong Kong Free Press*, 22 July 2015 https://hongkongfp.com/2015/07/22/mother-tongue-squeezed-out-of-the-chinese-classroom-in-cantonese- speaking-hong-kong/
18 K. Cheng, 'Baptist University Student Who Protested Mandarin Tests Cuts

Mainland Internship Short Following Threats', *Hong Kong Free Press*, 24 January 2018 https://hongkongfp.com/2018/01/24/baptist-university-student-protested-mandarin-tests-cuts-mainland-internship-short-following-threats/

19 E. Ng, 'Baptist University Holds Open Meeting Over Controversial Mandarin Test Following 8-Hour Student Standoff', *Hong Kong Free Press*, 23 January 2018 https://hongkongfp.com/2018/01/23/baptist-university-holds-open-meeting-controversial- mandarin-test-following-8-hour-student-standoff/

20 E. Cheung, 'Hong Kong Baptist University Students Lose Appeal against Punishment for Role in Rowdy Mandarin Protests', *South China Morning Post*, 18 May 2018 https://www.scmp.com/news/hong-kong/education/article/2146834/hong- kong-baptist-university-students-lose-appeal-against

21 Q. Zhang, 'Hong Kong Should Deal Firmly with University Unrest', *Global Times*, 29 January 2018 http://www.globaltimes.cn/content/1087129.shtml

22 張晨靜，〈宣揚「港獨」學生陳樂行馬上要來內地醫院實習？官方：遭投訴，正調查〉，觀察者，2018年1月23日，https://www.guancha.cn/local/2018_01_23_444256_s.shtml

23 K. Cheng, 'Baptist University Student Who Protested Mandarin Tests Cuts Mainland Internship Short Following Threats'.

24 R. Ip, 'Mother-Tongue Language Policy: How Hong Kong Failed Where Singapore Succeeded', *South China Morning Post*, 19 May 2018 https://www.scmp.com/comment/insight-opinion/article/2146704/mother-tongue-language-policy-how-hong-kong-failed-where

25 M. Hui, 'Cantonese Is Hong Kong Protesters' Power Tool of Satire and Identity', *Quartz*, 20 June 2019 https://qz.com/1647631/extradition-law-hong-kong-protests-deploy-cantonese-as-satire-tool/

26 The Stand News, '"Glory to Hong Kong": The Anthem of a Protest Movement', *Global Voices*, 12 September 2019 https://globalvoices.org/2019/09/12/glory-to-hong-kong-the-anthem-of-a-protest-movement/

27 M. Hui, 'How Is Cantonese a Language of Protest?' *Twitter*, 25 July 2019 https://threadreaderapp.com/thread/1154093412330557441.html

28 Liu Xin劉欣〔@LiuXininBeijing〕（2019年8月10日）〔Tweet〕。Twitter。https://twitter.com/thepointwithlx/status/1160005489213825028

29 Brendan O'Kane https://twitter.com/bokane/status/1160465699682357248

30 R. Cheung, 'Insurgent Tongues: How Loose Cantonese Romanisation Became Hong Kong's Patois of Protest', *Hong Kong Free Press*, 21 September 2019 https://www.hongkongfp.com/2019/09/21/insurgent-tongues-loose-cantonese-Romanisation-became-hong-kongs-patois-protest/

31 @uwu_uwu_mo, 'The Weight of Words – a #HongKong Protest Art Thread', *Twitter*, 13 October 2019 https://mobile.twitter.com/uwu_uwu_mo/status/1183199374056329218

32 Crystal, 'I Went to Eat at Three "Hongkongers Only" Restaurants', *Lausan*, 1 February 2020 https://lausan.hk/2020/i-went-to-eat-at-three-hongkongers-only-restaurants/

33 'In Full: Official English Translation of the Hong Kong National Security Law', *Hong Kong Free Press*, 1 July 2020 https://hongkongfp.com/2020/07/01/in-full-english-translation-of-the-hong-kong-national-security-law/

34 林祖偉，〈香港立法會參選人李梓敬：脫離中間派的「深藍愛國網紅」〉，BBC中文網，2020年7月27日，https://www.bbc.com/zhongwen/trad/amp/chinese-news-53502659

第十五章

1 董魯皖龍，〈西藏，他們的詩和遠方〉，《中國教育報》，2017年9月7日，http://www.moe.gov.cn/jyb_xwfb/xw_zt/moe_357/jyzt_2017nztzl/2017_zt06/17zt06_mtbd/201709/t20170911_314110.html

2 M. Yang, 'Moralities and Contradictories in the Educational Aidfor Tibet: Contesting the Multi-layered Saviour Complex', *Journal of Multilingual and Multicultural Development*, May 2019.

3 董魯皖龍，〈西藏，他們的詩和遠方〉。

4 'Education Investment Increased in China's Tibet and Tibetan-inhabited Areas', *China Tibet Online*, 12 October 2017 http://m.eng.tibet.cn/news/th/1507778632563.shtml

5 M. Yang, *Moralities and Contradictories in the Educational Aidfor Tibet: Contesting the Multi-layered Saviour Complex*.

6 鍾秋明，〈關於「組團式」教育援藏的幾點思考〉，《西藏教育》第9號，2017年，頁14–16。

7 'China's "Bilingual Education" Policy in Tibet: Tibetan-Medium Schooling under Threat', Human Rights Watch, March 2020, p.58.

8 S. Bu and Z. Geng, 'In Tibet: The Road to Modern Education', *CGTN*, 22 March 2019 https://news.cgtn.com/news/3d3d514d3149544e33457a6333566d54/index.html

9 M. Yang, 'Moralities and Contradictories in the Educational Aid for Tibet: Contesting the Multi-layered Saviour Complex'.

10 'Gross Entry Ratio to First Tertiary Programmes', *UNESCO Data*, 2017 http://data.uis.unesco.org/

11 'China Statistical Yearbook 2019', *National Bureau of Statistics China*, 2019 http://www.stats.gov.cn/tjsj/ndsj/2019/indexeh.htm

12 G. Postiglione, B. Jiao and S. Gyatso, 'Education in Rural Tibet: Development, Problems and Adaptations', *China: An International Journal*, Vol. 3, No. 1, March 2005, pp.1–23.

13 D. Curtis, 'Learning to Read the Tibetan Script', *Mandala*, June/July 2006, p.52.

14 'Tibetan', *Omniglot* https://omniglot.com/writing/tibetan.htm

15 'China's "Bilingual Education" Policy in Tibet: Tibetan-Medium Schooling under Threat'.

16 Y. Lamucuo, *Becoming Bilingual in School and Home in Tibetan Areas of China: Stories of Struggle*, Springer, 2019.

17 Roundtable, 'Teaching and Learning Tibetan: The Role of the Tibetan Language in Tibet's Future', Congressional-Executive Commission on China, One Hundred Eighth Congress of the United States, 7 April 2003.

18 G. Roche, 'Articulating Language Oppression: Colonialism, Coloniality and the Erasure of Tibet's Minority Languages', *Patterns of Prejudice*, October 2019 https://www.tandfonline.com/doi/full/10.1080/0031322X.2019.1662074

19 出自傑洛・羅希（Gerald Roche）於2020年8月在澳洲樂卓博大學（La Trobe University）接受筆者訪談的內容，羅希為研究藏族語言及語言多樣性的專家。

20 G. Roche and Y. Tsomu, 'Tibet's Invisible Languages and China's Language Endangerment Crisis: Lessons from the Gochang Language of Western Sichuan', *The China Quarterly*, Vol. 233, March 2018, pp.186–210.

21 B. Demick, *Eat the Buddha*, *Random House*, 2020, pp.31–3.

22 Ibid., p.44.

23 Y. Lamucuo, *Becoming Bilingual in School and Home in Tibetan Areas of China: Stories of Struggle*, pp.50–5.

24 M. Goldstein et al., *The Struggle for Modern Tibet: The Autobiography of Tashi Tsering*, M.E. Sharpe, 1997, p.186.

25 A. Kolas, 'Teaching Tibetan in Tibet: Bilingual Education Is Survival', *Cultural Survival Quarterly Magazine*, September 2003 https://www.culturalsurvival.org/publications/cultural-survival-quarterly/teaching-tibetan-tibet-bilingual-education-survival

26 'China's "Bilingual Education" Policy in Tibet: Tibetan-Medium Schooling under Threat'.

27 Ibid.

28 S. George, 'Journeys along the Seventh Ring', *That's Beijing*, October 2014

https://www.thatsmags.com/interactive/2014/seventh-ring/
29 E. McKirdy, 'Beijing Set to Take Aim at "Weird Buildings"', *CNN*, 5 December 2014 https://edition.cnn.com/2014/12/05/world/asia/beijing-weird-buildings/index.html
30 Research Report, '*Five Years after the Olympics – Growth in Beijing Has Continued, What to Expect Next?*' *Jones Lang LaSalle*, August 2013 https://web.archive.org/web/20141113091719/ and http://www.ap.jll.com/asia-pacific/en- gb/Documents/Five_years_after_the_Olympics_EN.pdf
31 S. Jiang, 'China's Ex-security Chief Zhou Yongkang Sentenced to Life for Bribery', *CNN*, 12 June 2015 https://edition.cnn.com/2015/06/11/asia/china-zhou-yongkang-sentence/index.html
32 E. Osnos, 'Born Red', *New Yorker*, 30 March 2015 https://www.newyorker.com/magazine/2015/04/06/born-red
33 J. Leibold, 'Xinjiang Work Forum Marks New Policy of "Ethnic Mingling"', *Jamestown China Brief*, Vol. 14, No. 12 https://jamestown.org/program/xinjiang-work-forum-marks-new-policy-of-ethnic-mingling/
34 Xinhua, 'Xi Stresses Unity for Tibet, Vows Fight against Separatism', *China Daily*, 26 August 2015 https://www.chinadaily.com.cn/business/2015-08/26/content_21709542.htm
35 'China's "Bilingual Education" Policy in Tibet: Tibetan-Medium Schooling under Threat'.
36 'Annual Working Conditions Report', *Foreign Correspondents Club of China*, 2015.
37 出自卡塞爾於2020年4月接受筆者訪談的內容。
38 Information Office, 'Regional Autonomy for Ethnic Minorities in China', *State Council of the People's Republic of China*, 28 February 2005 https://www.chinadaily.com.cn/english/doc/2005-02/28/content_420337.htm
39 M. Chan, 'Qinghai Will Not Rush Over Language Reform', *South China Morning Post*, 24 October 2010 https://www.scmp.com/article/728387/qinghai-will-not-rush-over-language-reform
40 E. Wong, 'Tibetans Fight to Salvage Fading Culture in China', *New York Times*, 28 November 2015 https://www.nytimes.com/2015/11/29/world/asia/china-tibet-language- education.html
41 A. Jacobs, 'Tibetan Self-Immolations Rise as China Tightens Grip', *New York Times*, 22 March 2012 https://www.nytimes.com/2012/03/23/world/asia/in-self-immolations- signs-of-new-turmoil-in-tibet.html
42 'Fact Sheet on Tibetan Self-Immolation Protests in Tibet since February 2009',

Central Tibetan Administration, 28 November 2019 https://tibet.net/important-issues/factsheet-immolation-2011-2012/
43 T. Woeser, 'Tibet on Fire: Self-Immolations against Chinese Rule', *Verso Books*, 2016, p.35.
44 E. Wong, 'Tibetans Fight to Salvage Fading Culture in China'.
45 出自扎西文色的律師梁小軍於2020年8月接受筆者訪談的內容。
46 B. Demick, *Eat the Buddha*, p.161.
47 出自扎西文色的律師梁小軍於2020年8月接受筆者訪談的內容。
48 D. Rushe, 'Internet Giant Alibaba Valued at $231bn after Frenzied Debut as Public Company', *The Guardian*, 20 September 2014 https://www.theguardian.com/business/2014/sep/19/alibaba-shares-price-americas-biggest-ipo
49 CGTN, 'Alibaba Released Video for Road Show', *YouTube*, 9 September 2014 https://www.youtube.com/watch?v=uiJJHa6FkYs
50 關於伊力哈木・土赫提的故事，以及中國的網路審查和言論自由議題，請參見拙作《牆國誌》。詹姆斯・格里菲斯著，李屹譯，《牆國誌：中國如何控制網路》，游擊文化出版，第11章。
51 E. Wong, 'Tibetans Fight to Salvage Fading Culture in China'.
52 J. Kessel, 'Tashi Wangchuk: A Tibetan's Journey for Justice', *New York Times*, 1 December 2015 https://www.youtube.com/watch?v=7HGZXcBq87c
53 R. Rife, 'A Tibetan Language Advocate's Journey to Imprisonment', *Amnesty International*, 7 May 2018 https://www.amnesty.org/en/latest/campaigns/2018/05/tibetan-language-advocate-journey-to-imprisonment/
54 E. Wong, 'Tibetans Fight to Salvage Fading Culture in China'.
55 W. Tashi, 'Here, the Tibetan Language Is Like a Foreign Language', *Weibo*, 29 December 2015 https://www.weibo.com/2029646391/DaGXgE6gk?from=page_1005052029646391_profile&wvr=6&mod=weibotime&type=comment#_rnd1586332639010
56 J. Kessel, 'Tashi Wangchuk: A Tibetan's Journey for Justice'.
57 E. Wong, 'China to Try Tibetan Education Advocate Detained for 2 Years', *New York Times*, 30 December 2017 https://www.nytimes.com/2017/12/30/world/asia/tashi- wangchuck-trial-tibet.html
58 C. Buckley, 'A Tibetan Tried to Save His Language. China Handed Him 5 Years in Prison', *New York Times*, 22 May 2018 https://www.nytimes.com/2018/05/22/world/asia/tibetan-activist-tashi-wangchuk-sentenced.html
59 'Translated Court Documents Expose China's Sham Prosecution of Tibetan Language Rights Advocate Tashi Wangchuk, Raise Fears about Use of Torture', *International Campaign for Tibet*, 29 August 2018 https://savetibet.org/translated-

court- documents-expose-chinas-sham-prosecution-of-tibetan-language-rights-advocate-tashi- wangchuk-raise-fears-about-use-of-torture/

60 A. Palmer, '"Flee at Once": China's Besieged Human Rights Lawyers', *New York Times*, 25 July 2017 https://www.nytimes.com/2017/07/25/magazine/the-lonely-crusade-of-chinas-human-rights-lawyers.html

61 〈習近平：全面貫徹新時代黨的治藏方略　建設團結富裕文明和諧美麗的社會主義現代化新西藏〉，新華網，2020年8月29日，http://www.xinhuanet.com/politics/leaders/2020-08/29/c_1126428221.htm

62 I. Yee and J. Griffiths, 'China's President Xi Says Xinjiang Policies "Completely Correct" amid Growing International Criticism', *CNN*, 28 September 2020 https://edition.cnn.com/2020/09/27/asia/china-xi-jinping-xinjiang-intl-hnk/index.html

63 A. Qin, 'Curbs on Mongolian Language Teaching Prompt Large Protests in China', *New York Times*, 31 August 2020 https://www.nytimes.com/2020/08/31/world/asia/china-protest-mongolian-language-schools.html

64 G. Baioud, 'Will Education Reform Wipe Out Mongolian Language and Culture in China?' *The China Story*, 1 October 2020 https://www.thechinastory.org/will-education-reform-wipe-out-mongolian-language-and-culture-in-china/

65 I. Steger, 'China's Insatiable Appetite for Control Is Forcing Even Its "Model Minority" to Rebel', *Quartz*, 4 September 2020 https://qz.com/1899397/inner-mongolians-in-china-rise-up-against-language-suppression/

66 N. Gan, 'How China's New Language Policy Sparked Rare Backlash in Inner Mongolia', *CNN*, 6 September 2020 https://edition.cnn.com/2020/09/05/asia/china-inner-mongolia-intl-hnk-dst/index.html

67 G. Roche and J. Leibold, 'China's Second-generation Ethnic Policies Are Already Here', *Made in China*, 7 September 2020 https://madeinchinajournal.com/2020/09/07/chinas-second-generation-ethnic-policies-are-already-here/

68 C. Humphrey, 'Letter: China's Mongol Region Wants to Stick to the Script', *Financial Times*, 14 September 2020 https://www.ft.com/content/f9378802-90c5-41bb-88c7-90eb9ab62dd5

69 C. Shepherd, 'Authorities Quash Inner Mongolia Protests', *Financial Times*, 10 September 2020 https://www.ft.com/content/c035c3d7-0f96-4e23-b892-2666bc110e20?list=intlhomepage

後記

1 S. Lewis, 'Tynged Yr Iaith', *BBC Radio Cymru*, 13 February 1962 https://web.archive.org/web/20150411225207/ and http://www.llgc.org.uk/ymgyrchu/Iaith/

TyngedIaith/tynged.htm

2 L. Hinton, L. Huss and G. Roche (eds), *The Routledge Handbook of Language Revitalization*, Routledge, 2018, pp.495–6.

3 'Cymraeg 2050: A Million Welsh Speakers', Welsh Government, 2017, p.17.

4 L. Hinton, L. Huss and G. Roche (eds), *The Routledge Handbook of Language Revitalization*, p.495.

5 Ibid., p.71.

6 Ibid., p.497.

7 Ibid., p.497.

8 G. Vince, 'The Amazing Benefits of Being Bilingual', *BBC*, 13 August 2016 https://www.bbc.com/future/article/20160811-the-amazing-benefits-of-being-bilingual

9 L. Hinton, L. Huss and G. Roche (eds), *The Routledge Handbook of Language Revitalization*, p.501.

10 我最早是在2019年為美國有線電視新聞網撰寫了一篇關於希格斯和多鄰國的文章。J. Griffiths, 'The Internet Threatened to Speed Up the Death of Endangered Languages. Could It Save Them Instead?' *CNN*, 4 October 2019 https://edition.cnn.com/2019/10/04/tech/duolingo-endangered-languages-intl-hnk/index.html

11 'Language Courses for English Speakers', *Duolingo, Data as of August* 2020 https://www.duolingo.com/courses

12 'Polish', *Ethnologue* https://www.ethnologue.com/language/pol

13 'Greek', *Ethnologue* https://www.ethnologue.com/language/ell

14 A. Kornai, 'Digital Language Death', *Plos One*, 22 October 2013 https://doi.org/10.1371/journal.pone.0077056

15 S. Harrison, '*Welsh Wikipedia Gives Me Hope*', *Slate*, 7 August 2019 https://slate.com/technology/2019/08/welsh-wikipedia-google-translate.html

16 C. Hu, 'Iceland Is Inventing a New Vocabulary for a High-Tech Future', *Quartz*, 2 June 2019 https://qz.com/1632990/iceland-is-inventing-a-new-vocabulary-for-a-high- tech-future/

17 'Projet de loi de finances pour 2020: Action extérieure de l'État: Diplomatie culturelle et d'influence', *Le Sénat*, 6 August 2020 https://www.senat.fr/rap/a19-142-2/a19-142-24.html

18 B. Mussett, 'As Indigenous Language Classes Move Online, Students Discover New Ways to Connect with Elders', *CBC News*, 25 August 2020 https://www.cbc.ca/news/canada/british-columbia/north-island-college-indigenous-language-classes-online-1.5699962

19 E. Ongweso, 'Most of Scottish Wikipedia Written by American in Mangled English', *Vice*, 26 August 2020 https://www.vice.com/en_us/article/wxqy8x/most-of-scottish-wikipedia-written-by-american-in-mangled-english
20 S. Harrison, 'What Happens to Scots Wikipedia Now?' *Slate*, 9 September 2020 https://slate.com/technology/2020/09/scots-wikipedia-language-american-teenager.html
21 J. Griffiths, 'Welsh and Hawaiian Were Saved from Extinction. Other Languages Might Not Be So Lucky', *CNN*, 10 April 2019 https://www.cnn.com/2019/04/09/asia/endangered-languages-welsh-hawaiian-cantonese-intl/index.html

參考文獻

語言學及語言復振

S. Anderson, *Languages: A Very Short Introduction*, Oxford University Press, 2012.

D. Everett, *Don't Sleep, There Are Snakes*, Random House, 2008.（中譯本：丹尼爾・艾弗列特著，黃珮玲譯，《別睡，這裡有蛇！一個語言學家在亞馬遜叢林》，大家出版。）

D. Everett, *How Language Began: The Story of Humanity's Greatest Invention*, Liveright Publishing, 2017.

B. Henderson, P. Rohloff and R. Henderson, *More Than Words: Towards a Development-Based Approach to Language Revitalization*, Language Documentation and Conservation, Vol. 8, 2014.

L. Hinton, L. Huss and G. Roche (eds), *The Routledge Handbook of Language Revitalization*, Routledge, 2018.

C. Kenneally, *The First Word: The Search for the Origins of Language*, Penguin Books, 2008.

D. Marmion, K. Obata and J. Troy, *Community, Identity, Wellbeing: The Report of the Second National Indigenous Languages Survey*, AIATSIS, 2014.

G. McCulloch, *Because Internet: Understanding the New Rules of Language*, Penguin, 2019.

J. McWhorter, *The Power of Babel: A Natural History of Language*, Arrow Books, 2003.

M. Tallerman and K. Gibson (eds), *The Oxford Handbook of Language Evolution*, Oxford, 2012.

E. Vajda, *Linguistics 201: The Origin of Language*, Western Washington University, 2001.

M. Walsh, *Indigenous Languages Are Good for Your Health: Health and Wellbeing Implications of Regaining or Retaining Australian Languages*, Northern Institute, Charles Darwin University, 2017.

M. Yoshihara and J. Winters Carpenter, translators, *The Fall of Language in the Age of English*, by M. Mizumura, Columbia University Press, 2015.

威爾斯語

K. Bohata, *Postcolonialism Revisited: Writing Wales in English*, University of Wales Press, 2004.

N. Brooke, *Terrorism and Nationalism in the United Kingdom*, Palgrave Macmillan, 2018.

S. Brooks, *Why Wales Never Was: The Failure of Welsh Nationalism*, University of Wales Press, 2017.

B. Bryson, *The Mother Tongue: English and How It Got That Way*, HarperCollins, 1990.

J. Davies, *A History of Wales*, Penguin Books, 2007.

J. Davis, *The Welsh Language: A History*, University of Wales Press, 2014.

J. Evas, *The Welsh Language in the Digital Age*, Meta Net White Paper Series, Springer, 2014.

J. Gower, *The Story of Wales*, *BBC* Digital, 2012.

J. Humphries, *Freedom Fighters: Wales's Forgotten 'War', 1963–1993*, University of Wales Press, 2009.

D. Jenkins, *Nation on Trial: Penyberth 1936*, translated by A. Corkett, Welsh Academic Press 1999.

G. Jenkins, *The Welsh Language and Its Social Domains*, University of Wales Press Cardiff, 2000.

G. Jenkins and M. Williams, *'Let's Do Our Best for the Ancient Tongue': The Welsh Language in the Twentieth Century*, University of Wales Press Cardiff, 2000.

R. Jones, *The Fascist Party in Wales?: Plaid Cymru, Welsh Nationalism and the Accusation of Fascism*, University of Wales Press, 2014.

D. Mac GiollaChríost, *Welsh Writing, Political Action and Incarceration*, Palgrave Macmillan, 2013.

K. Morgan, *Rebirth of a Nation: Wales, 1880–1980*, Oxford University Press, 1981.

J. Morris, *A Writer's House in Wales*, National Geographic Society, 2002.

S. Schama, *A History of Britain – Volume 1: At the Edge of the World? 3000 BC–AD 1603*, Random House, 2011.

N. Thomas, *The Welsh Extremist*, Cymdeithas yr Iaith Gymraeg, 1971.

W. Thomas, *John Jenkins – The Reluctant Revolutionary?* Y Lolfa, 2020.

夏威夷語

T. Coffman, *The Island Edge of America: A Political History of Hawai'i*, University

of Hawaii Press, 2003.
T. Coffman, *Nation within: The History of the American Occupation of Hawai'i*, Duke University Press, 2016.
N. Goodyear-Ka pua, I. Hussey and E. Kahunawaika ala Wright (ed.), *A Nation Rising: Hawaiian Movements for Life, Land, and Sovereignty*, Duke University Press, 2014.
M. J. Harden, *Voices of Wisdom: Hawaiian Elders Speak*, Aka Press, 2014.
D. Immerwahr, *How to Hide an Empire*, Farrar, Straus and Giroux, 2019.
D. Itsuji Saranillio, *Unsustainable Empire: Alternative Histories of Hawai'i Statehood*, Duke University Press, 2018.
S. King and R. Ro, *Broken Trust: Greed, Mismanagement & Political Manipulation at America's Largest Charitable Trust*, University of Hawaii Press, 2006.
J. Rath, *Lost Generations: A Boy, a School, a Princess*, University of Hawaii Press, 2006.
A. Schutz, *The Voices of Eden: A History of Hawaiian Language Studies*, University of Hawaii Press, 1994.
N. Silva, *Aloha Betrayed: Native Hawaiian Resistance to American Colonialism*, Duke University Press, 2004.
H. Trask, *From a Native Daughter*, University of Hawai i Press, 1999.
S. Vowell, *Unfamiliar Fishes*, Riverhead, 2011.
B. Wist, *A Century of Public Education in Hawaii*, The Hawaii Educational Review, 1940.

中文（漢語）

R. Bauer and P. Benedict, *Modern Cantonese Phonology*, Mouton De Gruyter, 1997.
M. Chan (ed.), *Precarious Balance: Hong Kong between China and Britain, 1842–1992*, Hong Kong University Press, 1994.
P. Chen, *Modern Chinese: History and Sociolinguistics*, Cambridge University Press, 2004.
G. Cheung, *Hong Kong's Watershed: The 1967 Riots*, Hong Kong University Press, 1 October 2009.
R. Chow, *Between Colonizers: Hong Kong's Postcolonial Self-Writing in the 1990s*, Ethics After Idealism, Bloomington, Indiana University Press, 1998.
Y. Chu, *Found in Transition: Hong Kong Studies in the Age of China*, SUNY Press, November 2018.
B. Demick, *Eat the Buddha*, Random House, 2020.（中譯本：芭芭拉・德米克著，洪慧芳譯，《吃佛：從一座城市窺見西藏的劫難與求生》，麥田出版。）

J. DeFrancis, *Nationalism and Language Reform in China*, Princeton University Press, 1950.
J. DeFrancis, *The Chinese Language: Fact and Fantasy*, University of Hawaii Press, 1986.
H. Dong, *A History of the Chinese Language*, Routledge, 2014.
J. Fenby, *The Penguin History of Modern China*, Penguin, 2018.
H. Foster Snow (as Nym Wales), *New China*, Eagle Publishers, 1944.
J. Gibbons, *Code-Mixing and Code Choice: A Hong Kong Case Study*, Multilingual Matters, 1987.
G. Harrison and L. So, 'The Background to Language Change in Hong Kong', *Current Issues in Language and Society*, Vol. 3, No. 2, 1996.
H. Kwok and M. Chan, *Fossils from a Rural Past: A Study of Extant Cantonese Children's Songs*, Hong Kong University Press, 1990.
Llewellyn Commission, *A Perspective on Education in Hong Kong*, Hong Kong Government, 1982.
V. Mair, *The Columbia History of Chinese Literature*, Columbia University Press, 2001.
D. Moser, *A Billion Voices: China's Search for a Common Language*, Penguin, 2016.
T. Mullaney, *The Chinese Typewriter: A History*, MIT Press, 2017.
T. Ngo, *Hong Kong's History: State and Society under Colonial Rule*, Routledge, 1999.
J. Norman, *Chinese*, Cambridge University Press, 1988.
A. Pennycook, 'Language Policy as Cultural Politics: The Double-Edged Sword of Language Education in Colonial Malaya and Hong Kong', *Discourse: Studies in the Cultural Politics of Education*, Vol. 17, No. 2, 1996.
E. Snow, *Red Star over China*, Grove Press, 1968.
A. Sweeting and E. Vickers, 'Language and the History of Colonial Education: The Case of Hong Kong', *Modern Asian Studies*, Vol. 41, No. 1, 2007.
G. Tam, *Dialect and Nationalism in China, 1860–1960*, Cambridge University Press, February 2020.
S. Tsang, *A Modern History of Hong Kong: 1841–1997*, Hong Kong University Press, 2003.
M. Zhou and H. Sun (eds), *Language Policy in the People's Republic of China: Theory and Practice since 1949*, Kluwer/Springer, 2004.

其他

A. Brink, *A Fork in the Road*, Random House, 2010.

R. Davies, *Afrikaners in the New South Africa: Identity Politics in a Globalised Economy*, Tauris Academic Studies, 2009.
R. Dunbar-Ortiz, *An Indigenous People's History of the United States*, Beacon Press, 2014.
J. Fellman, *The Revival of a Classical Tongue Eliezer Ben Yehuda and the Modern Hebrew Language*, Mouton, 1973.
E. Freeburg, *The Cost of Revival: The Role of Hebrew in Jewish Language Endangerment*, Yale University, 1 May 2013.
B. Friel, *Translations*, Faber and Faber, 1981.
N. Karlen, *The Story of Yiddish: How a Mish-mosh of Languages Saved the Jews*, HarperCollins, 2008.
A. Korzhenkov, *Zamenhof The Life, Works, and Ideas of the Author of Esperanto*, translated by I. Richmond, Esperantic Studies Foundation, 2009.
A. Krog, *A Change of Tongue*, Random House, 2003.
A. Krog, *Country of My Skull: Guilt, Sorrow, and the Limits of Forgiveness in the New South Africa*, Crown/Archetype, 2007.
H. Giliomee, *The Rise and Possible Demise of Afrikaans as a Public Language*, PRAESA Occasional Papers No. 14, University of Cape Town, 2003.
A. Lang, *The Politics of Hebrew and Yiddish: Zionism and Transnationalism*, The Federalist Debate, Number 2, July 2015.
W. Laqueur, *A History of Zionism*, Tauris Parke, 2003.
R. Malan, *My Traitor's Heart: A South African Exile Returns to Face His Country, His Tribe, and His Conscience*, Grove Atlantic, 2012.
J. Morris, *Heaven's Command: An Imperial Progress*, Faber and Faber, 2010.
S. Ndlovu, 'The Soweto Uprising', in *The Road to Democracy in South Africa, Volume 2*, South African Democracy Education Trust, 2011, pp.331–2.
K. Norman, *Bridge over Blood River: The Rise and Fall of the Afrikaners*, Hurst, 2016.
A. Okrent, *In the Land of Invented Languages*, Spiegel & Grau, 2009.
Y. Rabkin, *Language in Nationalism: Modern Hebrew in the Zionist Project*, Holy Land Studies, November 2010.
A. Sáenz-Badillos, *A History of the Hebrew Language*, translated by J. Elwolde, Cambridge University Press, 1993.
E. Schor, *Bridge of Words: Esperanto and the Dream of a Universal Language*, Henry Holt and Company, 2016.
J. Shanes, 'Yiddish and Jewish Diaspora Nationalism', *Monatshefte*, Vol. 90, No. 2, Summer, 1998, pp.178–88.

B. Spolsky, *The Languages of the Jews*, Cambridge University Press, 2014.
L. Thompson, *A History of South Africa*, Yale University Press, 2014.
D. Tutu et al., *Truth and Reconciliation Commission of South Africa Report*, TRC, 29 October 1998.

國家圖書館出版品預行編目資料

請說「國語」：看語言的瀕危與復興, 如何左右身分認同、文化與強權的「統一」敘事／詹姆斯・格里菲斯(James Griffiths)著；王翎譯. -- 一版. -- 臺北市：臉譜，城邦文化出版；家庭傳媒城邦分公司發行, 2023.09
面；　公分. --（臉譜書房；FS0170）
譯自：Speak not : empire, identity and the politics of language

ISBN 978-626-315-360-8（平裝）

1.CST: 少數民族語言　2.CST: 語言政策　3.CST: 文化研究

800.9　　112011303